KJB

T. R. Burns ist ein Pseudonym der amerikanischen Autorin Tricia Rayburn. Oder ist Tricia Rayburn das Pseudonym für T. R. Burns? Auf jeden Fall schreibt sie ziemlich viel – schon um andere Katastrophen zu vermeiden. Nach ›Sam Hinkel und die Akademie für Ärger‹ und ›Sam Hinkel – Der Ärger geht weiter‹ ist ›Sam Hinkel – Ärger währt am längsten‹ der dritte Band der Sam-Hinkel-Reihe.

Weitere Informationen zum Kinder- und Jugendbuchprogramm der S. Fischer Verlage, auch zu E-Book-Ausgaben, gibt es bei www.blubberfisch.de *und* www.fischerverlage.de

T. R. Burns

Sam Hinkel –
Ärger währt am längsten

Aus dem Amerikanischen
von Christian Dreller

KJB

MIX
Papier aus verantwortungsvollen Quellen
FSC® C083411
www.fsc.org

Erschienen bei FISCHER KJB

Die Originalausgabe erschien 2014 unter dem Titel ›Merits of Mischief: Watch Your Step‹ bei Aladdin, an imprint of Simon & Schuster Children's Publishing Division, 1230 Avenue of the Americas, New York, NY 10020

Published by arrangement with Tricia Rayburn
Dieses Werk wurde vermittelt durch die Literarische Agentur Thomas Schlück GmbH, 30827 Garbsen

Für die deutschsprachige Ausgabe:

Covergestaltung: Hauptmann & Kompanie Werbeagentur, Zürich
Satz: Dörlemann Satz, Lemförde
Druck und Bindung: CPI books GmbH, Leck
Printed in Germany
ISBN 978-3-596-85501-8

Für Tante Lorraine

KAPITEL 1

Schon komisch. Bisher war der Sommer meine Lieblingsjahreszeit. Kaum war der Juni gekommen, war Schluss mit Schule und Hausaufgaben, mit Wecker und früh ins Bett gehen. Es gab nur noch diese vollen drei Monate, in denen ich machen konnte, was und wann immer ich wollte. Das ganze Jahr über zählte ich die Tage bis zum Beginn dieser absoluten Freiheit.

Aber diesen Sommer? Von mir aus könnte das Ganze ins Wasser fallen. Denn da ist zum einen das, was ich machen *möchte* ... und zum anderen das, was ich machen *muss*. Und das sind zwei völlig verschiedene Dinge.

»Was kann ich dir bringen, Sam? Fischstäbchen-Pfannkuchen? Fischstäbchen-Waffeln? Einen Bagel mit Frischkäse und Fischstäbchen?«

Es ist der erste Ferientag. Mom wirbelt in der Küche herum wie ein Tornado durchs Kornfeld. Dad und ich sitzen am Tisch. Er liest Zeitung und trinkt Kaffee – das Einzige auf dem Frühstückstisch, das ohne meine Lieblingsspeise zubereitet ist.

Ich warte.
Mom gibt einen hektischen Japser von sich. Kommt auf den Tisch zugeschossen. Fuchtelt mit einem Pfannenheber in der Luft herum, als ob es hier drinnen an die hundert Grad heiß wäre und sie mir dringend Kühlung zufächeln müsste.
»Jetzt weiß ich's«, sagt sie. »Wie wär's mit, ähm … Rührei mit Fischstäbchen?«
»Klar«, antworte ich. »Danke.«
»Glaub mir«, sagt Mom, während sie schon wieder zum Herd zurückwirbelt, »ist mir ein Vergnügen.«
Jede Wette, dass es das ist.
»Also, Sportsfreund.« Dad faltet die Zeitung zusammen und legt sie auf den Tisch. »Dein erster freier Tag. Und drei volle freie Monate liegen vor dir. Hast du schon mal überlegt, was du so alles machen willst?«
»Na ja, ganz frei sind die auch nicht. Einmal in der Woche kriegen wir ja Hausaufgaben.«
Dad lehnt sich mit einem Ruck auf seinem Stuhl zurück, als hätte ich ihn gerade ohne Hand vorm Mund angeniest. »Aber es sind doch Sommerferien.«
»Die ideale Zeit also, um an unseren Fertigkeiten zu feilen.« Ich werfe einen verstohlenen Blick auf Mom. Bei dem Wort *Fertigkeiten* erstarrt sie kurz, bevor sie ein weiteres Ei über einer Rührschüssel aufschlägt. »Aber ist schon okay. Darüber hinaus hab ich noch keine Pläne.«

»Dann sollten wir welche machen. Wie wär's denn am Wochenende mit ein paar Runden im Cloudview Family-Fun-Center? Nur wir zwei. Ganz wie in alten Tagen.«
Dad lächelt mir zaghaft-hoffnungsvoll zu. Seine Augen hinter den dicken, schwarz gerahmten Brillengläsern strahlen mich an. So viel ist geschehen seit jenen alten Tagen. Schwer vorstellbar, die Zeit einfach so zurückzudrehen. Obwohl Dad nicht das Geringste getan hat. Nichts von allem war seine Schuld.
»Okay«, sage ich. »Hört sich super an.«
»Wunderbar! Ich ruf gleich vom Büro aus an und reserviere uns ein Kart.«
»Du gehst?«, fragt Mom, als Dad sein Geschirr zur Spüle trägt. »Jetzt schon?«
»Die Zahlen rechnen sich nicht von alleine«, verkündet Dad in stolzem Pflichtbewusstsein.
»Es ist Sams erster Morgen zu Hause. Kannst du nicht ein bisschen später los?«
»Sorry, Liebes. Aber ich bin bald zurück, und dann machen wir uns einen tollen Abend. Zusammen. Als Familie.«
Ich zwinge mir das Stück Waffel, das ich gerade abgebissen habe, mit Gewalt herunter.
Dad küsst Mom auf die Wange und drückt mich. Als er weg ist, treffen sich unsere Blicke für einen Moment, doch dann wendet Mom sich rasch ab und kocht weiter vor sich hin.

Es ist so weit. Wir sind allein. Zum ersten Mal seit dem Weihnachtsmorgen, als ich sie auf dem Dachboden erwischt habe, umgeben von lauter Kartons mit ...
Mein K-PAD summt. Ich hole den kleinen Handcomputer aus der Tasche meiner Bermudas und drücke auf das K-MAIL-Icon.

AN: sHinkel@Kilter-Akademie.org
VON: lOliver@Kilter-Akademie.org
BETREFF: Hey

S-
Froh, zu Hause zu sein. Und du?
-L

Ich muss lächeln angesichts der Siebenwort-Nachricht. Typisch Lemon – kurz und knackig.
Ich drücke auf Antworten.
»Ach ja, die Besorgungen.«
Ich blicke auf.
»Ist mir gerade eingefallen«, schiebt Mom hinterher, während sie den fertigen Inhalt ihrer Bratpfanne auf einen Teller entleert. »Ich muss noch zur chemischen Reinigung. Und zur Post. Und zum Lebensmittelladen. Und zum Tierarzt.«
»Wir haben doch gar kein Haustier«, sage ich.
Sie lässt den Pfannenheber fallen. Scheppernd fällt er

auf den Boden. »Ich meine, ich hab was davon gelesen, dass die heute Adoptionstag haben. Wäre das nicht nett? Einen süßen Welpen oder ein Kätzchen in unserer Familie willkommen zu heißen?«

Unsere Familie. Aus ihrem Mund klingt das sogar noch schräger.

Sie kommt an den Tisch und stellt einen Teller mit Rührei und Fischstäbchen vor mir ab. »Mach dir wegen der Unordnung hier keinen Kopf. Ich kümmere mich darum, wenn ich wieder da bin.«

Mir klappt der Unterkiefer runter. Das ist bei weitem das Abgefahrenste, was sie von sich gegeben hat, seit sie und Dad mich gestern Nachmittag abgeholt haben. Bevor mich meine Eltern von der Cloudview Middle School nahmen und mich in die Kilter-Akademie für Problemkinder abschoben, hatte ich eine ganze Liste täglicher Haushaltspflichten abzuarbeiten – Pflichten, die erledigt werden mussten, bevor ich irgendetwas anderes machte, einschließlich Schularbeiten. Als Erstes musste ich immer mein Bett machen. Als Zweites nach dem Frühstück die Küche aufräumen. Eines von beiden ausnahmsweise mal sausen zu lassen war völlig ausgeschlossen. Einmal hatte ich nach einer nächtlichen Videospielsession verpennt und nur noch acht Minuten, um mich für die Schule fertig zu machen. Und trotzdem musste ich den Küchenboden wischen und die Geschirrspülmaschine einräumen. Mein Frühstück bestand nur aus einer Handvoll trockenem Müsli, das ich während des Sprints zum Schulbus runtergewürgt habe – den ich obendrein fast noch verpasst hätte. Ein andermal hatte ich vergessen, den Tisch abzuwischen. Woraufhin Mom ein paar Krümel fand und ich prompt einen Monat Fernsehverbot kassierte. Danach hatte ich nicht mehr die geringste Lust herauszufinden, was passieren würde, wenn ich mir eine meiner Pflichten mal völlig schenke.

Warum also diese plötzliche Regeländerung? Will sie sich damit bei mir einschleimen, so wie mit dem morgendlichen Fischstäbchen-Overkill? Mich ablenken? Oder mich vergessen lassen, was sie getan hat?

Ich höre, wie sie nach oben eilt, und wende mich wieder meinem K-PAD zu.

AN: lOliver@Kilter-Akademie.org
VON: sHinkel@Kilter-Akademie.org
BETREFF: Re: Hey

Hi, Lemon!

Super, von dir zu hören. Nicht zu fassen, dass es noch nicht mal 24 Stunden her ist, seit wir aus Kilter weg sind. Es kommt mir schon wie 24 Tage vor, seit du für Abe, Gabby und mich das letzte Schwarze-Bohnen-Burritos-Frühstück des Semesters gemacht hast.

Wie geht es deinen Eltern? Und deinem kleinen Bruder? Er freut sich bestimmt riesig, dass du zu Hause bist.

Hier ist alles klar. Wenn auch irgendwie anders. Aber ich denke, das ist normal, vor allem, weil ich so lange weg gewesen bin. Mein Dad und ich haben ein paar gemeinsame Aktionen geplant, was schon mal gut ist. Ich habe ihn echt vermisst.
Allerdings ist es auch ein bisschen seltsam, wieder hier zu sein. Ich wette …

Aus dem Obergeschoss ertönt heftiges Gepolter. So heftig, dass ich erschrocken vom Stuhl hochschieße. Mein Daumen zuckt über den Touchscreen des K-PADs, und aus Versehen schicke ich die angefangene Mail an Lemon ab. Ein paar leisere Rumser schließen sich an das Getöse an. Und auf einmal wird mir klar, woher der Lärm kommt.
Vom Dachboden.
Im nächsten Moment klingelt auch noch Moms Handy. Es liegt auf dem Küchentresen, gleich neben ihrer Handtasche und den Autoschlüsseln. Ich flitze hinüber, blicke auf Dads Gesicht, das mir vom Handydisplay entgegenlächelt … und tippe auf das rote Rechtecksymbol, um den Anruf wegzudrücken. Das Klingeln erstirbt. Das Display wird schwarz.
»Sorry«, murmele ich.
Was nicht gelogen ist. Es tut mir leid, dass ich Dad in die Mobilbox verbannt habe, bevor Mom womöglich ihr Telefon hört und nach unten gedüst kommt. Und es tut mir

leid wegen dem, was ich gleich tun werde … etwas, das ich noch vor acht Monaten niemals getan hätte – beziehungsweise bevor ich Mom auf dem Dachboden dabei ertappt habe, wie sie inmitten lauter Kilter-Kartons kauerte. Aber am meisten tut es mir leid, dass ich einen Grund dafür habe, es zu tun.

Ich schnappe mir Moms Handtasche und Schlüssel vom Tresen, hake das eine Ende des Taschenriemens los und lasse den Schlüsselring über den langen Riemen gleiten. Packe die beiden Enden, hebe den Arm und lasse den Riemen wie ein Lasso über dem Kopf schwingen.

Während ich nach einem Ziel Ausschau halte, füllt sich mein Kopf mit Bildern. Ich sehe die Cafeteria der Cloudview Middle School vor mir. Gleich darauf einen leuchtend roten Apfel, der auf eine Meute sich prügelnder Kids zufliegt. Ms Parsippany, meine Aushilfslehrerin, wie sie zusammenbricht. Dann eine große weite Wiese. Eine Reihe Schaufensterpuppen, alle mit einem Apfel auf dem Kopf und schutzlos den Pfeilen ausgeliefert, die auf sie zugesaust kommen. Einen uralten Schulbus, der durch die Wüste brettert. Brennende Papierflieger.

Und ich sehe mich, wie ich den leuchtend roten Apfel werfe. Wie ich Pfeile abschieße und mit brennenden Papierfliegern auf den Schulbus ziele.

Dann entscheide ich mich für mein aktuelles Ziel, und die Bilder verschwinden aus meinem Kopf.

Noch einmal lasse ich den Lederriemen über meinem

Kopf wirbeln, bevor meine Finger sich vom losen Riemenende lösen. Der Schlüsselbund schießt in einem perfekten Bogen durch die Küche auf den Herd zu. Wo er mit einem *Platsch* in einen Topf mit Fischstäbchen-Haferbrei plumpst.

Nachdem ich den Riemen wieder ordentlich an der Handtasche befestigt habe, lege ich sie auf den Küchentresen zurück, sorgfältig darauf bedacht, alles exakt wie zuvor zu arrangieren. Dann nehme ich wieder auf meinem Stuhl Platz, um mich erneut meinem K-PAD zu widmen. Ich lese gerade etwas über die Pläne, den Troubleshop, unseren Schulladen in Kilter, auszubauen, als Mom die Küche betritt.

»Hm, das ist ja seltsam«, sagt sie.

»Was denn?«, frage ich, ohne aufzublicken.

»Meine Autoschlüssel waren genau hier.«

»Wo?«

»Na, auf dem Tresen. Zwischen meinem Handy und der Handtasche.«

»Bist du sicher?«

»Ja. Da lege ich sie immer hin.«

»Dann hast du sie ausnahmsweise bestimmt mal woanders abgelegt.«

»Hab ich nicht. Ich erinnere mich genau, sie dorthin gelegt zu haben, als wir nach Hause gekommen sind.«

»Oh, tja, dann schätze ich mal, dass aus deinen Besorgungen nichts wird«, sage ich.

Ich schiele über den Rand meines K-PADs hinweg und sehe, wie sie ihre Handtasche durchforstet. Schließlich stellt sie sie auf den Kopf und kippt den kompletten Inhalt auf dem Tresen aus. Ihre Finger zittern, als sie sich durch Taschentücher, Minzbonbons, Wechselgeld und Kassenzettel wühlen.
»Wir könnten doch den Tag zusammen verbringen«, füge ich hinzu. »Wär das nicht schön?«
Ihre Hände erstarren – und werden nur eine Sekunde später schon wieder quicklebendig, als sie alles, was sich auf dem Tresen befindet, zurück in die Handtasche befördert.
»Kein Problem«, sagt sie. »Ich geh zu Fuß.«
»Bis in die Stadt sind es über sechs Kilometer.«
»Die Bewegung wird mir guttun.«
Sie schnappt sich ihre Tasche und flieht aus der Küche. Gleich darauf höre ich, wie die Haustür aufgeht und krachend wieder zuschlägt. In diesem Moment meldet sich mein K-PAD, das ich immer noch in der Hand halte, mit einem Summen. Eine neue Mail ist eingetrudelt:

AN: sHinkel@Kilter-Akademie.org
VON: lOliver@Kilter-Akademie.org
BETREFF: Re: Re: Hey

Inwiefern »anders«?
Und »seltsam«?

Ich drücke auf Antworten und fange an zu tippen.

AN: lOliver@Kilter-Akademie.org
VON: sHinkel@Kilter-Akademie.org
BETREFF: Re: Re: Re: Hey

Glaub mir. Das willst du gar nicht wissen.
Ich jedenfalls wünschte, ich hätte keinen Schimmer.

KAPITEL 2

STRAFPUNKTE: 150

GOLDSTARS: 50

»Halt den Schläger ganz entspannt. Stell dich gerade hin. Schön locker bleiben. Dann lass fetzen.«
Dad rückt seine schwarze Sonnenbrille zurecht. Ein so riesiges Ding, dass es mich an das getönte Helmvisier erinnert, das ich bei meiner ersten Realwelt-Trouble-Mission getragen habe. Hier draußen sind es über dreißig Grad im Schatten, und wir stehen nun schon eine geschlagene Stunde in der sengend heißen Sonne. Folglich lässt der Schweißfilm auf Dads Nase die Brille auch gleich schon wieder runterrutschen.
»Fetzen?«, frage ich. »Fetzen, wie gegen den Ball hauen?«
»Ja, und zwar genau da hin.« Sonnenbrille hoch. »Oder woandershin halt.« Sonnenbrille runter. »Wird auf jeden Fall ein guter Schlag.«
Ich bin so durstig, dass ich kurz davor bin, meinen Kopf

nebenan in das Wasserhindernis von Bahn 12 zu tauchen und es bis auf den letzten Tropfen leerzutrinken. Aber ich mache, was er sagt. Ich lockere meinen Griff um den Minigolfschläger. Stelle mich gerade hin. Schüttele die schweißbedeckten Arme und Beine aus. Fahre mir mit der trockenen Zunge über die trockenen Lippen, peile einen nahen Streifen Naturrasen an und ... lasse dann fetzen.

»Gut.« Dad kommt hinter mir her marschiert, während er den Schlag aus sämtlichen Winkeln analysiert. »Und jetzt schön cool bleiben. Steh ganz ruhig. Und nicht zu viel denken. Versuch, den Schlag zu *erfühlen*.«

Nur mit Mühe unterdrücke ich ein Lächeln. Schließlich kann er ja nicht wissen, dass dies sozusagen meine Spezialität ist. Kilter-Schüler sind je nach ihrem Troublemaker-Talent in sechs Gruppen eingeteilt. Da ich in Kilter gelandet bin, weil ich versehentlich meine Aushilfslehrerin inmitten der proppenvollen Cafeteria mit einem Apfel umgenietet habe, wurde ich der Scharfschützen-Gruppe zugeteilt. Was bedeutet, dass ich mich neben dem normalen Unterricht und meinen Hausaufgaben (wenn man denn die Fertigkeit, das Alphabet rülpsen zu können, so nennen will) regelmäßig mit Ike treffe – seines Zeichens Scharfschützen-Ass und mein Troublemaker-Tutor, der mir hilft, meine Technik und das Zielvermögen zu verbessern. Einen gelben Ball eine Kunstrasenbahn entlangzuspielen, durch das Maul einer

Eisbärenattrappe zu befördern und schließlich in ein kleines Loch zu putten ist, verglichen mit einigen von Ikes Aufgaben, etwa so wie Zähneputzen.

So einfach nämlich, dass ich es mit geschlossenen Augen könnte. Aber von all dem weiß Dad nichts. Und er darf es auch niemals wissen.

Während sich meine Finger um den Schlägergriff legen, taxiere ich noch einmal den Parcours. Die für ein Hole-in-one erforderliche Flugbahn ist für mich so was von klar! Ich muss den Ball nur nach links schlagen, eigentlich …

»Genau so«, höre ich Dad ruhig sagen. »Du schaffst es, Sohn.«

Sohn.

Ich treffe den Ball wie beabsichtigt. Als er knapp zwanzig Zentimeter vor dem Maul der Eisbärenattrappe auf dem Kunstrasen auskullert, klatsche ich mir in einer schauspielerischen Glanzleistung mit der Hand vor die Stirn und stöhne.

»Hey, hey!«, tröstet mich Dad. »Sei nicht so hart zu dir. Das war ein phantastischer Schlag! Und auf der nächsten Bahn wirst du es besser machen.«

Exakt das Gleiche hat er nach Abschluss aller sechzehn vorherigen Bahnen zu mir gesagt. Deshalb spiele ich auch die ganze Zeit unbeirrt schlecht. Er ist so nett, dass er es verdient hat zu gewinnen.

Dad beendet die Bahn in fünf Schlägen, plus einen Strafschlag dafür, dass sein Ball einmal über die Bahnumrandung hinweg in einen Busch hüpft. Ich brauche sechs Schläge, plus drei Strafschläge, weil mein Ball in einem Busch, in einer Sandgrube sowie in der Eistüte eines kleinen Jungen gelandet ist.

»Kopf hoch«, meint Dad, als er unsere Ergebnisse zusammenzählt. »Wir haben immer noch eine Bahn vor uns!«

Die letzte Bahn ist diejenige, an deren Ende man seine Bälle abgibt. Hier gibt es weder Springbrunnen noch Tierfiguren, sondern lediglich eine schmale Planke, die hinauf zum letzten Loch führt. Der Ball muss es nur ganz nach oben bis ins Loch schaffen, ohne die Planke herunterzukullern. Sieht aus wie die sicherste und leichteste Bahn der gesamten Minigolfanlage. Tatsächlich aber ist es die allerschwerste. Vermutlich schon deshalb, weil jeder, der sie schafft, eine Freirunde und zwei Hotdogs gewinnt.

Dad beginnt. Und trifft nicht.

Dann bin ich dran. Und mach den Ball rein.

Über dem Loch beginnt eine rote Glühbirne zu blinken. Eine Sirene ertönt. Dad wirft beide Hände in die Luft, so dass die Ergebniskarte samt Minibleistift davonfliegt.

»Sam! Wie hast du …? Was hast du …?« Er sieht sich um und gestikuliert in Richtung einiger anderer Spieler, die sich in der Nähe aufhalten. »Haben Sie das gesehen? Das ist mein Sohn!«

Jetzt verberge ich mein Lächeln nicht mehr. »Können wir morgen wiederkommen?«
»Aber klar!« Er legt mir den Arm um die Schultern und drückt mich. »Hab ich dir in der letzten Zeit eigentlich mal gesagt, wie stolz ich auf dich bin?«
Für einen Sekundenbruchteil verschwindet mein Lächeln. Und mir dreht sich beinahe der Magen um. Ich versucht, ihm alles zu erzählen. Nur damit ich mich entschuldigen und schwören kann, so was nie wieder zu machen.
Aber dann fällt mir ein, dass das, was er nicht weiß, ihn auch nicht verletzen kann. Und sage Ja, als er mich fragt, ob ich zur Feier des Tages einen dicken fetten Becher Snow-Cone-Eis haben möchte.
Die Heimfahrt macht richtig Spaß. Ich lasse mir mein Eis schmecken, Dad singt Oldies aus dem Radio mit, und hin und wieder falle ich mit ein, was Dad so glücklich macht, dass er vor lauter Lachen und Klatschen einen Schlenker auf die andere Fahrspur macht. Ich versuche, mir noch ein anderes Ausflugsziel auszudenken, um die Fahrt zu verlängern. Aber bevor ich richtig nachdenken kann, meldet sich mein K-PAD mit einer neuen Nachricht.
Ich will das Gerät schon ausschalten, ohne die Mail zu checken. Bestimmt kann sie warten, und außerdem soll nichts und niemand mich von dem Spaß ablenken, den Dad und ich gerade zusammen haben.

Aber dann erhasche ich einen Blick auf den Absendernamen. Und meine Fingerspitze tippt wie von selbst auf den digitalen Umschlag.

AN: sHinkel@Kilter-Akademie.org
VON: eNorris@Kilter-Akademie.org
BETREFF: Hi

Hi, Sam,
wie geht's dir? Hast du Spaß mit deinen Eltern?
Mir geht's super! Okay, vielleicht nicht super. Aber wirklich gut. Definitiv. Hier in der Wüste haben wir gerade vierundvierzig Grad, und die Pools sind immer noch mit Schlangen statt mit Wasser gefüllt. Aber bisher hat Mom mich in keinen geworfen. Das ist doch schon mal was, oder?
Egal, ich wollte nur hallo sagen und hören, wie es dir geht. Außerdem weiß ich natürlich, dass es erst ein paar Tage her ist … aber ich vermisse dich.
Egal, ich bin sicher, du hast viel zu tun. Aber wenn du mal 'ne Minute Zeit hast zurückzuschreiben, würde ich mich freuen.

Elinor

»Alles okay?«
Mein Kopf schießt hoch, und erschrocken presse ich das K-PAD gegen die Brust.

»Dein Gesicht hat die gleiche Farbe wie dein Mund«, fügt Dad hinzu.

Ich klappe die Sonnenblende runter und werfe einen prüfenden Blick in den Spiegel. Vom Kirscheis sind meine Lippen ganz rot. Und Dad hat recht. Gesichts- und Eisfarbe gleichen sich perfekt.

»Alles paletti.« Ich klappe die Sonnenblende wieder hoch.

»Sie muss was Besonderes sein.«

»Sie? Wer hat was von einer ...« Meine Stimme erstirbt. Wäre er jemand anderes, würde ich diese Vermutung strikt zurückweisen. Aber es ist Dad. Also: »Yep. Ist sie.«

Seine Augen sind hinter den riesigen schwarzen Gläsern der Sonnenbrille verborgen, doch ich weiß, dass er mir zuzwinkert. Dann wendet er seine Aufmerksamkeit wieder der Straße zu, dreht das Radio auf und fängt an zu pfeifen.

Ich hingegen widme mich Elinors Mail. *Ich vermisse dich ... Wenn du mal 'ne Minute Zeit hast zurückzuschreiben, würde ich mich freuen ...* Meine Augen kleben förmlich an ihren Worten. Seit ich von Kilter aufgebrochen bin, ist nicht eine Stunde vergangen, in der ich ihr nicht hätte schreiben wollen. Aber ich habe gewartet. Nachdem Lemon, Abe, Gabby und ich sie letztes Semester aus der merkwürdigen Geheimschule ihrer Mutter in Arizona gerettet und nach Kilter zurückgebracht hatten,

hingen Elinor und ich häufig zusammen ab. Normalerweise noch mit anderen, aber manchmal auch nur wir zwei alleine. Am Ende des Semesters waren wir richtig gute Freunde geworden. Mal kurz 'ne Mail zu schreiben, nachdem wir uns für die lange Sommerzeit verabschiedet hatten, wäre nicht das Ding gewesen. Aber ich wollte nicht aufdringlich sein, sicher ist sicher. Und außerdem war ich neugierig, ob sie mir auch schreiben würde, wenn ich erst mal nichts von mir hören lasse.
Und das hat sie. Was einen tollen Tag noch toller macht.
Wieder summt mein K-PAD. Ich öffne die neue Nachricht.

AN: sHinkel@Kilter-Akademie.org
VON: Troubleshop@Kilter-Akademie.org
Betreff: Netter Job!

Hey, Sam!
Nach deiner beeindruckenden Performance im ersten Schuljahr sollten uns deine galaktischen Sommerstreiche eigentlich nicht mehr überraschen – haben sie aber! Zum Beispiel dieser Trick mit dem Wäschekorb heute Morgen! Als du dich hinter dem Staubsauger in der Ecke versteckt hast und jedes Mal, wenn deine Mutter sich zur Waschmaschine umgedreht hat, dreißig neue schmutzige Socken in das Ding gepfeffert hast, so dass es einfach nicht leer wurde. Köstlich! Einfach unbezahlbar!

Weißt du, was ebenfalls unbezahlbar ist? Der *Kilter-Seifenblasen-Blaster 3000*.

Ein Video-Icon ploppt auf dem Display auf. Ich vergewissere mich, dass das K-PAD auf *Stumm* geschaltet ist, und tippe auf das Symbol. Ein Filmchen startet. Man sieht, wie ein Junge in meinem Alter eine Flasche Flüssigwaschmittel ausschüttet, um sie gleich darauf wieder mit einer lilafarbenen Flüssigkeit aufzufüllen.

Dann nimmt er einen langen, dünnen Schlauch und steckt das eine Ende in die Flasche. Am anderen Schlauchende ist ein Stäbchen mit Ringöffnung an der Spitze befestigt, das aussieht wie der Blasring eines Seifenblasenfläschchens, nur dass dieses hier silberfarben ist.

Der Junge hebt den Stab an den Mund, lächelt in die Kamera und schürzt die Lippen. Er pustet einmal kräftig, als wäre das Stäbchen eine Kerze auf einem Geburtstagskuchen ... und ist urplötzlich verschwunden. Ebenso wie der gesamte Raum, in dem er steht. Alles in Reichweite der Kameralinse ist von einer dicken weißen Schaumwolke verschlungen worden, die sich im nächsten Augenblick in Tausende durchsichtiger Seifenblasen verwandelt. Gleich darauf zerplatzen alle Blasen gleichzeitig, der Junge taucht wieder auf, und der Raum sieht genauso aus wie zuvor.

Ende. Ich lese weiter.

Mit über sieben Metern Feuerreichweite und automatischer Reinigungsfunktion ist der *Kilter-Seifenblasen-Blaster 3000* das beste Gerät seiner Klasse. Empfand deine Mom das Wäschewaschen zuvor bloß als lästige Pflicht, wird sie von nun an bis in alle Ewigkeit dasselbe Kleid tragen, nur um sich vor dieser Arbeit zu drücken. Dieses einmalige Spielzeug kann für 200 Credits deins sein. Der Miefsockenwurf heute Morgen hat dir 150 Credits eingebracht. Addiere diese zu den anderen, die du dir seit deiner Heimkehr verdient hast, und du hast mehr als genug Credits, um den *KSB 3000* zu erwerben.
Und keine Bange! Die Versandkosten übernehmen wir. Wenn du jetzt bestellst, wird dir der *KSB* über Nacht kostenfrei geliefert!
Gute Arbeit, Sam! Weiter so!

Stets zu Diensten
Dein Trouble-Shop-Team

P. S. Um sicherzustellen, dass du zu Hause beim Ärgermachen nicht lockerlässt, kriegst du jeden Tag 50 Goldstars gutgeschrieben – ganz gleich, was passiert! Und sicher müssen wir dich nicht erst daran erinnern, dass du für jeden Strafpunkt einen Credit kassierst – ebenso wie du für jeden Goldstar wieder einen verlierst!

Kaum habe ich zu Ende gelesen, kommt mir ein Gedanke.
In Kilter kriegen wir vom Trouble-Shop dauernd Mails mit Credit-Konto-Updates und Sonderangeboten. Aber das ist nur möglich, weil Annika, die anderen Lehrer und sogar Mitschüler uns permanent beobachten und Bericht über unsere Ärgermach-Taktiken erstatten. Auf diese Weise verfolgen sie unsere Fortschritte und halten uns auf Zack.
Aber jetzt bin ich zu Hause. Hunderte Meilen von Kilter entfernt.
Wie kann dort jemand wissen, was ich hier mache?
Ich überlege immer noch, als wir in unsere Straße einbiegen. Aber ich will nicht, dass es mit dem Spaß, den Dad und ich zusammen haben, schon vorbei ist, und so beschließe ich, mir später den Kopf darüber zu zerbrechen.
»Hast du Lust auf Scrabble?«, frage ich. Das ist Dads Lieblingsspiel.
»Klar.« Er rutscht unbehaglich auf seinem Sitz herum. Nestelt am Kragen seines gelben Poloshirts. Wirft einen prüfenden Blick in den Rückspiegel, als würden wir verfolgt. »Ich muss erst ... nur noch etwas erledigen. Ähm, für ... für ... ja, für die Arbeit. Definitiv. Eine extrem dringende Sache.«
»Okay.« Überrascht beobachte ich, wie sich sein Hals pink verfärbt. »Wann immer es dir passt.«

Wir fahren in die Einfahrt. Dad macht den Motor aus, wirft die Fahrertür auf und flitzt ins Haus.

Ich folge ihm. Als ich den Flur erreiche, ist er bereits hinter der Tür seines Arbeitszimmers verschwunden.

Mir ist immer noch heiß vom Minigolfen. Also gehe ich in die Küche, um mir ein Glas Wasser zu holen.

»Ah, ihr seid wieder da!« Mom sitzt am Küchentisch, mit einem aufgeschlagenen Buch vor sich. Bei meinem Anblick klappt sie es hastig zu. »Wie war's?«

Und schon wieder werde ich daran erinnert, wie sehr sich dieser Sommer von den vorangegangenen unterscheidet. Letztes Jahr zu dieser Zeit hätte ich mir ein schönes Glas Eistee geholt, mich zu Mom an den Tisch gesetzt und ihr in aller Ausführlichkeit von unserem Minigolftrip erzählt. Ein Teil von mir möchte das auch jetzt tun. Aber so, wie sie eben das Buch zugeschlagen hat, als ich reinkam, hat sie doch bestimmt was zu verbergen. Und bevor ich diesen Sommer irgendetwas anderes unternehme, muss ich herauskriegen, was es ist.

»Warong persuong«, sage ich und steuere auf die Hängeschränke zu.

»Warong persuong?«, fragt sie. »Was soll das denn heißen?«

Genau das, was ich gesagt habe: *War super*. Nur habe ich es auf Schweine-Französisch gesagt, das ich in Kilter gelernt habe. Es ist ähnlich wie Schweine-Latein, bloß werden da nicht nur Buchstaben verschoben, sondern man hängt an jedem Wortende auch noch ein näselndes *ong* an. So habe ich mit Mom nun schon achtundvierzig Stunden lang gesprochen. Hätte ich so was vor ein paar Monaten abgezogen, wäre ich so lange zu Stubenarrest verdonnert worden, bis ich gelobt hätte, wieder ordentlich zu reden. Jetzt aber knirscht sie nur mit den Zähnen und zwingt sich zu einem Lächeln, als würde sie sich über meine Sprachakrobatik amüsieren.

Weil ich keine Antwort gebe, steht sie auf, nimmt das Buch mit sich und flieht aus der Küche. »Zeit fürs Unkrautzupfen!«, ruft sie mir zu. »Bis später!«

In großen Zügen stürze ich ein Glas Wasser runter und gehe dann nach oben. Doch ich lasse mein Zimmer links liegen und steige noch eine Treppe höher ... zum Dachboden.

Ein ungemütlicher, dunkler Ort, den ich selten aufsuche. Heute aber schon, denn Mom kam mir eben ziemlich nervös vor. Ich will sichergehen, dass sie nicht mehr das macht, wobei ich sie erwischt habe, als ich Weihnachten zu Hause war.

Mit angehaltenem Atem schalte ich die nackte Glühbirne an, die von der Decke hängt. Und atme im nächsten Augenblick erleichtert aus. Sie sind weg. Sämtliche Kilter-Akademie-Kartons voller Topsecret-Geräte und Artikel zum professionellen Ärgermachen, von denen niemand außerhalb der Akademie jemals hätte erfah-

ren sollen. Von denen Mom allerdings aus irgendeinem Grund dennoch wusste. Und die sie irgendwie in die Finger gekriegt hatte.
Zurückgeblieben sind die ganz normalen Kartons mit alten Klamotten und der Weihnachtsdeko.
Zufrieden steuere ich wieder auf die Treppe zu.
Doch auf halbem Weg stößt mein Fuß gegen etwas Hartes.
Etwas, das mich vor Überraschung fast aus den Socken haut.
Denn soeben bin ich geradewegs über einen nagelneuen Kilter-Bumeree mit integrierter Nachtsicht-Technologie gestolpert. Mom muss ihn übersehen haben, als sie die anderen Beweisstücke beseitigt hat.
Mit hämmerndem Herzen schnappe ich mir die Waffe, stürme die Dachbodentreppe hinunter und flitze in mein Zimmer. Stürze ans offene Fenster.
Tatsächlich! Da ist sie, mit dem Rücken zu mir, auf den Knien. Zupft Unkraut aus der Erde und schmeißt es in eine Schubkarre. Es könnte die lockerste Trouble-Aktion werden, die ich jemals gemacht habe.
Ich bin immer noch nicht sicher, ob ich die Art von Junge sein möchte, der sich solche Gelegenheiten nicht entgehen lässt ... Aber offensichtlich möchte Mom, dass ich ein solcher Mensch werde. Warum hätte sie mich sonst in eine Fake-Reformschule abgeschoben? Von der sie wusste, dass es sich dabei in Wirklichkeit um eine top

geheime Trainingseinrichtung für professionelle Troublemaker handelt?
Ich kann mir keine anderen Gründe vorstellen. Also werde ich ihr einmal mehr das geben, was sie möchte.
Der Bumeree ist halb Frisbee, halb Bumerang. Man wirft ihn wie eine Frisbeescheibe, aber per Knopfdruck auf die zugehörige kleine Steuerbox kommt er wie ein Bumerang zum Werfer zurück. Seit der Ultimativ-Aufgabe am Ende meines ersten Kilter-Semesters habe ich keinen Bumeree mehr benutzt ... Damals, als Lemon, Gabby, Abe und ich unsere Mission erfolgreich erfüllten, sprich unsere Schuldirektorin Annika zum Weinen brachten, indem wir das Karussell im verfallenen Vergnügungspark in Brand gesteckt haben, den ihr Vater einst extra für sie hatte bauen lassen.
Zum Glück ist es mit dem Bumeree-Werfen so wie mit dem Fahrradfahren. Die erforderliche Technik stellt sich in derselben Sekunde wieder ein, als ich aushole und werfe. Ein Bumeree fliegt so schnell, dass man ihn zwar vorbeisausen hört, aber nicht sieht. Die übliche Reaktion der Zielperson besteht darin, unkoordiniert herumfuchtelnd auf die Luft einzuschlagen, als würde eine lästige Mücke um sie herumschwirren.
Genau das macht auch Mom, als ich den Bumeree ein zweites Mal werfe. Und gleich darauf noch einmal. Mit jeder Attacke wird ihre Reaktion besser. Nicht lange, und sie springt hoch, um sich mit den Händen hektisch

durch die Haare zu wuseln. Gleich darauf hopst sie auch schon zwischen den Salatköpfen dahin ans andere Ende des Gemüsebeetes.

Als ich denke, dass sie genug hat, höre ich auf. Nachdem wir uns ein paar Tage lang ausgetrickst und getäuscht haben, sind wir jetzt quitt. Mom muss für das, was sie getan hat, ihre Gründe haben ... Vielleicht weiht sie mich ja eines Tages ein. Aber fürs Erste können wir einen Waffenstillstand schließen und versuchen, den Rest des Sommers zu genießen.

Nachdem ich den Bumeree in meiner Hosentasche verstaut habe, verlasse ich mein Zimmer und begebe mich ins Bad. Da unser altes Haus keine Klimaanlage besitzt, besteht die beste Methode, mit der brütenden Sommerhitze fertig zu werden, darin, immer wieder kalt zu duschen. Zwar kann ich es gar nicht erwarten, Elinors Mail noch einmal zu lesen und zurückzuschreiben, aber ich möchte dabei auch nicht von Schweißtropfen gestört werden, die aufs K-PAD tropfen.

Im Badezimmer schließe ich erst einmal die Tür ab. Mir schon lebhaft ausmalend, wie toll sich das eiskalte Wasser auf der Haut anfühlen wird, ziehe ich mich aus, steige in die Wanne, drehe den Hahn auf ... und schreie wie am Spieß.

Das Wasser ist nicht eiskalt. Sondern heiß wie glühende Lava.

Ich springe aus der Wanne. Schüttele Arme und Beine

aus. Hüpfe von einem Bein auf das andere, als stünde ich statt auf einem Fliesenboden mitten im Krater eines aktiven Vulkans. Als ich soweit abgekühlt bin, dass ich wieder einen klaren Gedanken fassen kann, drehe ich das Wasser ab und gleich wieder an, sorgfältig darauf bedacht, den Temperaturregler auf der kältesten Position zu belassen.

Dampfschwaden umwabern mich, als das Wasser noch heißer wird.

Ich gehe zum Waschbecken und drehe den Kaltwasserhahn bis zum Anschlag auf. Doch auch da kommt nur heißes Wasser herausgeschossen. Ich ziehe meine Shorts an, schnappe mir mein restliches Zeugs und stürme nach unten. Wo sowohl in der Küche als auch im Badezimmer im Erdgeschoss das Gleiche passiert.

Okay, jetzt bin ich wirklich am Kochen. Ganz offiziell. Aber trotz unseres Waffenstillstandes will ich Mom nicht um Hilfe bitten. Dad ist immer noch in seinem Arbeitszimmer, daher möchte ich auch ihn nicht fragen. Weil mir viel zu heiß ist, um auf andere Optionen zu kommen, schnappe ich mir ein paar Eiswürfel aus dem Gefrierfach des Kühlschranks und ziehe mich in mein Zimmer zurück, wo ich mich erschöpft aufs Bett plumpsen lasse.

Als ich einen Eiswürfel lutsche und mir vorstelle, dass meine Matratze ein Gletscher wäre, meldet sich mein K-PAD mit einer weiteren Nachricht des Trouble-Shops.

Ich werde zu meiner Bumeree-Performance und den daraus resultierenden weiteren hundert Credits beglückwünscht sowie zum Kauf eines brandneuen Ärger-Produkts animiert, dem sogenannten *Boomketball.*
Ans Ende der Mail ist wieder ein Video-Icon angehängt. Aber anstatt darauf zu tippen, um es abzuspielen, drücke ich auf Antworten.

AN: Troubleshop@Kilter-Akademie.org
VON: sHinkel@Kilter-Akademie.org
Betreff: Re: Netter Job!

Hi,
danke, dass ihr mir das alles erzählt. Das mit dem Boomketball hört sich ja megawitzig an. Aber mal 'ne Frage zwischendurch. Wie könnt ihr eigentlich wissen, was ich gerade mache, wo ich doch zu Hause und nicht in der Schule bin?
Mit freundlichen Grüßen

Sam

Ich schicke die Mail ab. Nicht mal eine Minute später kriege ich schon die Antwort.

AN: sHinkel@Kilter-Akademie.org
VON: Troubleshop@Kilter-Akademie.org
Betreff: Re: Re: Netter Job!

Hey, Sam!
Wir haben keinen Schimmer, was du zu Hause so tust. Aber irgendwie hat jemand anderes das. Und vermutlich errätst du schon, wer dieser Jemand ist!

Klar tu ich das. Denn während ich darüber nachdenke, fällt mir nur eine Person ein, die über solch raffinierte Superkräfte verfügt.
Annika.

KAPITEL 3

STRAFPUNKTE: 400

GOLDSTARS: 100

»Erst faltest du das Papier in der Mitte. Dann nimmste es wieder auseinander. Als Nächstes drehste es um neunzig Grad und faltest es wieder. Dann wieder auseinanderfalten, und du hast vier perfekte Quadrate. Siehst du?«

Tue ich. Aber ich fasse es einfach nicht.

»Lemon, nimm's mir nicht übel … aber wie bist du denn auf dieses neue Hobby gekommen?«

Wir unterhalten uns mittels unseres neuen Videochat-Programms, das über Nacht wie von Geisterhand auf unseren K-PADs installiert worden ist. Auf der guten alten Cloudview Middle School, wo Notizen noch mit Papier und Kugelschreiber gemacht werden, hätte diese High-Tech-Errungenschaft einen wahren Schock ausgelöst. Aber ich habe schnell gelernt, dass Kilter technologisch seiner Zeit weit voraus ist. Als ich heute Morgen die Augen aufschlug und Lemons Gesicht mich vom Nachttisch aus anstarrte, auf dem ich vorm Einschlafen das K-PAD abgelegt hatte, bin ich also nur ein bisschen ausgeflippt. Aber nachdem ich ein paarmal geblinzelt hatte und Lemon immer noch da war, habe ich eins und eins zusammengezählt und mich einfach nur riesig gefreut, ihn zu sehen.

»Warum soll ich dir was übelnehmen?«, fragt Lemon.

»Sollst du nicht«, antworte ich. »Beziehungsweise solltest du nicht. Das ... äh ... das passt nur irgendwie nicht zu dir. Mehr nicht.«

Er heftet den Blick auf mich. Dann dreht er langsam den Kopf, so weit es sein Hals ihm gestattet. Über die Wand hinter ihm sind in wildem Zickzack diverse Fäden gespannt, an denen Dutzende kunterbunte Papierformen und -gestalten hängen. Ich sehe rote Papierhunde. Lila Papierhüte. Blaue Papierflugzeuge. Pinkfarbene Papierherzen. Alle von Lemon selbst gemacht.

Er dreht sich wieder zu mir um. »Das ist Origami. Die traditionelle japanische Kunst des Papierfaltens.«

»Ich weiß.«

»Japan ist cool.«

»Ist es. Und Papier ist voll super.« Ich hege zwar keinerlei besondere Gefühle gegenüber diesem fast ausgestorbenen Material. Aber wenn es Lemon glücklich macht, das Zeugs zu falten, macht es mich auch glücklich. »In Kilter hast du dich nur nie mit so etwas beschäftigt. Oder etwas davon erzählt.«

Seine Mundwinkel sinken kurz, bevor sie sich wieder heben und der Mund sich zu einer geraden Linie formt. »Neulich hab ich einen Hai aus Alufolie gemacht und ihn meinem kleinen Bruder geschenkt. Er ist total darauf abgefahren. Dann bin ich ins Internet, um rauszufinden, wie man andere Figuren machen kann. So bin ich auf Origami gestoßen. Man braucht quadratisches Spezialpapier dafür. Also sind Mom und ich gleich zu einem Bastelladen gefahren.«

Bevor ich etwas sagen kann, klopft es an seiner Tür.

»Herein«, sagt Lemon.

Die Tür geht auf. Eine kleinere, dünnere Version meines besten Freundes kommt ins Zimmer geflitzt und hält ein riesiges Streichholz in die Luft.

»Guck mal, was ich gefunden hab!«

Lemon blickt über die Schulter zurück. Prompt lässt er das Papier, das er gerade gefaltet hat, fallen und springt auf. »Finn! Wo hast du das her?«

»Aus dem Müll«, sagt Lemons kleiner Bruder. »Ist deins, oder?«

»Es *war* meins. Bevor ich es weggeworfen hab.«

»Aber es funktioniert noch. Siehst du?« Finn drückt auf einen Knopf. Eine orangefarbene Flamme kommt aus der Spitze des langen Feuerzeugs geschossen. »Wenn du's nicht mehr willst, kann ich es ja …«

Lemon stürmt durch das Zimmer und nimmt ihm das Feuerzeug weg. »Spiel lieber damit.« Er drückt seinem

Bruder einen Stapel Papier in die Hand, schiebt ihn hinaus und schließt die Tür wieder. Dann kommt er an seinen Schreibtisch zurück und hebt das fallengelassene Papier auf, um sich erneut der Falterei zu widmen.

»Sorry.«

»Kein Problem.«

»Na, egal, jedenfalls würdest du nicht glauben, wie viele Papiersorten es gibt. In sämtlichen Farben. In allen Größen. Einige glänzen, und andere sind sogar mit Glitter überzogen.«

»Hört sich nach einem mordslustigen Hobby an. Und ganz offensichtlich bist du richtig super darin. Aber …«

»Sportsfreund!«

Ich zucke vor Schreck zusammen. Dad klopft an meine Tür.

»Ich muss jetzt zur Arbeit! Und deine Mutter ist schon los zu ihrem Wellnesstag mit ihren Mädels. Wir sind gegen fünf wieder zurück. Amüsier dich schön. Bis später.«

»Scrabble-Revanche heute Abend?«, rufe ich zurück.

Er antwortet nicht. Alles, was ich höre, ist, wie er entgegen seiner Gewohnheit mit rasanten Schritten über den Korridor davonhastet.

»Stimmt was nicht?«, fragt Lemon.

Stirnrunzelnd starre ich auf die geschlossene Zimmertür. »Wenn ich das nur wüsste.«

Normalerweise geht Dad nicht aus dem Haus, ohne mich

vorher zu drücken. Wenn ich gerade dusche oder mich anziehe, wartet er mit dem Weggehen, bis ich nach unten komme. Selbst wenn er dadurch zu spät zur Arbeit kommt.

Ich bin kurz davor, Lemon davon zu erzählen, als mein K-PAD einen Piepston von sich gibt.

»Das ist Abe«, sage ich, als ich seinen Namen in der Ankündigungsbox lese, die aufgepoppt ist und nun Lemons Nase verdeckt. »Soll ich rangehen?«

Lemon begutachtet den Fortschritt seines aktuellen Kunstwerks. Ich klicke auf die Ankündigungsbox. Das Display des K-PADs teilt sich, als neben Lemons Gesicht das unseres Ä-Team-Kameraden erscheint.

»Hey«, begrüßt Abe uns.

»Hi«, antworte ich lächelnd. Mit Abe bin ich nicht so dick befreundet wie mit Lemon. Aber trotzdem haben wir im letzten Jahr eine Menge zusammen durchgemacht. Es ist schön, ihn wiederzusehen. »Wie geht's?«

»Super! Ich meine, gut.« Er weist mit dem Kinn dorthin, wo Lemon sich auf seinem K-PAD-Display befinden muss. »Coole Fingerarbeit, L-Man.«

»Wie ist dein Sommer?«, beeile ich mich zu fragen, bevor Abe Lemon zu löchern beginnt.

»Schwer zu tun«, sagt er. »Ich wollte euch nur mal kurz kontroll… äh … hallo sagen. Sehen, was ihr so macht. Habt ihr irgendwas von dem probiert, was wir in der Schule gelernt haben?«

»Ich hab ein paar Sachen probiert«, antworte ich bewusst vage. Abe ist mega leistungsorientiert und dauernd bestrebt, der beste Troublemaker in unserer Klasse zu werden. Nicht genau zu wissen, was ich angestellt habe, wird ihn folglich ärgern – und mich prächtig amüsieren.

Seine Augen verengen sich, aber er bohrt nicht weiter nach. »Und du, Lemon? In letzter Zeit mal wieder irgendwelche Briefkästen abgefackelt?«

Lemons Hand erstarrt. Eigentlich ist es eine vernünftige Frage, aber offensichtlich schmeckt sie ihm nicht. Zum Glück gibt mein K-PAD wieder einen Piepston von sich.

»Gabby«, sage ich, als ihr Name auf dem Display aufpoppt. »Soll ich rangehen?«

»Nein«, sagt Abe.

»Ja«, sagt Lemon.

Ich tippe auf die Box. Lemons und Abes Gesichter schrumpfen, als sich das Bild auf dem K-PAD drittelt und das vierte Mitglied des Ä-Teams erscheint.

»OH. MEIN. GOTT!«, kreischt Gabby begeistert. »Mensch, Jungs! Ihr seid es tatsächlich. Mann, ist das lange her. Ich hab euch sooo vermisst! Wie geht es euch? Ihr müsst mir alles erzählen!«

»Hast du gerade deine K-PAD-Kamera geküsst?«, fragt Abe.

Hat sie. Zumindest hat es so ausgesehen. Ihr Bild ist plötzlich so riesengroß geworden, dass es hinter einem schimmernd-pinkfarbenen Mund förmlich verschwunden ist, um gleich darauf wieder aufzutauchen, nachdem sie ihr Lipgloss von der Kameralinse gewischt hat.

Anstelle einer Antwort weiten sich ihre blauen Augen im nächsten Moment so extrem, dass es aussieht, als würden sie die Hälfte ihres Kopfes einnehmen. Sie sind auf Abe gerichtet, der schnell den Blick abwendet, um nicht in die Fänge ihres berüchtigten Hypnoseblicks zu geraten.

»Uns geht's gut«, antworte ich kurzerhand für alle. »Und dir?«

Gabbys Augen schrumpfen wieder auf Normalgröße. »Toll! Vor allem jetzt, wo wir sozusagen die ganze Zeit miteinander reden und uns auch noch SEHEN können.«

Ein lautes Klopfen dröhnt aus dem Lautsprecher.

»Bin beschäftigt!«, ruft Abe.

Abes Zimmertür öffnet sich. Ein Mann – vermutlich sein Dad – taucht hinter ihm auf.

»Wie wär's mit wenigstens 'ner *kleinen* Sport-Session vor der Arbeit?« Mr Hansen hält beide Hände hoch. In der einen hat er einen Football, in der anderen einen Baseball.

»Ja«, sagt Abe.

»Du kannst dir sogar aussuchen, was wir spielen!«, ruft Mr Hansen.

»Dann nehm ich gar nichts«, verkündet Abe.

»Ach, komm schon. Ein kleiner netter Wettkampf ist gut für ...«

Mr Hansen verstummt, als Abe sich umdreht. Ich kann nur seinen Hinterkopf erkennen, also habe ich keine Ahnung, was für einen Blick er seinem Dad zuwirft. Aber er muss ziemlich böse sein, denn sein Dad runzelt nur die Stirn und verlässt wortlos das Zimmer.

Abe wendet sich wieder uns zu. »Also. Gabby, hast du schon irgendwelchen Ärger gemacht?«

Gabby zögert, und mir ist klar, dass sie gerne fragen würde, was das eben zu bedeuten hatte. Doch stattdessen beantwortet sie schließlich seine Frage. »Vielleicht 'n bisschen. Aber nur, weil ich musste!«

»Warum musstest du?«, hake ich nach.

»Wegen Flora. Meiner älteren Schwester. Die ist völlig durchgeknallt! Sie war *so* süß zu mir, als ich das erste Mal nach Hause kam. Aber jetzt? Mir kommt es vor, als würde sie alles machen, um mich loszuwerden. Sie hat sich zum Beispiel einfach meine Lieblingsäffchenpuschen unter den Nagel gerissen, ohne mich zu fragen. Und als sie sie mir zurückgegeben hat, waren die voller Grasflecken. Und ...«

»Hey! Trottelschwester!«

Gabbys Mund klappt schlagartig zu. Ihre Zimmertür fliegt auf. Ein Mädchen mit langen blonden Haaren kommt hereingeplatzt und fängt sofort an, durchs Zimmer zu wirbeln.

»Mom und ich gehen shoppen. Ich brauch 'ne neue Jacke. Wo ist eigentlich deine Jeansjacke? Die mit den Kristallknöpfen? Und den Blumenstickern? Und ...«
Das Mädchen, bei dem es sich vermutlich um Flora handelt, plappert munter weiter, während sie Schubladen öffnet und in Gabbys Klamotten herumwühlt. Aber ich höre gar nicht mehr zu, sondern konzentriere mich nur auf Gabby. Die zu Boden blickt und nichts sagt. *Nichts*. Gabby! Die sonst immer irgendwas zu sagen hat.
»Aha!« Flora ist wieder aus einem Wandschrank aufgetaucht und hält die Jacke in die Höhe. »Dann noch viel Spaß mit deinen Büchern. Oh, und warte am Mittag nicht auf uns. Wir essen unterwegs was. Bis dann, du Nerd!«
Flora verschwindet. Gabby verharrt noch eine Sekunde in Schweigen. Dann steht sie auf, schließt die Tür, die ihre Schwester offen gelassen hat, und nimmt wieder Platz.
»Also«, beginnt sie. »Sie hat mir meine Puschen mit Grasflecken versaut. Wer, frage ich euch, würde Hauspuschen, noch dazu so wunderschöne, draußen tragen? Dann hat sie noch alle meine Schoko-Rosinen aufgefuttert, die sie eigentlich hasst und von denen sie genau weiß, dass Mom sie nur für mich kauft. Und dann ...«
»Gabby«, unterbricht Abe sie. Gleich wird er fragen, warum sie Flora einfach erlaubt hat, so hereinzuplatzen und sich die Jacke zu mopsen, und wie es kommt, dass

sie nicht auch mit shoppen geht. Aber er erwidert ihr den Gefallen, den sie ihm eben getan hat, indem er die bizarre Unterbrechung von eben komplett ignoriert.

»Was?«, fragt Gabby.

»Komm zur Sache«, sagt Abe. »Was hast du für Ärger gemacht?«

Ich höre nur halb zu, als sie von Kontaktlinsen, die im Dunkeln leuchten, Röntgensonnenbrillen und anderem Equipment erzählt, das sie benutzt hat, um es ihrer Schwester heimzuzahlen. Gabby gehört zur Kilter-Gruppe der Biogift-Performer, deren Stärke darin besteht, mittels echter und auch gefakter Körperfunktionen und -ausscheidungen Ärger zu machen. Was Gabby auszeichnet, ist ihr bohrender Hypnoseblick, mit dem sie jeden dazu bringt, genau das zu machen, was sie will. Und wie es aussieht, hat sie sich in dieser Beziehung in Form gehalten.

Ich höre nur halb zu, als Abe eine Andeutung darüber macht, was er im Schilde führt. Er gehört zur Gruppe der Kilter Farbartisten, denn er ist ein talentierter Zeichner und Maler und kreiert verwirrende und zuweilen sogar furchteinflößende »Kunstwerke«. Um sich als Troublemaker einen Vorteil zu wahren, räumt er lediglich ein, dass er nachts heimlich an einem Mauerwandbild arbeit. Ein Meisterwerk, das, wenn es erst einmal fertig ist, vermutlich die gesamte Nachbarschaft auf den Kopf stellen wird.

Während sie so reden, achte ich hauptsächlich auf Lemon. Wieder und wieder faltet und entfaltet er dasselbe Blatt Papier, ohne im Geringsten auf Gabby oder Abe zu achten. Nur ein einziges Mal guckt er hoch, als es an seiner Zimmertür klopft. Woraufhin er das Blatt auf den Schreibtisch legt und in die Kamera starrt.

»Bis später«, sagt er, bevor sein Drittelbild auf meinem K-PAD-Display verschwindet.

»Was hat der denn für 'n Problem?«, fragt Abe.

»*Er* hat kein Problem«, sagt Gabby. »Es ist einfach nur Lemon. Und wie lautet deine Ausrede?«

Mein knurrender Magen erinnert mich daran, dass ich noch nichts im Bauch habe. »Ich sollte dann auch mal, Leute. Machen wir später weiter?«

Sie stimmen zu. Wir verabschieden uns und gehen aus dem Chat. Als ich aus dem Bett krieche und durchs Zimmer wusele, denke ich über Lemon und sein schräges Hobby nach. Ob da etwas vorgefallen ist? Haben seine Eltern ihm etwa ordentlich eingeheizt wegen seines alten Hobbys? Das, weswegen sie ihn nach Kilter geschickt haben?

Ich verharre, eine Hand bereits am Türknauf. Es ist so was von abgefahren, dass unsere Eltern – Mom natürlich mal ausgenommen – Kilter für eine superexklusive Privatschule halten. Eine tolle Einrichtung, in der die übelsten Kids des Landes in brave verwandelt werden.

Wobei Kilters wahrer Zweck, aus talentierten Amateur-Troublemakern Profis zu machen, nur Annika, den Angestellten der Akademie und den Schülern bekannt ist.
»Irre«, sage ich und drehe am Türknauf.
Der sich nicht bewegt.
Woraufhin ich ihn andersherum drehe. Und wieder zurück. Ich vergewissere mich, dass nicht abgeschlossen ist. Drehe und ruckele noch etwas weiter herum. Packe das Ding ganz fest und lehne mich mit meinem ganzen Gewicht zurück, bis ich in einem Fünfundvierzig-Grad-Winkel dastehe.
Der Türknauf bewegt sich nicht.
Mein Herz fängt an zu rasen. Meine Handflächen werden feucht.
»Keine Panik«, rede ich mir gut zu.
Und es wirkt. Zumindest vorerst. Als Erstes schnappe ich mir eine Socke aus der Kommode und den Zauberwürfel vom Schreibtisch. Die beiden Sockenenden mit einer Faust umklammernd, lege ich den Würfel in die so entstandene Schlaufe. Ich hole mit der improvisierten Schleuder aus und lasse den Würfel sausen. Er kracht genau gegen den Knauf und fällt zu Boden.
Das mache ich geschlagene drei Mal, in der Hoffnung, den Knauf von der Tür zu fetzen. Fehlanzeige. Schließlich flitze ich zur Tür, um wie verrückt am Knauf zu rütteln.

Nichts. Es ist, als wäre das Teil festbetoniert.
Nun bekomme ich doch Panik, wenn auch nur ein wenig. Denn im Moment ist niemand zu Hause, und es ist erst zehn Uhr. Bis Mom und Dad zurückkommen, werden noch Stunden vergehen. Ich habe kein Telefon hier, um sie um Hilfe zu rufen, war noch nicht mal auf dem Klo, und mein leerer Magen knurrt wie verrückt. Schon jetzt ist es drückend heiß, und spätestens am Mittag wird sich mein Zimmer in einen Hochofen verwandeln. Meine Haut wird vom Körper schmelzen, die Knochen werden bersten und zerbröckeln, so dass von dem zuweilen bösen, aber meist braven Sam Hinkel nichts übrigbleiben wird als eine zerzauste Masse Haare, eine grüne Pyjamahose und ein Kilter-Akademie-T-Shirt.
Mein summendes K-PAD rettet mich vor einem vorzeitigen Kollaps. In der verzweifelten Hoffnung auf eine Mail von Mom oder Dad – auch wenn das eigentlich unmöglich ist, da das K-PAD keine Mails von Nicht-Kilter-Adressen empfängt – stürme ich zum Nachttisch.
Die Nachricht ist weder von Dad noch von Mom, sondern von Ms Parsippany, meiner ehemaligen Aushilfslehrerin, meinem versehentlichen Apfel-Opfer. Sie ist inzwischen meine Brieffreundin und gleichzeitig die einzige Ausnahme von Kilters E-Mail-Regeln. (Was wir irgendeinem Fehler auf dem Kilter-Server zuschreiben.) Ich habe wochenlang nichts von ihr gehört.

AN: sHinkel@Kilter-Akademie.org
VON: parsippany@cloudviewschools.net
Betreff: Schöne Sommerferien!

Lieber Sam!
Hallo! Wie geht es dir? Freust du dich, zu Hause zu sein? Genießt du die Sommerferien?
Tut mir leid, dass ich mich eine Weile nicht gemeldet habe. Wie ich in meiner letzten Mail geschrieben habe, war ich viel auf Reisen. Wo es manchmal ganz schön schwierig war, einen Internetzugang zu finden – vor allem, wenn du mitten in der wilden Berglandschaft der Appalachen steckst, dich in den Red Rocks von Utah verlaufen hast oder du eine abgelegene Insel fünfzig Meilen vor der Küste Floridas erkundest. Apropos: Hast du jemals eine Kokosnuss probiert? Eine richtige, frisch vom Baum? Wenn nicht, kann ich dir das nur wärmstens empfehlen. Wie dem auch sei, eigentlich wollte ich nur mal wieder hallo sagen. Ach ja, außerdem habe ich mich gefragt, ob du wohl Bartholomew John gesehen hast, seit du zu Hause bist. Wenn ja, wie geht es ihm denn? Legt er sich immer noch gerne mit anderen an und bringt sich damit in Schwierigkeiten? Hast du mal mit anderen Cloudview-Kids geplaudert? Oder mit welchen aus der Nachbarschaft? Falls ja – waren welche darunter, die auch gerne Ärger machen? Da du nun so ein Experte bist, wette ich, dass du einen potentiellen Troublemaker erkennst, noch

bevor der selbst überhaupt daran denkt, eine Papiermatschkugel abzufeuern – oder einen Apfel ☺
Mein Hubschrauber startet gleich, also sollte ich zum Ende kommen. Bitte schreib doch mal zurück, wenn du Lust hast. Es würde mich freuen, wieder von dir zu hören.

Mit herzlichen Grüßen
Ms Parsippany

Ein paar Dinge an dieser Mail sind auffällig. Zum Ersten verliert Ms Parsippany kein Wort darüber, was sie an all diesen interessanten Orten eigentlich treibt. Macht sie einen richtig langen Urlaub? Allerdings hat sie bereits während des Schuljahrs davon gesprochen, dass sie herumreist ... Und warum fragt sie nach meinem Erzfeind Bartholomew John? Warum will sie wissen, ob ich potentielle Troublemaker aus der Umgebung getroffen habe? Und ganz abgesehen davon: Die meisten Leute fliegen doch mit einem Flugzeug. Was also macht sie in einem Hubschrauber?
Lauter Sachen zum Nachdenken. Aber ich kann nicht. Nicht jetzt. Denn das Wort »Kokosnuss« in ihrer Mail verhindert, dass ich über irgendetwas anderes nachdenken kann als über Essen. Es erinnert mich daran, dass ich fast am Verhungern bin.
Ich schwöre mir, ihr zu schreiben, sobald ich wieder Zeit

dafür habe, lege das K-PAD auf den Nachttisch zurück und gehe zum Fenster.
Sind doch nicht viel mehr als dreißig Zentimeter, lüge ich mir selbst die Hucke voll. Denn mein Zimmer liegt im ersten Stock. Und ich hasse Höhen. Mir einzureden, dass der Boden sehr viel näher ist, als es aussieht, ist meine einzige Chance.
Ich setze mich aufs Fensterbrett, den Blick unverwandt auf die Baumkrone vor mir gerichtet. Mit angehaltenem Atem hebe ich das erste Bein durch die Fensteröffnung.
Woraufhin sich augenblicklich ein Schwarm blutrünstiger Fledermäuse auf mein Gesicht stürzt. Oder zwei Schmetterlinge vorbeiflattern. Schwer zu sagen, denn was auch immer es sein mag, veranlasst mich, einen blitzartigen Rückzieher zu machen, so dass ich hart auf dem Zimmerboden lande.
»Elinor wartet im Hof«, sage ich zu mir, als ich mich aufrappele. Unglücklicherweise ist auch das eine Lüge. Aber so zu tun, als wär's wahr, hilft mir, einen anderen Fluchtplan auszuhecken.
Ich ziehe die dünne Decke von meinem Bett, knote die eine Ecke um eines der Schreibtischbeine und werfe den Rest der Decke aus dem offenen Fenster, so dass sie wie ein Seil an der Hauswand herabhängt. Dann nehme ich mein K-PAD vom Nachttisch und stopfe es mir in den Bund meiner Pyjamahose. Wenn ich falle und mir

die Beine breche, kann ich so immer noch mit Lemon chatten oder ihm eine Mail schicken, damit er die 911 anruft.

Dann hieve ich mich wieder auf das Fensterbrett. Bugsiere meine Beine ins Freie. Kralle die Finger in die Decke. Hole tief Luft. Und stoße mich von der Kante ab.

Es funktioniert. Meine ungelenke Rutsch-Stopp-Krall-Zappel-Technik würde mir wahrscheinlich von Tarzan keine Standing Ovations einbringen, aber das ist okay. Alles, was zählt, ist, dass meine Füße fünf Minuten, nachdem ich mein Zimmer verlassen habe, das Gras berühren. Ich lasse mich auf Hände und Knie fallen, um es zu küssen, bevor ich zur Hintertür sprinte.

Ich finde den Ersatzschlüssel unter Moms geliebter Betonschildkröte, schließe die Tür auf und stürme ins Haus. Lächelnd winke ich der Couch zu, sage der Waschmaschine hallo und komme mir vor, als wäre ich kurz davor gewesen, sie niemals wiederzusehen.

Ich mache einen Abstecher ins Bad und renne dann in die Küche.

»Fischstäbchen«, keuche ich. »Ich ... brauch ... Fischstäbchen.«

Ich taumele auf den Kühlschrank zu, reiße das Gefrierfach auf und genieße kurz den kalten Hauch auf meinem Gesicht, bevor ich gierig mit einer Hand hineinlange.

Sie sind nicht da. Seit ich wieder zu Hause bin, hat das Gefrierfach stets einen schier unerschöpflichen Vorrat an Fischstäbchen beherbergt – aber jetzt ist kein einziges mehr da. Wo sich Packungen meines Lieblingsessens hätten türmen sollen, sehe ich nur eine halbleere Eiswürfelform und einen Beutel mit gefrorenem Spinat.

In der Annahme, dass die Objekte meiner Begierde bestimmt schon für das heutige Abendessen vor sich hin tauen, checke ich die Tiefen des Kühlschranks. Aber auch dort ist nichts zu finden.

Mom führt etwas im Schilde. Davon bin ich genauso überzeugt wie davon, dass Lemons neues Origami-Hobby so was von abgefahren ist. Ich weiß nicht, was Mom plant – aber ich werde es herausfinden.

Und zwar angefangen mit dem Buch, das sie neulich vor mir verbergen wollte.

Während ich Schränke und Schubladen durchsuche, schlinge ich einen Bagel runter. Als ich nichts finde, begebe ich mich in die Waschküche. Da Mom normalerweise die Einzige ist, die sich hier aufhält, denkt sie vermutlich, dass der Raum als Idealversteck prädestiniert ist.

Ich bin schon halb den Korridor runter, als mich etwas innehalten lässt. Meine Hand fährt an den Mund, die andere an den Bauch. Der Bagel macht einen Salto in meinem Magen und droht, wieder den Weg hochgeschossen zu kommen, den er gerade erst genommen hat. Meine Augen tränen. Die Nasenlöcher brennen.

Es ist ein Geruch. Oder besser gesagt ein *Gestank*. Von etwas Vergehendem. Verwesendem. Faulendem.
Der Gestank ist übel. So übel, dass ich alle Kraft und Konzentration brauche, um meinen Mageninhalt unten zu behalten.
Und der Gestank kommt geradewegs aus Dads Arbeitszimmer.

KAPITEL 4

STRAFPUNKTE: 400

GOLDSTARS: 100

»Mal sehen, ob ich alles richtig kapiert habe. Deine Mom hat in der Küche gelesen. Du hattest kein kaltes Wasser. Bist in deinem Zimmer eingesperrt worden. Deine ekligen Fischstäbchen waren futsch.« Abe macht eine kurze Pause. »Und das ist alles?«

Ich überprüfe nochmals meine mentale Checkliste. »Ja.«

»Du glaubst also, deine Eltern haben das kalte Wasser abgestellt?«, fragt Gabby. »Sozusagen mit Absicht. Und dich in deinem Zimmer eingeschlossen? Und so mir nichts, dir nichts dein Lieblingsessen beseitigt, das sie seit deiner Heimkehr die ganze Zeit für dich zubereitet haben?«

»Ja, das glaube ich.« Es ist die einzige Erklärung, die mir dazu einfällt.

»Warum sollten sie all das tun?«, fragt Gabby.

»Keine Ahnung«, gestehe ich.
»Haben deine Eltern einen Klempner gerufen?«, fragt Abe.
»Ja, aber ...«
»Hat das Türschloss in deinem Zimmer schon mal geklemmt?«
»Kann schon sein, aber ...«
»Hast du die Haltbarkeit auf den Fischstäbchenpackungen gecheckt?«
»Nee, aber ...«
»Dann kapier ich wirklich nicht, warum du ein Ä-Team-Krisentreffen einberufen hast«, sagt Abe.
Ich rede via K-PAD mit dem Ä-Team, hinter einem Rosenbusch getarnt, der in unserem Vorgarten steht. Acht Stunden sind vergangen, seit ich Hunderte von Fischstäbchen entdeckt habe, die in einem großen Abfallkübel in Dads Arbeitszimmer vor sich hin rotteten. Meine Eltern sind vor zwei Stunden nach Hause gekommen. Beide haben ziemlich überrascht ausgesehen, als sie mich auf der Wohnzimmercouch vorfanden. Allerdings kann ich nicht sagen, was der Grund für ihre Überraschung war. Vielleicht hatten sie erwartet, als meine Befreier aufzutreten, oder sie waren erstaunt, weil ich im Wohnzimmer saß, ohne dass der Fernseher lief. Das Abendessen war ziemlich normal. Aber vielleicht auch nur, weil Mom eine vegane Pizza mitgebracht hatte, so dass kein Bedarf bestand, die Sache mit den verschwun-

denen Fischstäbchen anzusprechen. Falls einer von ihnen den Gestank registrierte, der aus Dads Arbeitszimmer kam, so sprachen sie nicht davon. Als sich mir der Magen mal so lange nicht umdrehte, dass ich fragen konnte, ob ich noch eine kurze Spritztour mit dem Rad machen könnte, wünschten sie mir einfach nur viel Spaß dabei. Und dann bin ich hier rausgegangen. Ich wollte während des Chattens nicht im Haus sein – aus Angst, meine Eltern würden uns belauschen.

»Das sind nur Beispiele«, sage ich. »Aber die haben sich überhaupt ganz komisch verhalten. Mom ist viel zu nett gewesen. Dad so nett wie immer, aber irgendwie auch ein bisschen anders. Als wir vom Minigolfen nach Hause gekommen sind, hat er gesagt, er hätte noch was zu erledigen. Dann ist er geradewegs in sein Arbeitszimmer marschiert und hat die Tür hinter sich zugemacht.«

»Wow«, mokiert sich Abe. »Dein Dad … ist in sein Arbeitszimmer … um zu arbeiten. Du musst unbedingt das FBI alarmieren.«

»Abraham.« Lemon hält einen grünen Papieraffen in die Höhe, während er noch ein paar letzte Korrekturen am Schwanz vornimmt. »Sam hat ein Krisentreffen einberufen. Was bedeutet, dass etwas nicht stimmt.«

»Und eure Eltern?«, frage ich, bevor Abe weiter herumlamentieren kann. »Hat sich von denen einer irgendwie komisch verhalten?«

»Also, um ehrlich zu sein … schon möglich«, sagt Abe zu meiner Überraschung.

Mir stockt das Herz. »Wie meinst du das?«

Er wirft einen raschen Blick in Richtung Zimmertür und beugt sich dann dichter an sein K-PAD heran. »Meine Vorräte sind verschwunden.«

»Was für Vorräte?«, flüstert Gabby.

»Meine Sprühfarben. Pastellstifte. Wasserfarben. Ich habe in jedem Zimmer Mal- und Zeichenutensilien versteckt, damit ich immer leicht rankomm, wenn ich eine Inspiration habe. Aber neulich konnte ich nichts mehr finden. Für geschlagene achtzehn Stunden war das ganze Zeugs verschwunden.«

»Und dann?«, frage ich.

»Mein Dad hat mich gebeten, den Rasen zu mähen.« Abe, nicht gerade der große Outdoorfan, kann ein Schaudern nicht unterdrücken. »Und als ich in den Schuppen ging, um den Rasenmäher zu holen, hab ich alles wiedergefunden. In eine Ecke geschoben. In schwarze Müllsäcke gestopft und unter einer Abdeckplane versteckt.«

Gabby schnappt überrascht nach Luft. »Hast du sie gefragt, warum die Sachen da drin waren?«

Er nickt. »Dad hat gesagt, Mom und er wären allergisch gegen die Dämpfe. Dabei haben sie sich schon Millionen Mal in Nähe der Farben aufgehalten, ohne dass ich auch nur einmal einen von ihnen niesen gehört hab.«

»Und selbst, wenn es stimmen würde«, sage ich, »wa-

rum haben sie's dir nicht einfach erzählt? Wozu das Zeugs verstecken? Und warum die ganze Geheimniskrämerei?«
Bevor er antworten kann, schaltet sich Gabby in die Debatte ein. »Auch hier geht etwas wirklich Schräges ab. Aber etwas, das irgendwie allen das Leben vermiest – nicht nur mir –, ich weiß nicht, ob es das Gleiche wie bei euch ist.«
»Los, spuck's aus«, fordere ich sie auf.
Sie räuspert sich, öffnet den Mund und singt die ersten paar Takte der Nationalhymne.
»Du singst die Hymne, obwohl es zum Nationalfeiertag noch ewig hin ist«, kommt Abes Kommentar, als sie fertig ist. »Wie abgefahren ist das denn?«
»Auf das Lied kommt es nicht an«, erwidert Gabby. »Sondern darauf, was meine Familie macht, sobald ich anfange zu singen. Und ihr habt eben nicht reagiert, also ist klar, dass es nur von ihnen ausgeht.«
»Was machen sie denn?«, frage ich.
Sie ist am Strand und sitzt auf einem Handtuch. Hinter ihr erstreckt sich ein grau-blauer Ozean. »Ihr wisst doch alle, wie überaus gerne ich singe, oder? Volkslieder, Weihnachtslieder, Popsongs, das Alphabet, was auch immer. Und wie gut ich darin bin.«
Abe gibt ein Schnauben von sich. Lemon reiht kunterbunte Schneeflocken aneinander.
»Wissen wir«, sage ich.

»Nun, dann ist ... vor drei Tagen ... etwas passiert. Es war der Abend vor Dads Geburtstag. Beim Essen haben wir darüber gesprochen, wie wir ihn feiern sollen. Weil ein Geburtstag ohne dieses ganz bestimmte Lied kein Geburtstag ist – ihr wisst schon, das Lied, das alle singen, bevor du die Kerzen auf dem Kuchen auspustest –, also, weil das eben kein richtiger Geburtstag wäre, habe ich schon mal angefangen zu üben. Am Tisch. Mitten beim Essen.«

»Warum?«, fragt Abe verblüfft.

»Warum nicht?«, erwidert Gabby.

»Ähm, weil sich Leute unterhalten?«

»In Restaurants läuft die ganze Zeit Musik, während sich die Leute unterhalten«, kontert Gabby. »Ich dachte, mein Lied würde das Essen noch netter machen.«

»Und, was ist dann passiert?«, frage ich. Gabby macht einen Schmollmund. »Die haben sich Kopfhörer aufgesetzt. Alle. Ich hatte noch nicht mal die erste Zeile zu Ende gesungen, da haben Mom, Dad und Flora jeweils einen Kopfhörer unter dem Tisch hervorgeholt und ihn sich aufgesetzt. Ich hab sie gefragt, was sie da eigentlich machen, aber sie haben nicht geantwortet. Weil sie mich nicht hören konnten.«

»Ich bin nicht sicher, ob ich dir folgen kann«, sage ich.

»Die haben mich völlig ausgeblendet!«, ruft Gabby empört. »Mit Spezialkopfhörern, die jeden Laut abblocken, wenn man sie aufhat. Jedes Mal, wenn ich seitdem zu singen anfange – was sozusagen alle fünf Minuten ist –, setzen sie die blöden Dinger auf. Und nehmen sie erst ab, wenn ich wieder aufhöre.«

»Hast du sie gefragt, warum sie das tun?«, hakt Abe nach.

Sie nickt. »Mom meint, meine Stimme wäre so wunderschön, dass sie es nicht verdienten, sie jeden Tag zu hören. Zuerst habe ich ihr geglaubt, weil meine Stimme ja wirklich magisch ist.«

Abe unterdrückt mit allergrößter Mühe ein Stöhnen.

»Aber«, fährt Gabby fort, »ich habe schon immer so gesungen, und noch nie haben sie Kopfhörer getragen. Daher bin ich nicht sicher.«

»Klingt definitiv verdächtig«, stimme ich zu. »Was ist mit dir, Lemon? Ist dir was Merkwürdiges aufgefallen, seit du wieder zu Hause bist?«

Lemon, der gerade dabei war, sich Luft zuzufächeln, unterbricht seine Tätigkeit. Und starrt auf irgendetwas außerhalb des Bildschirms.

»Nö«, sagt er schließlich.

»Bist du sicher?«, frage ich. »Niemand, der etwas Ungewöhnliches macht oder sagt?«

»Nö, niemand.«

»Wir sollten uns bei Elinor melden«, schlägt Gabby vor und tippt schon auf ihrem K-PAD herum.

»Ich weiß nicht, ob das so eine gute Idee ist«, erwidere ich rasch. Obwohl Elinor kein offizielles Mitglied des

Ä-Teams ist (als wir überlegten, sie aufzunehmen, war Abe dagegen gewesen), habe auch ich mit dem Gedanken gespielt, sie zu diesem Chat einzuladen. Am Ende habe ich es dann doch nicht getan, weil ich dachte, dass es für sie vielleicht problematisch werden könnte, sich von ihrer Mom loszueisen. Und weil ich ihr vor drei Tagen zurückgeschrieben und immer noch nichts von ihr gehört habe. »Du hast doch gesehen, wo und wie sie leben muss.«

»Du meinst dieses Wüstenloch?«, fragt Gabby.

»Krawall-City ist eine Schule«, wendet Abe ein. »Ihre Mom arbeitet da nur. Bestimmt wohnen die ganz woanders.«

»Erinnert ihr euch an diese verlassenen Häuser?«, sage ich.

»Bei denen Fenster und Türen fehlten?«, fragt Gabby.

»Die mit den Drecksgärten, in denen man förmlich im Müll versank?«, fragt Abe.

»Wo wir Elinor gefunden haben, eingesperrt in einem trockengelegten Swimmingpool voller Würmer und Schlangen?« Ich nicke. »Trautes Heim, Glück allein.«

Gabby schüttelt sich. »Armes Ding. Wir sollten eine zweite Rettungsaktion auf die Beine stellen.«

»Nee danke«, meint Abe. »Bei dem Trip hab ich genug Sand geschluckt, um eine zweite Sahara auszukotzen.«

»Bäh«, entfährt es Gabby.

»Ihr wart phantastisch.« Ich mache Abe nicht allzu oft

Komplimente (die macht er sich schließlich selbst oft genug). Aber letztes Semester, als Elinor nicht wieder in der Schule aufgetaucht war und wir mit einem (auf charmante Weise) entführten Kilter-Hubschrauber nach Arizona geflogen sind, um sie aus Krawall-City zu befreien – dem Troublemaker-Camp, das ihre Mutter leitet –, war Abe phantastisch. Wir alle waren es. Mussten wir auch sein, um Mr Bulldog und seinen dreckstarrenden Mistkerlen zu entkommen.

»Wir sollten unbedingt vermeiden, dass dort irgendjemand was aufschnappt, was er nicht sollte«, sagt Gabby.

»Richtig. Und Elinor hat versichert, dass ihre Mom viel lockerer wäre, wenn keine Schule ist. Sie schien keine Angst davor zu haben, nach Hause zu gehen.« Andernfalls hätte ich sie auch nicht gehen lassen.

»Zurück zu unseren Eltern«, sagt Abe. »Ich finde, dass wir richtig groß an die Sache ran müssen.«

»Wie?«, fragt Gabby.

»Nicht wie. Wer.« Er sieht mich an. »Annika.«

Ich runzele die Stirn, aber ich widerspreche ihm nicht. Kilters Direktorin und ich haben eine komplizierte Beziehung. Eine, von der ich nicht sicher bin, wie vertrauenswürdig sie ist. Aber Annika pflegt Dinge zu wissen, die sonst niemand weiß. Wenn uns irgendjemand dabei helfen kann dahinterzukommen, was mit unseren Eltern los ist, dann sie.

»Wer redet mit ihr?«, fragt Gabby.

Sie sieht mich an. Abe sieht mich an. Lemon jedoch fährt einfach fort, Schneeflocken aneinanderzureihen, als hätte er uns gar nicht zugehört.

»Okay«, sage ich. »Ich mach's.«

KAPITEL 5

STRAFPUNKTE: 400

GOLDSTARS: 150

Seit letztem Semester habe ich mit Annika nicht mehr allzu viel geredet. Unter anderem, weil sie in der einen Sekunde supernett und in der nächsten schon superfies sein kann. Daher bin ich mir nicht so sicher, was ich von ihr halten soll.

Aber der eigentliche Grund ist, dass sie mich in Kilter für etwas aufgenommen hat, das ich Ms Parsippany angetan habe – oder für etwas, von dem sie *denkt*, dass ich es getan habe. Sie kennt die Wahrheit nicht, die schlicht und einfach darin besteht, dass meine Aushilfslehrerin noch am Leben ist. Der Apfel hat sie zwar erwischt, aber nicht umgebracht. Und ich kann nur sagen: Gott sei Dank.

Ich sollte Annika in dieser Hinsicht reinen Wein einschenken. Denken meine Kilter-Lehrer und Annika doch immer noch, ich wäre ein super talentierter, cooler Scharfschütze. Aber ich kann mich einfach nicht dazu durchringen. Denn ich würde noch in der Sekunde, in der sie davon erfährt, von der Schule fliegen, und wahrscheinlich würde ich meine Freunde nie wieder sehen. Doch manchmal zahlt es sich aus, mit Annika zu reden. Ein Umstand, an den ich erinnert werde, als ich die Mail noch einmal lese, die sie letzte Nacht geschickt hat.

Seien Sie gegrüßt, liebe Kilter-Akademie-Eltern!

Die Hitze verdirbt Ihnen die Laune? Die Luftfeuchtigkeit kräuselt Ihnen die Haare? Ihre Lieblings-T-Shirts strotzen unter den Achseln nur so vor Schweißflecken?
Dann suchen Sie Zuflucht in Kamp Kilter! In dieser erstmalig stattfindenden Jahresfreizeit werden Sie und Ihre Familie all Ihre Sommerplagen vergessen, während Sie VOLLE ZWEI WOCHEN in einer spektakulären Seenlandschaft verbringen. Inmitten der herrlichen Adirondack Mountains gelegen, bietet Kamp Kilter Ihnen luxuriöse Unterbringungen mit technisch optimiertem Raumklima sowie Spaß und Unterhaltung am Wasser.
Während wir Ihren Kindern eine Überraschungslektion verpassen, die sie niemals vergessen werden, genießen Sie Ihre Zeit beim Schwimmen! Sonnenbaden! Wasserski laufen! Kanufahren! Wandern! Radfahren! Tennis! Klettern! Oder – wenn Ihnen der Sinn eher nach Indoor-Aktivitäten steht – beim Fernsehen! Shoppen! Bei exquisiten Dinners! Im Kino! Oder einfach nur bei einem Nicker-

chen! Das alles im behaglichen Komfort, den unser topmodernes Klimaanlagensystem bietet!
Und vergessen Sie Ihre Brieftasche! Kamp Kilter und seine Einrichtungen sind für sämtliche Kilter-Familien GRATIS. AUSSERDEM erhalten alle Eltern eine finanzielle Kompensation, damit sie sorgenfrei blaumachen können. Das Einzige, woran Sie denken müssen, ist, die Badeklamotten einzupacken und sich ASAP auf den Weg hierher zu machen!

Ich hoffe, Sie bald begrüßen zu können!

Mit freundlichen Grüßen
Annika Kilter
Gründerin und Direktorin der Kilter-Akademie für Problemkinder

Wichtig: Dieses Angebot gilt NUR für Familien aktueller Kilter-Schüler. Eine E-Mail-Einladung ist für den Zugang erforderlich. Unbefugte Eindringlinge werden entsprechend bestraft. Alles, was in Kilter vor sich geht, bleibt auch in Kilter. Daher ist es erforderlich, dass alle Teilnehmer Vertraulichkeitsvereinbarungen unterzeichnen. Verstöße gegen diese Vereinbarungen haben den sofortigen und endgültigen Ausschluss des zugehörigen Kilter-Schülers zu Folge.

»Wie geht's dir da hinten, Sportsfreund?«, fragt Dad. Ich schaue von meinem K-PAD auf. Wir sind schon sechs Stunden im Auto unterwegs.

»Gut«, antworte ich.
»Hast du Hunger?«, fragt Mom.
»Nö.«
»Durst?«
»Nö.«
»Musste mal?«
»Nö.«
Lächelnd blickt sie zu mir nach hinten. Sicher hätte ich mich gefragt, warum sie die ganze Zeit so nett zu mir ist, wüsste ich nicht, dass sie ihr mieses Verhalten der letzten Zeit wiedergutzumachen versucht. Und außerdem sind wir auf dem Weg nach Kilter, das so etwas wie ihr Lieblingsplatz auf Erden ist.
Ich widme mich wieder meinem K-PAD und scrolle durch die Bilder, die Annikas Mail beigefügt sind. Auf den Fotos ist ein türkisfarbener See zu sehen. Ein weißer Sandstrand und von Wildblumenteppichen bedeckte Berge.
Der Ort sieht so wunderschön aus, dass man völlig plemplem sein müsste, den Sommer irgendwoanders zu verbringen.
Eines muss ich Annika lassen. Nachdem ich ihr in einer Mail von unseren Sorgen berichtet habe, kam schon zwei Minuten später eine Antwort. Sie schrieb, dass sie an der Sache dran wäre. Eine Stunde später kam die Einladung zu Kamp Kilter. Die habe ich gleich meinen Eltern gezeigt, und ich kann mich nicht erinnern, Dad

jemals so außer sich vor Freude gesehen zu haben. Denn noch nie zuvor haben wir einen bezahlten Urlaub geschenkt bekommen! Mom jedoch schien weniger aus dem Häuschen zu sein – was mir ziemlich merkwürdig vorkam, da sie mich noch vor ein paar Monaten gar nicht schnell genug nach Kilter hatte schicken können. Aber vermutlich war sie einfach nur überrascht. Und es dauerte nicht lange, da war auch sie der Meinung, dass es doch schön wäre, einmal zusammen, als Familie, rauszukommen.

Das war vor fünfzehn Stunden. Und jetzt sind wir hier. Im Auto, auf dem Weg zu einem zweiwöchigen spektakulären Urlaub am See. Ich habe keinen Schimmer, was Annika noch alles in petto hat. Aber ich bin beeindruckt, wie schnell sie uns so weit gebracht hat.

»Erinnerst du dich an das erste Mal, als wir diese Fahrt zusammen gemacht haben?«, fragt Dad.

»Klar.« Wie könnte ich das vergessen. Vor allem, weil ich damals die meiste Zeit damit verbracht habe, die Tränen zu unterdrücken, während ich mir die schrecklichen, aber verdienten Strafen ausmalte, die mich an dem Ort erwarten würden, der als beste Hardcore-Arschtritt-Erziehungsanstalt des Landes galt.

Wie sich die Zeiten doch geändert haben!

Mein K-PAD gibt einen Piepser von sich.

»Fahr hier ab«, weise ich Dad an, der GPS-Angabe des Gerätes folgend.

Pfeifend setzt Dad den Blinker und biegt nach rechts ab. Unmittelbar darauf meldet sich das K-PAD erneut. Jetzt sollen wir nach links abbiegen und dann siebenundzwanzig Meilen auf der gewundenen, zweispurigen Straße weiterfahren.

SUMM! Und wieder rührt sich mein K-PAD. Dieses Mal, weil ich eine neue Mail bekommen habe.

AN: sHinkel@Kilter-Akademie.org
VON: lOliver@Kilter-Akademie.org
BETREFF: Kamp Kilter

S-
Bin fast da. Aber nicht sicher, ob das wirklich ’ne gute Idee ist. Und du?
-L

Ich antworte sofort.

AN: lOliver@Kilter-Akademie.org
VON: sHinkel@Kilter-Akademie.org
BETREFF: Re: Kamp Kilter

Hi, Lemon!
Ich glaube, es ist noch zu früh, um die Idee einzuschätzen. Aber ich weiß, dass ich lieber mit euch zusammen herausfinden möchte, was mit meinen Eltern los ist, als

alleine zu Hause. Und außerdem habe ich nichts dagegen, im See schwimmen zu gehen und mir Filme auf den riesigen Schul-Fernsehern reinzuziehen.
Also mach dir keinen Kopf! Wir werden schon alles rausfinden!

Sam

Ich drücke auf Senden. Dann mache ich mich an eine andere Mail.

AN: parsippany@cloudviewschools.net
VON: sHinkel@Kilter-Akademie.org
Betreff: Re: Schöne Sommerferien!

Liebe Ms Parsippany!
Hi! Wie toll, wieder von Ihnen zu hören. Ich hoffe, Sie haben viel Spaß beim Herumreisen. Haben Sie Freunde und Familienangehörige besucht? Oder einfach nur neue Gegenden erkundet?
Danke für den Kokosnuss-Tipp! Ich werde mich erkundigen, ob die Kilter-Köche welche zum Probieren haben.
Apropos: Ich bin gerade wieder auf dem Weg zur Schule. Ich dachte, ich würde den Sommer zu Hause verbringen. Aber unsere Direktorin hat beschlossen, für alle unsere Familien eine Gratis-Sommerfreizeit zu schmeißen.
Was Bartholomew John anbelangt, weiß ich nicht genau,

wo er gerade steckt und was er macht. Ich habe ihn nicht mehr gesehen, seit er uns an Weihnachten Blumen nach Hause geliefert hat. Das Letzte, was ich also gehört habe, ist, dass er es zum Star-Angestellten des Cloudview-Blumenladens gebracht hat. Was sich nicht gerade nach etwas anhört, das ein Troublemaker anstrebt … Aber wer kann schon wissen, was in einem Menschen wie Bartholomew John vorgeht …
Darf ich Sie fragen, warum Sie fragen?
Ich hoffe, Sie haben eine tolle Zeit, wo immer Sie auch gerade stecken!

Mit freundlichen Grüßen
Sam

Als ich die Mail noch einmal durchlese, muss ich wieder daran denken, wie fassungslos ich war, als es am Weihnachtsmorgen an der Tür klingelte und Bartholomew John, mein Erzfeind Nr. 1, hereingeschlendert kam, als würde ihm die ganze Bude gehören. Wobei er nicht mal darauf wartete, dass wir ihm die Haustür öffneten. Noch schockierender jedoch war, dass meine Eltern seinen Besuch für absolut normal zu halten schienen.
Das war natürlich, bevor ich Mom auf dem Dachboden inmitten von Kilter-Equipment erwischt habe. Woraufhin ich zu der Vermutung gelangte, sie würde ihn als Ehrensohn betrachten – aus lauter Dankbarkeit, dass er für

den verhängnisvollen Apfelwurf in der Cafeteria und somit für meine Verbannung nach Kilter gesorgt hat.
Ms Parsippany weiß jedoch nichts von all dem. Ebenso wenig davon, wozu die Kids in Kilter wirklich ausgebildet werden. Ich sage mir, dass es besser ist, wenn sie weiter im Dunklen tappt, und drücke auf Senden.
Gleich darauf trifft schon wieder eine neue Nachricht ein.

AN: sHinkel@Kilter-Akademie.org
VON: eNorris@Kilter-Akademie.org
BETREFF: Wo bist du?

Hi, Sam!
Bin vor einem Weilchen in Kamp Kilter eingetrudelt. Hab gerade bei dir vorbeigeguckt, aber da war keiner. Heißt das, dass du auf dem Weg bist? Das hoffe ich doch sehr …
Elinor

Mit klopfendem Herzen schreibe ich zurück.

AN: eNorris@Kilter-Akademie.org
VON: sHinkel@Kilter-Akademie.org
BETREFF: Re: Wo bist du?

Bin auf dem Weg und in null Komma nix da!
☺

Ich schicke die Mail ab und beuge mich zwischen den beiden Vordersitzen nach vorne. »Könnten wir vielleicht etwas schneller fahren?«

»Klar!«

Dad drückt voll auf die Tube. Mom schreit erschrocken auf. Ich werde in meinen Sitz gepresst. Wir müssen noch einige Meilen entfernt sein. Doch dank irgendwelcher Fähigkeiten, von denen ich keine Ahnung hatte, dass Dad oder sein alter Sedan über sie verfügen, taucht bereits neuneinhalb Minuten später das Kamp-Kilter-Schild vor uns auf.

Gleich darauf kommt der Wagen schlitternd neben einem kleinen Häuschen zum Halten. Es sieht aus wie ein Blockhaus, nur dass es nicht aus Holz gebaut ist, sondern aus Stahl.

Ich rutsche auf dem Rücksitz näher an die Scheibe ran, um besser sehen zu können. Dad lässt das Seitenfenster runter und streckt den Kopf heraus. So verharren wir einen ewigen Moment lang. Denn nichts passiert. Niemand kommt aus dem Häuschen, um uns zu begrüßen. Nicht ein einziger Wagen kommt hinter uns zum Halten. Wir stehen am Rand eines tiefen, dunklen Waldes. Doch nicht das geringste Blätterrauschen ist zu hören, kein Vogel zwitschert, und nicht ein Lüftchen weht. Das Ganze erinnert mich an das allererste Mal, als wir nach Kilter kamen und Mom im Eiltempo auf das fensterlose graue Gebäude zuflitzte. Während Dad und ich draußen vor dem mit Stacheldraht gekrönten Maschendrahtzaun stehenblieben und uns – vergeblich – einzureden versuchten, dass die Anlage überhaupt nicht furchteinflößend war.

Auch jetzt geht mir wieder die Düse. Aber diesmal nicht, weil ich Angst vor dem Einlass habe – sondern davor, nicht reingelassen zu werden.

Bevor sich die Angst in Panik verwandeln kann, öffnet sich mit lautem Kreischen die Tür der stählernen Hütte. Eine Gestalt tritt heraus. Sie trägt eine grüne Cargohose, ein gleichfarbiges Cargoshirt und riesige schwarze Kampfstiefel. Der Stoff spannt sich so heftig über gewaltigen, scharf konturierten Muskeln, dass es aussieht, als wäre er kurz vorm Zerreißen. Die Augen der Gestalt sind hinter den verspiegelten Gläsern einer Pilotensonnenbrille verborgen.

»Hi, Annika«, sage ich.

Stumm nähert sie sich unserem Wagen. Ganz langsam zieht Dad den Kopf wieder ins Innere zurück ... als hätte er Angst, dass sie bei einer einzigen falschen Bewegung ihre Knarre ziehen könnte, die sie in einem Holster an der Hüfte trägt. Schließlich hat er keine Ahnung, dass es sich bei dem Teil um eine mit Wasser gefüllte Spielzeugspritzpistole handelt – und dass das Ganze nur Show ist.

Annika bleibt vor Dads offenem Seitenfenster stehen. Ihr Kopf dreht sich zu mir. Als ich auf mein Ebenbild in ihren verspiegelten Sonnengläsern starre, beschleunigt sich mein Puls augenblicklich.

Trotz unserer Differenzen weiß ich, dass sie mich für einen Starschüler hält. Aber dennoch ist sie mühelos in der Lage, mich mit einem einzigen Blick auf die Größe eines Gartenzwergs zu schrumpfen – vor allem wenn ich nicht weiß, warum sie mich so anstarrt.

Sie hält meinem Blick noch ein Weilchen stand, bevor sie endlich Dad ansieht, die Arme ausbreitet und lächelt. »Willkommen in Kamp Kilter, Ms und Mr Hinkel!«

Dads Kopf fällt nach hinten gegen die Kopfstütze, als er ausatmet und ein erleichtertes Lachen von sich gibt, in das Mom mit einstimmt.

»Wie war die Fahrt?« Mit auf die Oberschenkel gestemmten Händen beugt Annika sich herab, so dass sie auf Augenhöhe mit meinen Eltern ist. »Haben Sie uns gut gefunden?«

»War 'n Kinderspiel!«, sagt Dad.

»Wunderbar. Wir freuen uns sehr, dass Sie hier sind! Und jetzt lassen Sie mich Ihr Gepäck in Empfang nehmen.« Annika verschwindet in der Stahlhütte, um schon zwei Sekunden später mit zwei glitzernd grauen Tragetaschen wieder aufzutauchen. »Hier sind ein paar Sachen für den Urlaubsstart. Badetücher, Wasserflaschen, Sonnencreme, Sonnenbrillen, Strohhüte, Lippenbalsam, Flipflops ... Sie wissen schon, die Basics eben!«

Dad nimmt die Taschen entgegen. Nicht auf deren Gewicht gefasst, gibt sein Arm augenblicklich nach, so dass sein Trizeps auf die Unterkante des offenen Fensters knallt.

»Ups! Vorsicht!«, ruft Annika und geht Dad zur Hand. Zusammen hieven sie die Taschen ins Auto. »Ihre K-TABs sind auch da drin.«

»Unsere K-was?«, fragt Dad.

»Ihre höchstpersönlichen Kamp-Kilter-Tablets«, erklärt Annika. »Knallvoll mit Informationen. Einschließlich Ihrer Blockhüttenzuteilung, einer interaktiven Karte des Geländes sowie alle E-Mail-Adressen und Telefonnummern sämtlicher Einrichtungen und Dienstleistungen.«

»So was wie unsere K-PADs«, erkläre ich.

Annika ignoriert mich. »Außerdem finden Sie darin alles Wissenswerte wie Reiseführer, Veranstaltungspläne, Kinoprogramme, Übersichten zu Workshops, Vorlesungen und Spezialaktivitäten und vieles mehr. Die Informationen dürften kaum eine Frage offen lassen. Aber sollten Sie dennoch eine haben, stehen unsere Camp-Berater jederzeit zur Verfügung, um zu helfen.«

»Hört sich an, als hätten Sie an alles gedacht!«, lässt Mom sich vernehmen.

Tut es. Und in Anbetracht der Tatsache, dass Kamp Kilter noch keine vierundzwanzig Stunden existiert, ist das wieder etwas, wofür Annika Anerkennung gebührt.

»Ach, nur eine Sache noch, bevor es ab in die Sonne

geht – oder Sie es sich im Schatten gutgehen lassen!«
Annika verschwindet erneut in der stählernen Hütte. Als sie wieder auftaucht, trägt sie einen Korb bei sich.
»Ich brauche noch Ihre Handys.«
Dad prallt zurück, als sie ihm entschlossen den Korb entgegenschiebt.
»Wir möchten, dass Sie vollkommen in Ruhe und Erholung eintauchen können, ohne irgendwelche Ablenkungen. Eine ungestörte gemeinsame Familienzeit bringt Sie einander garantiert näher als jemals zuvor. Und gibt es denn etwas Wichtigeres als das?«
Meine Eltern tauschen Blicke aus.
»Sie bekommen sie am Ende Ihres Camp-Aufenthaltes zurück«, fügt Annika hinzu.
Meine Eltern ringen sich ein Lächeln ab und rücken ihre Handys raus.
»Super!« Annika klemmt sich den Korb zwischen Arm und Hüfte. »Und jetzt rutschen Sie einfach rüber, um für Horatio Platz zu machen.«
Ein großgewachsener Mann in grauen Shorts und grauem T-Shirt taucht aus der Hütte auf. Er kommt mir bekannt vor, aber ich kann ihn erst nicht einordnen – bis mein Blick auf die silberfarbene Gürteltasche fällt, die um seine Hüfte hängt. Mir wird klar, dass es sich um einen der Guten Samariter handelt, Kilters ganz spezielle Security-Version. Offensichtlich hat man ihm für seine neue Stelle in Kamp Kilter ein anderes Outfit verpasst.

Horatio macht die Fahrertür auf, stupst Dad zur Seite und nimmt am Lenkrad Platz. Dann fördert er plötzlich zwei silberfarbene Tücher zutage, die er meinen Eltern um Kopf und Augen schlingt und hinten per Doppelknoten befestigt. Als Mom und Dad daraufhin vor sich hin japsen und kichern, öffnet Annika meine Tür, zerrt mich aus dem Wagen und presst mir ihre kalte Hand auf den Mund.

»Viel Spaß!«, ruft sie, während Horatio sich anschnallt und aufs Gaspedal tritt. »Und fragen Sie einfach, falls Sie noch irgendetwas brauchen!«

Mir klopft das Herz bis zum Hals, während ich ihnen nachschaue, wie sie auf einer langen, staubigen Straße davonfahren. Im nächsten Augenblick nähert sich mir Annikas Gesicht.

»Ein wahrer Troublemaker kann nicht so schnell kuriert werden ... stimmt 's?« Ihre Stimme senkt sich zu einem Flüstern. Womit sie mir vermutlich sagen will, dass böse Kids nicht die Art von Spaß verdienen, die meine Eltern nun erwartet.

Ein paar Sekunden später biegt Dads alter Sedan um die Ecke und wird im nächsten Moment von Bäumen verschluckt. Annika lässt meinen Mund los. Ein bisschen besorgt bin ich schon um das Schicksal meiner Eltern, die nun meinen Blicken entzogen sind, aber ich widerstehe dem Verlangen, ihnen hinterherzusprinten.

Stattdessen drehe ich mich um und sehe ein Golfcart vor

mir, das fünf Sekunden zuvor noch nicht dort gestanden hat. Außerdem einen älteren Mann in schwarzer Wollhose und gleichfarbigem Rollkragenpullover, der eine – natürlich – ebenfalls schwarze Basecap auf dem Kopf trägt und starr wie Stein hinter dem Lenkrad sitzt.
»Los … *rein*!«, faucht er mich an.
Ich gehorche auf der Stelle. Denn wenn Mr Tempest, alias Mystery, alias Kilters Geschichtslehrer, einem etwas sagt, dann tut man es auch.
Wenn man am Leben bleiben will, jedenfalls.

KAPITEL 6

STRAFPUNKTE: 400

GOLDSTARS: 150

»Oh! Mein! Gott! Das ist das Allerallertollste, was ich jemals gesehen habe! Ist es nicht auch das Allerallertollste, was *ihr* jemals gesehen habt? Ich fass es nicht, dass wir hier wohnen dürfen!«

Vor Begeisterung kreischend, düst Gabby davon. Abe sieht mich an. »Ob wir ihr besser die Batterien rausnehmen?«, fragt er.

Ich grinse. Und sein angedeutetes Lächeln zeigt, dass ihm Gabbys Hyper-Hyper-Art eigentlich auch nicht so viel ausmacht.

»Oh. Mein. Gott! *Leute*. Das müsst ihr sehen!«

Wir befinden uns gerade in der Küche und folgen Gabbys Gekreische in den nächsten Raum, wo sie zwischen dem größten Flachbildschirm und Fleece-Sitzsack steht, die die Menschheit jemals gesehen hat.

»Wow«, sage ich.

»Aber echt«, murmelt Abe. »Als Mystery mich hier hat aussteigen lassen, dachte ich, ich müsste auf dem harten Boden pennen.«
Ich habe das Gleiche gedacht. Denn nach einer schweigsamen Fahrt, die mir stundenlang vorkam, jedoch nur ein paar Minuten dauerte, ließ Mystery mich schließlich vor einem Zelt aussteigen. Wobei »Zelt« ein viel zu aparter Begriff ist für das, worum es sich in Wirklichkeit handelt. Zelte haben bekanntlich so etwas wie Reißverschlüsse. Und einige sogar verschiedene Räume und Fensteröffnungen. Das, worunter ich mich daraufhin hindurchduckte, war nichts anderes als eine zerschlissene schwarze Plane, die man über zwei in den Boden gerammte Stöcke geworfen hatte. Ebenso wie Abe hatte ich erwartet, nichts als nackte Erde vorzufinden. Vielleicht noch mit einem Feldbett. Definitiv aber die Aussicht auf lange schlaflose Nächte, während denen man nach Bären Ausschau hält und irgendwelches Flatterungeziefer wegwedelt.
Stattdessen aber sah ich eine leuchtende, silberfarbene Falltür vor mir und einen auf einem Sockel montierten Computerschirm. Sobald die Plane, die ich angehoben hatte, wieder auf den Boden geglitten war, leuchtete der Monitor auf und wies mich an, meine Handfläche auf dessen Oberfläche zu legen. Ich gehorchte, der Computer registrierte meinen Abdruck, und *Zack!* ging die Falltür auf. In der nächsten Sekunde kam eine gläserne

Röhre aus der Tiefe geschossen, deren Tür sich geräuschlos öffnete und sich augenblicklich wieder schloss, sobald ich die Glaskabine betreten hatte. Ich habe keinen Schimmer, wie tief sie mich dann unter die Erde brachte.

Ehrlich gesagt, war ich nicht einmal sicher, ob ich mich überhaupt noch unter der Erde befand, als das Ding endlich stoppte. Der Raum, in dem die Fahrt schließlich endete, war hell und sonnig, und die überall eingelassenen Fenster sahen absolut echt aus. Sie boten einen wunderhübschen Blick auf blauen Himmel, einen türkisfarbenen See, weißen Sandstrand und von Wildblumenteppichen bedeckte Berge. Auch das sah alles absolut echt aus.

Ich habe Abe gefragt, wie das möglich sei. Seiner Vermutung nach handelt es sich um Video-Livefeeds. Was bedeutet, dass es sich bei den Bildern, die wir sehen, um Aufnahmen von Videokameras handelt, die überall auf dem Gelände verteilt sind.

»Was sind das denn für Dinger?«, fragt Gabby in diesem Moment und zeigt auf mehrere kleine graue Kugeln, die über die Zimmerdecke verteilt sind.

Abe und ich treten näher, um sie unter die Lupe zu nehmen. Ich stehe gerade auf Zehenspitzen und will einen genaueren Blick drauf werfen, als der Raum um uns explodiert.

Ich presse die Hände gegen die Ohren, damit mir der

betäubende Lärm nicht die Trommelfelle zerfetzt. Sinke auf die Knie und kneife die Augen zu. Ein Beben und Zittern durchfährt meinen Körper.
Und dann, einfach so, hört der Lärm auf. Der Raum ist plötzlich wieder ruhig, ebenso wie mein Körper.
Vorsichtig entferne ich die Hände ein paar Zentimeter von den Ohren. Öffne erst das eine, dann das andere Auge.
»Lemon?«, frage ich, nicht sicher, ob ich a) immer noch lebe und b) mein Freund auch wirklich dort in der offenen Wohnzimmertür steht.
»Lemon!« Gabby schnellt aus dem Sitzsack hoch, in den sie vor Schreck geplumpst ist, flitzt durch den Raum und wirft ihn beinahe um, als sie ihn umarmt.
»Sind wir tot?« Abes Hand tastet sich aus seiner Deckung unter dem Couchtisch hervor. »Dieses warme, flauschige Ding, das ich da fühle … ist das ein Läufer … oder mein auf dem Boden verschmiertes Gedärm?«
»Igitt.« Gabby verzieht das Gesicht, bevor sie zum Couchtisch hopst, Abes Hand packt und ihn hochzieht. »Musik bringt einen doch nicht um, du Dödel.«
»*Das* war Musik?«, fragt er zweifelnd.
Lemon hält einen kurzen silberfarbenen Stab in die Höhe und zielt damit auf eine der grauen Deckenkugeln.
»Ist okay!«, ruft Abe und springt auf die Beine. »Ich brauche nicht noch ’ne Demo.«

Lemon schmeißt die Fernbedienung auf die Couch und lässt seine Reisetasche auf den Boden fallen. Ich freue mich so, ihn zu sehen, dass ich ihn am liebsten auch umarmen würde. Aber er sagt weder »Hi« noch guckt er mich an. Er verschränkt lediglich die Arme vor dem Bauch und neigt den Oberkörper langsam zur Seite, bis die linke Schulter am Türrahmen lehnt.

»Wie war die Fahrt?«, frage ich.

»Lang«, sagt Lemon.

»Waren deine Eltern auch so aus dem Häuschen wegen Kamp Kilter?«, fragt Gabby.

Er zuckt die Achseln. »Sie sind hier. Also ...«

»Was ist mit deinem kleinen Bruder?«, will Abe wissen.

»Oh. Mein. Gott! Kleine Kinder *lieben* Camps«, sagt Gabby. »Also, ich – vor langer Zeit, als ich fünf war – bin ich von meinen Eltern ins Camp Singvogel geschickt worden. Das ist dieses unglaublich tolle Camp für supertalentierte Musiker. Zuerst wollte ich ums Verrecken nicht da sein. Ich hatte wie verrückt Heimweh. Hab mich in den Schlaf geheult und ...«

Eine Türglocke läutet.

Gabby stockt der Atem. »Besuch!« Sie klatscht in die Hände und stürmt aus dem Raum.

»Können wir ihr *jetzt* die Batterien rausnehmen?«, brummt Abe.

Ich grinse ihn an und blicke dann zu Lemon. Beziehungsweise zu der Stelle, die er vor einer halben Sekunde noch eingenommen hat. Lemons Vorstellung von rascher Fortbewegung beschränkt sich aufs Gehen statt des üblichen Schlurfens. Aber seine Beine sind zweimal so lang wie meine und durchaus in der Lage, sich schnell zu bewegen, wenn er denn will. Bevor ich entscheiden kann, ob ich ihn suchen gehe oder in Ruhe lasse, kommt Gabby wieder angehopst.

»Schaut mal, wer hier ist!«, ruft sie.

»Dein alter Camp-Singvogel-Betreuer?«, rät Abe. »Um zu sagen, dass es zu einem schrecklichem Irrtum gekommen ist und du eigentlich dort sein solltest?«

Ich fange an zu lachen, um schon im nächsten Augenblick gleich wieder zu verstummen. Weil ich ganz plötzlich weder mehr weiß, was Abe gerade gesagt hat, noch wo wir sind und warum. Ganz zu schweigen, wie ich heiße. Doch zum Glück weiß Elinor es.

»Hi, Sam.«

Mein Mund klappt auf. Klappt zu. Klappt wieder auf.

»Hey, Elinor«, höre ich Abe.

»Hi.« Ihre Augen – ihre warmen, wunderschönen Augen, die diese ganz besondere Farbe von abgegriffenen Pennystücken haben – halten mich mit ihrem Blick gefangen. Als der Knoten in meiner Zunge sich beharrlich weigert, sich zu lösen, gleiten Elinors Augen weiter zu meinen Teamgenossen. »Annika meinte, dass ich bei euch bleiben kann. Ist das okay?«

»Bei *uns* bleiben?«, fragt Gabby. »Du meinst, bei uns *wohnen*?«
Elinor nickt.
»JA!« Gabby packt Elinors Hand und zerrt sie aus dem Raum. »Oh! Mein! Gott! Wir werden Zimmergenossinnen und beste Freundinnen und bleiben die ganze Nacht auf, um über Probleme und Jungs zu quatschen und über Jungs und Probleme und ...«
Ihre Stimme verklingt, als die beiden sich auf dem Korridor entfernen.
»Sie ist nicht im Ä-Team«, stellt Abe klar. »Wir müssen wirklich vorsichtig sein, um nicht ...«
Er wird von einem lauten Summen unterbrochen, das von unseren K-PADs kommt. Wir werden zu einem Videochat aufgefordert, und schon im nächsten Augenblick taucht Annikas Gesicht auf den Displays auf.
»Hallo, Troublemaker!«, begrüßt sie uns lächelnd. »Willkommen zurück auf der Kilter-Akademie. Ich weiß, dass ihr nicht damit gerechnet habt, schon so bald wiederzukommen. Aber ich hoffe, ihr freut euch darüber. Ich jedenfalls freue mich definitiv! Ihr habt bestimmt jede Menge Fragen, und ich verspreche euch, alle zu beantworten. Zuvor jedoch müssen wir uns noch um eine kleine geschäftliche Angelegenheit kümmern. Das Ganze mag euch verwirrend vorkommen, aber ich bitte euch, einfach mitzuspielen. Betrachtet es einfach als eure erste Troublemaker-Aufgabe des Sommers!«

Eine vertraute Welle von Nervosität durchdringt mich. Ich bin nun schon fast ein Jahr in Kilter. Doch mich aktiv in Ärger zu stürzen statt ihn zu vermeiden, bereitet mir immer noch ein schlechtes Gewissen.

»Bitte meldet euch unverzüglich oben am Strand«, beendet Annika ihre Ansage.

Dann ist das Display leer. Abe steuert auf den Fahrstuhl zu. Ich folge ihm, bestrebt, mich wegen der anstehenden Mission sowie Lemons seltsamem Verhalten nicht allzu verrückt zu machen ... ganz zu schweigen von der Tatsache, dass Elinor nun bei uns wohnt.

Abe ist zuerst am Aufzug, doch das Ding lässt auf sich warten. Als er endlich kommt, stehen Lemon, Gabby, Elinor und ich alle hinter ihm. Ich schaue wiederholt auf Elinor, deren Bild sich im blitzblanken Glas widerspiegelt. Immer noch hat ihre Haut die Farbe von Vanilleeis. Immer noch sind Nase und Wangen nur so gesprenkelt von den vielen Sommersprossen. Und immer noch ist ihr dunkelrotes Haar zu einem Zopf geflochten, der von einem grünen Seidenband zusammengehalten wird.

Sie ist immer noch das hübscheste Mädchen, das ich jemals gesehen habe.

Der Fahrstuhl hält an. Beinahe geräuschlos gleitet die Tür auf.

»Auf geht's«, sagt Abe und marschiert los.

Gabby und Lemon gehen hinterher. Ich trete zur Seite,

um Elinor den Vortritt zu lassen, und sie macht das Gleiche. Wir halten inne. Unsere Blicke treffen sich. Sie schenkt mir ein schüchternes Lächeln und geht voran. Als ich folge, sieht Abe mich an und verdreht die Augen. Dann drückt er auf den Aufwärts-Knopf, die Tür schließt sich, und wir heben ab wie eine Rakete.

»Ich hätte da mal 'ne Frage«, sagt Gabby. »Annika hat unsere Familien nach Kamp Kilter eingeladen, nachdem Sam ihr erzählt hat, was mit unseren Eltern los ist.«

»Was war denn mit euren Eltern los?«, fragt Elinor.

»Erzähl ich dir später«, antwortet Gabby. »Meint ihr, dass Annika schon vorher geplant hatte, unsere Familien einzuladen, nur vielleicht erst später im Sommer?«

»Nee«, sagt Abe.

»Hat einer von euch jemals gehört, dass Annika oder einer unserer Lehrer dieses Camp erwähnt hat?«, fragt Gabby weiter.

»Nein«, antworten Abe, Elinor und ich gleichzeitig.

»Dann denkt ihr also, dass Annika Kamp Kilter sozusagen über Nacht aus dem Hut gezaubert hat?«

Ich schaue Elinor an. »Weiß deine Mom vielleicht irgendetwas darüber?« Annika und Nadia Kilter – Elinors Mom – sind Schwestern. Sie stehen sich allerdings nicht gerade nahe, vermutlich weil Nadia Krawall-City leitet, eine Konkurrenzschule zur Akademie für Ärger (wenn

man es denn so nennen will). Aber vielleicht hat sie ja doch mal über das Kilter-Programm geredet.
»Nein«, sagt Elinor. »Ich könnte schwören, dass sie auch zum allerersten Mal davon gehört hat. Als ich ihr die Einladung gezeigt habe, hat sie mich angeguckt wie ein Auto, bevor sie mit knallrotem Kopf aus dem Haus gestürmt ist. Mom hat die Tür so heftig zugeknallt, dass sie aus den Angeln gesprungen ist. Es war das letzte Mal, dass ich sie gesehen habe, bevor der Hubschrauber gekommen ist.«
»Was für ein Hubschrauber denn?«, hakt Abe sogleich nach.
»Annikas. Sie wusste, dass Mom mich nicht hierherbringen würde. Also hat sie einen Guten Samariter geschickt, um mich abzuholen.«
Abe gibt ein empörtes Schnauben von sich. Ich versuche, Elinors Gesichtsausdruck zu deuten. Macht es sie traurig oder wütend, über ihre Mom zu reden, die sogar noch unberechenbarer ist als meine? Ich bin immer noch am Rätseln.
»Meint ihr denn, dass Annika all dies hier …«, Gabby macht eine kreisförmige Geste, zeigt nach unten und anschließend nach oben, »… in weniger als vierundzwanzig Stunden zustande gebracht hat?«
»Vermutlich«, sagt Abe.
»Aber wie?«, fragt Gabby.
Er zuckt mit den Achseln. »Annika ist eben Annika.«

Der Fahrstuhl stoppt. Die Tür geht auf. Im Gänsemarsch verlassen wir die Kabine und tapern aus dem zerfetzten Zelt.

»Troublemaker!«, donnert uns da plötzlich eine tiefe Stimme entgegen. »Seid ihr bereit … eurem Verderben zu begegnen?«

KAPITEL 7

STRAFPUNKTE: 400

GOLDSTARS: 150

Alles nur Show ... Alles nur Show ... Alles nur Show ...

Wie bei einem Kratzer auf Dads alten Frank-Sinatra-Schallplatten hallt diese Selbstermahnung wieder und wieder durch meinen Kopf. Aber dadurch wird die Szene draußen vor dem Zelt kein bisschen weniger bedrohlich.

»Worauf wartet ihr eigentlich?«, dröhnt eine tiefe Stimme aus einem Megaphon. »Fangt an zu graben!«

Dutzende von Klassenkameraden sind mit mir am Strand. Auf Annikas Kommando hin zerstreuen sie sich und sprinten auf rostige Metallschaufeln zu, die aufrecht im Sand stecken.

»Habt ihr *wirklich* geglaubt, dass ihr einfach so drei Monate frei kriegt?«, blafft sie. »Habt ihr *wirklich* geglaubt, ihr könntet tun, was ihr wollt, nachdem ihr unzählige Dinge gemacht habt, die *niemand* wollte?«

»Beeil dich, Hinkel!«, zischt Abe mir zu. Er hat sich bereits eine Schaufel geschnappt. Ich folge seinem Beispiel.
»Gute Kids gehen ins Camp!«, fährt Annika fort. »Sie dürfen schwimmen! Wandern! Lagerfeuer machen! Marshmallows rösten! Basteln!«
Ich hebe die schwere Schaufel und ramme sie in den Sand.
»*Ihr* seid keine guten Kids! *Ihr* habt solche Privilegien nicht verdient!«
Ich schaufele Sand auf und schleudere ihn zur Seite.
»Ihr wollt schwimmen? Dann sucht euch euer eigenes Wasser!«
»Ähm, gleich da vorne ist doch Wasser?«, wagt Carter Montgomery zu sagen. Nach mir ist er der kleinste Schüler in unserer Klasse. »Sozusagen jede Menge? Gleich hinter Ihnen?«
Wo er recht hat, hat er recht. Annika, uniformiert wie bei unserer Ankunft, steht mit mehreren gleich gekleideten Leuten vor einem riesigen glitzernden See, der auch auf ihrer Fotostrecke zu sehen gewesen ist.
Natürlich ist Annika völlig klar, was Carter meint. Weswegen sie auch auf ihn losstürmt, das Megaphon an sein Ohr presst und sagt: »*Graben*, Jungchen! *Graben!*«
Er gräbt. Ebenso wie Abe und Gabby. Auch Elinor gehorcht, was überraschend ist, gilt sie doch als Kilters widerspenstigster Troublemaker – ein Umstand, dem sie

es zu verdanken hat, dass sie im letzten Schuljahr einige Kurse mehrere Male wiederholen musste.
Von den zahlreichen Schülern befolgt nur einer nicht die Anweisungen unserer Direktorin.
Lemon. Normalerweise würde er das, worum er gebeten worden ist, in seinem eigenen Bummeltempo erledigen. Das würde Annika zwar nicht gerade froh machen, aber auch nicht zu einem Rausschmiss führen. Jetzt jedoch tut er gar nichts. Er steht einfach nur neben einer Schaufel, lehnt mit dem Ellenbogen auf dem Griff und starrt über den See.
Als ich seinem Blick folge, sticht mir auf einmal einer der Typen, die bei Annika stehen, ins Auge. Als er lächelt, erkenne ich, dass es sich um Houdini handelt, unseren Mathelehrer, der kaum älter ist als wir. Ich winke ihm kurz zu und nehme dann die anderen neben ihm in Augenschein. Sie alle sind mit grünen Cargohosen, Button-Down-Hemden, schwarzen Stiefeln und Pilotensonnenbrillen ausstaffiert. Aber trotzdem erkenne ich unsere Sportlehrerin Fern, den Kunstlehrer Wyatt, die Biologielehrerin Samara, Devin, den Musiklehrer, und unsere Sprachtrainerin Lizzie. Mystery, unser Geschichtslehrer, ist wie immer ganz in Schwarz gekleidet. Er steht abseits von der Gruppe und liest ein Buch.
»Hast du ’n hübschen Vogel gesehen, Hinkel?«, schnauzt Annika mich an.
Ich sehe zu, dass ich wieder in die Gänge komme.

»Hey!« Alison Parker, eine Troublemakerin aus meiner Klasse, richtet sich plötzlich kerzengerade auf, beschirmt die Augen zum Schutz vor der Sonne mit ihrer Hand und schaut über den See. »Ist das etwa mein Dad? Da drüben auf dem Trampolin?«

Alle hören auf zu buddeln und blicken zum Strand am anderen Seeufer hinüber.

»Nette Hütten«, sagt Gabby.

»Wohl eher Luxushäuser«, sagt Eric Fisher, ein Mitschüler, der kurz vorm zweiten Kilter-Jahr steht.

Womit er so was von recht hat! Im Gegensatz zu den kleinen rustikalen Hüttchen, wie man sie von Sommerlagern kennt, sind die Unterkünfte in Kamp Kilter schlichtweg gigantisch. Selbst von hier aus, mindestens eine viertel Meile entfernt, kann ich sehen, dass die meisten zwei Stockwerke hoch sind und eine umlaufende Veranda sowie mehrere Schornsteine haben. Einige verfügen sogar über Balkone und Sonnendecks in den oberen Etagen.

»Wohnen dort etwa unsere Familien?«, fragt Abe.

Zwischen den Löchern herumtigernd, stöhnt Annika genervt ins Megaphon. »Wenn ihr's denn unbedingt wissen müsst: Ja. Während ihr euch abrackert und in behelfsmäßigen Zelten einigermaßen Schutz vor den Naturelementen, blutsaugenden Insekten und Raubtieren findet, können eure Familien tagsüber die Vorzüge voll klimatisierter Räume und abends die warme Behaglichkeit eines gemütlichen Kaminfeuers oder ein Gourmetdinner genießen. Neben zahllosen anderen Annehmlichkeiten, die ihnen ihre Zehn-Sterne-Unterkünfte bieten.«

»Aber ... warum?«, fragt Eric.

Annika erstarrt. Dann wirbelt sie herum, bringt das Megaphon an ihren Mund und brüllt: »Sie haben es sich verdient, weil sie es mit euch aushalten müssen!«

Sandschippen bei dreißig Grad im Schatten ist kein Spaß. Kein Wunder also, dass wir alle schon ins Schwitzen geraten sind, aber auf Annikas Worte hin bekomme ich plötzlich eine Gänsehaut.

»Äh, winkt mir mein Dad da etwa gerade zu?«, fragt Alison und hebt die Hand, um den Gruß zu erwidern. »Kann er mich etwa hören?« Sie stutzt und hält kurz inne. »Und jetzt nickt er.«

»Eure Familien haben sich einen sorgenfreien Sommerurlaub verdient«, blafft Annika noch einmal. »Und den werden wir ihnen geben. Ebenso wie das angenehme Gefühl zu wissen, dass euer Kilter-Training nicht eher aufhört, bis eure Wandlung vom Horror- zum Musterkind abgeschlossen ist! Daher also: Ja. Auf diesem Seeufer sind überall Mikrophone installiert, auf dem anderen Lautsprecher. Was immer ihr auch in- oder außerhalb eurer Zelte sagt, wird live übertragen, so dass eure Eltern – egal ob drinnen oder draußen – stets alles mitbekommen.«

»Was ist, wenn sie uns gar nicht zuhören wollen?«, gibt Carter zu bedenken. »Weil sie lieber ihre Ruhe haben wollen?«

»Es gibt ein paar lautsprecherfreie Zonen«, erklärt Annika. »Eure Eltern können euch auch einfach auf Stumm schalten, wenn sie sich drinnen aufhalten. Aber ich bin sicher, dass die meisten von ihnen es genießen werden, darüber im Bilde zu sein, was ihr so treibt!«

»Schätz ich auch mal«, stöhnt Alison. »Dad hat mir gerade den Daumen hochgestreckt.«

»Und jetzt zu eurem Tagesablauf!«, brüllt Annika. »Ihr steht noch vor dem Morgengrauen auf und habt zehn Minuten Zeit, um nach Essbarem für euer Frühstück zu suchen. Euch steht alles zur Verfügung, was Mutter Natur an den jeweiligen Tagen so bietet: Beeren, Zweige, Käfer, Fliegen, Fische, alles halt, was ihr findet und sich fangen lässt. Anschließend geht es auf die andere Seeseite, wo ihr eine Vielzahl von Haushaltspflichten für eure Familien zu übernehmen habt. Wenn ihr eure Aufgaben zur Zufriedenheit der Lehrer erledigt habt, kehrt ihr auf das Schulgelände zurück, wo euch fünf Stunden Unterricht erwarten. Wer danach noch stehen kann, darf sich sein Abendessen organisieren – auf dem Rückweg durch den tiefen dunklen Wald.«

»W… wie weit ist die Akademie denn entfernt?«, fragt Gabby, um Fassung ringend.

»So weit, dass ihr womöglich noch beim Abendessen

seid, wenn alle anderen am nächsten Tag schon beim Frühstück sitzen!«

Unwillkürlich habe ich das Bild von unserem mit Fischstäbchen vollgestopften Kühlschrank zu Hause vor Augen. Hatte ich Hunger, musste ich bloß nach unten gehen, mein Essen auf einen Teller häufen und alles in die Mikrowelle packen. Und nun? Langsam frage ich mich, ob es vielleicht ein Fehler war, Annika zu alarmieren.

Aber das kann nicht sein. Denn besagte Fischstäbchen waren ja verschwunden. Da hatte etwas nicht gestimmt. Korrektur: Es *stimmt* etwas nicht. Andernfalls wären wir nicht so urplötzlich hierherzitiert worden.

Vermutlich ist dieser Ablaufplan nur Teil von Annikas Show, die sie für unsere mithörenden Eltern abzieht … oder etwa nicht?

»Bei eurer Rückkehr vom Unterricht werdet ihr das Kamp Kilter-Gelände noch einer letzten Reinmach-Aktion unterziehen«, fährt Annika fort. »Anschließend habt ihr fünf Minuten Freizeit, bevor das Licht ausgemacht wird. Dann habt ihr in euren Zelten zu sein und euer Bestes zu geben, um auf dem harten kalten Boden Schlaf zu finden!«

Einige Meter entfernt hebt Carter Montgomery die Hand.

»Was denn?«, bellt Annika genervt.

»Äh, wo sollen wir …? Ich meine, wie sollen wir …? Was ich meine, ist …«

»Wo die sanitären Einrichtungen sind?«, vollendet Annika den Satz.
Carter nickt. Annika kommt so ungestüm auf ihn zugestürzt, dass er nach hinten taumelt. Doch dann bleibt sie abrupt stehen und lässt ihren Zeigefinger Richtung Boden vorschießen.
»Du willst ... dass wir in ein Loch machen?«, fragt Alison.
Annika schweigt und verharrt reglos auf der Stelle.
»Nee«, platzt es aus Alison heraus. »Auf gar keinen Fall. Kommt nicht in die Tüte. Eher würde ich mir alles verkneifen, bis ...«
»Ali«, unterbricht Gabby sie. »Nun komm doch mal runter. Hast du denn nicht diese phantastischen Badezimmer mit den Marmor-Whirlpools und den samtweichen Handtüchern in unseren Unter ...«
Sie verstummt. Genauer gesagt: wird zum Verstummen *gebracht* – von einem silberfarbenen Tape, das plötzlich auf ihren Lippen klebt. Gabby lässt die Schaufel fallen und schlägt erschrocken die Hände vor den Mund.
»Gabby«, stöhnt Abe genervt. »Annika hat doch gerade gesagt, dass wir mitspielen müssen, damit ...«
Auch er wird gestoppt. Diesmal erhasche ich einen kurzen Blick auf das dafür verantwortliche schalldämpfende Objekt. Es kommt zunächst in Gestalt einer kleinen Rolle angeschossen, um sich urplötzlich in vollem Flug abzuwickeln. Als es quer auf Abes Mund landet,

hat es sich in einen ebenmäßigen, über zehn Zentimeter langen Klebebandstreifen verwandelt.
Die anderen Troublemaker blicken sich auf dem Strand um, um zu sehen, wo das Tape herkommt. Die meisten nehmen dabei unsere Lehrer näher unter die Lupe, doch die stehen bewegungslos am Seeufer.
Ich nicht. Vielleicht wegen meines Scharfschützentrainings. Oder vielleicht, weil wir so viel Zeit miteinander verbracht haben. Was immer auch der Grund sein mag – ich bin sicher, dass Ike, mein Troublemaker-Tutor, die Schüsse abgefeuert hat. Die Vermutung bestätigt sich, als ich ihn entdecke, wie er, die Beine um einen kräftigen Ast geschlungen, kopfüber in einer hohen Kiefer baumelt, die am Rand des Strandes wächst. Er hält einen silberfarbenen Abroller in der Hand, ähnlich dem Modell, das Dad zu Hause in seinem Arbeitszimmer hat, nur dass Ikes Version über einen Schaft und einen Abzug verfügt, wie eine Feuerwaffe. Als er merkt, dass ich ihn gesehen habe, lächelt er und winkt mir zu. Ich winke zurück, dann mache ich mich wieder eifrig ans Schippen. Nicht dass Annika mich noch beim Bummeln erwischt!
»Um eure Fragen jetzt mal zu beantworten«, ergreift unsere Direktorin wieder das Wort, »ja, in der Tat: Ihr werdet Erdlöcher benutzen, um eure diversen biologischen Bedürfnisse zu befriedigen. Ich will jedoch nicht unmenschlich sein. Daher müsst ihr auch nicht unbedingt diese Löcher hier benutzen. Wenn ihr noch genug

Mumm und Energie habt, um an abgeschiedenen Plätzen im Wald neue zu graben, dann tut das ruhig. Was Waschen und Baden anbelangt, so befindet ihr euch in der überaus glücklichen Situation, dass der wunderschöne Lake Kilter euch sozusagen als persönliche Badewanne zur Verfügung steht. Lasst euch jedoch gesagt sein, dass diverse scharfzähnige Fische diese Seite des Sees als ihr Zuhause betrachten – das sie mit grausamer Entschlossenheit verteidigen. Des Weiteren wird das Baden als Privileg betrachtet und ist nur während eurer freien fünf Minuten am Tagesende gestattet.«

Annika übermittelt diese Information so überzeugend, dass sich mir schier der Magen umdreht. Und so wie meine Mitschüler sich winden und die Stirn runzeln, geht es ihnen nicht anders.

»Nach allem, was ich gesagt habe, dürfte jetzt klar sein, dass eure Familien und deren Glück und Zufriedenheit oberste Priorität haben. Ich werde sehr damit beschäftigt sein sicherzustellen, dass für ausnahmslos alle ihre Bedürfnisse gesorgt ist – und zwar ab sofort. Noch Fragen?«

Annikas ernster Tonfall sagt uns, dass dem besser nicht so ist. Doch Alison hebt erneut die Hand.

»'tschuldiging«, sagt sie und blickt über den See. »Aber mein Dad hüpft gerade wie verrückt am Strand herum und wedelt mit den Armen … Ich glaube, er hat eine Frage.«

Annika wendet sich ihren Kollegen zu. »Samara? Würdest du Mr Parker bitte fragen, was wir für ihn tun können?«

Jetzt erst registriere ich, dass alle Lehrer kleine Ohrhörer tragen. Unsere Biologielehrerin spricht leise ein paar Worte, hört dann zu und wendet sich wieder an Annika.

»Mr Parker würde gern wissen, ob es den Familien gestattet sein wird, Zeit mit Kilter-Schülern zu verbringen, Ma'am.«

»Wenn Mr Parker es wünscht, dann ja. Wir können zur Verbesserung der Eltern-Kind-Beziehung kurze Treffen zwischen den Schülern und ihren Eltern arrangieren. Allerdings sollten Mr Parker sowie unsere anderen geschätzten Besucher daran denken, dass für Kilter-Schüler gemeinsame Zeit mit den Lieben ebenso wie das Baden als Privileg gilt. Wir müssen sorgsam darauf bedacht sein, sie nicht für Dinge zu belohnen, die sie sich nicht verdient haben.«

Samara hebt zwei Finger an ihren Ohrhörer, lauscht und nickt einmal. »Das kann Mr Parker verstehen.«

»Gut.« Annika wendet sich wieder an uns. »Da heute der erste Camp-Tag ist, befinden sich Rasenflächen und Unterkünfte in tadellosem Zustand und bedürfen noch nicht eurer Aufmerksamkeit. Eure turnusgemäßen Haushaltspflichten werden morgen beginnen. Allerdings haben die Camp-Vorbereitungen unser Reinigungs- und

Grünanlagenpersonal von ihren normalen Aufgaben auf dem Kilter-Campus abgehalten. Weil sie euch geholfen haben, werdet ihr jetzt ihnen helfen, indem ihr ihre regulären Jobs erledigt. Auf meinen Pfiff hin lasst ihr die Schaufeln fallen, bildet eine Reihe und marschiert den Pfad hinter Zelt eins hinunter. Dieser wird euch zum Campus führen, wo ihr eure Aufgaben zugewiesen bekommt.«

Ich werfe einen Blick auf meine Freunde. Abe und Gabby versuchen erfolglos, sich das Klebeband vom Mund zu ziehen. Elinor ist immer noch am Schippen. Lemon hat sich hingesetzt und baut eine Sandburg.

Annikas Pfiff ertönt. Wir lassen die Schaufeln fallen und treten vor Zelt eins in einer Reihe an. Abe und Gabby befinden sich vor mir, während Lemon und Elinor irgendwo weiter hinten sein müssen.

»Vorwärts Marsch!«, brüllt Annika.

Wir setzen uns in Bewegung, und zwar ziemlich schnell. Schon bald wird der Wald dichter. Der Pfad verengt sich. Die Kronen der hohen Bäume blockieren das Sonnenlicht. Die Luft wird kühler. Das Licht schwindet. Die ersten Troublemaker fangen an zu straucheln, als es immer schwerer wird, etwas zu erkennen. Ich würde mich gern nach Elinor umschauen. Aber ich sehe förmlich vor mir, wie ich dann über eine der zahlreichen losen Baumwurzeln auf dem Weg stolpere und die anderen Schüler wie Dominosteine zum Fallen bringe. Also lass ich's lieber.

»Ach, herrjemine«, quengelt weiter vorne ein Mädchen. »Wo gehen wir nur hin?«

»Wie lange müssen wir denn noch mitspielen?«, jammert eine andere.

»Ist doch völlig unmöglich, dass die Eltern uns jetzt hören«, beschwert sich ein Junge.

»Hat noch jemand Angst im Dunkeln?«, fragt ein anderer.

So plötzlich, wie das Klebeband vorhin auf Abes und Gabbys Mund erschien, schießt gleich darauf ein Golfcart aus der schwarzen Finsternis und kommt schlitternd vor unserer Marschreihe zum Halten. Es sieht genauso aus wie das Modell, in dem wir in meinem ersten Semester mal eine Exkursion gemacht haben, und hat genügend Sitzplätze für die gesamte Klasse.

Die Tür geht auf. Houdini starrt vom Fahrersitz auf uns herab. Er hat sich umgezogen. Statt der Uniform trägt er jetzt sein Lieblings-Outfit, sprich: Jeans, ein orangefarbenes T-Shirt, ein Kapuzensweatshirt und schwarze Converses. Sein lockig-krauses Haar, das er am Strand noch mit Hilfe von jeder Menge Pomade nach hinten geklatscht trug, ist wieder ausgekämmt und steht wuschelig zu allen Seiten ab.

»Er sieht irgendwie angepisst aus«, flüstert der Troublemaker hinter mir.

»Der ist doch nie angepisst«, hält ihm ein anderer nervös entgegen.

Das stimmt. Einige unserer Lehrer sind ernster als andere. Doch unser Mathelehrer ist normalerweise der lockerste der ganzen Bande. Dennoch verengen sich seine Augen nun plötzlich, während er uns mustert – so, als würde er für sich zu ergründen versuchen, ob wir die Mitfahrgelegenheit überhaupt verdient haben.
Doch dann verzieht sich sein Gesicht zu einem breiten Grinsen.
»Was is'?«, fragt er. »Braucht ihr 'ne schriftliche Einladung? Rein mit euch!«

KAPITEL 8
STRAFPUNKTE: 400
GOLDSTARS: 150

Kaum hat sich die Tür hinter dem Letzten von uns geschlossen, drückt Houdini auf eine Taste. Rote und blaue Strobolichtblitze werden von den Wänden zurückgeworfen. Diskobälle senken sich von der Decke und fangen an, sich zu drehen. Das Wummern und Jaulen elektronischer Tanzmusik dröhnt durch den Bus, und im nächsten Augenblick zappeln und winden wir uns auch schon auf den Sitzen oder im Gang. Eine spontane Tanzparty ist ausgebrochen, in die sich meine Klassenkameraden und ich nach der ganzen Buddelei und dem anstrengenden Marsch mit aller Begeisterung stürzen.

Aber die Fete ist nicht von langer Dauer. Abe macht auf dem Gang gerade den Wurm, als das Golfmobil jäh stoppt. Alle an Bord machen einen Satz nach vorne, Abe verliert den Halt und rutscht über den Boden, bis er mit der Stirn gegen meinen Knöchel kracht.

»Mann, Hinkel«, stöhnt er und reibt sich den Kopf.
»Du solltest lernen, das Viech zu lenken«, erwidere ich grinsend.
Die Tür geht auf. Abe springt wieder auf die Beine. Die Musik wummert weiter, und so bewegen sich alle immer noch wackelnd und tanzend die Stufen hinunter nach draußen.
»Oh. Mein. *Gott!*«, kreischt Gabby plötzlich.
»Ist das wirklich für uns?«, fragt einer.
»Kamp Kilter rockt voll ab!«, ruft ein Dritter.
Als ich die die Tür erreiche, verstehe ich den ganzen Wirbel. Houdini hat uns zu einem riesigen Swimmingpool gefahren. Rund ein Dutzend Sprungbretter und Wasserrutschen in verschiedenen Höhen und Größen säumen in regelmäßigen Abständen den Beckenrand. In einem großen Kasten liegen Badereifen und Gummiflöße bereit. Lichterketten mit Tausenden weißer Glühlämpchen sind kreuz und quer in luftiger Höhe über den Pool gespannt. Brennende Petroleumfackeln sind um riesige Tische und lange Sitzbänke gruppiert, woran sich eine Terrasse anschließt, auf der Kilters Kantinen-Köche bereits darauf warten, uns unsere Lieblingsspeisen zuzubereiten.
»Dann mal zack zack und cool … ab in den Pool«, höre ich Houdini in der Nähe meines Ohrs sagen.
»Ich hab gar keine Badehose dabei«, gebe ich hastig zu bedenken.

»Ich denke nicht, dass das ein Problem ist.« Er zeigt auf einen großen Glasbau. Er sieht aus wie der Trouble-Shop, ist aber kleiner … und enthält nur eines. Badeklamotten.

Ich unterdrücke ein Stöhnen und setze mich die Stufen hinunter in Bewegung.

»Bitte alle mal um den Pool zusammenkommen, meine lieben Troublemaker!«, ruft Fern, unsere Sportlehrerin. Sie steht auf einer kleinen Insel in der Mitte des Pools. Abgesehen von Houdini – und Mystery, wie ich beim Näherkommen sehe – sind alle Lehrer bei ihr. »Zuerst einmal möchte ich euch sagen, wie riesig wir uns freuen, euch schon so schnell wieder in Kilter zu haben. Und ich denke, ihr freut euch genauso, stimmt's?«

Die Menge johlt und jubelt. Ich halte nach Elinor Ausschau und entdecke sie auf der anderen Seite des Pools. Unsere Blicke treffen sich. Sie lächelt. Ich lächle zurück.

»Wie immer haben wir eine Menge Spaß für euch auf Lager! Wir beginnen mit einem kleinen Spiel, das ich gern *Fang-den-Silberfisch* nenne!«

Sie hebt die Hand und bittet um Ruhe. Als das Gejohle verebbt, schnalzt sie mit den Fingern. Prompt kommt vor ihr ein dünner Wasserstrahl aus dem Pool geschossen. Auf der Spitze der Fontäne tanzt etwas Kleines, Silberfarbenes.

»Wer von euch hatte schon mal Goldfische zu Hause?«, fragt Fern.

Einige Troublemaker heben die Hände.
»Und? Wie schnell schwimmen die?«
»Eigentlich überhaupt nicht!«, ruft Gabby. »Meine haben sich nur in ihrer winzigen Glaskugel herumtreiben lassen. Ich hab versucht, ihnen im Whirlpool meiner Eltern mehr Platz zu verschaffen, und hab ihnen bestimmt hundert künstliche Wasserpflanzen gekauft. Und nicht zu vergessen eine von diesen süßen kleinen Schatztruhen, die sich öffnen und schließen, aber ...«
»Danke, Gabby.« Fern unterbricht sie und spricht dann wieder zu uns allen. »Goldfische bewegen sich kaum. Und wenn sie's tun, dann nicht weit ... und auch nicht schnell. Was sie so ziemlich zum Gegenteil eines Silberfischs macht.«
»Silberfisch?«, fragt Eric Fischer. »So was gibt's doch gar nicht.«
»Smarte Troublemaker lassen sich nicht zu voreiligen Schlussfolgerungen hinreißen.« Fern droht ihm mit dem Finger, bevor sie sich an unseren Kunstlehrer wendet. »Wyatt, ich hätte so gerne Fisch zum Abendessen. Bist du so lieb und fängst mir einen?«
Wyatt rollt die Ärmel hoch. Fixiert einige Sekunden lang den auf der Wassersäule tanzenden Silberfisch. Und schießt mit dem Körper vor.
Fern schnalzt mit den Fingern. Der Fisch verschwindet. Wyatt landet mit dem Gesicht voran im Pool.
»Ups!«, ruft Fern. »Samara, willst du es versuchen?«

Unsere Biolehrerin nimmt eine breitbeinige Stellung ein und lässt den Blick suchend in alle Richtungen schweifen.

»Da!«, ruft Alison Parker und zeigt auf eine Stelle.

Tatsächlich! Der Silberfisch befindet sich nun erneut dicht am Rand ihrer Betoninsel – einfach so in der Luft über dem Wasser schwebend. Da das Viech keine Flügel hat, muss es sich um ein Kilter-Hightech-Spielzeug handeln.

Samara flitzt auf die Stelle zu. Nur noch Zentimeter vom Beckenrand entfernt reißt sie die Arme hoch und hechtet los.

Der Silberfisch wartet ab. Dann, gerade als Samaras Finger sich um ihn schließen wollen, schnalzt Fern wieder mit den Fingern. Der Fisch saust davon.

»Autsch!«, kommt Ferns Kommentar, als Samara mit einem Bauchplatscher ins tiefe Wasser der Schwimmerzone knallt. »Das muss weh getan haben.«

Als gleich darauf unsere klatschnassen Lehrer aus dem Pool gekraxelt kommen, taucht ihr schlüpfriges Ziel plötzlich wieder in Ferns offener Hand auf. Dort bleibt es, während sie das Spiel erklärt.

»Das Ziel bei *Fang-den-Silberfisch* ist einfach: Fangt den Fisch. Dieses Ziel zu erreichen ist allerdings fast unmöglich. Denn der *Kilter-Silberfisch* ist mit keinen anderen Flossengenossen zu vergleichen, die in den Gewässern dieser Welt anzutreffen sind. Zum einen, weil er computerisiert ist. Zum anderen, weil er weder geködert noch sonstwie von seinem eigentlichen Ziel abgelenkt werden kann. Das da lautet: Nicht fangen lassen! Zur Demonstration eben habe ich seine Bewegungen selbst gesteuert. Aber für das Spiel stelle ich ihn auf Autopilot. So ist er in der Lage, bei einer Geschwindigkeit von bis zu 160 km/h die wildesten Zickzackmanöver durchzuführen. Das Einzige, was für euch spricht, ist, dass ihr so viele seid. Wenn alle im Pool sind, wird es kaum eine freie Wasserfläche geben, so dass die Fluchtoptionen des Silberfischs limitiert sind. Ungeachtet dessen werdet ihr euch euer Geld mehr als hart verdienen müssen.«

»Geld?«, fragt Abe. »Heißt das etwa, der Sieger kriegt einen Preis?«

»In der Tat. Den Sieger erwarten ...« Sie hält inne. Durch Stereolautsprecher ertönt ein elektronischer Trommelwirbel und verstummt dann gleich wieder. »Ein*tausend* Strafpunkte! Gut für ein*tausend* Credits!«

Unsere Gruppe bricht wieder in Jubel aus – tausendmal lauter als zuvor.

»Das Spiel beginnt in zehn Minuten!«, verkündet Fern über das Getöse hinweg. »In der Zwischenzeit schaut wegen der nötigen Spielausrüstung bitte im Kilter-Schwimm-Shop vorbei!«

Die Meute der Troublemaker sieht aus wie ein Schwarm kunterbunter Fische, als sich alle gleichzeitig umdrehen und auf den gläsernen Laden zustürmen. Ich bleibe lie-

ber zurück. Nicht weil ich nicht mitspielen will, sondern weil Schwimmen zu den Sportarten gehört, für die ich mich am allerwenigsten begeistern kann. Das heißt, eigentlich schwimme ich gerne, aber ich mag es nicht, in aller Öffentlichkeit praktisch nackt herumzulaufen.
»Sam!«, höre ich Gabby aus dem Schwimm-Shop kreischen. »Die hier musst du unbedingt tragen!«
»Ist die nicht so was von perfekt?«, will Gabby von mir wissen, als ich sie an einem langen Regal mit Schwimmsachen aufspüre und sie eine Badehose mit Apfelmuster in die Höhe hält. »Und das ist die Einzige hier! Als wär die extra nur für dich gemacht! Probier sie mal an!«
Sie wirft mir die Badehose zu und begibt sich zu einem anderen Regal, vor dem Elinor gerade steht.
»Noch sechs Minuten!«, ertönt Ferns Stimme aus Lautsprechern über unseren Köpfen.
»Entschuldigen Sie?« Ich winke einen Verkäufer herbei. »Wo sind denn die T-Shirts?«
»Ähm, im Einkaufszentrum?« Der Blick, den er mir zuwirft, besagt, dass ich das eigentlich besser wissen sollte. Dann fährt der Verkäufer fort, das leere Gesicht einer Kleiderpuppe zu polieren.
Ich versuche, die Puppe nicht anzugucken. Denn sie ist männlich, hat gewaltige Bizepse und Bauchmuskeln, die man schon als Twelvepack bezeichnen muss. Sie ist zwar aus Kunststoff, trotzdem hat sie viel mehr von einem Mann als ich.

»Fünf Minuten«, ertönt Ferns Warnung.
Ich flitze in die nächste Umkleidekabine, zerre den Vorhang zu und ziehe mein T-Shirt aus.
»Drei Minuten!«
Die Kabine hat einen Ganzkörperspiegel. Ich will mein Spiegelbild meiden, kann aber meine blasse, dürre Hühnerbrust einfach nicht übersehen. Sie ist so weiß, dass es fast blendet.
Schnell bringe ich die Umkleideaktion zu Ende, streife mir das T-Shirt wieder über und geselle mich draußen zu den anderen Troublemakern.
Wir stellen uns um den Pool herum auf. Unsere Lehrer sind immer noch auf der Betoninsel. Da es am Beckenrand keine Lücke gibt, die groß genug für das ganze Ä-Team und Elinor wäre, teilen wir uns auf. Abe flitzt nach rechts, Gabby nach links. Lemon schlurft in die Nähe einer großen Wasserrutsche. Vermutlich plant er, sich darunter zu verstecken, während sich der Rest von uns beim Silberfisch-Spiel verausgabt.
»Sam«, höre ich da eine sanfte Stimme. »Hier rüber.«
Vor Freude schlägt mein Herz gleich höher.
Elinor steht an den Treppenstufen zur Nichtschwimmerzone und zeigt auf den freien Platz zwischen sich und Austin Lewis. Die Lücke ist eng. Aber dank meiner Hühnerbrust passe ich locker rein.
»Kannst du schwimmen?«, fragt sie.
Ich nicke. »Und du?«

Sie zögert mit der Antwort. »Zumindest in Pools voller Würmer und Reptilien bin ich richtig gut.«
Ich sehe sie an. »Aber hier ... Meinst du etwa ... Willst du damit sagen, dass du nicht ...«
»Die Zeit ist *rum*!«
Ein Signalhorn ertönt. Lichter blitzen auf. Fern wirft den Silberfisch in die Höhe, als wäre er eine Münze vor irgendeinem Spiel, die entscheiden soll, wer gleich anfangen darf.
Aber dann glüht der Silberfisch plötzlich weiß auf, wirbelt herum und kommt im Sturzflug abwärts geschossen. In dem Moment, als er ins Wasser taucht, springt ausnahmslos jeder Troublemaker außer mir hinterher. Einschließlich Elinor, die gleich darauf nach Luft schnappend wieder auftaucht.
»Da hinten!«, ruft Alison im nächsten Augenblick und zeigt in Richtung Schwimmerzone. Die ganze Aufregung hat offenbar ihr logisches Denken ausgebremst, denn ihre lautstarke Mitteilung steigert natürlich nur die Konkurrenz.
Und zwar schnell. Die Troublemaker-Menge strampelt, paddelt und rudert wie verrückt auf die Schwimmerzone zu. Einschließlich Elinor. Ihre Beine scheinen sich in Blei verwandelt zu haben, als sie so durch den flachen Nichtschwimmerbereich vorantaumelt, dabei nach Luft schnappt und sich das Wasser aus den Augen reibt.
»Interessante Technik.«

Ich blicke auf. Neben mir steht Houdini und starrt auf sein K-PAD-Display. Ich erhasche einen Blick darauf und sehe zuckende und wirbelnde Körper in Unterwasserperspektive. Alle paar Sekunden saust ein winziger weißer Lichtblitz zwischen ihnen hindurch, worauf sie noch heftiger zucken und wirbeln, im Bestreben, möglichst rasch die Richtung zu wechseln.
Als ich Elinor das Gleiche machen sehe – die Wangen gebläht beim Luftanhalten, die Augen zusammengekniffen, aber nicht geschlossen –, bin ich erst einmal erleichtert.
»Was ist?«, frage ich Houdini, der mich nun mustert.
»Ich sag's dir. Rührst dich nicht vom Fleck, was? Weil du ahnst, dass der Silberfisch sich dorthin begeben wird, wo niemand sonst ist. Du baust darauf, dass er schließlich wieder ins Flache zurückkommt. Und dann brauchst du nur noch zu springen. Während alle anderen sich noch abzappeln, um ihn einzuholen. Clever.« Er knufft mich mit dem Ellenbogen. »Natürlich hätte ich von unserem Starschüler auch nichts anderes erwartet.«
Mit der Beurteilung der Taktik hat er recht. Aber was mich angeht, ist er auf dem Holzweg. Ich kann unmöglich ein Starschüler sein. Zumindest nicht in diesem Moment, denn ich habe gar keine Taktik. Ich bin einfach nur zu verlegen, um mein T-Shirt auszuziehen.
»O-oh.« Houdinis Gesicht wird ernst. Er holt ein Walkie-Talkie aus der Tasche seiner Bermudas. »Wir haben

möglicherweise ein K2 in Q1. Rettungsschwimmer auf Standby.«

»Verstanden«, antwortet eine unbekannte Stimme. »RS auf dem Weg.«

»Rettungsschwimmer?« Ich lasse den Blick suchend über den Pool gleiten. »Bedeutet das …? Ist etwa jemand …?«

Und erstarre jäh, als ich Elinor entdecke. In der einen Sekunde ist ihr Kopf noch über Wasser und in der nächsten schon wieder verschwunden. Ihre Arme peitschen wie wild auf die Wasseroberfläche ein, während sie versucht, sich oben zu halten. Um sie herum erzeugen blindwütige Troublemaker einen gefährlichen Wirbel, als sie dem davonflitzenden Silberfisch hinterherschwimmen.

»Schick den Rettungsschwimmer los«, bringe ich mit brüchiger Stimme hervor. »Elinor ist in Schwierigkeiten.«

»Wart ab, Hinkel«, antwortet Houdini mit ruhiger Stimme. »Alles unter Kontrolle.«

»Aber sie ist eine schlechte Schwimmerin.«

»Dann ist das für sie die optimale Methode, um besser zu werden.«

Obwohl ich es nicht sehen kann, weiß ich, dass mein Gesicht knallrot geworden ist. Wut und Sorge pumpen mit Volldampf Blut durch meine Adern, als ich plötzlich das Bild von Elinor wieder vor Augen habe, wie sie mitten in einem Schneesturm auf dem Boden liegt, ihr Arm von Brandwunden übersät, das Gesicht schmerzverzerrt.

»Prima Idee«, höre ich Houdini neben mir sagen, als ich mein T-Shirt ausziehe. »Der Silberfisch sollte jeden Moment ...«

Ich springe in den Pool. Durch die vielen Leute, die darin herumtoben, ist das Wasser so stark aufgewühlt, dass das Schwimmen mühsam ist, und keiner meiner Mitschüler denkt daran, mir zu helfen. Im Gegenteil: Während sie ihre Jagd auf den Silberfisch fortsetzen, schubsen und stoßen sie einander wie die Bekloppten – auch mich.

»Mann, Sam!«

Erik Carle kracht mir in die Seite. Meine Füße berühren den Grund, und ich stelle mich aufrecht hin, um einen besseren Überblick zu haben. Elinor entdecke ich ungefähr drei Meter von mir entfernt. Sie treibt auf das tiefere Wasser zu.

»Sam ...« Ihr Kopf versinkt, um gleich darauf wieder aufzutauchen. »Ich kann nicht ...« Wieder geht sie unter.

Ich hole tief Luft und tauche ab, in der Hoffnung, dass es sich unter Wasser leichter schwimmen lässt. Ich mache die Augen auf, doch ohne Brille kann ich nur Farben und verschwommene Gestalten erkennen. Elinors Badeanzug ist smaragdgrün. Als er mir ins Auge springt, trete ich heftig mit den Beinen aus und halte darauf zu.

Ich habe sie schon halb erreicht, als Elinor plötzlich verschwunden ist. Ebenso wie die anderen Troublemaker. Und auch meine Arme und Beine, die ich zwar noch spüre, aber nicht mehr sehen kann. Ich kann gar nichts mehr sehen im viel zu aufgewühlten Wasser. Nur noch schäumendes Weiß, das einfach zu grell ist.
Da ist er!, höre ich eine gedämpfte Stimme rufen.
Aus dem Weg!
Das ist meiner!
Die gedämpften Stimmen werden lauter. Ich schließe die Augen. Öffne sie wieder. Presse die Lippen zusammen, um zu verhindern, dass ich gleich literweise Wasser schlucke.
Der Silberfisch! Plötzlich treibt er direkt vor meiner Nase. Er glüht nun etwas matter, so dass ich seine schimmernden Flossen und winzigen Metallschuppen erkennen kann. Seine schwarzen, toten Augen scheinen mich direkt anzustarren, fast höhnisch, als würde er mich auffordern, doch nach ihm zu greifen.
Im nächsten Augenblick tauchen Dutzende von Händen aus dem Weiß auf, das mich umgibt. Der Silberfisch verharrt noch eine weitere Sekunde, ehe er sich blitzschnell aus ihrer Reichweite manövriert – allerdings nicht aus meiner. Wenn er sich nicht wieder bewegt, könnte ich ihn mit zwei Zügen erreichen.
Aber dann sehe ich etwas Rotes aufblitzen.
Elinors Haare.

Mein Herz vollführt vor Aufregung einen Satz. Ich mache zwei Züge. Weg vom Silberfisch.

Auf Elinor zu.

Als Erstes erreiche ich ihren Zopf, der hinter ihr im Wasser treibt. Immer noch mit den Beinen ausschlagend, strecke ich meinen Arm aus. Ich will ihr nicht weh tun, aber wenn ich nur gerade so viel am Zopfende ziehe, um die Lücke zwischen uns zu schließen, dann könnte ich …

»Was zum Teufel …«

Die Worte kommen mir über die Lippen, bevor ich sie unterdrücken kann. Wasser strömt mir in Mund und Rachen. Etwas hat mich von hinten gepackt. Mit aller Kraft spucke ich das Wasser wieder aus und kneife die Lippen zusammen. Während ich einen Hustenanfall zu unterdrücken versuche, strampele und rudere ich gegen das Etwas an.

Umsonst. Statt nach vorn bewege ich mich plötzlich rückwärts. Die grüne Schleife am Ende von Elinors Zopf wird kleiner.

Ich mache noch schnellere Züge und schaue mich um, in der Erwartung, Austin Lewis oder einen meiner größeren Klassenkameraden zu sehen, der mich vom Silberfisch wegzerrt. Aber stattdessen starre ich auf einen Propeller. Einen, wie Motorboote sie haben.

Nur dass der hier zehnmal größer ist.

Ich trete wie verrückt. Die Propellerblätter wirbeln

schneller. Mein Herz hämmert. Die Lungen brennen. Ich versuche, mir nicht auszumalen, wie meine Beine gleich aufgeschlitzt und geschreddert werden – vergeblich. Der Sog des Wasserstrudels zieht mich unerbittlich aus dem tieferen Bereich fort, immer weiter durch die flache Nichtschwimmerzone.
Elinor!, schreie ich.
Wasser ergießt sich in Mund und Rachen und füllt meine Lungen. Ich bin ziemlich sicher, zu ertrinken, als ich aus dem Pool hinausgesogen werde ... hinein in eine abgrundtiefe Schwärze.

KAPITEL 9

STRAFPUNKTE: 400

GOLDSTARS: 650

»Was sollte das?«

Meine Augenlider klappen auf. Mir wird bewusst, dass ich etwas sehen kann. Allerdings nicht die flauschigen weißen Wölkchen des Himmelreichs. Auch nicht die Flammen jenes anderen Ortes – was gar nicht so unwahrscheinlich wäre, nach meinem jüngsten Betragen.

Mein Blick fällt auf eine silberfarbene Lampe. Eine weiße Samtcouch. Einen gläsernen Schreibtisch. Einen glänzenden weißen Stuhl. Einen weißen Lederclubsessel, über den ich quer drapiert liege.

Und schließlich auf Annika. Sie trägt ein langes weißes Kleid und steht vor einer Wand, an der ein dünner Wasserfilm herabrieselt.

»Was ist passiert?« Ich muss ein wenig würgen, und meine Stimme kommt nur krächzend in Gang, aber sie funktioniert noch.

Sie weist mit einem Nicken auf jemanden hinter mir. »George? Könnten Sie bitte noch mal?«

Ein durchsichtiger Eimer taucht vor mir auf. Den Markierungen auf der Seite nach zu schließen, befinden sich fast zwölf Liter Wasser darin. Plus ein durchweichtes Pflaster. Ich setze mich auf. »George? Sind Sie's wirklich?« Der Mann, der mir den Eimer hinhält, sieht definitiv wie der Gute Samariter aus, den ich so gut kennengelernt habe, als das Ä-Team (auf charmante Weise) einst seinen Hubschrauber samt ihm als Piloten entführt hatte.

George blinzelt mir zu.

Ich grinse. »Wie geht's Ms Marla? Und Rodolfo? Was macht Ihr Gemüsegarten? Haben Ihre preisgekrönten Tomaten auf der Gartenschau ein weiteres Blaues Band eingeheimst?«

Ms Marla ist Telefonistin bei Kilters Trouble-Hotline – und Georges neue Freundin, dank einer kleinen Vermittlungsaktion meinerseits. Bei Rodolfo handelt es sich um ihren dreibeinigen Chihuahua. Und Gärtnern ist Georges liebstes Sommerhobby.

Sein Gesicht leuchtet auf. »Danke der Nachfrage! Allen geht's bestens, und der Garten macht sich wirklich gut. Wir haben ein paar Zucchini gepflanzt, die …«

»Ähm.«

GS George und ich wenden den Blick zu Annika. Die kritisch eine Augenbraue hebt.

»'tschuldigung, Ma'am.« GS George platziert den Eimer neben meinen Füßen auf den Boden und zieht sich zur gegenüberliegenden Wand zurück, wo er reglos stehenbleibt, den Blick starr geradeaus gerichtet.

»Was ist das?«, frage ich und zeige auf den Eimer.

»Das«, sagt Annika und kommt langsam auf mich zugeschlendert, »haben wir aus deinem Magen gepumpt ... in dem Augenblick, als du aus der Röhrenbahn geschossen kamst. Ist so was wie eine schnelle unterirdische Rutsche. Sie hat dich vom Pool direkt hierher befördert und dabei automatisch das mit angesaugte Wasser abgeführt.«

Jetzt, da sie es erwähnt – und mein Kopf klarer wird –, erinnere ich mich vage an wilde Hals-über-Kopf-Kurvenbewegungen, nachdem ich in die Finsternis gesogen wurde.

»Und wo ist *hierher*?«, frage ich. »Was ist das hier?«

»Meine unterirdische Überwachungsstation.«

»Und was überwachst du?«, hake ich nach.

»Alles und jeden, den ich überwachen muss.«

Meine Augen wenden sich wieder dem Eimer zu. »Und was ist mit dem Pflaster?«

»Versehentliche Einnahme. Einer deiner Klassenkameraden hat sich einen Kratzer eingefangen. Das Pflaster, das die Stelle bedeckte, hat sich während des Spiels gelöst. Du hast es dann zusammen mit dem ganzen Wasser verschluckt.«

Ich zucke zusammen und halte mir die Hand auf den Bauch. »Igitt.«
»Da gibt's noch Schlimmeres.« Inzwischen hat sie sich an die Wasserwand begeben und drückt auf einen Knopf in der Steinwand daneben. Der sich zuvor kräuselnde Wasserfilm beruhigt sich. Als er ganz zum Stillstand kommt, sehe ich plötzlich meine Klassenkameraden vor mir – einschließlich Elinor, Gott sei Dank. Sie schwimmen, tauchen und toben immer noch im Pool herum.
»Das ist Echtzeit«, sagt Annika.
»Sie bewegen sich irgendwie langsamer. Sie müssen wohl langsam müde werden.«
»Natürlich werden sie müde. Sie jagen nun schon zwanzig Minuten hinter einem unfangbaren *Kilter-Silberfisch* her.«
»Unfangbar? Fern hat gesagt, es wäre zwar schwer, aber trotzdem möglich, ihn zu …«
Annika unterbricht mich. »Noch einmal: Was. Sollte. Das?«
Ich mache den Mund auf, um zu antworten. Allerdings ist es nicht leicht, ihr zu sagen, was sie hören möchte – zumal ich keinen Schimmer habe, wonach sie eigentlich fragt.
»Der Silberfisch war genau vor deiner Nase«, schnaubt sie schließlich. »Ich hab dir 'ne Ewigkeit Zeit gelassen, damit du ihn dir schnappen kannst. Eintausend Credits – und somit jede Menge freies Troublemaker-Equipment

deiner Wahl – waren für dich zum Greifen nahe. Und du lässt sie einfach davonschwimmen. Allerdings hast du dir damit nicht nur die schönen Credits durch die Lappen gehen lassen, sondern auch noch fünfhundert Goldstars verdient.«

Fieberhaft denke ich nach. »Es war zu einfach«, platzt es im nächsten Moment aus mir heraus.

Annika grinst.

»Du willst doch, dass wir uns dauernd selbst fordern, richtig?«, fahre ich fort. »Damit wir uns als Troublemaker ständig verbessern. Der Silberfisch war genau vor mir – aber ich wollte mich dafür anstrengen. Ich wollte ihn mir mit Hilfe der Fähigkeiten schnappen, die ich in Kilter gelernt habe. Ich wollte mir den Preis *verdienen*.«

»Und dabei riskieren, gegen deine Klassenkameraden zu verlieren?«

Jetzt grinse ich. Um damit zu sagen: *Stimmt. Aber als ob das jemals passieren würde.* Ich glaube nicht, dass mein Sieg im Voraus beschlossene Sache war. Doch sie möchte, dass ich das denke.

Es muss ein guter Schachzug von mir gewesen sein, denn Annika hebt das Kinn, macht auf dem Absatz kehrt und streift an der Wasserwand entlang. Sobald sie mir den Rücken zukehrt, blicke ich wieder auf die Poolszene. Abe und Gabby haben sich zusammengetan – beziehungsweise Gabby hat sich an Abe drangehängt, was wohl wahrscheinlicher ist. Sie ist direkt hinter ihm und

macht mit einer Sekunde Zeitverzögerung alle seine Bewegungen nach.
Auch Lemon entdecke ich. Oder besser gesagt seine Füße. Ich weiß, dass es seine sind, weil sie von Narben überzogen sind, die aus der Zeit stammen, als er nur so zum Spaß über ein Bett aus glühenden Kohlen gelaufen ist. Jetzt baumeln sie im tiefen Wasser. Der Rest von ihm muss sich außerhalb des Pools befinden. Wahrscheinlich sitzt er auf einem niedrigen Sprungbrett.
Ich halte immer noch nach Elinor Ausschau, als Annika abrupt stehenbleibt und sich wieder mir zuwendet.
»Tut mir leid wegen der überraschenden Saugaktion«, sagt sie. »Aber ich wollte mich mit dir treffen. Und ich weiß, dass du es nicht magst, vor den anderen herausgestellt zu werden, auch wenn du dir das eigentlich verdient hast. Daher dachte ich, wir machen das am besten, während deine Kameraden durch die Jagd auf den Silberfisch abgelenkt sind.«
»Aber wenn du sie ablenken wolltest – warum hast du mir dann die Chance gegeben, den Silberfisch zu fangen? Damit wäre das Spiel doch zu Ende gewesen.«
»Die wären weiter wild im Kreis herumgeschwommen, lange nachdem du ihn geschnappt und das Becken verlassen hättest. Wäre noch mehr Zeit erforderlich gewesen, hätte Fern einen Ersatz-Silberfisch in den Pool geworfen. Einen, der verschwunden wäre, sobald du wieder im Pool gewesen wärst.« Sie hält kurz inne, be-

vor sie fortfährt. »Ich möchte, dass dir so viele Hilfsmittel wie möglich zur Verfügung stehen. Aber ich kann dich nicht einfach auf Gratis-Shoppingtour in den Trouble-Shop schicken. Das würde Aufmerksamkeit erregen und wäre viel zu verdächtig.«

»Stimmt«, sage ich. »Danke.«

»Keine Ursache. Und jetzt«, fährt sie dann mit festerer Stimme fort, »haben wir keine Zeit zu verlieren. Ich brauche deine Hilfe bei einer anderen Topsecret-Mission.«

Ich setze mich aufrechter. »Geht's um Mr Tempest?«

»Um den alten Knochen?« Sie winkt ab. »Der ist mein allergeringstes Problem.«

Das will was heißen. Denn letztes Semester hatte Annika mich gebeten, ihr dabei zu helfen, Kilters Geschichtslehrer im Auge zu behalten, da er sich ziemlich merkwürdig verhielt und sie viel um die Ohren hatte. Ich willigte ein und fand schließlich mehr über den Typen raus, als mir jemals lieb gewesen wäre. Als da wäre seine Vorliebe für scharfe Äxte, von denen er eine aus dem Trouble-Shop klaute, wie ich mit eigenen Augen gesehen hatte. Oder seine geheime Blockhütte mitten in Kilters tiefsten Wäldern, die er pinkfarben dekoriert und mit Stofftieren und Spielzeugpuppen vollgestopft hatte. Welche er, wie ich als unmittelbarer Augenzeuge mitbekam, aus Annikas ehemaligem Kinderzimmer herausgeschmuggelt hatte.

»Es sind deine Eltern«, sagt Annika.
»Die sollen schlimmer als Mystery sein?«, frage ich überrascht.
Annika drückt eine Taste auf ihrem K-PAD. Ein Bildschirm senkt sich vor der Wasserwand herab. Sie berührt eine weitere Taste, und zehn Quadrate füllen den großen Schirm, in denen jeweils eine andere Live-Szene zu sehen ist.
»Sind das Aufnahmen von Kamp Kilter?« Ich erkenne die Luxushütten, sehe Trampoline und einen weißen, von Sonnenbadenden bevölkerten Sandstrand.
»So ist es.« Annika sieht mich an. »Es war richtig, dass du mich kontaktiert hast. Deine Eltern haben ein äußerst anormales Verhalten an den Tag gelegt.«
»Was du nicht sagst!«
»Wenn Troublemaker nach ihrem ersten Kilter-Jahr im Sommer nach Hause kommen, stehen sie immer vor Anpassungsschwierigkeiten. Die Schüler müssen das Gleichgewicht zwischen gutem und schlechtem Benehmen finden. Sie wollen sich einerseits benehmen, um ihre Eltern weiterhin glücklich zu machen. Aber andererseits wollen sie Ärger machen, um ihre kürzlich erworbenen Fähigkeiten nicht einrosten zu lassen. Auch Eltern unterliegen einer heiklen Gratwanderung. Normalerweise sind sie vor Freude aus dem Häuschen, ihre Kinder wieder bei sich zu Hause zu haben. Aber in Sachen Liebe und Zuwendung wollen sie es auch nicht

übertreiben. Sie würden damit riskieren, dass die ganze Arbeit, die wir mit ihrem einst unkontrollierbaren Sprössling hatten, für die Katz gewesen ist. Auf der anderen Seite bauen sie darauf, dass wir ihr Kind während des Schuljahrs hart genug angepackt haben. So hart, dass eine Fortsetzung des Bad-Cop-Theaters im Sommer entweder in einer Übertreibung münden würde oder sinnlos wäre, da sie niemals unsere äußerst effektiven Herangehensweisen kopieren könnten.«

Ich denke an meine Eltern und versuche zu entscheiden, auf welcher Seite des Grates sie nun eigentlich gewandert sind.

»Anfangs sorgt der Balanceakt für jede Menge ziemlich höflicher Kommunikation zwischen Eltern und Schülern«, fährt Annika fort. »Mit der Zeit entwickelt sich das Familienleben zu einer schöneren Version als zu Vor-Kilter-Zeiten. Ebenso wie zuvor erlegen die Eltern ihren Kindern zum Beispiel häusliche Pflichten auf. Doch im Gegensatz zu früher erledigen die Kids sie mit gerade so viel Murren, um sie im Glauben zu lassen, dass schon ein gewisser Fortschritt erzielt wurde, aber noch weitere Anstrengungen erforderlich sind.«

»Weil sie wollen, dass ihre Eltern sie ein zweites Jahr nach Kilter schicken, in der Meinung, sie wären noch nicht kuriert.«

»Korrekt.« Annika betrachtet einen langen Moment den Bildschirm. »Ich mache den Job seit fast neunzehn Jah-

ren ... aber nicht *einmal* habe ich von Eltern gehört, die ihre Kinder mit gezieltem Ärgermachen aufs Korn nehmen. So etwas würde eine Revanche ja geradezu herausfordern. Die Kinder würden unvermeidlich in ihr ehemaliges schlechtes Benehmen zurückverfallen.« Sie sieht mich an. »Warum sollten Eltern das wollen?«
Ich denke an Mom. »Keine Ahnung.«
»Deswegen habe ich euch alle umgehend herbestellt, nachdem du geschrieben hast. Ihr Verhalten ist beispiellos. Ich konnte die Sache nicht einfach so weiterlaufen lassen.« Sie hält inne. »Sam, erinnerst du dich noch an deine erste Realwelt-Mission?«
»Als Houdini und ich der Mutter der elfjährigen Molly Lubbard eine Lektion verpasst haben?«
»Ja. Und weißt du auch noch, *warum* du das gemacht hast?«
»Weil sie nicht sehr nett war. Molly musste für sie das ganze Haus putzen, während sie jeden Tag nur im Wellnesscenter rumhing. Und wenn ihr etwas nicht gefallen hat, was Molly getan oder nicht getan hat, hat sie sie im Keller eingesperrt. Obwohl sie wusste, dass Molly sich im Dunkeln fürchtet.«
»Weißt du, was nach eurer Aktion bei den Lubbards geschehen ist?«, fragt Annika.
Ich schüttele den Kopf. Sie langt nach einem langen dünnen Stab und richtet ihn auf den Flachbildfernseher. Das Gerät geht an. Molly Lubbard und ihre Eltern erscheinen

auf dem Schirm. Sie sitzen auf Fahrrädern und radeln zusammen über eine Blumenwiese.

Ich schaue mir die Szene eine Sekunde lang an. »Sie sehen anders aus.«

»Weil sie glücklich sind. Und das sind sie wegen dem, was du geleistet hast.« Annika macht eine kleine Pause. Dann fährt sie fort. »Sam, weißt du, warum ich eine Schule für professionelle Troublemaker gegründet habe?«

»Weil du Erwachsene nicht sehr magst?«

»Einige Erwachsene mag ich durchaus.« Sie kommt auf mich zu. »Lass es uns mal so versuchen: Deine Klassenkameraden, was denken sie wohl, warum sie hier sind?«

»Um Spaß zu haben.« Das jedenfalls hat Lemon mir im ersten Semester erzählt, als ich ihn dauernd gelöchert habe, warum man in Kilter so viel Wert aufs Ärgermachen legt.

»Richtig. Und das haben sie auch. Aber hinter Kilters wahrem Zweck steckt viel mehr als das. Ich will jetzt nicht in die Details gehen; für den Augenblick reicht es zu wissen, dass das, was du für die Lubbards getan hast, genau das ist, was alle Kilter-Absolventen tun sollen. Deine Mission war in Kentucky, aber meine Hoffnung ist es, dass wir am Ende Kindern auf der ganzen Welt helfen können.«

»Warum erzählst du das den Schülern nicht? Wozu die große Geheimniskrämerei?«

»Diejenigen, die es wissen müssen, erfahren es auch – aber zur jeweils richtigen Zeit. Weiht man die Schüler zu früh ein, könnten sie sich vom Lernen ablenken lassen. Ganz zu schweigen davon, dass es auch Leute gibt, mit deren Loyalität es nicht so weit her ist, dass man ihnen in der realen Welt so wertvolle Informationen anvertrauen könnte.«

Das ergibt einen Sinn ... glaube ich jedenfalls.

»Erlaube mir, zum Punkt zu kommen«, fährt Annika fort.

»Schieß los.«

»Nadia führt was Böses im Schilde.«

»Deine Schwester?« Sprich: Elinors Mom?

»Du hast ihre Schule gesehen. Ihre Schüler, wenn man sie so nennen kann, sind wie die Tiere. So mag Nadia sie. Je dreckiger und abgefahrener, desto besser. Und ich *weiß*, dass sie hinter dem merkwürdigen Verhalten deiner Eltern steckt.«

Das hört sich für mich gewaltig an den Haaren herbeigezogen an – vor allem, weil Nadia und Krawall-City sich in Arizona befinden. Also Tausende Meilen von unserem Zuhause im Staat New York entfernt. Wie sollte sie denn Kontakt mit meinen Eltern aufnehmen? Und *warum*?

»Ich glaube, Nadia versucht, meine Schüler dazu zu bringen, sich eher wie ihre zu verhalten. In der Hoffnung, sie von Kilter abzuwerben und sie an ihre miese Version von einer Schule zu locken.«

»Also hast du unsere Eltern hergeholt, damit Nadia nicht an sie rankommt?«

Sie beugt sich zu mir vor. »Und um herauszufinden, was genau Nadia im Schilde führt. Dazu benötige ich deine Unterstützung. Damit wir Kilter und seinen wahren Zweck auf Kurs halten. Und um Hunderten ... Tausenden ... ja, *Millionen* von Kindern auf der ganzen Welt zu helfen.«

Mir zittern die Glieder. Sie macht tatsächlich keinen Spaß. Mr Tempest zu beschatten kommt mir im Vergleich zu dieser Mission wie ein Klacks vor. Und obwohl ich es meist nicht genieße, wenn ich bevorzugt werde ... muss ich gestehen, dass ich es in diesem Augenblick tue.

»Okay«, sage ich schließlich, da sie auf eine Antwort zu warten scheint. »Ich mach's.«

Sie strahlt mich an. »Wunderbar.«

»Unter einer Bedingung.«

Sie erstarrt.

»Oder besser gesagt ... vier Bedingungen.«

Sie gibt einen Seufzer von sich und schreitet mit großen Schritten auf die gegenüberliegende Wand zu. Auf halbem Weg richtet sie ihr K-PAD auf den großen Überwachungsschirm, der daraufhin nach oben verschwindet und den Blick auf den Pool wieder freigibt. Als sie die Wand erreicht, haut sie mit der flachen Hand auf den Knopf. Ein lautes Rauschen und Gurgeln ertönt. Ich sehe, wie Abe, Gabby und Lemon von den anderen Troublemakern weg durch den Pool gesogen werden.

Dann ein weiteres Rauschen und Gurgeln. Ich drehe mich um und sehe, wie eine kleine Tür in der Wand hochgleitet.

Abe kommt als Erster herausgeschossen. Gefolgt von Gabby. Und dann Lemon. Sie sind klatschnass und ganz offensichtlich total verwirrt. GS George händigt ihnen Handtücher aus und richtet ein wahres Monster von Haartrockner auf ihre Köpfe.

Ich drehe mich wieder zu Annika um. »Eine hast du vergessen.«

Sie unterdrückt ein Stöhnen und haut wieder auf den Knopf.

Zum dritten Mal ertönt ein Rauschen und Gurgeln.

Und Elinor kommt durch die Öffnung.

»Was ist hier eigentlich los?«, fragt Gabby, während sie sich das Gesicht mit dem Handtuch betupft.

»Was immer es auch ist ... Es sollte mindestens tausend Credits wert sein«, knurrt Abe und wringt die Beine seiner Badeshorts aus.

»Keine Sorge«, sage ich und grinse meine Freunde an. »Das ist es.«

KAPITEL 10

STRAFPUNKTE: 1400

GOLDSTARS: 700

Die Ereignisse des restlichen Tages verschwimmen wie in einem Nebel. Ohne Lemon, Abe, Gabby und Elinor alles zu erzählen, was sie mir anvertraut hat, erklärt Annika dann, dass sie unsere Augen und Ohren braucht, um herauszufinden, was mit unseren Eltern los ist. Abe und Gabby sind vor Begeisterung, Teil der Mission zu sein, außer sich. Da Lemon gar keine Reaktion zeigt, bin ich nicht sicher, ob er überhaupt zuhört. Und Elinor fragt erst einmal nur, ob sie wirklich mit dabei sein soll. Woraufhin Annika mit zusammengebissenen Zähnen antwortet: »Aber natürlich.«

Danach werden wir durch die Röhrenbahn in den Pool zurückgeschickt, wo das Silberfisch-Spiel immer noch im Gange ist. Meine Füße haben den Grund noch nicht berührt, da taucht das Objekt auch schon vor meinem Gesicht auf. Sein glühendes Licht wird schwächer. Die leeren schwarzen Augen finden meine. Diesmal lange ich zu und schnappe es mir. Als mein Kopf wieder über Wasser auftaucht, ertönt eine Sirene. Lichter blitzen. Die Lehrer jubeln und gratulieren mir zum Gewinn von eintausend Credits. Anschließend kommt ein müder Troublemaker nach dem anderen aus dem Wasser gekrabbelt, um sich gleich darauf ins Gras fallen zu lassen. Das Kantinenpersonal eilt mit Erfrischungen herbei. Kurz darauf sind alle wieder bei Kräften und tanzen zur Livemusik von *The Punky Faculty*, der Rockband unserer Lehrer.

Ich tanze jedoch nicht, ich nehme kaum die Musik wahr. Weil ich einfach nicht aufhören kann, daran zu denken, was Annika mir erzählt hat. Ich grübele während der ganzen Party, auf unserer Rückfahrt nach Kamp Kilter und auch noch, als ich mich fürs Bett fertig mache.

Am nächsten Morgen kreisen meine Gedanken gleich wieder um die neue Mission. Auf einmal summt mein K-PAD. Ich habe eine neue Nachricht.

AN: sHinkel@Kilter-Akademie.org
VON: parsippany@cloudviewschools.net
Betreff: Re: Re: Schöne Sommerferien!

Lieber Sam!

Danke für deine Mail! Hört sich an, als hättest du einen super Sommer vor dir. Und wie toll, dass deine Schuldirektorin eine Freizeit für alle Schüler und ihre Familien spendiert! Sie muss sich wirklich viel aus euch machen.

Ich höre auf zu lesen. Ist das so? In der Vergangenheit hat sie mir durchaus Grund zum Zweifeln gegeben. Aber nachdem sie mir gestern etwas über Kilters wahren Zweck erzählt hat, bin ich mir nicht mehr so sicher.
Ich lese weiter.

Was mein Herumreisen anbelangt, so betrachte ich es gerne als Teil eines extralangen Urlaubs. Du musst wissen, dass es mir nach dem Vorfall in der Cafeteria der Cloudview Middle School extrem schwerfiel, meine Stelle als Aushilfslehrerin aufzugeben. Ich liebe Kinder und helfe ihnen für mein Leben gern, Neues zu lernen. Eine Zeitlang hatte ich vor, wieder als Lehrerin zu arbeiten, sobald ich mich wieder völlig erholt hätte. Doch dann hat sich praktisch wie von selbst etwas ganz anderes ergeben. Eine Arbeit, die mir – neben zahlreichen anderen Vorteilen – die Chance bot, an all die Orte zu reisen, von denen ich in meiner letzten Mail geschrieben habe.
Also hab ich den neuen Job angenommen. Abgesehen von all den Reisen zu tollen Orten lerne ich dabei auch wunderbare Menschen kennen. Es ist keine Lehrertätigkeit, aber in vielerlei Hinsicht sogar noch besser.
Danke für das Bartholomew-John-Update. Ich habe mich

nur gefragt, wie es ihm wohl geht, so wie ich es eben häufig bei Schülern mache, die ich die Ehre hatte kennenzulernen. In der kurzen Zeit, die wir zusammen verbracht haben, kam er mir als ziemlich ungewöhnlicher Mensch vor. Einer mit großem brachliegenden Potential.

Bartholomew John? Eine ziemlich ungewöhnliche Person mit brachliegendem Potential? So kann man ihn natürlich auch beschreiben.

Auf jeden Fall würde ich mich wirklich über ein weiteres BJ-Update freuen, wann immer du was Neues weißt. Ich würde ihn ja selbst kontaktieren, aber nach dem, was in der Cafeteria passiert ist, würde er sich vielleicht verstellen und viel netter geben, als er wirklich ist.
Ich hingegen glaube fest daran, dass Ehrlichkeit IMMER die beste Politik ist. Außer, wenn's mal anders ist. Du findest das doch auch, oder?
Tja, gerade haben wir mit dem Landeanflug auf Dubai begonnen, daher sollte ich nun Schluss machen. Ich wünsche dir eine tolle Zeit mit deiner Familie. Wenn du mal Zeit findest zwischen den ganzen Vergnügungen, schreib mir doch. Es ist mir immer ein Vergnügen, etwas von meinem liebsten Rekr…

Hier endet die Mail. Um nachzusehen, ob der Rest im Textfeld aus Versehen vielleicht ganz nach unten gerutscht ist, scrolle ich tiefer. Doch da summt mein K-PAD erneut, weil ich schon wieder eine Nachricht habe.

AN: sHinkel@Kilter-Akademie.org
VON: parsippany@cloudviewschools.net
Betreff: Ups!

Sorry! Hab aus Versehen auf Senden gedrückt, bevor ich fertig war. Verflixte Luftturbulenzen!
Was ich sagen wollte, ist, dass es immer ein Vergnügen ist, von meinem liebsten Schüler aller Zeiten zu hören. Womit du gemeint bist!
Viel Spaß! Schreib bald!

Herzliche Grüße
Ms Parsippany

Verwirrt lese ich beide Mails noch einmal. Als ich damit fertig bin, stellen sich mir immer noch ein paar Fragen:

Erstens: Was hat Ms Parsippany für einen neuen Job? Sie erzählt davon, ohne zu sagen, was sie nun wirklich macht.
Zweitens: Warum sagt sie nicht, was sie wirklich macht?
Drittens: Hat mich die Zeit in Kilter Erwachsenen gegenüber paranoid und misstrauisch werden lassen?

Die letzte Frage ist die einzige, die ich beantworten kann.

Ja. Die Zeit in Kilter muss irgendetwas mit meinem Hirn angestellt haben.

»Raus aus den Federn, Camper!«

Ich fahre im Bett hoch und lasse vor Schreck mein K-PAD fallen. Annikas Gesicht füllt den Schirm des Flachbildfernsehers aus, der an der Wand gegenüber angebracht ist. Sie steht am See und brüllt in ein silberfarbenes Megaphon.

»Ihr habt exakt fünf Minuten, um eure faulen Ärsche hierher zu schwingen! Eine Sekunde zu spät, und ihr tretet Kamp Kilters brandneuem Fäkalien-Sortierungskomitee bei!«

Der Schirm wird dunkel. Ich fetze die Bettdecke zur Seite und werfe mich in meine Klamotten. Dann auf einen Kurzabstecher ins Bad, wo ich ein paar Extrasekunden opfere, um mir die Haare zu kämmen und meine Augenbrauen in Fasson zu bringen, damit Elinor mich nicht mit einem wilden Waldschrat verwechselt. Anschließend flitze ich in die Küche, schnappe mir einen Blaubeermuffin und verschlinge das Teil auf dem Weg zum Fahrstuhl, wo Abe mich bereits erwartet.

»Wird aber auch Zeit!«, begrüßt er mich.

»He, ich bin als Zweiter hier«, protestiere ich.

»Ich bin seit zwanzig Minuten hier«, hält er mir ungerührt entgegen.

Ich ermahne mich zur Ruhe, denn immerhin sind wir im selben Team. Mein plötzlich summendes K-PAD hält mich davon ab, ihn daran zu erinnern.

AN: sHinkel@Kilter-Akademie.org; aHansen@Kilter-akademie.org; lOliver@Kilter-Akademie.org; eNorris@Kilter-Akademie.org
VON: annika@Kilter-Akademie.org
BETREFF: Guten Morgen

Hallo, meine talentierten Troublemaker!
Ich hoffe, ihr habt den Rest der Party in vollen Zügen genossen. Und ich hoffe, ihr habt eine ordentliche Mütze Schlaf bekommen. Die Energie werdet ihr heute nämlich brauchen.
Mit dieser Mail will ich noch einmal bestätigen, dass eure Topsecret-Mission JETZT beginnt. Eure Aufgabe ist es, nach merkwürdigem Verhalten, seltsamen Signalen, sonderbaren Unterhaltungen, auffälligen Handgesten, verstohlenen Blicken und anderen Anzeichen Ausschau zu halten, die darauf schließen lassen, dass mit den Kilter-Eltern etwas nicht stimmt. Indizien, die auf eine Beteiligung meiner Schwester hindeuten, sind willkürlich in der Umgebung platzierte Dreckhaufen, ekelerregender Gestank und das unerschütterliche Gefühl, dass jeder eurer Schritte von bösen Augen verfolgt wird. (Stellt euch eine Art mobile Krawall-City vor.)

Um sechs Uhr heute Abend hoffe ich, detaillierte Berichte in meiner Mailbox vorzufinden. Sollte sich während des Tages etwas besonders Alarmierendes ergeben, informiert ihr mich natürlich bitte unverzüglich.
Ich freue mich, von euch zu hören!

Annika

»Hundertzwanzig Sekunden!«, dröhnt eine männliche Stimme aus den Lautsprechern, die anscheinend überall in unserem unterirdischen Haus verteilt sind. Sie hört sich an wie Houdini.
Ich stecke mein K-PAD in die Hosentasche, als Gabby den Korridor hochgelaufen kommt – dicht gefolgt von Elinor, die so früh morgens irgendwie noch schöner aussieht als sonst.
»Neunzig Sekunden!«
»Hinkel«, sagt Abe. »Sieh bloß zu, dass du deinen Kumpel wach kriegst. Schnell.«
Lemon! Ich blicke den Korridor hinunter. Seine Tür ist immer noch zu.
»Annika meint das mit der Fäkalien-Sortierung vielleicht nicht ernst«, sagt Gabby, »aber trotzdem wird sie ganz schön sauer sein, wenn wir zu spät dran sind.«
Wo sie recht hat, hat sie recht. Ich flitze den Korridor hinunter.
Da ich während meiner ersten Kilter-Monate das Zim-

mer mit Lemon geteilt habe, weiß ich, dass er nicht gerade ein Morgenmensch ist. Geht sein Radiowecker los, haut er erst mal auf die Schlummertaste. Geht das Ding dann wieder los, schnappt er es sich und reißt das Kabel aus der Steckdose. Ein paar Minuten später ertönt der Weckalarm seiner K-PAD-Uhr, den er immer aktiviert, weil er weiß, dass er ein Backup braucht. Das funktioniert dann schließlich, aber weil das Wecksignal klingt wie ein Glockenwindspiel in einer sanften Brise, ist er in der Lage, das Gesäusele sage und schreibe bis zu einer halben Stunde zu ignorieren.

Und heute haben wir nicht so viel Zeit.

Ich klopfe an seine Zimmertür. »Lemon?«

Nichts.

Ich klopfe erneut, bevor ich die Tür einen Spalt öffne. »Bist du wach?«

Die Bettdecke hebt und senkt sich. Immerhin: Er atmet. Das ist aber auch schon alles.

»Fünfundvierzig Sekunden!«

Im Zickzack Papierfliegern und -pfeilen ausweichend, die den Boden übersäen, stürme ich durchs Zimmer und rüttele ihn an der Schulter. Er schleudert die Decke von sich und schießt hoch. Vor Schreck mache ich einen Satz rückwärts.

»Finn?« Seine Augen sind weit aufgerissen und blicklos. »Was ist passiert? Bist du okay? Hab ich …«

»Lemon.« Ich trete auf ihn zu. »Ich bin's. Sam.«

Seine Augen finden meine und schrumpfen wieder auf Normalgröße.

»Tut mir echt leid, so hereinzuplatzen, aber …«

»Dreißig Sekunden!«

»Wir müssen los. Und zwar sofort. Annika wartet. Unsere Mission beginnt. Wir müssen …«

»Zwanzig Sekunden!«

»… zum Strand. Zieh dir schnell irgendwas über, während ich deine Schuhe suche und … Lemon? Hallo?« Ich höre auf, Papierhalden nach seinen abgetragenen Latschen zu durchforsten. »Was ist los? Warum legst du dich wieder hin?«

»Ich geh nicht«, verkündet Lemon nur und vergräbt den Kopf unter seinem Kissen.

»Du musst. Wir alle müssen. Du hast Annika doch gehört. Sie braucht unsere Hilfe, um …«

»Fünfzehn Sekunden!«, ruft Houdini.

»Hinkel!«, ruft Abe.

Zwiegespalten starre ich auf Lemons reglosen Körper. Er ist mein bester Freund. Was immer er auch braucht – Schlaf, Freiraum, Ruhe vor Fragen –, ich gönne es ihm. Aber diese Mission ist wichtig. Und ohne ihn schafft es das Ä-Team nicht.

Dann hab ich die Erleuchtung.

»Was ist mit Finn?«, frage ich. »Er ist hier, stimmt's? Willst du ihn denn nicht sehen?«

Bingo. Lemon wirft die Decke von sich, schnappt sich

seine Mokassins unter dem Bett hervor und sprintet auf die Tür zu.

»Zehn Sekunden!«

Kaum bin ich als Letzter im Fahrstuhl, haut Abe auf den Aufwärtsknopf. Die Glastür schließt sich. Während unserer Fahrt nach oben werfe ich verstohlene Blicke auf Lemon, der nun hellwach ist und auf den leuchtend roten Pfeil über der Tür starrt.

Der Fahrstuhl hält, und die Tür gleitet auf. Abe und Lemon schubsen und stoßen sich mit den Ellenbogen, jeder will als Erster draußen sein.

Wir kommen in dem Moment an den Strand, als Annika, die zusammen mit unseren Lehrern am See steht, ein Drucklufthorn in die Höhe hält und ein ohrenbetäubendes *TRÖÖÖÖÖÖÖÖT* vom Stapel lässt – so laut, dass es sämtliche Vögel aus den Bäumen aufscheucht. Sobald auch das letzte Lebewesen innerhalb eines Zehn-Meilen-Radius wach ist, tauscht sie das Horn gegen ein Megaphon.

»Reed Jenkins! Natalie Warner! Liam Jones!«

Hinter uns ist irgendein Gewusel zu hören. Ich blicke über die Schulter zurück und sehe unter drei verschiedenen Zeltplanen jeweils einen Troublemaker auftauchen.

»Ihr seid zu *spät*«, blafft Annika. »Unpünktlichkeit lässt darauf schließen, dass ihr meint, eure Zeit wäre irgendwie wertvoller als meine! Was wiederum den Schluss zulässt, dass ihr zu Hause die gleiche Einstellung an den Tag legt, wenn es um die Zeit eurer Eltern geht. Aber da habt ihr euch so was von geschnitten.«

»'tschuldigung«, sagt Reed, das Gesicht knallrot wie eine Tomate. »Ich konnte mein K-PAD nicht finden.«

»Wyatt«, bellt Annika ins Megaphon. Unser Kunstlehrer tritt aus der Linie vor. »Bitte bringe diese Störenfriede und Schwänzer zur Fäkalien-Sortiergrube.«

Reed wird leichenblass. Natalie und Liam tauschen besorgte Blicke aus. Am liebsten würde ich sie beruhigen, dass diese Show doch nur für unsere Eltern gedacht ist, da sie auf der anderen Seeseite bestimmt über Lautsprecher mithören. Doch ich lasse es bleiben. Zum Teil, weil Annika das so richtig sauer machen könnte, aber auch weil Wyatt die drei schon an den Ohren gepackt hat und sie in aller Eile abführt, bevor ich in Aktion treten kann.

»Wie gestern bereits erwähnt«, fährt Annika fort, »habt ihr zehn Minuten Zeit, um im Wald zu frühstücken. Danach werdet ihr euch selbst über den See befördern. Am anderen Ufer weisen unsere Mitarbeiter euch dann eure Aufgaben zu. Beim kleinsten Geblödel riskiert ihr den unwiderruflichen Verweis aus Kamp Kilter. In diesem Fall sind eure Eltern gezwungen, ihren Urlaub frühzeitig abzubrechen. Und das wollt ihr doch nicht, oder?«

Leises Gemurmel.

»Ich kann euch nicht hören!«, brüllt Annika.

»Nein!«, rufen wir.

»Gut. Ach ja, hoffentlich habt ihr alle eure K-PADs dabei. Lasst sie die ganze Zeit eingeschaltet! In Kürze erhaltet ihr Infomails über ein neues Unterhaltungsspiel namens *Rollentausch*.«

»Unterhaltungsspiel?«, fragt Alison Parker verblüfft. »Aber ich dachte ...«

»Das war vielleicht etwas übertrieben!«, blafft Annika ins Megaphon. »Ich hätte mich präziser ausdrücken sollen. Aber wenn alles wie geplant läuft, wird es euch und euren Familien helfen, Spaß miteinander zu haben, wenn ihr wieder zu Hause seid.«

»Rollentausch?«, fragt Abe. »Ist das so was wie 'n Rollenspiel?«

»Ganz genau«, sagt Annika. »Weitere Informationen folgen. Aber jetzt: Ab zum Frühstück! Und versucht die Kinder zu sein, wie sie sich eure Eltern wünschen würden!«

Wir stürmen auf die Bäume zu. Einige Troublemaker suchen doch tatsächlich nach essbarem Grünzeugs und Beeren. Andere verschlingen Müsliriegel und Bagels, die sie bei ihrem hastigen Aufbruch noch rasch aus der Küche haben mitgehen lassen. Doch kurz darauf ertönt ein Jammern und Stöhnen, als sie erkennen, dass sie sich ihren Appetit lieber hätten aufsparen sollen.

»Oh. Mein. Gott!«, kreischt Gabby. »So viel Essen hab ich ja noch nie gesehen!«

Auch ich bin beeindruckt. Mitten auf einer großen Lichtung steht ein langer Tisch, der aussieht, als gehöre er eher in ein schickes Restaurant als in den tiefsten Wald. Er ist mit einem weißen Tischtuch, Porzellantellern und Silberbesteck festlich gedeckt und mit Kerzen und Blumen geschmückt. Der Tisch biegt sich beinahe unter den Bergen von Essen. Mein Blick fällt auf Pfannkuchen. Waffeln. Eier. Schinkenspeck. Würstchen. Toastscheiben. Frische Früchte. Glaskaraffen mit Orangensaft, Kannen mit heißer Schokolade und dampfendem Ahornsirup. Glasschalen mit Frischkäse, Marmelade und Erdnussbutter.
»Wir haben acht Minuten!«, verkündet Abe.
»Dann nix wie los!«, sagt Erik Carle.
»Guck mal da, sind das nicht Fischstäbchen?«, fragt Elinor von der Tischseite gegenüber. »Überzogen mit Ahornsirup?«
Ich lächle und weiß nicht, was mich glücklicher macht: dass mein Kilter-Lieblingsfrühstück auf dem Tisch steht ... oder dass Elinor sich daran erinnert, was mein Kilter-Lieblingsfrühstück ist.
»Sieht ganz so aus«, sage ich. »Danke.«
Mit wässrigem Mund ziele ich mit einer Gabel auf das oberste Fischstäbchen. Aber bevor ich es aufspießen kann, ist es verschwunden. Ebenso wie das darunter. Und die beiden folgenden. Die vier folgenden. Habe ich irgendwas nicht mitbekommen? Ich gucke auf meinen

Teller. Aber der ist leer. Ebenso wie die Platte mit den Fischstäbchen, als ich wieder aufblicke.

»Steht hier sonst noch jemand auf ...«

Fischstäbchen?, will ich sagen. Aber meine Frage wird abgewürgt. Weil ich plötzlich am T-Shirt-Kragen gepackt und vom Boden gerissen werde. Um schon im nächsten Augenblick in die Höhe zu schießen, dem blauen Himmel entgegen ...

KAPITEL 11

STRAFPUNKTE: 1400

GOLDSTARS: 700

»Von Ahornsirup durchtränkte Fischstäbchen? Nichts für ungut, aber das ist mit das Ekligste, was ich jemals gehört hab. Und gerochen.«

»Nicht durchtränkt«, korrigiere ich Ike. »Kurz getunkt. Tränkt man sie, würden sie pampig – und *das* wär eklig. Schließlich ist es ja die krosse Hülle, die sie so lecker macht!«

Hoch über dem langen Frühstückstisch sitzen mein Tutor und ich in einem Baum. Denn dort bin ich gelandet, nachdem er meinen Kragen mit einem superstarken Angelhaken erwischt und mich dann sozusagen eingezogen hat. Wir sind so hoch oben, dass ich die Unterhaltungen meiner Klassenkameraden kaum hören kann.

Sich die Nase zuhaltend, inspiziert Ike stirnrunzelnd ein Fischstäbchen.

»Woher willst du wissen, dass du es nicht magst?«, frage ich.

»Wenn ich nur dran denke, wird mir schon schlecht. Ich bin ziemlich sicher, dass es nichts für mich ist.«

Ich muss grinsen. »Nur einen Bissen. Für mich.«

Ike lässt seine Nase los. »Na gut. Aber *nur*, wenn du auch was für mich tust.«

»Abgemacht.«

Er greift hinter seinen Rücken und hält im nächsten Moment eine lange Stange vor mir in die Höhe.

»Eine Angelrute?«

Er dreht die Stange, so dass ich die Beschriftung auf der anderen Seite sehen kann.

»Der *Kilter-Katcher 5000*«, lese ich laut.

»Sorgt hundertprozentig für erbauliche Campingerlebnisse, indem er garantiert jedes Zielobjekt für dich einfängt. Kleine Demonstration gefällig?« Er springt auf die Beine und kauert sich in geduckter Haltung auf den Ast wie ein Wellenreiter auf sein Surfboard. »Siehst du den Donut, den Abe gerade in der Hand hält?«

»Nö.« Abe und die anderen Troublemaker sind nicht nur weit entfernt, sondern auch von unzähligen Blättern verdeckt.

»Guck mal.« Ike zeigt auf den Kilter-Katcher.

Ich beuge mich darüber. »Ist das so was wie ein Radarschirm?«

An der Spitze der Angelrute ist ein kleiner quadratischer Bildschirm angebracht. Ike fummelt an der silberfarbenen Angelrolle herum, die sich an der Unterseite der Rute befindet. Das Bild auf dem Schirm wird größer, und nun sehe ich, wie mein Ä-Teamgefährte sich einen riesigen, mit Puderzucker überzogenen Ball an den Mund führt.

»Das ist Abe«, sage ich. »Und er isst definitiv einen Donut mit Geleefüllung.«

Ike dreht an der Rolle. Ein Fadenkreuz wandert über den Schirm. Als es sich genau mit dem Donut deckt, drückt Ike auf die Rolle. Das Fadenkreuz erstarrt in seiner Bewegung, und der Kilter-Katcher feuert eine silberfarbene Angelleine ab.

»Na, *das* nenn ich doch mal ein ordentliches Frühstück.« Genüsslich beißt Ike wenige Augenblicke später in den Donut, der binnen einer geschätzten Zehntelsekunde den Besitzer gewechselt hat.

Mir klappt die Kinnlade runter. »*So* hast du mir also in null Komma nichts die Fischstäbchen gemopst? Und mich hier raufbefördert?«

»Yep.« Ike schiebt sich den restlichen Donut in den Mund, kaut und leckt sich den Puderzucker von den Fingern. »Du bist dran.«

Ich setze mich aufrecht hin, und Ike reicht mir den Kilter-Katcher, der für solch ein beeindruckendes Gerät erstaunlich leicht ist.

»Was soll ich fangen?«, frage ich.

»Beginnen wir mit etwas Leichtem. Ich gebe dir zehn Strafpunkte für die Raupe da zwei Äste tiefer.«

Ich runzele die Stirn. »Werd ich sie nicht verletzen?«

»Bist du verletzt worden, als ich dich geschnappt hab?«

Nein, aber Ike hat offensichtlich auch Übung. Und so bin ich ziemlich nervös, als ich an der Rolle drehe und mit dem Fadenkreuz mein pelziges Ziel anpeile.

»Gut«, sagt Ike, als sich das Radar aufs Zielobjekt eingeloggt hat. »Siehst du den kleinen Hebel seitlich an der Rolle? Das ist der Abzug zum Feuern. Drück ihn runter und lass fetzen.«

»Tut mir leid, Kleine«, flüstere ich. Dann drücke ich den Hebel runter und zucke zusammen.

»Vorbei.«

Ich schaue nach unten. »Wie das? Das Fadenkreuz war doch genau über ihr.«

»Die Schnur hat sich im Blätterdickicht verfangen.« Ike lehnt sich gegen den Baumstamm zurück und faltet die Hände vor dem Bauch. »'tschuldige. Ich hätte erwähnen sollen, dass der Kilter-Katcher deinen Job nicht ganz übernehmen kann. Ist die Schnur abgefeuert, musst du sie ins Ziel lenken. Wenn du den Hebel runterdrückst, ändert sich gleichzeitig das Bild auf dem Schirm. Es zeigt dir nun die Flugroute der Schnur sowie die Hindernisse auf ihrem Kurs an. Während du die Rolle wie einen Game-Controller benutzt, musst du den Schirm permanent im Auge behalten und die Schnur um diese Hindernisse herumlenken.«

»Aber die ist total schnell«, wende ich ein.

»Dann musst du es eben auch sein.«

Das lasse ich mir durch den Kopf gehen, bevor ich den Kilter-Katcher in einem scharfen Ruck nach oben reiße. Die Leine löst sich aus dem Blätterdickicht und schnurrt nach oben in die Rute zurück. Ich lokalisiere die Raupe auf dem Schirm und richte das Fadenkreuz neu aus. Dann logge ich es ein, hole tief Luft und drücke den Hebel.

Das Bild verändert sich schlagartig. Ich komme mir vor wie zu Hause in meinem Zimmer beim Daddeln, während ich an der Rolle herumjustiere und auf den Schirm starre, wo der kleine digitale Haken auf seinem Weg digitale Äste und Blätter umkurvt.

»Geschafft.« Mein Blick gleitet vom Schirm runter zum Ziel und wieder zurück zum Schirm. »Ich glaube ...«

»Voilà.« Ike weist mit einem Nicken auf das Rutenende, wo sich die pelzige Raupe, in die Rundung des Angelhakens geschmiegt, wohlig räkelt wie ein Baby in der Wiege. »Du hast gerade zehn Strafpunkte verdient. Glückwunsch.«

»Danke.« Ich senke die Rute, nehme die Raupe vom Haken und setzte sie behutsam auf dem Ast ab. »Und Glückwunsch auch von mir: Gerade hast du dir einen Happen Fischstäbchen verdient, in Ahornsirup getunkt natürlich!«

»Nicht so voreilig. Das war nur zum Aufwärmen. Die eigentliche Herausforderung kommt jetzt.«
»Aha.«
»Annika!«
»Du willst, dass ich *sie* schnappe?«
»Nein, auch wenn das ein verlockender Gedanke ist.«
Eine Sekunde lang ist der Kilter-Katcher völlig vergessen. Denn eigentlich ist Ike der glücklichste Typ, den ich kenne. Er lächelt viel. Ich hab ihn zwar auch ernst und konzentriert erlebt, aber nie in mieser Laune. Doch jetzt? Als er davon redet, Annika ins Visier zu nehmen, klingt er anders, sieht anders aus. So, als würde er es für eine tolle Idee halten, unserer Direktorin eins auszuwischen ... und zwar aus finsteren Gründen.
Aber dann schüttelt er grinsend den Kopf, und schon ist er wieder der frohe Ike, den ich kenne.
»Ich will ihre Sonnenbrille. Schnapp sie ihr direkt von der Nase runter. Für hundert Strafpunkte.«
Jetzt grinse ich auch. »Kein Problem.«
»Sei dir da nicht so sicher. Die Raupe war nicht weit entfernt. Annika ist 'ne viertel Meile weg – und außerdem ein bewegliches Ziel. Selbst wenn der Haken sie erreicht, muss er immer noch in ihr Gesicht finden. Und es besteht stets die Möglichkeit, dass sie ihn sieht und ihm ausweicht.«
»Hinkel!«, höre ich eine Jungenstimme weit unter uns rufen. »Wo zum Teufel steckst du?«

Abe. Unsere Topsecret-Mission.
Ich schaue Ike an. »Annika hat uns nur wenig Zeit fürs Frühstück gegeben. Kann ich es auf später verschieben?«
»Wenn du es richtig machst, wird's nicht lange dauern.«
»Hinkel!«, brüllt Abe. »Wir gehen gleich ohne dich!«
Mein Herzschlag beschleunigt sich. Um Ike nicht zu enttäuschen, justiere ich an der Rolle herum und beobachte den Schirm. Nach ein paar Versuchen zoome ich den Strand heran und entdecke Annika, wie sie gerade in ihr K-PAD spricht. Da sie während des Sprechens weitergeht, ist es nicht einfach, das rechte Glas ihrer Sonnenbrille mit Hilfe des Fadenkreuzes anzupeilen.
Plötzlich bleibt Annika stehen. Das Fadenkreuz schwebt genau über dem rechten Brillenglas. Mit angehaltenem Atem logge ich das Fadenkreuz über dem Zielobjekt ein. Drücke den Abzugshebel und feuere die Schnur ab.
Zwei Sekunden später grinse ich meinem Bild in Annikas verspiegelter Sonnenbrille entgegen. Ike hat sie sich aufgesetzt, während er ein in Ahornsirup getunktes Fischstäbchen probiert.
»Gut, was?«, sage ich.
Er schluckt. »Bin mir nicht sicher, ob ich das im Restaurant bestellen würde … aber es bleibt unten, und das ist schon mal was.«

Ich gebe ihm den Kilter-Katcher zurück. »Danke! Hat wirklich Spaß gemacht. Aber jetzt muss ich echt los.«
»Verstehe.«
Ich warte. Er leckt sich die Finger.
»'tschuldige«, fahre ich schließlich fort. »Aber meinst du, du könntest …«
»Oh! Klar!«
Ich drehe mich leicht zur Seite, damit er einen besseren Blick auf meine Rückseite bekommt. In einer einzigen blitzschnellen Bewegung hebt er den Kilter-Katcher und lässt die Schnur sausen. Der Haken verfängt sich an meinem T-Shirt, und gleich darauf werde ich auch schon vom Ast gehoben und anschließend in die Tiefe gelassen.
»Danke noch mal!« Lächelnd winke ich ihm zurück.
Die Schnur stoppt. Ein Ruck fährt durch meinen Körper.
»Sam?«
Ich blicke zu Ike empor. Er blickt auf mich herunter. Wieder scheint sich seine Stimmung gewandelt zu haben. Aber er ist nicht böse und auch nicht wütend. Traurig? Vielleicht, definitiv jedoch ernst.
»Annika hat dich auf eine Spezialmission angesetzt … richtig?«
Mein Mund öffnet sich. Doch mir kommt kein Wort über die Lippen. Denn ich weiß nicht, was ich sagen soll. Ike ist so was wie ein großer Bruder für mich, daher will ich

ihn nicht anlügen. Aber Annikas Kamp-Kilter-Mission ist streng geheim, und ich will ihre Anweisungen nicht missachten.

Mein Schweigen muss wohl Bände sprechen, denn Ike lehnt sich an den Stamm und flüstert mir vier Worte zu.

»Sei vorsichtig. *Sehr* vorsichtig.«

KAPITEL 12

STRAFPUNKTE: 1510

GOLDSTARS: 700

»Wir werden's nicht schaffen«, jammert Gabby.

»Doch, werden wir«, sagt Abe.

»Aber wir haben Wasser im Boot. Es sinkt. Was bedeutet, dass *wir* sinken.«

»Du kannst doch schwimmen, oder?«, fragt Elinor.

»Ja«, antwortet Gabby. »Aber das können die fleischfressenden Fische, die hier im See leben, auch. Jede Wette, dass die schneller sind als ich. Und außerdem hab ich Hunger!«

»Wenn ihr alle mal die Klappe halten würdet und anfingt, mit euren Bechern das Wasser aus dem Boot zu schippen, würden wir viel schneller vorankommen.«

Ich blicke verblüfft zu Lemon. Ebenso wie Abe, Gabby und Elinor.

»Solltest du jetzt nicht eigentlich ein Nickerchen machen?«, fragt Abe schließlich.

Das hört sich wie eine sarkastische Frage an, doch Abe meint es ernst. Denn normalerweise würde Lemon in dieser Phase eines Wettkampfs einfach nur vor sich hin chillen, während alle anderen sich abstrampeln, um die Aufgabe zu erfüllen. Sprich: kaum auf dem See und in der warmen Sonne, und schon wär' er eingepennt.
Aber stattdessen hockt Lemon nun an der Spitze des lecken Kanus. Mit gleich zweien der Plastikbecher, die Annika uns gegeben hat, befördert er eifrig das stetig steigende Wasser in den See zurück. Dabei bewegt er sich so schnell, dass sein graues T-Shirt bereits dunkel vor Schweiß geworden ist.
»Lemon hat recht«, sage ich. »Die anderen Boote sind schon fast da.«
Mit »da« meine ich die andere Seeseite, an der sich die Luxushütten unserer Eltern befinden. Der letzten Mail nach, die Annika meinen Freunden und mir geschickt hat, beginnen wir den Tag zusammen mit den anderen Troublemakern und trennen uns nach der Aufgabenverteilung.
Unsere Mitschüler sind entweder wirklich total fit und völlig begeistert bei der Sache, oder aber sie haben eine Mordsangst vor den Fischen im See. Denn obwohl wir alle gleichzeitig gestartet sind, liegen sie schon weit vor uns.
Ich kann nicht behaupten, dass ich eine wirkliche Hilfe bin. Ich meine, ich helfe *schon* – indem ich das Wasser

mit meinem Becher in den See zurückbefördere –, aber ich bin unkonzentriert. Ich kann einfach nicht aufhören, über Ikes Worte nachzudenken.

Sei vorsichtig! Vor wem oder was soll ich mich eigentlich in Acht nehmen?

»Bist du okay?«

Ich schaue auf. Elinor blickt mich an, während sie im knöcheltiefen Wasser hockt und versucht, zwei Löcher mit ihren Füßen zu verstopfen. Als unsere schwächste Schwimmerin hätte sie viel mehr Grund dazu, sich vor dem Sinken zu fürchten als Gabby, und augenblicklich fülle und leere ich meinen Becher schneller.

»Yep.« Ich lächle. »Hab nur nachgedacht.«

»Ich bin eine gute Zuhörerin«, sagt sie.

»Ich weiß. Danke. Vielleicht können wir …«

Später darüber reden, wollte ich eigentlich sagen – wäre Lemon nicht in diesem Augenblick aus dem Kanu gesprungen. Es schaukelt noch heftig hin und her, als er es im nächsten Moment auch schon mit einer Hand vorn am Bug packt und mit der anderen anfängt, sich durchs Wasser voranzupaddeln.

»Wer hat *den* Olympiacrack denn von der Leine gelassen?«, fragt Abe.

Dank Lemons schier übernatürlichen Schwimmkünsten muss ich nur noch drei weitere Becher Wasser aus dem Kanu schöpfen, bevor wir das Ufer erreicht haben.

Rasch hüpfen wir hinaus und ziehen das Kanu ein paar Meter den Strand hinauf, damit es nicht abtreiben kann. Dann spurten wir auf die anderen Troublemaker zu, die sich bereits um unsere Biolehrerin Samara versammeln.
Im Laufen halte ich nach meinen Eltern Ausschau. Aber abgesehen von uns und ein paar Guten Samaritern ist der Strand leer.
Auf halber Strecke stolpert Lemon über einen Stein. Ich packe ihn am Arm, um ihn wieder ins Gleichgewicht zu bringen – und zu bremsen.
»He«, sage ich. »Haste mal ’ne Sekunde?«
»Nicht wirklich. Die sind alle schon da. Und Samara wird jeden Moment die Aufgaben verteilen.«
»Wir haben unsere Aufgaben schon bekommen. Gestern, von Annika.« Als er einen beunruhigten Blick zur Gruppe hinüberwirft, ganz offensichtlich irritiert, weil ich ihn zurückhalte, füge ich hinzu: »Die trocknen sich doch gerade erst ab. Und so klatschnass, wie sie sind, wird das noch ein bisschen dauern.«
Lemon holt tief Luft und atmet dann geräuschvoll aus. »Was gibt’s?«
»Äh, na ja … Ich hab mich nur gefragt, ob bei dir alles okay ist?«
»Warum sollte es das nicht sein?«
»Keine Ahnung. Es ist nur …, du scheinst irgendwie … na ja, ein bisschen neben der Kappe zu sein.«

»Neben der Kappe?«
»Na ja, da ist zum Beispiel diese Origami-Sache.«
»Was ist damit?«
»Du fährst voll darauf ab.«
»Ja und?«
»So warst du noch nie.«
»Ist eben ein neues Hobby. Bin ich etwa neben der Kappe, nur weil ich ein Interesse für eine alte japanische Kunst entwickelt habe?«
»Nein. Natürlich nicht. Und neben der Kappe ist vielleicht auch der falsche Ausdruck. Es kommt einem halt ein bisschen merkwürdig vor. In Anbetracht deines anderen Hobbys, meine ich.«
»Das da wäre?«
Ich hebe überrascht die Augenbrauen. »Herumzündeln?«
»Ich kann doch mehr als ein Hobby haben.«
»Sicher. Aber diese beiden in Kombination kommen mir irgendwie gefährlich vor. Was, wenn du mal wieder so richtig rumfackelst – und dabei ein Strang Papierschneeflocken in Brand gerät?«
Er zuckt die Achseln. »Dann lösch ich das Feuer eben. So wie ich's immer mache.«
»Okay«, sage ich. »Na schön. Wie kommt es dann, dass du gestern nicht wie der Rest von uns ein Loch gebuddelt hast? Oder beim Silberfisch-Spiel mitgemacht hast?«

»Wenn's um Kilter-Aufgaben ging, war ich nie der Oberstreber.«
»Stimmt, aber trotzdem hast du sie irgendwie erledigt, wenn auch später oder langsamer als die anderen.«
Er seufzt. »Ich weiß auch nicht. Ich hab nicht damit gerechnet, den Sommer hier zu verbringen. Vielleicht ist mein Hirn einfach noch im Ferienmodus. Sonst noch was?«
»Vermutlich nicht.«
»Super.«
»Tut mir leid. Ich wollte dich nicht …«
Er legt mir eine Hand auf die Schulter. »Du brauchst dich nicht zu entschuldigen. Ist schon okay. Du hast dir Sorgen gemacht. Weil du mein bester Freund bist. Ich hab echt Glück, dass …«
»Macht es euch was aus, uns Gesellschaft zu leisten, Jungs?«
Wir blicken zu den anderen. Sie haben einen Kreis um Samara gebildet.
»Sollen wir?«, fragt Lemon.
»Yep«, sage ich.
Wir laufen los, denn Samara verteilt bereits die Aufgaben.
»Erik, Wäsche waschen! Alison, Fenster putzen! Jake, Toilette schrubben!«
Auf Letzteres reagieren einige Troublemaker mit einem Prusten, andere mit Gekicher.

»Abe, Boden feucht aufnehmen! Gabby, Wäsche bügeln! Lemon, Staub wischen! Elinor, Silberbesteck putzen! Sam, Zimmerpflanzen-Pflege!«

Und so weiter. Als alle eine Aufgabe haben, lässt sie ihr Klemmbrett sinken und wendet sich wieder an die ganze Gruppe.

»Und nun die Spielregeln! Ihr werdet eure Aufgaben in den Domizilen eurer Eltern erledigen. Sobald ihr fertig seid, schickt ihr mir oder einem anderen Lehrer eine Mail, und wir kommen vorbei, um eure Arbeit zu kontrollieren. Da wir extrem hohe Standards anlegen, würde ich die Mail erst abschicken, wenn ihr absolut sicher seid, dass ihr nichts weiter tun könnt. Ist der Job nicht zu unserer Zufriedenheit erledigt, werden wir euch von vorn anfangen lassen – und das Ganze mit Strafpunkten ahnden!« Samara hält inne und zwinkert uns demonstrativ zu, bevor sie fortfährt. »Also! Eure Familien sind zur Erholung hier. *Ihr* seid es nicht. Weichherzigere Eltern könnten dazu neigen, euch zu umarmen, zu küssen und euch in ihre Camp-Aktivitäten mit einzubeziehen. Wir haben sie angewiesen, dies zu unterlassen, aber Pannen kommen vor. Auf jeden Fall seid ihr unter keinen Umständen berechtigt, Spaß mit euren Familien zu haben. Ist das klar?«

Nicole Fields, eine große Schülerin aus der Athletengruppe, hebt die Hand.

»Ja bitte?«, fragt Samara.

»Was ist mit Umarmungen und Küssen?«, will Nicole wissen.
»Was soll damit sein?«
»Dürfen wir sie akzeptieren – und erwidern?«
Samara dreht sich um und berät sich leise mit den anderen Lehrern, bevor sie sich wieder uns zuwendet.
»Ja. Allerdings darf der Austausch von Zärtlichkeiten nicht länger als zwei Sekunden dauern.«
»Wie wollt ihr das kontrollieren?«, fragt Gabby.
Samara beugt sich zu ihr vor. Ihre Augen verengen sich zu Schlitzen. »Willst du's wirklich riskieren, das herauszufinden?«
Gabby schluckt nur und schüttelt den Kopf.
»Gut!« Samara richtet sich auf. »Dann also weiter mit den Regeln. Ihr bekommt jeden Tag eine andere Aufgabe zugeteilt. Und am Ende der Woche wird jeder Quadratzentimeter in der Hütte eurer Eltern in tadellosem Zustand sein. Kapiert?«
Wir nicken alle.
»Prima! Und zu guter Letzt: Nach der ersten morgendlichen Begrüßung werdet ihr weder ein Gespräch mit euren Eltern anfangen noch euch in eins mit ihnen verwickeln lassen. Ihr seid hier, um zu schuften, nicht um zu quatschen. Wir haben eure Eltern entsprechend instruiert. Nach einem schweigsamen Sommer werdet ihr vielleicht das Privileg zu schätzen wissen, Menschen um euch zu haben, die sich tagein, tagaus aufrichtig Gedan-

ken darüber machen, was ihr fühlt und denkt.« Samara wartet einen Moment, um ihre Worte wirken zu lassen. »Irgendwelche Fragen?«

»Ja«, ruft ein Junge. »Wann gibt's Mittag?«

Meine Mitschüler kichern. Samara grinst.

»Austin Lewis, du hast gerade zehn Goldst…«, beginnt Samara, bevor sie gerade noch die Kurve kriegt und sich verbessert. »… Strafpunkte verdient!«

»Was!«, schnaubt Austin. »Wieso?«

»Weil gehorsame Kinder nie nach Belohnungen fragen.« Sie weist hinter sich. »Da steht eure Ausrüstung bereit. Nehmt das Nötige, und ab mit euch!«

Auf einer Reihe von Klapptischen türmen sich Schwämme, Eimer, Flaschen mit Reinigungsmitteln und eine Million andere Putzutensilien. Hinter jedem Tisch steht ein Lehrer und sagt uns, was wir benötigen. Lizzie erklärt mir, dass ich außer einer Gießkanne auch einen Pflanzentrimmer brauche, was, wie ich prompt erfahre, ein nobler Ausdruck für eine Schere ist. Sie sagt mir auch, in welcher Hütte sich meine Eltern befinden (in Nr. 1) und wo das ist (auf einem kleinen Berg rechts von den Tennisplätzen).

Als ich zum Aufbruch bereit bin, schaue ich mich nach meinen Freunden um. Vor all den anderen können wir natürlich nicht offen darüber reden, was wir wirklich in den Hütten unserer Eltern unternehmen werden. Aber ich hätte auch nichts gegen ein verstohlenes Nicken

oder Handzeichen als Bestätigung, dass wir uns alle einig sind.
So kann ich nur hoffen, dass sie unser wahres Tagesziel nicht vergessen. Denn Gabby und Abe sind bereits losgerannt. Lemon muss sich seine Ausrüstung als einer der Ersten geschnappt haben und schon unterwegs sein, denn ich kann ihn nirgends sehen. Elinor ist noch da. Allerdings kann ich keinen Blickkontakt zu ihr aufnehmen, denn sie unterhält sich, mit dem Rücken zu mir, gerade mit Samara.
»Müsstest du nicht schon woanders sein ... Sssssam?«
Ich erstarre und bekomme schlagartig eine Gänsehaut. Es ist, als würde eine richtige Schlange meinen Namen zischen, während sie sich an meinem Arm emporschlängelt.
»Du weißt, dass Annika keine Bummelei mag«, fügt die Schlange dicht an meinem Ohr hinzu.
Mystery. Zumindest glaube ich, dass er es ist. Denn die Stimme hört sich definitiv nach ihm an, und ich fühle mich genauso unbehaglich wie immer, wenn er in meiner Nähe ist. Allerdings sieht er heute irgendwie anders aus. Vermutlich, weil ich ihn bisher immer nur von Kopf bis Fuß in Schwarz gekleidet gesehen habe und er jetzt ein weißes T-Shirt und weiße Shorts trägt.
»Seit wann kümmern Sie sich darum, was Annika will?«, frage ich.

»Seit ich erkannt habe, wie phantastisch es ist, was sie für die Familien leistet«, lautet seine Antwort.
»Hat 'ne ganze Weile gedauert.«
»Schnell gewonnene Meinungen sind häufig falsche Meinungen.«
»Okay«, sage ich nur und mache mich dann in Richtung Tennisplätze auf.
Ich bin froh, dass ich einen langen Weg vor mir habe. Es gibt vieles, worüber ich nachdenken muss. Zum Beispiel über diese schräge Begegnung mit Mystery eben. Über Ikes Warnung. Lemons Beharren darauf, dass alles in bester Ordnung sei. Ms Parsippanys letzte Mail. Und was zum Teufel soll ich mit einem Pflanzentrimmer anstellen?
Auf halbem Weg zu den Tennisplätzen summt mein K-PAD. Ich gehe in mein Mail-Programm und lese im Gehen.

AN: AlleJahrgang2Troublemaker@Kilter-Akademie.org
VON: samara@Kilter-Akademie.org
BETREFF: Das war noch nicht alles!

Hi, Troublemaker! Vermisst ihr mich schon? ☺
Ich schicke euch diese Mail hinterher, weil ich eben nicht alles sagen konnte, aus Angst, dass eure Familien zufällig was aufschnappen. Und zwar: Ihr habt Hausaufgaben, die heute während eurer offiziellen Aufgaben zusätzlich

zu erledigen sind. (Ihr denkt doch nicht etwa, dass wir euch den ganzen Sommer hier rumhängen lassen, ohne euch die Chance zu geben, eure Troublemaker-Fähigkeiten zu trainieren, oder?)

Also, erinnert ihr euch noch an diese tolle Biostunde im letzten Semester? Die, in der es darum ging, Krankheiten zu faken? In der ich euch ein paar Methoden beigebracht habe, mit denen ihr eure Eltern so hinters Licht führen könnt, dass sie glauben, ihr solltet lieber im Bett bleiben, statt zur Schule gehen? Natürlich erinnert ihr euch.

Wie könnte man einen solchen Mordsspaß auch vergessen!

Nachdem ihr jede Menge Rotzer fabriziert und die Luft so lange angehalten habt, bis eure Gesichter fieberrot waren, habt ihr es zu wahren Meistern gebracht. Und jetzt ist es an der Zeit, noch einen draufzulegen! Statt selbst krank zu spielen, besteht eure heutige Aufgabe darin, ein Mitglied eurer Familie davon zu überzeugen, dass er oder sie nicht ganz auf dem Posten ist. Ihr dürft für diesen Zweck die Keine-Gespräche-Regel brechen – aber NUR für diesen Zweck.

Wir werden wissen, ob ihr erfolgreich wart, sobald besagtes Familienmitglied sich in der Krankenstation von Kamp Kilter meldet. Schickt ihr mehr als ein Familienmitglied in die Krankenstation, kassiert ihr Extra-Strafpunkte und Trouble-Shop-Credits. Bringt ihr KEINEN aus eurer Familie dazu, die Krankenstation aufzusuchen, handelt ihr

euch einen Batzen Goldstars ein – und verliert einen ebenso großen Batzen Credits.
Viel Glück, Troublemaker! Macht mich stolz!

Samara

P. S.: So wie es bei guten Kindern üblich wäre, werdet ihr für eure täglichen Haushaltsaufgaben – die ihr erledigen MÜSST – mit Goldstars »belohnt«. Daher werdet ihr hundertprozentig darauf aus sein, so viel Trouble wie möglich zu veranstalten, um den unvermeidlichen Verlust von Credits wettzumachen.

»Sam!«
Mein Herz macht einen Hüpfer. Ich kraxele gerade eine lange Holztreppe hoch, die zur Hütte meiner Eltern hinaufführt. Ich bleibe stehen. Fünf Meter unter mir steht Elinor auf der Treppe und schaut zu mir hoch.
»Kann ich mit dir kommen?«, fragt sie. »Meine Mom ist nicht hier, daher gibt's für mich auch keine Hütte zum Saubermachen. Samara meinte, ich könnte mich einem Freund anschließen.«
»Und du willst dich … mir anschließen?«
Sie lächelt. »Wäre das okay?«
Ich nicke. Als sie dann neben mir steht, nehme ich ihr Handtuch und Silberpolitur ab, um sie für den Rest des Weges für sie zu tragen.

Von neuer Energie durchdrungen, klettere ich die restlichen Stufen hinauf, als wären sie nicht beinahe senkrecht an den Hang gebaut, sondern auf ebener Erde. Alle paar Schritte schaue ich zurück, um mich zu vergewissern, dass mit Elinor alles okay ist – woraufhin sie mich anlächelt. Was mein Herz noch schneller schlagen lässt.

Kurz darauf haben wir den riesigen Vorgarten von Haus 1 durchquert und stehen auf der breiten Veranda. Die ganze Zeit werde ich von einem warmen, süßen Gefühl durchdrungen. Ein Gefühl, wie es schöner gar nicht sein könnte.

Und dann hebe ich den schweren, silberfarbenen Türklopfer. Lasse ihn gegen die Tür fallen und spüre, wie mein Herz vor Schmerz und Schreck im nächsten Moment zu Eis erstarrt. Denn kaum hat mein Vater aufgemacht und mich gesehen, knallt er mir die Tür vor der Nase zu.

KAPITEL 13
STRAFPUNKTE: 1510

GOLDSTARS: 700

»Haben wir die falsche Hütte erwischt?«, fragt Elinor.

»Nee«, erwidere ich. »Das war mein Dad.«

»Er sah aus, als hätte er dich für einen Geist gehalten. Oder einen Einbrecher.«

»Hat er.«

»Warum?«

»Genau das müssen wir herausfinden.«

Ich gehe ein, zwei Schritte nach links, um durch ein riesiges Fenster zu spähen. Die Vorhänge sind zugezogen, aber in der Mitte ist ein Spalt frei geblieben. Gerade breit genug, um zu sehen, wie Dad sich neben dem Couchtisch auf die Knie fallen lässt und fieberhaft etwas zusammenrafft. Gleich darauf richtet er sich mit vollbepackten Armen wieder auf und flieht aus dem Raum.

»Sollen wir noch mal klopfen?«, fragt Elinor.

Da fliegt plötzlich die Tür auf. »Sam!«, ruft Dad aus. »Elinor! Was für eine angenehme Überraschung! Bitte kommt doch rein!«
Elinor und ich tauschen einen schnellen Blick. Sie tritt als Erste durch die Tür. Ich folge.
»Sie haben aber ein schönes Häuschen«, sagt Elinor, als wir drinnen sind.
Wir stehen in einem riesigen Wohnzimmer, hoch wie eine Kathedrale, das mit Holzboden und einem riesigen Kamin ausgestattet ist. Und jede Wand sieht anders aus. Diejenige, die auf den See hinausgeht, besteht von oben bis unten aus Glas, so dass man das Gefühl hat, als würde man auf einer Wolke schweben. Die nächste ist aus verschiedenfarbigen Steinen gefertigt, und wieder an einer anderen fließt ein Wasserfilm von der Decke in ein langes schmales Bassin hinab, das im Boden eingelassen ist. Die letzte Wand besteht aus gewundenen und ineinander verschlungenen Baumästen. Alles in allem wirkt der Raum wie ein cooler Indoorwald.
»Möchtet ihr euch setzen?«, fragt Dad. »Kann ich euch etwas zu trinken anbieten?«
Nach der Wanderung den Berg hinauf würde ich gerne ein Glas Wasser trinken. Aber wir haben einen Job zu erledigen. Und je schneller wir loslegen, desto eher finden wir heraus, warum Dad sich benimmt, als wäre ich ein entfernt bekannter Gast und nicht sein Sohn.
»Brauchst *du* nicht viel eher was zu trinken?«, sage

ich. »Du siehst aus, als wäre dir ein wenig warm geworden.«
Dads Gesichtszüge erstarren. »Ach, wirklich?«
»Dein Gesicht ist ganz rot. Und ziemlich verschwitzt.« Mein Blick fällt auf einen Thermostaten an der Steinwand, und ich gehe hinüber, um die Temperatur zu checken. »Achtzehn Grad. Das ist nicht sehr warm. Die Klimaanlage scheint zu funktionieren. Und dabei trägst du Shorts und ein kurzärmliges Hemd.« Ich drehe mich wieder um. »Was meinst du, Elinor?«
Sie stellt sich vor Dad und hebt die Hand. »Darf ich?«
»Äh, nun, was ...«
Als Elinor ihm gleich darauf die Handfläche auf die Stirn legt, gibt er den Versuch auf, einen Satz zu bilden. Mit weit aufgerissenen Augen wendet sie sich zu mir um.
»Er ist ja förmlich am Verglühen«, sagt sie.
»Wirklich?«, frage ich.
»Echt?«, fragt Dad.
»Wildneritis«, sage ich nach blitzschnellem Nachdenken. »Ist 'ne Krankheit. Muss man ernst nehmen. Fängt man sich in Wäldern ein.«
»Ist das so schlimm wie Kontakt mit Giftefeu?«, fragt Elinor.
»Schlimmer. Es saugt dir die Energie aus dem Körper. Nimmt dir den Appetit. Verwandelt die Muskeln in Pudding. Sehr verbreitet bei Leuten, die sich sonst nur in Häusern, Einkaufszentren und Autos aufhalten und

dann plötzlich mitten in den Wäldern landen. Es ist, als ob ihr Körper sozusagen die frische Luft nicht verträgt.«

Ich mustere Dad mit hochgezogener Augenbraue. »Und es fängt … mit Fieber an.«

»Mensch, du hast recht«, kommt es wie aus der Pistole geschossen.

Verblüfft frage ich »W … Wirklich?«

»Echt?«, hakt Elinor nach.

»Klar!« Dad beginnt, hektisch durch den Raum zu wuseln. Klaubt sich sein Portemonnaie vom Wohnzimmertisch. Stürzt gleich darauf auf die Fußmatte neben der Tür zu, um in seine Schuhe zu schlüpfen, die dort bereitstehen. »Ich hab mich nämlich schon den ganzen Morgen leicht unpässlich gefühlt. Aber ich dachte, das käme von der Aufregung über den Urlaub. Hab gar nicht daran gedacht, dass ich was ausbrüten könnte. Doch, doch, das ergibt absolut Sinn! Ich lass mich besser gleich mal untersuchen, bevor es schlimmer wird.«

Von einem Haken an der Baumwand schnappt er sich sein Schlüsselband, an dem seine Kamp-Kilter-ID-Karte sowie die Keycard hängen, und macht die Tür auf.

»Warte«, sage ich.

Dad bleibt stehen, mit einem Fuß bereits auf der Veranda.

Was tust du da? Warum lügst du? Was verheimlichst du? Wer bist du wirklich, und was hast du mit meinem echten Vater gemacht?

Ich verkneife mir diese Fragen und versuche mein Glück mit einer anderen. »Was ist mit Mom? Wildneritis ist äußerst ansteckend. Vielleicht sollte sie sich auch untersuchen lassen?«

Er zuckt die Achseln. »Deine Mutter ist schon los. Aber ich rede auf jeden Fall später mit ihr darüber.«

»Das war ja leicht«, sagt Elinor, kaum dass er weg ist. »Er hat nicht einmal gefragt, warum wir hier sind.«

»Und er hat uns allein im Haus zurückgelassen.«

Sie zögert, bevor sie weiterfragt.

»Ist *er* nicht sonst der Normale?«

»Im Vergleich zu meiner Mom?« Ich nicke. Genau das habe ich Elinor im letzten Schuljahr erzählt. Damals jedenfalls war es so.

»Glaubst du, sie färbt irgendwie auf ihn ab?«

Das ist eine interessante Frage – und zudem eine, über die ich noch gar nicht nachgedacht habe. Mom fährt völlig auf Kilter ab und möchte, dass ich so böse bin, wie ich nur kann. So viel weiß ich bereits. Kann es sein, dass sie mit Dad über Kilters wahren Zweck gesprochen hat? Und ihn irgendwie überzeugt hat, dass aus mir ein professioneller Troublemaker werden soll?

Ich würde mich gerne mit Elinor über diese Gedanken austauschen, lasse es aber bleiben. Sie hat keine Ahnung, dass Mom über Kilter Bescheid weiß. Ich habe zwar mit dem Gedanken geliebäugelt, ihr und meinen Freunden alles zu erzählen. Aber ich will nicht, dass aus einem Befremden über meine Mutter womöglich ein Befremden über mich wird. Schon einmal hätte ich sie als Freunde fast verloren, nachdem Mom ihnen erzählt hatte, dass ich ein Mörder wäre (damals wusste ich noch nicht, dass ich keiner bin). Dieses Risiko kann ich nicht noch einmal eingehen.

»Ob sie ihn beeinflusst? Ich habe keinen Schimmer«, antworte ich wahrheitsgemäß.

»Meinst du, wir hätten ihn noch etwas länger aufhalten sollen?«, fragt sie. »Um zu sehen, ob er vielleicht noch etwas Merkwürdiges sagt oder tut?«

»Was das anbelangt, hat er in der kurzen Zeit jede Menge gesagt und getan.« Ich erzähle ihr, was ich durchs Fenster gesehen habe und dass ich herausfinden will, was Dad zu verstecken versuchte.

»Sollen wir zuerst unsere Aufgaben erledigen?«, fragt sie daraufhin.

»Gute Idee. Bringen wir's so schnell wie möglich hinter uns und machen uns dann gleich an unsere eigentliche Mission.«

Wir begeben uns mit den Putzutensilien in die Küche. Elinor öffnet die Schubladen und hält nach Silberbesteck Ausschau, während ich zur Spüle gehe und die Gießkanne fülle.

Ich will schon wieder ins Wohnzimmer zurück, als mir ein Gedanke kommt.

»Kann ich dich was fragen?«

Elinor blickt von ihrem Löffel auf, den sie gerade poliert. »Klar, was du willst.«
Inzwischen haben wir es ganz schön weit miteinander gebracht – denn ich weiß, dass sie es auch so meint. Und das ist umso großartiger, weil Elinors besonderes Troublemaker-Talent doch das Lügen ist.
»Ist das nicht komisch für dich?«, frage ich. »Nach Beweisen gegen deine Mutter zu suchen?«
Sie zuckt die Achseln. »Ein bisschen vielleicht. Aber das würden wir schließlich nicht tun, wenn sie einfach nur Blumen pflanzen oder Kekse backen würde und eine normale Mutter wäre.«
»Okay. Aber wenn es für dich so richtig komisch wird, oder wenn du auch nur im Geringsten ein ungutes Gefühl bei der Sache kriegst und aussteigen willst … dann sagst du's mir, ja?«
»Werde ich. Danke.«
Im Wohnzimmer stehen sechs Pflanzen, die betreut werden wollen. Ich gieße sie, bis die braune Erde eine schwarze Färbung annimmt. Anschließend nehme ich die Blätter unter die Lupe. Die meisten sind weich und grün, doch ich entdecke auch ein paar braune und verschrumpelte. Mit der Schere schneide ich unter größter Sorgfalt die toten Blätter von den Zweigen ab.
Als ich im Wohnzimmer fertig bin, schnappe ich mir die Gießkanne und mache mich zum nächsten Raum auf. Ich stoppe vor der ersten Tür, es scheint ein Wandschrank

zu sein. Er ist verschlossen. Alle anderen Türen hingegen stehen weit offen.
Mein Misstrauen ist auf der Stelle geweckt. Ob der Schlüssel oben auf dem Türrahmen liegt? Aber ich bin zu klein. Die Versuchung ist groß, einen Stuhl heranzuziehen, doch dann komme ich zu dem Schluss, dass ich besser zuerst meine grünen Pflichten hinter mich bringe. Annikas Topsecret-Mission hat oberste Priorität. Allerdings will ich auch keine unerwünschte Aufmerksamkeit wecken, falls Samara später ein großes Gewese darum machen sollte, wer denn nun seine Aufgaben nicht erledigt hat.
Ich flitze in den nächsten Raum. Den zerwühlten Decken und offenen Koffern nach zu schließen, wird er von Mom und Dad als Schlafzimmer benutzt. Ich kümmere mich um die vier Pflanzen, bevor ich mir eine kleine Mailpause genehmige.

AN: lOliver@Kilter-Akademie.org; aHansen@Kilter-Akademie.org; gRyan@Kilter-Akademie.org
CC: eNorris@Kilter-Akademie.org
VON: sHinkel@Kilter-Akademie.org
BETREFF: Und?

Hi! Wollte nur mal hören, wie's bei euch so läuft. Schon irgendwelche seltsamen Beobachtungen gemacht? Elinor und ich ja, sozusagen gleich auf der Stelle. (Sie hilft mir, da ihre Mom nicht hier ist und sie deshalb keine Hütte zum Saubermachen hat.) Erzähle später alles!

S

Ich drücke auf Senden. Bevor ich die Gießkanne wieder aufnehmen kann, gibt mein K-PAD ein Summen von sich.

AN: sHinkel@Kilter-Akademie.org; lOliver@Kilter-Akademie.org; gRyan@Kilter-Akademie.org
CC: eNorris@Kilter-Akademie.org
VON: aHansen@Kilter-Akademie.org
BETREFF: Re: Und?

Meine Eltern sind nicht hier. Korrigiere: Ihre KÖRPER sind hier. Aber ihre Hirne sind ganz offensichtlich rausgesaugt und durch nicht identifizierbare Materie ersetzt worden. Einzelheiten später.
Kleine Randbemerkung: Deine Liebste arbeitet mit dir zusammen? Das hört sich nach einer Vermischung von Geschäftlichem und Privatem an. Und DAS wiederum klingt nach einer schlechten Idee. Eine, die unsere Gruppenziele ernsthaft gefährden könnte.

Abe

Mit klopfendem Herzen und glühenden Wangen drücke ich auf Antworten. Es ist schon übel genug, dass Abe sich Elinor und mich wieder mal rauspickt ... aber sie meine Liebste zu nennen? Und sie in cc zu setzen? Das ist völlig unnötig.
Ich will gerade lostippen, als mein K-PAD erneut summt.

AN: aHansen@Kilter-Akademie.org; sHinkel@Kilter-Akademie.org; lOliver@Kilter-Akademie.org
CC: eNorris@Kilter-Akademie.org
VON: gRyan@Kilter-Akademie.org
BETREFF: Re: Re: Und?

Abe, haben die Aliens, die deinen Eltern das Hirn rausgesaugt haben, auch dein Herz geklaut? Was ist schon dabei, wenn Sam und Elinor die ganze Zeit zusammen rumhängen? Ich finde das TOLL! ☺
Grüße und Küsse!

Gabby

Ich habe Gabbys Mail gerade zu Ende gelesen, als eine weitere eintrudelt.

AN: aHansen@Kilter-Akademie.org; sHinkel@Kilter-Akademie.org; lOliver@Kilter-Akademie.org
CC: eNorris@Kilter-Akademie.org
VON: gRyan@Kilter-Akademie.org
BETREFF: Ups!

Sorry, hab ganz vergessen, meine Eltern zu erwähnen! Bisher nichts zu berichten. Besser gesagt, ich habe sie noch gar nicht gesehen. Vielleicht schlafen sie ja noch.

Gabby

Ich bin immer noch total aufgebracht wegen Abes Mail. Bevor jemand womöglich noch eine weitere Nachricht schickt, fange ich rasch an zu tippen.

AN: aHansen@Kilter-Akademie.org;
lOliver@Kilter-Akademie.org;
gRyan@Kilter-Akademie.org
CC: eNorris@Kilter-Akademie.org
VON: sHinkel@Kilter-Akademie.org
BETREFF: Hey!

Elinor und ich sind einfach nur FREUNDE. Und wir versuchen einfach nur zu ARBEITEN. Wenn's also sonst nichts mehr zu sagen gibt, könnt ihr dann bitte

schön aufhören, über uns zu quatschen? Bitte?
Danke!

S

Ich schicke die Mail ab und warte. Mein Posteingang bleibt jedoch leer. Ich bin froh, dass Abe und Gabby Ruhe geben, aber ich hätte nichts dagegen, wenn Lemon sich mal wegen seiner Eltern melden würde.
Schließlich lege ich das K-PAD beiseite und begebe mich zu den Glasschiebetüren auf der anderen Seite des Raumes, die auf einen Balkon hinausführen. Da die Hütte auf einem Hügel liegt, kann ich vom Balkon aus vielleicht die anderen Gebäude sehen – einschließlich das von Lemons Familie. Zumindest kann ich mich vergewissern, ob er am Strand nicht in einem Liegestuhl eingenickt ist oder dort einen Origami-Verkaufsstand aufgemacht hat.
Ich habe bereits wieder eine Hand am Türknauf, als mir etwas ins Auge sticht.
Moms Gutschein-Mappe. Die, die aussieht wie ein zwischen rote Plastikdeckel geklemmter Mini-Ablagenschrank. Sie liegt neben dem Bett auf dem Nachttisch. Mom geht nirgendwo ohne das Ding hin, daher würde ich es normalerweise nicht weiter beachten.
Ich tue es dennoch, und zwar aus zwei Gründen:
Erstens: Die Mappe ist hier, in Kamp Kilter. Dabei ist hier alles umsonst.

Zweitens: Die Mappe ist ganz dünn. Zu Hause ist sie immer total vollgestopft mit Tausenden von Papiercoupons, die zehn Cent Rabatt auf Küchenrollen, fünfzig Cent auf Tofu und jede Menge andere Vergünstigungen versprechen. Doch hier kommt sie mir fast leer vor.
Ist sie jedoch nicht. Das erkenne ich, als ich zum Nachttisch gehe und die Mappe aufnehme. Allerdings enthält sie keine Gutscheine, sondern ein Buch – ein richtiges Buch mit weißen Papierseiten.
Ich blicke mich um. Erst als ich sicher bin, dass ich alleine bin, lasse ich das Buch aus der Mappe gleiten. Ich frage mich, ob es dasselbe ist, in dem Mom vor ein paar Tagen in der Küche gelesen hat und das sie vor mir verbergen wollte.
Als ich den Titel vorne auf dem Umschlag lese, bin ich mir sicher:

MEIN LEBEN MIT SAM
von Judith Hinkel

»Das ist Privateigentum«, sage ich zu mir. »Und das geht dich nichts an.«
Nur dass mein Name vorne auf dem Umschlag prangt. Wie könnte es mich dann nichts angehen?
Mit klopfendem Herzen schlage ich die erste Seite auf. Der Eintrag dort wurde vor dreizehn Jahren geschrieben, am Tag meiner Geburt. Die Handschrift meiner

Mutter war damals genauso wie heute. Schön. Gleichmäßig. Ohne jegliche Korrekturen. Nichts deutet darauf hin, dass sie etwas zu schreiben begonnen hat, das sie eigentlich nicht so meinte.
Was ihren ersten Eintrag besonders interessant macht.

Er ist perfekt.
Nach all dieser Zeit, all diesen Monaten – nein Jahren – des Hoffens, des Wartens und nochmaligen Hoffens ist er da. Und er ist noch atemberaubender, als ich ihn mir jemals hätte vorstellen können.
Es widerstrebt mir, auch nur ein paar Minuten von ihm getrennt zu sein.
Fürs Erste mag es genügen zu sagen, dass ich noch nie so glücklich gewesen bin. Die Freude ist wahrhaft überwältigend und wird noch wachsen. Dessen bin ich mir gewiss. Und das einzig und allein aus einem Grund: meinem Sohn. Sam.

Ich blicke auf. Blinzle. Hab ich das wirklich richtig gelesen?
Da das Schlafzimmer auf der von der Morgensonne abgewandten Seite liegt, ist das Licht etwas gedämpft. Ich beschließe, das Buch mit nach draußen zu nehmen.
Ich lehne mich an die Balkonbrüstung und fange wieder an zu lesen.

Erneut trifft mich der Schlag. Aber diesmal sind nicht nur Moms Worte daran schuld.
Sondern weiße Bälle. Dutzende weißer Bälle, wenn nicht mehr. Sie kommen über die Balkonbrüstung gesaust und erwischen mich an der Brust. Treffen mich am Kopf. Benommen stolpere ich rückwärts zur Glastür, bis ich mit dem Rücken dagegenkrache und zu Boden gehe.
Ich versuche aufzustehen. Aber die Aliens, die Abes Eltern das Gehirn aus dem Schädel gesaugt haben, müssen es nun auf mich abgesehen haben. Denn die Welt um mich herum beginnt zu verschwimmen …

KAPITEL 14

STRAFPUNKTE: 1560

GOLDSTARS: 700

»Name?«

»Zzzzzzääääämmmm ...«

»Alter?«

»Drrrrrreiiiiiizn ...«

»Weißte, wo du bist?«

»Killllt ... heeer ...«

»*Killed her?* Habt ihr gehört? Er hat gesagt, er hat sie gekillt! Warum redet er von dieser Lehrerin, die er ... äh ... AUA!«

»Würdest du bitte mal die Klappe halten? Nicht alle wissen, weshalb Sam in Kilter ist. Wenn er die Katze aus dem Sack lassen will, dann ist das seine Entscheidung. Nicht unsere.«

»Aber er hat doch gesagt ...«

»Er weiß gar nicht, was er sagt. Im Moment dämmert er noch vor sich hin.«

»Würdet ihr jetzt bitte beide mal die Klappe halten? Ist schon schwer genug, ihn in diesem ganzen Durcheinander zu verstehen, da müsst ihre euch nicht noch wie Rodolfo und Esmeralda in den Haaren liegen.«

»Wer ist Esmeralda?«

»Der verzogene Spitz von nebenan. Mein armes kleines Baby kann nicht mal 'nen Knochen vergraben, ohne dass die blöde Töle sich unter dem Zaun durchzwängt und ihn gleich wieder ausbuddelt. Neulich zum Beispiel hat er doch glatt …«

»Moment mal! Haben seine Augenlider gerade gezuckt? Ich schwör, ich hab's gesehen!«

»Vielleicht sollte ich etwas singen? Verletzte sprechen total auf schöne Musik an. Es heilt sie irgendwie von innen. Wenn ich einfach …«

»Gabby!«

»Sam. Ich bin's, Elinor. Kannst du mich hören?«

Die Welt beginnt sich aufzuhellen. Und schon bald kann ich einzelne Farben erkennen. Gabbys pinkfarbenes T-Shirt. Abes blaue Basecap. Ms Marlas rote Lippen. Elinors kupferfarbene Augen.

»Was ist passiert?«, flüstere ich.

Gabby gibt einen entzückten Quiekser von sich. Abe atmet hörbar aus. Ms Marla zwinkert mir zu.

»Du hattest einen kleinen Unfall«, erklärt Elinor. »Du bist in der Krankenstation.«

»Machst du Witze? Das war kein …«

Elinor blickt Abe warnend an. Dann wendet sie sich wieder mir zu. »Ich hab dich gefunden, du hast auf dem Balkon gelegen. Völlig weggetreten. Inmitten von lauter Tischtennisbällen.«

Elinor hat mich auf dem Balkon gefunden? Ob ich wohl gesabbert habe? Ist mein T-Shirt hochgerutscht, als ich hingefallen bin? Hat sie etwa meine Hühnerbrust gesehen und so erfahren, wie weiß Weiß wirklich sein kann?

»Wer immer da gespielt hat, muss einen ganz schönen Schlag haben«, sagt Gabby. »Um all die Bälle so hoch zu schmettern. Und Sam ins Koma zu befördern.«

»Sam war nicht im Koma.« Ms Marla, die auf einem Stuhl neben mir sitzt, beugt sich vor und leuchtet mir mit einem dünnen Stablämpchen in beide Augen. »Er hat keine nennenswerten Blutergüsse oder Beulen. Vermutlich war es einfach nur der Schreck in Kombination mit der Hitze. Es ist ziemlich heiß draußen. Da hat sich sein Körper eine kleine Auszeit genommen. Wie fühlst du dich jetzt, mein Süßer?«

»Ich denke, ich bin okay«, gebe ich zur Antwort, um gleich darauf hinzuzufügen: »Ms Marla, was machen Sie eigentlich hier?«

»Dafür sorgen, dass am Ende des Sommers alle wieder lebend nach Hause kommen.«

Ich nehme ihren weißen Kittel und das Stethoskop wahr. »Sie sind die Camp-Krankenschwester?«

»So ist es.«

»Und was ist mit der Trouble-Hotl ...«

Ihre Hand presst sich auf meinen Mund. »Sch-sch ... nur nicht so schnell mit den jungen Pferden! Du bist gerade erst wieder zu dir gekommen. Du willst dich doch nicht überanstrengen!«

Unfähig, die Lippen zu bewegen, lasse ich meine Augen umherwandern. Die Krankenstation ist in einem großen weißen Raum untergebracht. Ich sehe Klappbetten. Plakate von lächelnden Kindern und Erwachsenen, die Kamp-Kilter-T-Shirts tragen. Regale voller Gefäße, die mit Zungenspateln, Wattebällchen und Pflastern gefüllt sind. Im Großen und Ganzen sieht es hier aus wie auf jeder anderen Krankenstation. Mit einer Ausnahme.

Es ist rammelvoll hier.

»Wrishisvll?«, versuche ich unter Ms Marlas Hand eine Frage vorzubringen. Sie wirft mir einen warnenden Blick zu, damit ich ja nichts Falsches sage, und nimmt dann die Hand von meinem Mund. Ich starte einen neuen Versuch. »Warum ist es hier so voll?«

»Es muss heute Morgen irgendetwas in der Luft liegen«, antwortet Ms Marla und klatscht mir ein Pflaster auf die Stirn. »Aber es gibt gute Neuigkeiten. Du bist gesund wie ein Pferd und kannst, glaube ich, gehen.«

Damit schiebt sie sich von mir weg, um auf ihrem Stuhl zum nächsten Patienten hinüberzurollen: einer Frau, der es absolut gutzugehen scheint, sieht man einmal von ihrer besorgt gerunzelten Stirn ab.

»Samara muss eine super Lehrerin sein.« Abe steht neben Elinor und senkt die Stimme zu einem Flüstern. »Die ziehen im Moment jede Menge Eltern wegen angeblicher Symptome aus dem Verkehr.«

Gedanken beginnen in meinem Kopf zu kreisen. Träge zuerst, dann immer schneller.

»Jetzt erinnere ich mich.« Ich schaue Abe an. »Du hast recht. Es war kein Unfall.« Dann stutze ich. »Was ist denn mit deinen Händen los?«

Er hält sie in die Höhe. Sie sind blau, vom Handgelenk bis zu den Fingerspitzen. »Ich hab sie im Badezimmer meiner Eltern gewaschen. Nur dass sich das, was ich für Flüssigseife gehalten habe, als so 'ne Art komische Tinte entpuppt hat. Die ist farblos aus dem Spender gekommen, aber auf meiner Haut blau geworden.« Er lässt die Hände sinken. »Ms Marla hat mir eine Spezialsalbe gegeben. Morgen sollte alles wieder normal sein.«

»Bei mir auch«, sagt Gabby.

Ihre Hände sehen vollkommen in Ordnung aus. Aber: »Warum trägst du denn eine Sonnenbrille?«, frage ich. »Hier drinnen?«

Sie beugt sich dichter zu mir. »Putzen ist harte Arbeit. Ich hab Hunger gekriegt und wollte mich nach einem kleinen Snack umsehen. Da hab ich den Kühlschrank in der Küche meiner Eltern aufgemacht und dann … *BAMM*!«

»Gabby«, zischt Abe. »Nicht so laut! Meine Güte!«

»Bamm«, flüstert sie. »Nur noch Sterne.«

»Sterne?«, frage ich verwirrt. »Sterne wie Sterne am Himmel?«

»Gleiche Form, aber die waren batteriebetrieben und überall im Kühlschrank verteilt. Als ich die Tür aufmachte, fingen die wie verrückt an zu blitzen. Ich war so baff, dass ich erst nach ein paar Sekunden die Tür zugeknallt hab – woraufhin ich sie immer noch gesehen habe. So hell waren sie.«

»Du hast sie durch die Kühlschranktür hindurch leuchten sehen?«, fragt Abe.

»Nee, du Dummkopf«, sagt Gabby. »Du weißt doch, wie es ist, wenn jemand ein Foto von dir macht und der Blitz losgeht, oder? Und du ihn danach immer noch siehst, bis sich deine Augen wieder angepasst haben. Genau so war es. Allerdings das Ganze mal hundert, denn so viele Sterne waren es mindestens. Ich konnte danach kaum was sehen. Jetzt ist wieder alles in Ordnung. Ms Marla hat mir diese supersüße Sonnenbrille gegeben, damit meine Augen noch etwas geschont werden, nur für den Fall der Fälle.«

Als Nächstes wandert mein Blick zu Elinor. »Und du bist okay?«

Sie nickt.

»Ist nichts Merkwürdiges passiert, als du das Silberbesteck poliert hast?«

»Jedenfalls nicht, bis ich einen Mordskrach gehört und dich auf dem Balkon gefunden habe.«

»Schön«, schaltet Abe sich ein, offensichtlich erpicht darauf, dass wir in die Gänge kommen. »Uns allen geht's also gut. Könnten wir dann jetzt mal darüber reden, was hier vor sich geht?«

»Ja«, sage ich. »Aber nicht hier. Zu viele Ohren.«

»Wie wär's mit der Camp-Kantine?«, schlägt Gabby vor. »Frühstück ist vorbei, und fürs Mittagessen ist es noch zu früh. Wahrscheinlich sind wir da ungestört.«

»Hört sich gut an.« Ich setze mich auf, gönne meinem Kopf eine Sekunde, um sich auf die plötzliche Bewegung einzustellen, und stehe auf. »Los geht's.«

Während wir zum Ausgang gehen, schaue ich mich in der überfüllten Krankenstation um. Obwohl sie vor Eltern förmlich überquillt, kann ich meine nicht entdecken. Ich sehe auch jede Menge Kinder, aber von Lemon ebenfalls keine Spur.

Ich weiß nicht so recht, was ich von der Abwesenheit meines besten Freundes halten soll. Meine Freunde und ich sind nicht die einzigen Troublemaker hier. Daher hat es nicht den Anschein, dass wir als Einzige Ziel mysteriöser Streiche geworden sind. Warum ist Lemon verschont geblieben? Oder geht es ihm so schlecht, dass er es nicht bis in die Krankenstation geschafft hat?

Als wir wenig später in der leeren Kantine sitzen, sind es genau diese Fragen, die ich laut stelle.

»Hast du gesehen, wie riesig die Betten unserer Eltern sind?«, fragt Gabby. »Vermutlich hat Lemon sich einfach auf eins fallen lassen und ist dann eingepennt.«

»Vielleicht«, erwidere ich. »Aber heute Morgen schien er ziemlich wach.«

»Hat er zurückgemailt?«, fragt Elinor. »Als du dich vorhin bei uns gemeldet hast?«

»Nein«, sage ich. »Und das finde ich ziemlich beunruhigend.«

Gabby schnappt nach Luft. »Guck mal, Elinor, die Softeis-Bar ist auf. Wie wär's mit einem Eis?«

Die Mädchen ziehen los.

»Ich bin auch beunruhigt«, sagt Abe, kaum dass sie außer Hörweite sind.

»Echt?«, frage ich zurück. »Gut. Ich dachte nämlich schon, ich wäre der Einzige hier, der …«

»Nicht wegen Lemon. Der Typ ist halt schräg. Wenn er sich anders benimmt, steckt garantiert nur ein neuer Lemon-Tick dahinter. Und keine mysteriösen Vorgänge.«

»Also, was macht dir dann Sorgen?«

»Kein *Was*.« Sein Blick huscht zur Softeis-Bar. »Ein *Wer*.«

»Red weiter«, sage ich.

»Es wird dir nicht gefallen.«

»Versuch's.«

Er zögert, bevor er antwortet. »Elinor.«

Mir stockt das Herz. »Sie hat gesagt, dass ihr nichts passiert ist.«
»Genau das ist das Problem.«
Ich werfe einen Blick zu Elinor, die zusammen mit Gabby lacht, während sie sich heiße Karamellsoße über ihr Eis gießt.
»Denk doch mal nach«, sagt Abe. »Wir versuchen, ihre Mom hops zu nehmen. Ihre Mom ist nicht hier. Also fragt Elinor, ob sie in der Hütte deiner Eltern mithelfen kann. Ihr beiden teilt euch auf. Dann bist du in der einen Sekunde noch allein auf dem Balkon und in der nächsten schon k. o. Und wer findet dich zuerst?«
Ich erwidere nichts.
»Alles irgendwie ganz schön passend, meinst du nicht?«, fragt er. »Dass Elinor nicht bei dir war, als die Bälle angeflogen kamen ... und dass sie bei dir war, als sie es nicht mehr taten, oder?«
»Sie hat mich zuerst gefunden, weil außer ihr niemand sonst im Haus war. Und sie hat mir geholfen.«
»Nachdem sie dich verletzt hat.«
»Nein.«
»Wenn du meinst ...«
»*Nein*. Sie war drinnen. Die Bälle kamen von draußen.«
»Willst du etwa ausschließen, dass sie nach draußen gegangen sein könnte, *nachdem* ihr euch getrennt habt? Um wieder reinzukommen, *nachdem* sie alle Bälle abgefeuert hatte?«

Natürlich *hätte* sie das tun können. Theoretisch wäre es möglich gewesen.

Aber so etwas hätte sie nicht getan.

»Und was ist mit euch beiden?«, frage ich. »Mit dir und Gabby? Wenn Elinor so schwer beschäftigt war, mich zu linken, wie konnte Gabby dann halb blind und du mit blauen Händen enden?«

»Elinor hat vorher die Seifenspender befüllt und den Kühlschrank präpariert. Ganz offensichtlich.«

»Und die anderen Troublemaker? Steckt sie etwa hinter allem, was denen passiert ist?«

»Nun …«

»Vergiss es. Die Frage verdient nicht einmal eine Antwort. Was genau willst du eigentlich sagen, Abe? Dass Elinor nicht auf unserer Seite ist? Dass sie in Wirklichkeit heimlich für ihre Mutter arbeitet – die ihre Tochter, nur mal als kleine Erinnerung für dich, in einen Swimmingpool voller Würmer und Schlangen geworfen hat? Und von der sie gar nicht schnell genug wegkommen konnte, als wir zu ihrer Rettung nach Krawall City kamen?«

Darüber muss er ein bisschen nachdenken. »Ja.«

Ich lache. »Nichts für ungut. Aber das ist so ziemlich das Irrste, was du jemals von dir gegeben hast. Ich kenne Elinor. Und sie kennt mich. Es ist völlig ausgeschlossen, dass sie …«

»Hinkel!«

»Nein, du musst dich ...«
»Hinkel.«
Ich verstumme mitten im Satz. Ich erstarre. Denn Abe ist plötzlich leichenblass geworden. Und als ich dem Blick seiner weit aufgerissenen Augen zum Fenster neben dem Kaffeeautomaten folge, weiß ich, warum.
»Siehst du auch, was ich sehe?«, flüstert er.
Ich sehe ein verdrecktes braunes Kopftuch, das um eine fettige, picklige Stirn geschlungen ist. Ein Kopftuch, das Haare zurückhält, die so schmierig sind, dass sie glänzen und glitzern wie das Licht in Gabbys präpariertem Kühlschrank. Der Kopftuchträger hockt anscheinend unter dem Kantinenfenster auf der Lauer.
»Mr Bulldog«, flüstern Abe und ich gleichzeitig.

KAPITEL 15

STRAFPUNKTE: 1560

GOLDSTARS: 700

»Unmöglich!«, ruft Gabby.

»Doch möglich«, sagt Abe.

»Ich kann's nicht glauben«, sagt Elinor.

»Ich bin mir sicher«, meint Abe.

»Warum habt ihr eben nichts davon gesagt?«, fragt Gabby.

»Wir wollten warten, bis wir wirklich ungestört sind«, erwidert Abe.

»Aber ... Wo denn?«, fragt Gabby. »Wie? Wann?«

»Wer?«, fügt Annika hinzu.

Unsere Blicke wenden sich der Direktorin zu, die am Bug einer funkelnd-silberfarbenen Yacht sitzt. Dorthin hat uns nämlich Houdini gebracht, nachdem wir zu unserem Zeltplatz zurückgekehrt waren und ich Annika eine Mail mit der Information geschickt hatte, dass es große Neuigkeiten gäbe. Woraufhin Houdini mit dem

Golfmobil kam, um uns erst zu einem anderen See zu fahren – einem größeren, blaueren als den, an dem es sich unsere Eltern gutgehen lassen – und dann per Motorboot zu einer Yacht zu bringen, die ein Stück vom Ufer entfernt vor sich hin dümpelte.

»Wer ist Mr Bulldog?«, wiederholt Annika.

»Ach, nur der dreckigste, stinkendste, fieseste Riesenjunge aller Zeiten«, sagt Gabby.

»Ja, klar. Das ist doch der Kerl aus Krawall-City«, erinnert sich Annika. »Also hatte ich recht. Meine Schwester führt etwas im Schilde.«

»Sieht ganz so aus«, sagt Abe.

»Was wisst ihr noch über diesen Jungen?«, fragt Annika.

»Er hat jede Menge dreckiger Freunde«, antwortet Abe. »Als wir in ihrer Schule waren, haben sie uns mit ekligen alten Sportsocken die Augen verbunden und dann gefesselt und in eine Art Wandschrank eingesperrt.«

»Er scheint so was wie ein Anführer zu sein«, füge ich hinzu.

»Wo habt ihr ihn heute gesehen?«, bohrt Annika nach.

»Draußen vor der Camp-Cafeteria. »Hat uns durch ein Fenster hinterherspioniert.«

»War jemand bei ihm?«

»Das wissen wir nicht«, sage ich. »Als wir draußen nachgesehen haben, war er schon weg.«

»Und ihr habt keine Ahnung, wo er hin ist?«, fragt Annika.

»Nee«, sagt Abe. »Wir haben den Wald und diverse Gebäude abgesucht, aber es war keine Spur von ihm zu finden.«

Annika richtet den Blick auf Elinor. »Und was weißt *du*?«

Elinor, die sich ebenso wie der Rest von uns auf einem der bequemen Sessel niedergelassen hat, versinkt tiefer ins Polster und sagt: »Nichts.«

»Du hast einige Zeit in der Schule deiner Mutter verbracht«, sagt Annika. »Zuweilen gegen deinen Willen. Auf jeden Fall aber warst du letztes Semester mehrere Wochen dort, bevor deine Freunde gekommen sind, um dich zu holen. Und du willst mir erzählen, dass du nicht mehr über diesen Mr Bulldog weißt als das, was wir gerade gehört haben?«

Elinor blickt auf ihren Schoß, wo sich ihre Hände im Wechsel ballen und wieder lösen. »Es stimmt«, antwortet sie mit leiser Stimme. »Er ist ein Anführer. Normalerweise gibt meine Mutter ihm Befehle, und er sagt dann den anderen Kids, was zu tun ist.«

Annika wartet. »Das ist alles? Du hast keine Ahnung, woher er kommt? Wie alt er ist? Worin sein besonderes Troublemaker-Talent besteht? Warum deine Mutter ihn bevorzugt?«

Elinors Kopf fährt hoch. Als sie antwortet, ist ihre

Stimme leise, aber scharf. »Er ist gemein. So gemein, dass ich mich in die entgegengesetzte Richtung verdrücke, wenn ich ihn kommen sehe.«

In diesem Augenblick möchte ich zu ihr laufen und sie kräftig drücken. Doch Annika spricht mit einem Grinsen im Gesicht auch schon weiter.

»Kein Wunder.«

»Wie, kein Wunder?«, frage ich.

»Dass meine Schwester jede sich ihr bietende Chance nutzt, um sie loszuw… Egal! Sprechen wir lieber darüber, wie wir jetzt mit der Situation umgehen.«

Wieder schaue ich zu Elinor. Sie wischt sich mit ihrem T-Shirt-Ärmel über die Augen.

»Genau darüber wollten wir mit dir reden«, sage ich zu Annika. »Vielleicht könnten sich die Guten Samariter der Sache annehmen und Mr Bulldog und andere Eindringlinge schnappen und rauswerfen.«

»Definitiv nicht«, lautet Annikas Antwort. »Fakt ist ja, dass sich mindestens einer dieser Krawallisten hier herumtreibt. Vielleicht noch mehr. Dies ist zwar eine unerwartete Entwicklung, aber auch eine Chance. Uns bietet sich nun die unschätzbare Gelegenheit, mehr über den Feind herauszufinden, und zwar auf eine Weise, wie wir sie uns nicht erhofft haben.«

»Und wie?«, fragt Abe.

»Haltet sie auf Trab«, sagt Annika. »Lasst sie erst mal das tun, weswegen sie hier sind. Währenddessen beobachtet ihr sie. Belauscht sie. Und verteidigt euch natürlich, falls nötig.«

»Moment mal«, meldet sich Gabby zu Wort. »Du willst, dass wir unsere Eltern bespitzeln plus die Krawallisten und auch noch unsere Hausaufgaben und Camp-Haushaltsarbeiten machen?«

»Ist das etwa ein Problem?«, fragt Annika.

»Nö!«, antwortet Gabby und präsentiert zwei hochgestreckte Daumen, um zu zeigen, dass sie es auch wirklich so meint.

»Dachte ich mir. Und denkt dran: Ihr seid der Herausforderung gewachsen, denn ihr seid gut ausgebildet. Stellt euch die Krawallisten einfach als etwas Neues aus dem Trouble-Shop vor, und benutzt sie als das Spielzeug, das sie sind.«

Gabby lacht. Abe grinst. Ich blicke zu Elinor, die auf ihre Hände starrt.

»Themawechsel!«, fährt Annika gleich darauf fort. »Gleich werden Abes und Gabbys Familien hier sein.«

»Echt?«, fragt Abe.

»Und wieso?«, will Gabby wissen.

»Rollentausch«, antwortet Annika knapp. »Ich hab euch neulich davon erzählt.«

»Und außerdem gesagt, wir würden noch Mails mit weiteren Infos kriegen.« Blitzschnell befördert Abe sein K-PAD hervor und tippt aufs Display. »Und ich hab keine bekommen.«

»Ihr habt viel mehr um die Ohren als eure Klassenkameraden«, sagt Annika. »Daher dachte ich, dieses Treffen wäre eine tolle Gelegenheit, um zwei Fliegen mit einer Klappe zu schlagen. Ich habe eure Eltern benachrichtigt, und sie waren einverstanden herzukommen.« Sie stockt kurz, bevor sie weiterredet. »Ihr klingt nervös. Wieso?«

»Ich bin nicht nervös«, antworten Abe und Gabby wie aus einem Mund. Doch Abes Stimme klingt etwas brüchig, und Gabby beginnt, an ihren Nägeln zu kauen.

»Das solltet ihr auch nicht«, sagt Annika. »Ich möchte nur direkt erleben, wie ihr und eure Eltern miteinander umgeht. Daraus kann ich vielleicht schließen, warum sie sich so merkwürdig benommen haben. Doch ihr solltet mir noch rasch erzählen, was ihr in den Hütten eurer Eltern erlebt habt.«

Abe hat sich genug von seiner Überraschung erholt, um Annika zu berichten, was alles vor Mr Bulldogs Entdeckung passiert ist – einschließlich der Pingpongattacke auf mich, seiner tintenbeschmierten Hände, Gabbys Lichtblitzen und, nicht zu vergessen, den vielen Troublemakern, die wir in der Krankenstation gesehen haben. Von Dads schrägem Verhalten sagt er nichts, denn außer Elinor und mir weiß noch keiner davon. Annika hört aufmerksam zu und macht sich Notizen auf ihrem K-PAD. Als Abe fertig ist, bedankt sie sich und fordert uns auf, morgen genauso gute Arbeit zu leisten.

Dann öffnet sich eine Kabinentür hinter uns. Ich drehe mich um und erblicke zwei ältere Ehepaare und ein größeres Mädchen, die hastig das Yachtdeck betreten. Ich erkenne Abes Dad und Gabbys ältere Schwester vom Video-Chat wieder, den wir neulich zu Hause abgehalten haben. Bei den anderen Erwachsenen muss es sich also um Abes Mom und Gabbys Eltern handeln. Die Männer haben Shorts und T-Shirts an, die Frauen tragen Strandkleider über ihren Badeanzügen. Sie sehen aus, als kämen sie direkt vom Baden.

»Herzlich willkommen!« Annika springt auf und umarmt die Neuankömmlinge. »Wie schön, Sie zu sehen!«

Während sie sich begrüßen und miteinander plaudern, werfe ich verstohlene Blicke auf meine Teamgefährten. Elinor starrt wieder in ihren Schoß. Abe tigert auf dem Deck auf und ab. Gabby schaut sehnsüchtig auf den See hinaus, als würde sie sich wünschen, lieber über Bord zu fallen, als hier zu sein.

Einen Moment später fordert Annika alle auf, Platz zu nehmen. Dann sagt sie: »Mr Hansen, Ms Hansen, Mr Ryan, Ms Ryan, Flora, noch einmal herzlichen Dank, dass Sie hergekommen sind, um uns bei diesem speziellen Treffen Gesellschaft zu leisten.«

»Dauert das hier länger?«, fragt Flora.

»Sei nicht so unhöflich!«, zischt Ms Ryan ihre Tochter an.

Flora ignoriert ihre Mutter und schaut Annika an. »Ich war mitten beim Sonnenbaden. Ich werde wie eine aufgeklappte Milchschnitte aussehen, wenn mein Bauch nicht noch dreiundzwanzig Minuten erstklassiger Sonnenzeit abkriegt. Verstehen Sie?«

Annika zwingt ihre Lippen zu einem Lächeln. »Natürlich. Fangen wir an.« Ein weißgekleideter Ober taucht mit Klemmbrett und Kugelschreiber auf, die Annika entgegennimmt. »Wir alle wissen, warum wir hier sind: um Ihren bösen Kindern zu helfen, dass aus ihnen gute werden. Indem Sie sie nach Kilter geschickt haben, haben Sie mir diese gewaltige Verantwortung anvertraut, und ich hoffe, Sie sind von den bisher erzielten Fortschritten angetan.«

»Oh, ja«, sagt Mr Ryan.

»Aber es gibt noch mehr zu tun«, sagt Mr Hansen.

»Da gebe ich Ihnen recht«, sagt Annika. »Und ich halte Rollentausch für ein exzellentes Mittel, um die wahren Ursachen für das Verhalten Ihrer Kinder herauszufinden.«

»Rollentausch?«, fragt Mr Hansen skeptisch.

Annika fängt an zu erklären. »Entweder Sie oder Ihre Frau werden Abe spielen. Abe wird einen von Ihnen spielen. Gabby und ihre Eltern werden das Gleiche machen.«

»Ihn spielen? Ja, wie denn?«, fragt Ms Hansen verdutzt.

»Sie spielen eine Art Sketch miteinander. Dabei reden und verhalten Sie sich so, wie Abe es Ihrer Meinung nach tun würde. Und er wird reden und sich so verhalten, wie er es von Ihnen erwarten würde. Durch diesen Rollentausch werden Sie Einsichten darüber gewinnen, wie Sie Ihren Sohn sehen, und umgekehrt. Die Ergebnisse können ziemlich überraschend sein und sind garantiert von Nutzen.«

»Was meinen Sie mit ›eine Art Sketch‹?«, fragt Ms Ryan.

»Eine Szene aus dem richtigen Leben«, erwidert Annika. Da die Erwachsenen immer noch verwirrt aussehen, fügt sie hinzu: »Wir probieren es einfach. Es muss ja einen bestimmten Vorfall gegeben haben, der Sie veranlasst hat, Ihr Kind nach Kilter zu schicken. Spielen Sie diesen Moment einfach nach.« Sie blickt sich um. »Wer fängt an?«

»Ich will.« Flora springt von ihrem Platz auf. »Komm, lass uns loslegen, Streber-Tussi.«

Mit gesenktem Kopf steht Gabby auf.

»Das ist sehr nett von dir, Flora«, sagt Annika. »Aber ich würde lieber einen deiner Eltern …«

»Sehen Sie mich an!«, verkündet Flora und legt sich beide Hände aufs Herz. »Ich bin Gabby! Und ich mache Schulaufgaben! Schon wieder! Denn ich *liebe* Schulaufgaben! Mathe! Naturwissenschaften! Englisch! Geschichte! Je öder das Fach, desto besser!« Flora hält sich eine Hand ans Ohr, wie um besser hören zu können. »Wie bitte? Ein Anruf für mich? Das kann doch gar nicht sein! Ich habe doch gar keine Freunde! Ich habe keine Zeit für sie! Ich bin viel zu beschäftigt mit Lesen, Lernen und Einsen einzusacken!«

Flora gibt mit gespreizten Armen noch eine dramatische Verbeugung zum Besten. Ich frage mich, über wen sie da eigentlich redet, denn die Person, die sie spielt, hört sich null nach der quirligen, freundlichen und super geselligen Gabby an, die ich kenne.

»Dann weiter im Text«, sagt Annika. »Ms Ryan, Sie spielen Gabby. Gabby, du übernimmst die Rolle deiner Mom. Ms Ryan fängt an.«

Flora lässt sich in ihren Sessel plumpsen. Gabbys Mutter erhebt sich langsam, so, als würde sie einiges darum geben, verschont zu werden. »Auf geht's!«, ruft Annika.

Ms Ryan zuckt erschrocken zusammen. Gabbys Kopf fährt hoch. Unsicher schauen sie einander an. Nach sekundenlangem, peinlichem Schweigen macht Ms Ryan den Anfang.

»Es ist mitten in der Nacht«, beginnt sie mit leiser Stimme. »Alle schlafen gemütlich in ihren Betten. Die perfekte Zeit, um ihnen einen Schrecken einzujagen!«

»So war das aber nicht«, protestiert Gabby.

»Du hast dich im Moment nicht zu äußern.« Annika wedelt drohend mit dem Zeigefinder. »Bitte fahren Sie fort, Ms Ryan.«

Und das tut Gabbys Mom. »Ich weiß gar nicht, warum ich in letzter Zeit so unglücklich bin und warum mich alle wahnsinnig machen … aber sie tun es eben. Also muss ich versuchen, *sie* unglücklich zu machen. Und das ist die perfekte Chance.« Sie langt in die Tasche ihres Strandkleids, zieht nichts daraus hervor und hebt die Hand, als wäre das Nichts irgendetwas. »Augenbinden! Eine für Flora. Eine für Mom. Und eine für Dad.« Ms Ryan tut so, als würde sie drei Leuten unsichtbare Augenbinden umlegen. »Besser dreifach zuknoten, damit man sie nicht abkriegt! Dann werde ich zur Haustür gehen …«, Ms Ryan tippelt auf Zehenspitzen über das Deck, »um sie aufzumachen.« Sie gibt vor, eine Tür zu öffnen. »Und den Alarm auszulösen!« Sie presst sich die Hände gegen die Ohren. Auf einmal schreit sie regelrecht. »Das Gepiepse ist so laut! Sie flippen völlig aus! Und weil sie die Augenbinden nicht abnehmen können, sehen sie nicht, wohin sie treten und was passiert! Wer weiß, vielleicht ist eine Horde Einbrecher gerade dabei, das ganze Haus auszuräumen!« Sie lacht. »Mom und Dad sind einfach gegeneinander gelaufen! Und auf den Boden gekracht! Flora ist gerade über ihre Turnschuhe gestolpert! Super!« Ms Ryan fährt fort, den chaotischen Vorfall zu beschreiben. Ich werfe einen Blick auf Annika und sehe, wie sie der Darbietung von Gabbys Mom aufmerksam folgt und sich immer wieder Notizen macht. Gabbys Gesicht ist derweil knallrot geworden.

Schließlich hört Ms Ryan auf. Auch ihr Gesicht ist knallrot, und sie atmet schwer. Hinter ihr windet sich Mr Ryan unbehaglich in seinem Sessel. Flora grinst hämisch.

»Du bist dran, Gabby«, sagt Annika.

Die Worte schießen förmlich aus dem Mund meiner Teamgefährtin. »Ich habe den schönsten Traum meines Lebens! Flora und ich sind gerade im Spa. Wir lassen uns maniküren und pediküren! Danach wollen wir shoppen gehen. Und zum Dinner ins Restaurant. Und vielleicht kommen wir noch rechtzeitig zu einem Kinofilm! Oh, Moment mal ... Ist das jetzt ein Traum? Oder bin ich wach? Denn genau das tun wir jedes Wochenende!«

»Nicht jedes ...«

»Scht!«, würgt Annika Ms Ryan ab.

»Was ist denn das?«, fährt Gabby fort. »Der Alarm? Ist jemand im Haus? Ist Flora in Gefahr? Ich muss sie finden! Sicherstellen, dass sie okay ist! Ich wüsste nicht, was ich tun würde, wenn meiner Lieblingstochter etwas passieren würde!«

Damit ist Gabbys Vortrag zu Ende. Ihre Brust hebt und senkt sich vor Anstrengung. Wieder und wieder.

»Gabby«, sagt Ms Ryan mit gerunzelter Stirn. »Was denkst du denn? Dass ich mich um deine Schwester mehr kümmere als um dich?«

Gabby antwortet nicht. Stattdessen nimmt sie wieder Platz.

»Mr Hansen?«, fragt Annika. »Abe. Ihr seid dran.«

Abe und sein Dad stehen auf und fixieren einander mit zusammengekniffenen Augen, als wären sie im Wilden Westen und kurz davor, sich zu duellieren. Mr Hansen macht den Anfang.

»Es ist mein Geburtstag. Gerade habe ich das Geschenk von meinen Eltern aufgemacht … und es ist ein Football. Schon wieder. Und dieser ist nicht einmal neu. Das Leder ist verblichen. Er ist weich und mürbe, vermutlich, weil er vor hundert Jahren das letzte Mal aufgepumpt wurde. Es ist das mieseste Geschenk, das ich jemals bekommen habe.« Mr Hansen wirft einen unsichtbaren Ball und fängt ihn. »Dad meint, wir sollen in den Park und damit ein bisschen herumwerfen. Dauernd quatscht er was über gemeinsam verbrachte schöne Momente, Vater-Sohn-Bindung und anderen Schnickschnack.«

»Schöne Momente?«, fragt Abe. »Bindung? Davon hast du nie etwas …«

Annika bringt ihn zum Schweigen. Sein Dad fährt fort.

»Zusammen abhängen, mit meinem *Dad*? Bitte! Ich würde lieber diesen Football fressen, als mit ihm zu spielen. Wenn er das immer noch nicht geschnallt hat, muss ich ihm auf die Sprünge helfen.« Mr Hansen nimmt den unsichtbaren Ball und quetscht ihn zusammen. »Ich werde ihn zum Platzen bringen und dann einen Lampenschirm draus machen. Vielleicht kapiert Dad dann endlich, was ich für ihn empfinde.«

Mr Hansen hört auf. Abe fängt an.

»Heute hat mein Sohn Geburtstag. Ein perfekter Anlass, ihm seinen achten Football zu schenken – zusammen mit der millionsten Anmerkung, dass ich wünschte, er wäre größer! Stärker! Sportverrückt! Hätte ich eine Tochter, wäre diese Kunstsache ja ganz cool. Aber Abe sollte nicht malen, zeichnen oder skizzieren! Er soll werfen, fangen und knurren! Würde er wenigstens eins davon machen, könnte ich vielleicht stolz auf ihn sein!«

Abe verstummt. Sein Dad runzelt die Stirn.

»Dein Vater liebt dich über alles«, sagt Ms Hansen mit bebender Stimme. »Genauso wie ich. Dieser alte Football ... er hat ihm gehört, als er ein Junge war. Er wollte nur, dass du ...«

Ms Hansen wird von einem unangenehmen Gepiepe unterbrochen. Es kommt von Annikas K-PAD. Sie nimmt das Gerät auf, schaltet es an und tippt aufs Display.

»Es tut mir sehr leid«, sagt sie im nächsten Augenblick. »Aber ich muss dringend zu einem anderen Treffen. Wir machen hier Schluss.«

Niemand rührt sich. Nicht einmal Flora. Abe, Gabby und ihre Familien tauschen irritierte Blicke aus, fast so, als würden sie sich zum ersten Mal sehen.

Dann tauchen zwei Kilter-Angestellte auf. Sie bitten die Familien zu gehen und begleiten sie zur Kabinentür. Als sie fort sind, bedankt sich Annika bei uns.

»Sehr gerne«, erwidert Abe und vollführt eine flüchtige salutierende Geste. »Gibt's noch was?«
Annika schüttelt den Kopf, hält dann jedoch plötzlich inne und blickt sich um. »Ja, in der Tat. Wo steckt Lemon?«

KAPITEL 16

STRAFPUNKTE: 1560

GOLDSTARS: 700

Wo ist Lemon?

Es ist schon tiefste Nacht, und ich habe eine ellenlange Liste, wo er *nicht* ist. Wie zum Beispiel in unserem Untergrundhaus. Beim Grillabend, den Lizzie, unsere Sprachtrainerin, veranstaltet hat. Auf der anschließenden Karaoke-Party. Im Golfmobil, das uns zum Camp zurückgefahren hat. Alle paar Stunden habe ich ihm eine Mail geschickt.

Um drei Uhr morgens, als ich immer noch nichts von ihm gehört habe, lese ich meine Nachrichten noch einmal, um sicher zu sein, dass ich aus Versehen nicht etwas Verletzendes geschrieben habe:

AN: lOliver@Kilter-Akademie.org
VON: sHinkel@Kilter-Akademie.org
BETREFF: Hi!

Hey, Lemon!
Wollte nur Bescheid sagen, dass Abe, Gabby und ich uns gerade mit Annika getroffen haben. Wir haben dich gesucht, bevor wir vom Elternufer los sind, und Mails geschickt und versucht, dich per V-Chat zu erwischen. Aber wir haben nichts von dir gehört. Du musstest die Möbel abstauben, richtig? Hoffe, dass du nicht in einer großen grauen Wolke verschwunden bist! LOL.
Egal, das Treffen war jedenfalls interessant. Tut mir leid, dass wir ohne dich gefahren sind, aber es war so eine Art Notfall. Ich werde dir später alles erzählen.
Apropos später: Lizzie schmeißt einen Grillabend bei sich! Wird bestimmt 'n Riesenspaß.
See you!

Sam

AN: lOliver@Kilter-Akademie.org
VON: sHinkel@Kilter-Akademie.org
BETREFF: Ich wieder!

Hi, Lemon!
Mann, bin ich vollgefressen! Wer auch immer auf die Idee kam, dass geschmolzener Käse und gegrilltes Fleisch eine gute Kombi ist, hatte so was von RECHT.
Tut mir echt leid, dass du's verpasst hast. Sehen wir uns beim Karaoke-Wettbewerb? Gabby gerät bestimmt wieder völlig außer Rand und Band, daher werden wir jeden Mann brauchen, den wir kriegen können, um sie bei Bedarf von der Bühne zu zerren. ☺

Sam

AN: lOliver@Kilter-Akademie.org
VON: sHinkel@Kilter-Akademie.org
BETREFF: Sehen wir uns gleich zu Hause?

Hi!
Hab dich beim Karaoke vermisst! Es war toll. Bin nicht sicher, wer nun der größere Star war: Gabby oder Abe. Sie hat gesungen, bis ihr die Stimme wegblieben ist und sie nur noch wie ein Rabe gekrächzt hat. Und er hat sie schließlich von der Bühne getragen, damit mal jemand anderes drankommt. Mir war zuerst etwas mulmig dabei.

Aber Gabby ist ziemlich schnell drüber hinweggekommen, als sie kapiert hat, wer sie da abschleppt. Ab da wollte sie gar nicht mehr runtergelassen werden!
Egal, wir sind jetzt auf dem Weg nach Hause. Da sehen wir uns doch hoffentlich, oder?

Sam

AN: lOliver@Kilter-Akademie.org
VON: sHinkel@Kilter-Akademie.org
BETREFF: Bist du okay?

Hey, Lemon!
Sorry, dass ich dich dauernd belästige. Aber würdest du mich bitte wissen lassen, ob du okay bist? Weil, es wird nämlich langsam spät, und ich hab dich seit heute Morgen nicht mehr gesehen. Ich bin sicher, dass es dir absolut prima geht. Aber wenn's dir nichts ausmachen würde, mal ein kleines Lebenszeichen zu geben, wäre das so was von toll.
Danke!

Sam

AN: lOliver@Kilter-Akademie.org
VON: sHinkel@Kilter-Akademie.org
BETREFF: Ist es …

… wegen dem, was ich heute früh gesagt habe? Als ich dich auf Origami angesprochen habe? Bist du sauer? Das wollte ich nicht, es tut mir leid! Wirklich. Lass uns darüber reden, zum Beispiel gleich, wenn du nach Hause kommst.

AN: lOliver@Kilter-Akademie.org
VON: sHinkel@Kilter-Akademie.org
BETREFF: Es ist Mitternacht!

Wo BIST du???

Ich höre auf zu lesen. Seit meiner letzten Mail sind drei Stunden vergangen. Soll ich noch einmal schreiben? Aber was würde das schon bringen? Vor allem, wenn er wirklich sauer auf mich ist. Oder wenn ihn Mr Bulldogs Krawallisten geschnappt haben – wie meine neueste und schrecklichste Theorie lautet. Vielleicht sollte ich Abe wecken und hören, was er denkt. Als wir vorhin über Lemons Abwesenheit gesprochen haben, hat er lediglich gemeint, er wäre nicht Lemons Babysitter. Aber das ist Stunden her. Bestimmt würde er sich jetzt auch Sorgen machen, wenn er wüsste, dass Lemon immer noch verschwunden ist.

Ich suche gerade nach den Hausschuhen, als ich plötzlich ein dumpfes Rumsen vernehme. Ich erstarre und lausche.
Da, wieder. Auf den zweiten Rumser folgt ein weiterer. Und gleich darauf noch einer. Die Geräusche folgen rasch aufeinander. Und werden lauter.
Ich stolpere durch das Zimmer und taste nach dem Lichtschalter. Als das Licht endlich angeht, sehe ich mich nach einer Waffe um. In Filmen benutzen die Leute immer Eishockey- oder Baseballschläger, um sich gegen Einbrecher und andere Fieslinge zur Wehr zu setzen. Aber ich habe nichts von beiden, und meine Scharfschützenutensilien befinden sich vorn am Eingang. Also schnappe ich mir einfach ein Kissen und stürme zur Tür.
»Sam! Hey! Alles klar?«
Ich bleibe in der offenen Tür stehen. Mein Mund klappt auf. Das Kissen fällt zu Boden. Ich starre auf Lemon – beziehungsweise auf den Fremden, der sein Zwilling sein könnte. Denn diese Person hat zwar wirre Haare, buschige Augenbrauen und trägt auch die abgewetzten Mokassins meines besten Freundes. Aber er lächelt. Und statt im Schneckentempo dahinzuschlurfen, hüpft er beinahe über den Flur.
»Wo sind denn alle?«, fragt er, als er an mir vorbeiflitzt. »Hier ist es ja so still wie in einem Grab!«
Er verschwindet in seinem Zimmer. Ich hebe das Kissen auf und folge ihm. An seiner Zimmertür bleibe ich ste-

hen und schaue zu, wie er die Schuhe von den Füßen schleudert und sich aufs Bett plumpsen lässt.

»Lemon«, sage ich. »Es ist drei Uhr morgens.«

»Echt? Boah! Ist ja irre, wie die Zeit vergeht, wenn man Spaß hat. Wer hätte das gedacht?« Dann: »Warum schläfst du nicht?«

»Weil …« Ich merke, dass ich ganz schön laut geworden bin. Ich will niemand wecken und drehe die Lautstärke zurück. »Weil ich mir *Sorgen* gemacht habe.«

»Stimmt etwas nicht?«

»Das fragst *du*?«

»Wie meinst du das?«

»Ich meine, dass du den ganzen Tag weggewesen bist. Ich hab dir bestimmt zwölfmal gemailt. Nicht ein Wort hab ich von dir gehört. Ich dachte, es wäre was passiert.«

Lemon faltet die Hände hinter dem Kopf und zuckt die Achseln. »Na gut. Hier bin ich! Also kannst du aufhören, dir Sorgen zu machen, und zusehen, dass du noch etwas Schlaf kriegst.«

»Wo bist du gewesen?«

»Wo ich sein sollte. Bei meinen Eltern in der Hütte.«

»Den ganzen Tag und die ganze Nacht?«

»Ja.«

»Und was machst du jetzt hier?«

Er schüttelt sein Kopfkissen auf und bedenkt mich mit einem zaghaften, entschuldigenden Lächeln. »Sam, es tut mir leid, dass ich nicht zurückgeschrieben habe und du dir Sorgen gemacht hast. Aber ich schwöre, dass alles in bester Ordnung ist. Und jetzt bin ich ziemlich müde. Können wir uns morgen früh weiter unterhalten?«

Es *ist* morgen früh. Bald geht die Sonne auf. Aber das sage ich nicht. Es bringt nichts.

Denn Lemon schnarcht bereits vor sich hin.

Ich gehe zurück in mein Zimmer, schließe die Tür und schlüpfe ins Bett. Doch so gerne ich auch schlafen würde, ich kann es einfach nicht. Mir schwirrt viel zu sehr der Kopf.

Also nehme ich mein K-PAD auf und finge an zu tippen.

AN: parsippany@cloudviewschools.net

VON: sHinkel@Kilter-Akademie.org

BETREFF: Ehrlichkeit

Liebe Ms Parsippany!

Danke, dass Sie mir zurückgeschrieben haben, und wo immer Sie im Moment auch sind, ich hoffe, Sie haben viel Spaß!

Also, in Ihrer letzten Mail haben Sie mich gefragt, ob ich glaube, dass Ehrlichkeit der beste Weg ist. Und … ganz ehrlich? Ich habe keine Ahnung.

Nehmen wir zum Beispiel mal heute. Es ist eine Menge passiert. Mein Dad hat mir die Tür vor der Nase zugeknallt. Ich habe ihm eingeredet, er wäre krank. Was ihn veranlasst hat, sich zur Krankenstation zu begeben. Dann habe ich das Tagebuch meiner Mutter gefunden und ein paar ihrer privaten Gedanken gelesen. Ich bin von Tischtennisbällen attackiert worden und habe erfahren, dass sich mindestens ein echt übles Kid ins Camp eingeschlichen hat und meinen Freunden und mir nachstellt. Außerdem habe ich einen riesigen Cheeseburger verputzt und werde vermutlich noch tagelang Bauchschmerzen haben. Und ich habe mich über meinen besten Freund geärgert, weil er sich wie jemand benimmt, den ich nicht mal ansatzweise kenne. Dass ich Zeit mit Elinor verbracht habe, war das einzig wirklich Gute an diesem Tag. Aber selbst das war am Ende verkorkst, weil Abe mir gesagt hat, dass sie seiner Meinung nach so was wie eine Verräterin wäre, die insgeheim für das falsche Team spielt. Es war alles so anstrengend.
Hier kommt nun Ihre Frage – und meine Verwirrung – ins Spiel. Denn bis jetzt bin ich nicht komplett ehrlich gewesen. Wäre ich es, würde die Schuldirektorin wissen, dass ich eigentlich nicht nach Kilter gehöre. Denn in Wirklichkeit habe ich das, was ich ihrer Meinung nach getan habe, gar nicht gemacht. Wüsste sie die Wahrheit, würde sie mich zweifellos auf der Stelle rausschmeißen. Und weil ich hierbleiben wollte, habe ich eben mit der Lüge gelebt.

Aber manchmal weiß ich nicht, ob das eine so gute Idee ist.
Haben Sie jemals gelogen, weil Sie dachten, das wäre besser, als die Wahrheit zu sagen? Und wenn ja, warum?
Es wäre schön, von Ihnen zu hören.
Ich hoffe, dass Sie die Zeit in vollen Zügen genießen und Ihre letzten Flüge turbulenzfrei waren. ☺
Mit freundlichen Grüßen

Sam

P. S. Apropos Flüge: Da Sie es noch gar nicht erwähnt haben: Ich wüsste zu gerne, um was für einen neuen Job es sich genau handelt.

Ich checke die Mail noch mal auf Rechtschreibung und drücke auf Senden. Nachdem ich mir wenigstens ein bisschen von der Seele geredet habe, was mich beschäftigt, fühle ich mich etwas besser. Ich lege das K-PAD auf den Nachttisch, begebe mich in die Horizontale und schließe die Augen.
Ich bin gerade eingedöst, als mich auch schon wieder etwas aus dem Schlaf reißt. Mein K-PAD signalisiert mir, dass ich eine neue Nachricht habe. Von Ms Parsippany.
Oder auch nicht.

An: sHinkel@Kilter-Akademie.org
Von: server@cloudviewschools.net
Betreff: ERROR

Lieber Absender,
Ihre Nachricht mit dem Betreff »Ehrlichkeit« hat den Adressaten nicht erreicht. Die Adresse parsippany@cloudviewschools.net existiert nicht mehr.
Dies ist eine automatisch erzeugte Nachricht. Bitte nicht antworten.

Mit freundlichen Grüßen
IT-Abteilung
Cloudview Schools

KAPITEL 17

STRAFPUNKTE: 1560

GOLDSTARS: 750

»Guten Morgen! Wie geht's euch? Wie schön, euch zu sehen! Ist es nicht ein wundervoller Tag?«

Es ist Morgen, und Abe, Gabby, Elinor und ich stehen drüben am Elternstrand und verfolgen verblüfft, wie Mystery die über den See schippernden Troublemaker begrüßt.

»Was zieht der denn für 'ne Show ab?«, fragt Gabby.

»Was ist mit dem los?«, fragt Elinor.

»Der wirft sich bestimmt irgend so 'n Senioren-Vitamin-Superkonzentrat rein«, meint Abe. »Oder Annika hat ihm endlich mal gesagt, dass er sich zusammenreißen oder Leine ziehen soll.«

»Muss wohl so sein«, sage ich. »Na, wenigstens braucht sie sich dann neben all den anderen Dingen nicht auch noch um ihn einen Kopf zu machen.«

Wir beobachten, wie Mr Tempest die Sneaker von den

Füßen schleudert, sich die Shorts höher krempelt und in kurzen, schnellen Sätzen ins Wasser hüpft, um ein sich näherndes Boot an den Strand zu ziehen. Als die Troublemaker nahe genug gekommen sind, um hinauszuspringen, bietet er ihnen seine Hand zur Unterstützung an.

»Einen wundervollen Tag noch!«, hören wir ihn sagen, bevor er auch schon zum nächsten Boot eilt.

Wir steuern auf unsere Lehrer zu, die sich hinter den Tischen mit den Putzmitteln versammelt haben. Nun, da uns die Tagesroutine bekannt ist, gibt es vorher keine große Versammlung mehr. Samara teilt uns einfach unsere Haushaltsarbeiten zu, und die anderen Lehrer händigen die dafür nötigen Utensilien aus.

Ich habe heute Fensterputzdienst. Also drückt Devin, unser Musiklehrer, mir einen Putzeimer mit einer Riesenküchenrolle, einem Fensterabzieher und einer Flasche *Schmierfleck-Terminator* in die Hand.

Elinor hingegen soll sich um den Kamin kümmern. Sie bekommt einen Eimer, einen kurzen Besen und eine Kehrschaufel.

Minutenlang sagt keiner von uns beiden etwas, als wir später auf dem Weg zur Unterkunft meiner Eltern sind. Ich bin so in Gedanken versunken, dass ich um mich herum kaum etwas wahrnehme.

»Du bist ziemlich still heute Morgen«, bricht Elinor schließlich das Schweigen.

Ich blicke auf. »Wirklich?«
Sie nickt. »Ist alles okay?«
»Yep. Ich schätze mal, ich mache mir einfach nur Gedanken um Lemon.« Und Ms Parsippany. Und meine Eltern. Und diverse andere Dinge, die sich nicht als Thema für eine vergnügte Morgenplauderei eignen.
»Er muss gestern Abend ja wirklich spät zurückgekommen sein.«
»Ist er.«
»Und trotzdem war er heute überall Erster. Beim Aufstehen, als er ins Boot gestiegen und drüben wieder raus ist und in der Warteschlange, um sich die Putzsachen zu holen.«
Das stimmt. Nachdem er wie gestern aus dem Kanu gehüpft ist, um uns in Rekordzeit ans Ufer zu ziehen, ist er im Laufschritt an den Strand gestürmt. Während wir immer noch dabei waren, aus dem Kanu zu kraxeln, hat er sich schon mit Samara unterhalten.
»Steht er wirklich so aufs Putzen?«, fragt Elinor.
»Nicht dass ich wüsste. Als wir uns ein Zimmer geteilt haben, musste ich immer seinen Dreckwäscheberg umkurven. Und ich war es, der seine überquellenden Mülleimer geleert und im Bad die Zahnpastaflecken auf seiner Spiegelhälfte weggeputzt hat. Wenn er tatsächlich auf Putzen steht, hat er eindeutig ein neues Interesse entwickelt.«
»So wie Origami?«

»Sieht fast so aus.«
Wir gehen weiter.
»Ich hab mich gefragt«, beginnt Elinor ein wenig später. »Glaubst du ... Ich meine, wäre es nicht möglich ...«
Ich lächle ihr aufmunternd zu. »Ist schon okay. Du kannst mich fragen, was du willst.«
Sie atmet ein paarmal tief ein und aus. Dann platzt sie mit ihrer Frage heraus: »Glaubst du, Lemon arbeitet mit den Krawallisten zusammen?«
Ich gerate ins Stolpern und lasse meinen Eimer fallen.
»Entschuldige!« Elinor geht neben mir in die Hocke und hilft mir, meine Sachen einzusammeln. »Ist mir plötzlich so durch den Kopf geschossen. Es ist ja nur, weil ... er benimmt sich so anders. Einfach absolut nicht wie Lemon. Ich meine, wann hast du das letzte Mal gesehen, wie er ein Streichholz anzündet?«
»Letztes Semester.«
»Das ist schon eine Weile her. Was könnte ihn zu so einer 180-Grad-Wandlung gebracht haben?« Elinor klopft Sand von der Küchenrolle ab und legt sie in meinen Eimer zurück. »Und plötzlich hatte ich's: Mr Bulldog!«
»Was ist mit ihm?«, frage ich und rappele mich wieder hoch.
»Er ist hier. Und ich kenne ihn. Nicht gut – denn wie ich Annika schon erzählt habe, bin ich ihm so weit wie möglich aus dem Weg gegangen. Aber ich weiß, dass er immer kriegt, was er will. Und dabei normalerweise eine

Menge Schaden anrichtet. Einmal zum Beispiel hat ein Junge einen nagelneuen Cowboyhut im Warenlager des Kramladens gefunden.«

Das »Schulgelände« der Krawallisten besteht aus einer verlassenen Wüstenstadt. Viele Klassenräume sind nichts anderes als verwaiste Gebäude, in denen einst Geschäfte untergebracht waren. Eines davon ist der Kramladen, dessen Regale immer noch mit alten Souvenirs wie Postkarten, Kaffeebecher mit Wüsteneidechsen-Motiven oder Kaktus-Salz- und Pfefferstreuer gefüllt sind.

»Mr Bulldog hat den Jungen mit dem Hut auf dem Kopf gesehen und prompt beschlossen, dass er ihn haben will. Doch der andere wollte nicht so schnell klein beigeben. Also hat Bulldog ihn hochgehoben, auf den Kopf gestellt und ihn so lange an den Knöcheln festgehalten, bis der Junge ihm den Hut gegeben hat.«

»Lemon ist viel zu clever, als dass ihm so was passiert. Der würde Bulldog schon aus einer Meile Entfernung kommen sehen und ihn locker austricksen.«

»Ich weiß – und es hört sich verrückt an. Unmöglich sogar. Es tut mir leid, dass ich so was sage. Schließlich seid ihr die besten Freunde, und ich will nicht, dass du glaubst, ich würde ihm misstrauen. Aber kannst du dir einen anderen Grund vorstellen, warum er sich auf einmal so komplett anders benimmt?«

Das möchte ich. Ich möchte es *wirklich*.

»Nein«, muss ich gegen meinen Willen zugeben.
Dann sagt Elinor nichts mehr. Weder als wir an den Tennisplätzen vorbeikommen, noch als wir die steile Holztreppe hochsteigen und den Vorgarten der Hütte durchqueren, in der meine Eltern wohnen. Ich spüre, wie sie mir hin und wieder einen prüfenden Blick zuwirft. Vielleicht denkt sie, dass ich nun sauer auf sie bin. Aber das bin ich nicht. Nur unglaublich verwirrt.
Kaum haben wir die Veranda betreten, schwingt die Tür auf. Dads Arme fliegen mir entgegen, und im nächsten Augenblick hält er mich so fest an sich gedrückt, dass mir fast die Luft wegbleibt.
»Sam! Elinor! Wie toll, euch wiederzusehen. Was habt ihr gestern nur für phantastische Arbeit geleistet! Beim Abendessen hat meine Gabel so geglänzt, dass ich sie als Spiegel benutzen konnte. Und die *Pflanzen* erst!« Schnaufend lässt er mich wieder los. »Grüner Daumen, kann man da wohl nur sagen, was? So perfekte Pflanzen hab ich noch nie gesehen! Zumindest nicht im Haus!«
»Danke, Dad. Wir ...«
»Ihr habt alles, was ihr braucht, ja? Und wisst, wo alles steht? Toll! Viel Spaß dann! Ich wollte mich eigentlich schon längst in der Sonne verlustieren.«
Er schiebt sich an uns vorbei und läuft die Verandastufen hinunter. Ich bin so baff über sein Verhalten, dass ich eine Sekunde brauche, um ihm etwas hinterherzurufen.

»Was ist mit Mom?«
»Ausgegangen!«, ruft er zurück. Dann hat er die Steiltreppe erreicht und ist im nächsten Augenblick auch schon hinter dem Abhang verschwunden.
»Es ist bedeckt«, sagt Elinor.
»Nicht gerade ein toller Tag, um sich in der Sonne zu verlustieren«, stimme ich ihr zu.
Wir gehen ins Haus. Gerade als ich die Tür zumache, summt mein K-PAD, ebenso wie das von Elinor.
Wir checken unseren Maileingang und fangen gleichzeitig an zu lesen.

AN: AlleJahrgang2Troublemaker@Kilter-Akademie.org
VON: wyatt@Kilter-Akademie.org
BETREFF: Die heutige Trouble-Aufgabe!

Hey, T-Maker!
Netter Job, wie ihr euren Eltern gestern weisgemacht habt, dass sie krank sind! Am späten Nachmittag war der Patientenansturm so stark, dass Schwester Marla kein Thermometer mehr von einem Q-Tip unterscheiden konnte! (Kein Witz: Ich habe wirklich gesehen, wie sie Ms Madison den Plastik-Ohrenschmalzbagger in den Mund geschoben hat! Und wie die dann Schwester Marla in den Finger biss, als sie den Irrtum bemerkte. Autsch!)
Aber heute ist ein neuer Tag! Was bedeutet: Eine neue Trouble-Aufgabe steht euch bevor.

Erinnert ihr euch noch an die Kunstunterrichtstunde, als ich euch gebeten habe, Gruselbilder zu zeichnen? Um euren Eltern einen Heidenschreck einzujagen, sobald sie den Kühlschrank öffnen? Nun, heute werdet ihr etwas Ähnliches machen – allerdings ohne Farbe, Tusche oder andere traditionelle Künstlermaterialien. Abgesehen von dieser Ausnahme ist das Medium ganz euch überlassen, ebenso wie die Arbeitsfläche. Nehmt, was immer ihr braucht, um euer Ziel zu erreichen und eure Eltern zu schockieren!
Auch diesmal wird Erfolg mit Strafpunkten und Credits belohnt. Fehlschläge führen zu einem Daueraufenthalt in Ms Marlas Horror-Hospital. (Kleiner Scherz!) Und wie immer hat eine Pleite ein paar hübsch funkelnde Goldstars zur Folge.
Dann mal frisch drauflos gewerkelt!

Wyatt

»Jede Wette, dass Abe total happy ist«, sagt Elinor.
»Ich hör schon sein Siegesgeschrei«, sage ich.
Wir sehen einander an und müssen grinsen. Die Spannungen von vorhin haben sich in Luft aufgelöst.
»Sollen wir erst saubermachen und dann ein wenig herumschnüffeln?«, frage ich.
»Klar.«
Sie nimmt ihre Ausrüstung und begibt sich zum Kamin,

während ich mit Eimer, Schmierfleck-Terminator und Küchenrolle bewaffnet auf die riesige Fensterfront im Wohnzimmer zusteuere. Doch dann überlege ich es mir anders und drehe ab.

Und als ich auf dem Weg zum Korridor an der Wand mit den Ästen entlanggehe, habe ich eine Idee.

In der Küche öffne ich den Gefrierschrank und hole die große, mit meinem Lieblingsessen gefüllte Packung heraus, von der ich gehofft habe, sie dort vorzufinden. Ich schütte den Inhalt in eine Schüssel, haue das Ganze in die Mikrowelle und drücke auf »Start«. Drei Minuten später hole ich die Schüssel wieder heraus und kehre damit ins Wohnzimmer zurück.

Elinor blickt auf, fährt jedoch kommentarlos fort, den Kamin zu kehren.

Drei Minuten später bin ich fertig.

»Was meinst du?«, frage ich und begutachte zusammen mit ihr meine Arbeit.

»Wow! Abgefahrenes Kunstwerk!«

»Abgefahren? Abgefahren wie eklig?«

»Absolut.«

Gut. Genau das hatte mir auch vorgeschwebt, als ich die lauwarmen, pampigen Fischstäbchen auf die spitzen Enden der Äste gespießt habe.

»Soll das ein Haus sein?«, fragt Elinor.

»Yep. Und die Fischstäbchen fangen vermutlich schon an auseinanderzufallen, wenn meine Eltern sie sehen.«

»Beeindruckend!«
»Danke.« Ich weise mit einem Nicken Richtung Korridor. »Ich fang dann mal in den Schlafzimmern an. Ruf einfach, wenn du was brauchst.«
»Du auch.«
Ich verlasse den Raum, checke auf dem Weg den Wandschrank, der immer noch verschlossen ist, und begebe mich ins Schlafzimmer meiner Eltern. Die Tür schließe ich gerade so weit, dass ein ausreichend großer Spalt bleibt und Elinor mich noch sehen kann. Schließlich soll sie sich keine Sorgen machen oder sich wundern, was ich da so treibe.
Dann stelle ich meine Sachen ab und nähere mich dem Nachttisch.
Sie ist immer noch da. Moms Gutscheinmappe. Und darin ihr Tagebuch.
»Du hast keine andere Wahl«, sage ich leise zu mir. »Es nützt nicht nur dir. Sondern allen.«
Ich glaube tatsächlich daran, dass die Enthüllung von Moms Geheimnis mir dabei helfen wird, mit unserer Familie wieder alles in Ordnung zu bringen. Aber trotzdem habe ich ein schlechtes Gewissen, als ich das Tagebuch aus der Mappe nehme, ein paar Seiten umblättere und zu lesen beginne.

Heute war ein schrecklicher Tag.

Mit schnürt sich die Brust zusammen. Dem Datum nach machte Mom diesen Eintrag vor zehn Jahren, als ich drei war.

Mein bezaubernder Junge hat in der Sandkiste mit einem anderen bezaubernden Jungen namens Bartholomew John gespielt.
Sie haben Burgen gebaut und sind glänzend miteinander ausgekommen. Sie haben einander die Schaufeln geliehen und sich gegenseitig geholfen, die Burggräben auszuheben. Eine Zeitlang dachte ich, ich würde Zeuge des Beginns einer wunderbaren Freundschaft werden.
Aber dann kam alles anders. Sams Burg war größer als die von Bartholomew John – und das konnte Bartholomew John nicht ertragen. Kaum wurde er sich des Höhenunterschieds bewusst, griff er nach einem Stein …

»Sam?«, höre ich Elinor rufen.
Ich schlage das Tagebuch zu, lasse es auf den Nachttisch fallen und trete in die offene Zimmertür.
»Ja?«, rufe ich zurück.
»Hast du Hunger?«
Mein Magen knurrt tatsächlich. Habe ich doch heute Morgen glatt verschlafen und das Frühstück im Wald verpasst, nachdem ich gestern so lange auf gewesen bin.

»Ich könnte tatsächlich was zu beißen vertragen!«
»Soll ich mal sehen, was sich so finden lässt in der Küche?«
»O ja! Super!«
Ich warte, bis ich höre, wie Wandschränke geöffnet und geschlossen werden. Dann düse ich ins Zimmer zurück.
»Hey. Was …? Wo …?«
Ich starre auf den Nachttisch. Die Gutscheinmappe ist weg.
Ich sehe auf dem Boden, unter dem Bett und hinter dem Nachttisch nach. Nichts. Ich denke genau nach. Ich hab mich gerade mal für zehn Sekunden umgedreht. Wie konnte sie einfach so verschwinden? War ich so überrascht, als Elinor mich gerufen hat, dass ich nur *gedacht* habe, ich hätte sie auf den Nachttisch zurückgelegt? Hab ich sie aus Versehen woanders hingelegt?
So muss es gewesen sein. Denn als ich mich suchend im Raum umsehe, entdecke ich sie auf der Kommode, keine zwei Meter entfernt.
Ich stürze hinüber, finde die Stelle, wo ich unterbrochen wurde, und lese weiter.

Sams Burg war größer als die von Bartholomew John – und das konnte Bartholomew John nicht ertragen. Kaum wurde er sich des Höhenunterschieds bewusst, griff er nach einem Stein, der neben der Sandkiste lag, holte weit aus und warf ihn dem armen Sam direkt an den Kopf.

Ich erinnere mich nicht an das Ereignis, aber ich habe nicht die geringste Mühe, mir das Ganze bildlich auszumalen. Mir Steine an den Kopf zu werfen klingt definitiv nach etwas, das Bartholomew John mit allergrößtem Vergnügen tun würde.

»Sam?«, ruft Elinor.

Ich lege das Tagebuch auf dem Nachttisch ab und haste zur offenen Tür. »Ja?«

»Magst du Pfannkuchen?«

»Klar!«

Ich kehre zum Nachttisch zurück. Die Gutscheinmappe ist da.

Das Tagebuch allerdings nicht.

Ich knie mich hin und suche unter dem Nachttisch. Aber da ist nichts zu entdecken, und so stehe ich wieder auf.

»*Was* geht hier eigentlich vor sich?«, frage ich in den Raum hinein.

Denn das Tagebuch liegt auf einmal wieder auf dem Nachttisch.

Ich kneife die Augen zu und reibe sie, und als ich sie wieder öffne … ist das Tagebuch verschwunden.

»Hast du Probleme, *Troublemaker*?«, höre ich plötzlich eine leise Stimme fragen.

Mir bleibt vor Schreck das Herz stehen, und ich bekomme eine Gänsehaut. Ich drehe mich nach rechts herum. Nach links. Noch mal nach rechts. Ich sehe niemanden, dafür entdecke ich das Tagebuch. Erst auf dem Bett. Dann auf dem Nachttisch. Oben auf dem Koffer meiner Eltern. Das Ding taucht auf und verschwindet, als würde es von der Magie eines Zauberstabs gelenkt.

Meine geschärften Troublemaker-Instinkte übernehmen das Kommando. Ich stürze zum Eimer mit den Putzutensilien und zerre den Fensterabzieher heraus. Das Tagebuch befindet sich immer noch auf dem Koffer. Ich stürze darauf zu, während ich den Abzieher über meinem Kopf schwingen lasse.

Als ich den Koffer erreiche, ist das Tagebuch weg. Bewegungslos stehe ich da und suche das Zimmer ab.

Warte einfach. Lausche. Gib deinen Instinkten eine Chance, und sie werden dich nicht im Stich lassen. Ikes Worte klingen mir im Kopf. So spricht er immer, wenn ich vor lauter Aufregung, etwas Neues zu lernen und es auch richtig zu machen, fast nichts auf die Reihe kriege.

Jede Faser meines Körpers drängt es danach, durch den Raum zu tigern, aber ich zwinge mich, reglos auf der Stelle zu verharren. Wieder schließe ich die Augen. Warte. Lausche.

»HA!«

Der Schrei bricht aus mir hervor, während der Abzieher bereits meine Hand verlässt. Als ich die Augen öffne, sehe ich, dass meine Instinkte funktioniert haben. Der Griff der Fensterputz-Waffe hat sich in die Wand neben dem Bett gebohrt. Und dabei einen leeren, dreckstarrenden Kniestrumpf ins Einschlagloch eingeklemmt, an dessen herabbaumelndem Zehenende ein durchgekauter Kaugummi klebt.

Auf dem Boden, etwa einen Meter unter dem Loch, entdecke ich Moms Tagebuch.

Ich weiß, dass nun keiner mehr im Raum ist. Aber trotzdem sehe ich mich noch einmal um. Dann zerre ich den Fensterabzieher samt Socke aus der Wand und lasse beides in den Eimer fallen. Ich hebe das Tagebuch auf, blättere zu der Stelle mit Bartholomew John und lese rasch den Eintrag zu Ende.

Mein Sohn hat wie ein Baby geheult.
Und das kann ich nicht ausstehen.

Autsch! Das tut weh. Am liebsten würde ich gleich weiterlesen. Aber ich muss meinen Freunden unbedingt berichten, was gerade passiert ist. Also lege ich Tagebuch und Mappe schnell an ihren Platz zurück und flitze in die Küche.

Aber dort ist niemand. Rauch quillt aus einer Pfanne auf dem Herd. Ich schalte die Kochplatte aus und düse weiter.

»Elinor, du errätst nie, was …«
Schlitternd komme ich zum Halten. Elinor, die gerade vorm Kamin kniet, steht auf.
»Sam? Was …«
Auch sie bringt ihren Satz nicht zu Ende, als sie sieht, was ich sehe.
Die Fischstäbchen. An der Baumwand. Als ich vor ein paar Minuten den Raum verlassen habe, waren sie in Form eines baufälligen Hauses angeordnet. Doch nun stellen sie Buchstaben und Worte dar – Worte, die sich zu einer schrecklichen Botschaft zusammenfügen:

I C U*

* I C U = I see you

KAPITEL 18

STRAFPUNKTE: 1560

GOLDSTARS: 750

»*Wer* sieht dich?«, fragt Annika.

»Mr Bulldog«, antwortе ich.

»Und seine Drecksbande von Freunden«, fügt Gabby hinzu. »Denn Bulldog allein hätte nicht zur gleichen Zeit im Schlafzimmer und im Wohnzimmer sein können.«

»Interessant.« Annika stiefelt über das Yachtdeck, die Hände hinter dem Rücken verschränkt. »Was ist mit euch anderen? Seid ihr auch angegriffen worden?«

»Heute nicht«, sagt Abe. »Aber wir waren auch noch nicht sehr lange in den Hütten unserer Eltern, als Sam uns über Video-Chat kontaktiert und erzählt hat, was passiert ist. Falls irgendwelche Krawallisten in der Nähe waren, haben sie bestimmt gehört, dass wir über sie reden, und sind deshalb vorerst nicht in Aktion getreten.«

Als Annika das eine Ende des Decks erreicht hat, macht

sie kehrt und setzt ihren Marsch fort. So tigert sie nun schon auf und ab, seit wir vor zwanzig Minuten hier eingetroffen sind. Gleich nach dem Chat mit meinen Freunden habe ich ihr eine Mail geschrieben, worauf sie uns ein Golfmobil geschickt hat. Sobald unsere Putzaufgaben erledigt waren, bekamen wir von den Lehrern das Okay zum Gehen.

»Wir benötigen eine geeignete Ausrüstung«, meldet Abe sich zu Wort. »Aus dem Trouble-Shop.«

»Wie gesagt«, erwidert Annika, »ihr sollt sie auf Trab halten, aber nicht vertreiben.«

»Aber wenn wir nicht die richtigen Waffen haben«, protestiert Abe, »könnte es durchaus sein, dass die *uns* vertreiben.«

Annika bleibt abrupt stehen und mustert ihn mit hochgezogener Augenbraue.

»Glaub mir«, sagt er. »Ich geb's nicht gerne zu. Wir sind zwar gut. *Richtig* gut. Aber die sind völlig durchgeknallt.«

Annika setzt sich wieder in Bewegung. Ich schaue verstohlen zu Elinor. Unsere Blicke treffen sich. Sie zuckt die Achseln, so als wollte sie sagen, dass sie keinen Schimmer hat, was ihre Tante vorhat.

Schließlich bleibt Annika direkt vor mir stehen. »Hast *du* das Gefühl, dass ihr zusätzliche Ausrüstung braucht?«, fragt sie mich.

»Könnte nicht schaden«, erwidere ich.

»Und du meinst, ihr seid in der Lage, euch von denen nicht unterkriegen zu lassen? Ohne dass ihr sie von dem abhaltet, was sie vielleicht sonst noch ausgeheckt haben?«
»Ja.«
»Na schön. Ich werde das Golfmobil so programmieren, dass es euch zum Trouble-Shop bringt.«
»Super.« Abe springt begeistert auf. »Danke, Annika. Wir werden einfach …«
»Nicht so schnell.« Annika gibt einem Ober ein Zeichen, der sich daraufhin zu einer Kabinentür auf der anderen Deckseite begibt.
»O nein«, klagt Abe. »Bitte sag nicht, dass unsere Eltern wieder hier sind.«
»Ich denke, dass ihr alle von einer weiteren Rollentausch-Session profitieren würdet«, sagt Annika. »Aber nein, eure Eltern sind diesmal außen vor.«
Ich halte den Atem an. Wenn die Hansens und die Ryans nicht dabei sind … heißt das dann etwa, dass meine es sind?
»Willkommen an Bord, Mr und Ms Oliver!«, hören wir Annika sagen, als Lemons Eltern gleich darauf aufs Deck treten. »Und du auch, Finn, wie schön, Sie alle zu sehen!«
Erleichtert atme ich aus und winke Lemons kleinem Bruder zu, der sich hinter den Beinen seiner Mutter versteckt.

»Danke«, sagt Mr Oliver. »Aber ist auch alles in Ordnung? Weil nämlich urplötzlich ein Golfmobil bei uns aufgetaucht ist und uns Hals über Kopf hierhergebracht hat, so dass wir schon dachten, Lemon wäre was passiert.«

»Ich hatte angenommen, Sie kommen alle zusammen. War er denn gar nicht bei Ihnen?«, fragt Annika. »In Ihrer Hütte?«

»Wir waren nicht in unserer Hütte«, antwortet Ms Oliver verlegen. »Wir waren ... äh ... draußen.«

»Verstehe.« Annika runzelt die Stirn und richtet dann den Blick auf mich. »Irgendeine Idee, wo dein bester Freund stecken könnte?«

Lemon verhält sich inzwischen rätselhafter als der megarätselhafte Mystery höchstpersönlich. Ich will gerade versuchen, meinem Freund noch etwas Zeit zu verschaffen, als plötzlich die Kabinentür auffliegt.

»Sorry!«, ruft Lemon und kommt aufs Deck gestürmt. »Ich bin hier! Hi, Mom! Hi, Dad! Toll, dich zu sehen, kleiner Bruder!« Er umarmt seine Eltern und tätschelt Finn am Kopf. »Was hab ich verpasst?«

»Noch nichts«, sagt Annika. »Aber ich bin nicht erfreut über dein Zuspätkommen. Deine Freunde sind schon seit einer halben Stunde hier. Dass du nicht mit ihnen gekommen bist, ist schon schlimm genug. Aber dass du deine Eltern allein hast kommen lassen? Und sie warten mussten?«

»Oh, wir sind ja noch gar nicht lange hier.« Ms Oliver legt einen Arm um ihren ältesten Sohn. »Ist schon okay.«
»Nein, ist es nicht.« Annika nimmt auf ihrem Stuhl Platz und legt ein Klemmbrett auf ihren Schoß. »Aber damit befasse ich mich später.«
»Dürfte ich fragen, weshalb wir hier sind?«, fragt Mr Oliver. »Der Lehrer, der uns sagte, wir sollen Sie hier treffen, nannte uns keinen Grund.«
»Natürlich! Und ich möchte mich ausdrücklich für den Informationsmangel entschuldigen. Sie sind hier in Sachen Rollentausch.«
Mr und Ms Oliver wechseln Blicke.
»Sicher haben Sie davon schon von den anderen Eltern gehört«, fährt Annika fort. »Nein? Wie seltsam. Dabei ist es so gut angekommen.« Sie zuckt die Achseln und beginnt dann, ihnen die Spielregeln zu erklären. Sie sollen den Moment nachspielen, der Lemons Eltern veranlasst hat, ihren Sohn nach Kilter zu schicken.
»Ich glaube nicht, dass das eine so gute Idee ist«, sagt Lemon.
»Und ich glaube nicht, dass mich deine Meinung interessiert«, erwidert Annika.
»Können wir das nicht ein anderes Mal nachspielen?«, fragt Lemon. »Bitte?«
»Das wäre völlig in Ordnung für uns«, springt Ms Oliver ihrem Sohn rasch bei.
Annika schüttelt den Kopf, offensichtlich verwundert

darüber, dass die gesamte Oliver-Familie nicht tun möchte, worum sie gebeten wurde. »Lemon«, sagt sie, »du kannst entweder deine Mutter oder deinen Vater spielen. Für wen entscheidest du dich?«
Einen ewigen Moment lang verharrt Lemon in Schweigen. »Dad«, murmelt er schließlich.
Annikas Blick richtet sich auf seine Eltern. »Mr Oliver, Sie werden Ihren Sohn spielen. Okay?«
Mr Oliver schluckt und nickt.
»Es kann losgehen!«, ruft Annika daraufhin.
Wäre dies ein Kinofilm, würden wir Zeuge der zähesten, ödesten Eingangsszene aller Zeiten werden. Denn nichts passiert. Mr Oliver und Lemon sagen nichts. Der Rest von uns ist mucksmäuschenstill. Sogar Finn, der auf dem Schoß seiner Mutter Platz genommen hat.
»Mann«, sagt Abe schließlich nicht unfreundlich. »Je eher ihr loslegt, desto schneller habt ihr's hinter euch.«
Was Lemon endlich zum Reden bringt.
»Wie konnte er das tun?«
»Lauter!«, befiehlt Annika.
»Wie konnte er das tun?«, wiederholt Lemon mit nur leicht erhobener Stimme. »Ich hab ... nie ... dieses Hobby von ihm ... kapiert. Klar haben wir früher immer Lagerfeuer zusammen gemacht, auf unseren Vater-Sohn-Ausflügen. Aber dann wurde Finn geboren, und wir haben mit dem Campen aufgehört. Wir haben mit einer Menge Dinge aufgehört. Egal, jedenfalls gab es keinen

Anlass mehr für Lagerfeuer. Trotzdem hat er dauernd mit Streichhölzern, Feuerzeugen und anderen Zündelsachen herumgespielt. Ich habe es nicht gutgeheißen, aber wir hielten immer Feuerlöscher bereit. Und er war immer so zuverlässig. So vorsichtig. Doch dann ... das. *Finn.*«

Lemon hält inne. Mr Oliver macht Anstalten, ihn in den Arm zu nehmen.

Annika lässt missbilligend ihre Zunge schnalzen. »Bleiben Sie in Ihrer Rolle, bitte!«

Lemons Dad lässt die Arme fallen und sagt leise: »Es war ein Unfall. Es tut mir leid.« Er sieht Annika an. »Das war alles, was er in diesem Moment gedacht hat. Ich weiß es.«

»Schön.« Sie macht sich ein paar Notizen. »Sie können sich beide setzen. Elinor, du bist dran.«

Elinor japst erschrocken nach Luft. »Meine Mom ist hier?«

»Sei nicht albern. Aber du hast deine theatralischen Talente in Kilter mehr als einmal unter Beweis gestellt. Bestimmt kannst du für euch beide die Rollen übernehmen.«

Unsere Stühle sind in einem Halbkreis angeordnet. Elinor steht auf und stellt sich in die Mitte. »Ich spiele zuerst meine Mom.« Sie schließt ihre Augen, und einen Moment lang ist es absolut still.

Ich schaue zu Annika. Sie tippt auf ihrem K-PAD herum

und schenkt Elinor keinerlei Aufmerksamkeit. So wie ich sie kenne, hat sie ihre Nichte nur in diese Situation gebracht, um sie zu piesacken.

»Nichtsnutz!«

Ich zucke erschrocken zusammen. Ebenso wie alle anderen an Deck. Plötzlich sind Elinors Augen weit aufgerissen, ihre Nasenlöcher beben.

»Du miese Ausgabe einer Tochter!«, brüllt sie. »Es ist Muttertag! *Mein* Tag. Und was würde mich glücklich machen? Wenn mein Kind einfach auf mich hören würde. Wenn sie während des ganzen restlichen Jahres ohne Widerworte das tun würde, was ich ihr sage. Ist das zu viel verlangt?« Elinor schüttelt den Kopf. Energisch und schnell. »Aber was macht sie stattdessen? Sie putzt das Haus vom Dach bis zum Keller. Sie bringt mir Frühstück ans Bett. Sie fragt, ob wir zusammen spazieren gehen können, nur wir zwei. *Hallo*? *Spazierengehen?* Weiß sie denn nicht, wie viel ich um die Ohren habe? Für Spaziergänge hab ich keine Zeit! Und würde sie einfach nur das tun, was ich ihr sage, hätte sie auch keine!«

Damit ist Elinors Vortrag zu Ende. Wieder schließt sie die Augen.

»Mommy«, flüstert Finn. »Was soll sie denn für ihre Mommy machen?«

Ärger. Allerdings weiß Ms Oliver das nicht. Vermutlich bewundert sie Elinor, weil sie für ihre Mutter all diese Dinge zum Muttertag macht. Ich jedenfalls würde das tun. Unfähig zu antworten, schüttelt sie nur den Kopf und küsst Finn auf den Kopf.

»Ich hab ihr Arme Ritter gemacht«, beginnt Elinor erneut. Ihre Stimme klingt jetzt wieder sanfter. Sie ähnelt sich selbst, nur dass sie noch trauriger ist. »Das ist ihr Lieblingsessen. Und ich hab sie gefragt, ob sie mit mir spazieren gehen mag. Ich wollte eine Gelegenheit zum Reden haben. Über das Wetter. Filme. Musik. Was auch immer. Ich wollte sie ein bisschen kennenlernen und ihr die Gelegenheit geben, mich ein bisschen kennenzulernen. Schließlich ist sie meine Mutter ... doch eigentlich sind wir wie Fremde.« Elinor guckt auf den Boden. »Es tut mir so leid, dass ich sie wieder enttäuscht habe.«

Sie reibt sich die Augen. Gabby springt auf und legt ihre Arme um sie. Ms Oliver zieht Finn fester an sich, und Mr Oliver legt eine Hand auf Lemons Schulter. Abe runzelt die Stirn und ballt die Fäuste, ganz offensichtlich mitgenommen von dem, was er gerade gehört hat.

Als ich einen Blick auf Annika werfe, sehe ich, dass ihre Lippen zittern. Eine Träne rinnt ihr die Wange hinab. Vielleicht zum allerersten Mal scheint sie für ihre Nichte etwas anderes zu empfinden als Wut und Verärgerung.

»Gut gemacht, Elinor«, sagt sie leise. »Gut gemacht.«

KAPITEL 19

STRAFPUNKTE: 1560

GOLDSTARS: 750

»Oh! Mein! GOTT! Die sind ja so was von SÜÜÜÜÜÜSS!!! Nicht? Hallo? Leute? Habt ihr das überhaupt schon mal gesehen?«

»Alles klar mit dir, Hinkel?«, sagt Abe, ohne auf Gabbys Begeisterungsausbruch zu achten.

Ich nicke.

»Mach dir keinen Kopf«, fährt er fort. »Wenn die Krawallisten spielen wollen, werden wir ihnen ein Spiel liefern, das sie nicht vergessen werden. Deswegen sind wir hier.«

Mit »hier« ist der Trouble-Shop gemeint. Lemons Familie hatte sich gerade wieder auf den Rückweg zum Camp gemacht, als Annika bereits ein Golfmobil kommen ließ. Kaum saßen wir angeschnallt auf unseren Plätzen, ging das Ding auch schon ab wie eine Rakete. Mit gefühlter Lichtgeschwindigkeit schossen wir durch gefühlte Hunderte Hektar dunkler Wälder und erreichten den Schulshop in null Komma nichts.

»Jetzt schaut doch mal her!«, ruft Gabby.

Tun wir. Sie steht ein paar Meter von uns entfernt, bei den augengesteuerten Trouble-Produkten. Ich kapiere nicht gleich, was sie meint. Denn zunächst scheint überhaupt nichts zu passieren – sieht man einmal davon ab, dass sie hektisch blinzelt, als hätte sie etwas im Auge.

Bis sie auf einmal niest. Und wir mitten in einen blendend grellen Glittersturm geraten.

»Glittertornado-Wimpernverlängerungen!«, ruft Gabby. »Sind die nicht einfach Hammer?«

»Nicht so Hammer ...« Abe hustet. »Wie gleich mein ...« Würgt. »Mein ...« Hustet wieder. »... Vergeltungsschlag!«

Ich wende mich ab und wische mir mit dem Sweatshirtärmel über die Augen. Als ich mich wieder umdrehe, beginnt die Wolke sich bereits aufzulösen. Eine Milliarde winziger, glitzernder Plättchen kommt herabgeschwebt und bedeckt unsere Schuhe und den Boden.

»Wie funktionieren die?«, fragt Elinor, während sie sich die Glitterteilchen aus den Haaren schüttelt.

»Zunächst einmal hält man sie für normale Wimpern«, antwortet Gabby grinsend. »Denn obwohl sie ziemlich lang und silberfarben sind, könnte ich ja einfach eine spezielle Mascara tragen, verstehst du? Aber jedes Mal, wenn ich blinzele, wird an der Basis jeder einzelnen

Wimper Druck aufgebaut. Niesen ist dann der Auslöser. Sobald du bereit bist, machst du einfach nur … *Ha-tschi*!« Sie gibt eine kleinere Glitterwolke von sich. »Und voilà! Fertig ist der Mega-Glittertornado.«

»Die Krawallisten werden gar nicht wissen, wie ihnen geschieht«, sagt Elinor.

»Ich denke, davon nehm ich gleich zwanzig Paar.« Gabby fegt den kompletten Vorrat der Wunderdinger geradewegs vom Display in ihren Einkaufskorb. »Und jetzt lass uns was für dich suchen.«

Gabby hakt Elinor unter, und zusammen eilen sie zwischen den Regalen davon.

»Das gefällt mir nicht«, sagt Abe.

»Warum nicht?«, frage ich. »Bulldog und seine Freunde rechnen garantiert nicht damit, von einem Glittersturm überrumpelt zu werden. Das könnte sich als nützlich erweisen.«

»Ich rede nicht von Gabbys kleiner Demo.« Mit dem Kopf weist Abe zum nächsten Gang, wo Gabby und Elinor sich kichernd unterhalten. »Sie kommen sich nahe. *Zu* nahe.«

»Sie sind Freundinnen«, erwidere ich. »Was soll falsch daran sein?«

»Ob dir's nun schmeckt oder nicht: Gabby ist Mitglied des Ä-Teams. Elinor nicht.«

»Ach, und könntest du mir noch mal auf die Sprünge helfen, warum sie es eigentlich nicht ist?«

Er zählt die Gründe an seinen Fingern auf. »Äh, lass mal sehen. Sie ist im Unterricht mit den Gedanken ständig woanders. Sie macht kaum Hausaufgaben. Sie hat Jahre gebraucht, um es ins zweite Kilter-Jahr zu schaffen. Und: Ihre Mutter macht aus bösen Kids versiffte Kriminelle.«

»Nicht jeder will der beste Troublemaker aller Zeiten werden«, wende ich ein. »Was Elinors Mutter anbelangt, weißt du ja, dass die beiden nicht miteinander klarkommen. Und hast du schon vergessen, dass sie uns im vorletzten Semester geholfen hat, die Ultimativ-Aufgabe zu schaffen? Und dass sie uns seitdem andauernd unterstützt hat?«

»Weil sie deine Freundin ist. Was ist, wenn ihr nicht mehr zusammen seid? Dann wird sie kaum noch so was wie Loyalität oder Verschwiegenheit kennen.«

»Sie ist so meine Freundin, wie sie auch deine ist. Und die von Gabby. Und von Lemon.«

Abe zögert, bevor er antwortet. »Was ist mit heute?«

»Was soll mit heute sein?«

»Sie war nicht bei dir, als du im Schlafzimmer deiner Eltern warst.«

Ich verdrehe die Augen, »Könntest du bitte mal diese ganze Elinor-ist-eine-Spionin-Theorie begraben? Ich hab dir doch gesagt, dass sie niemals und auf keinen Fall ...«

»... dich kirre machen würde? Indem sie Dinge im

Schlafzimmer deiner Eltern hin- und herbewegt? Und dein ekliges Fischstäbchen-Wandbild verändert?« Abe nickt. »Da hast du recht. Würde sie nicht … wenn sie eine von uns wäre. Ein Mitglied des Ä-Teams. Dem man vertrauen könnte.«

Ich nehme meinen Einkaufskorb vom Boden auf und setze mich in Bewegung.

»Du hattest es mit zwei Leuten zu tun!«, ruft Abe mir hinterher. »Ein Krawallist kann nicht an zwei Orten gleichzeitig …«

Seine Stimme schwindet, als ich das Ende des Ganges erreiche und ein Verkaufsdisplay mit wasserfestem Toilettenpapier umrunde. Das oben angebrachte Schild garantiert: *Sorgenfreie TP-Einwickelattacken!*

Ich lasse ein paar Rollen in meinen Korb fallen und stöbere weiter.

Vom eigentlichen Grund für unseren Besuch – und Abes Anschuldigungen – einmal abgesehen, hat sich das Ganze bisher als durchaus angenehmes Einkaufserlebnis gestaltet, denn wir haben den Shop ganz für uns allein. Während der Unterrichtsmonate ist es hier nämlich immer brechend voll mit Troublemakern, die die neuesten Produkte unter die Lupe nehmen oder sich Zubehör kaufen wollen, das sie für ihre Hausaufgaben und ihre Tutorstunden brauchen. In dem Getümmel ist es manchmal schwer, alles richtig in Augenschein zu nehmen – und Geräte zu erwerben, deren Kauf nicht alle Welt mitkriegen soll. Könnte es doch sein, dass man sie heimlich bei seinen Mitschülern zum Einsatz bringen möchte. Daher ist es wirklich angenehm, dass meine Freunde und ich den Trouble-Shop ganz für uns allein haben.

Und dass es ruhig im Laden ist – einmal abgesehen von Gabbys und Elinors Gekicher, gelegentlichen Explosionen und Geraschel, wenn meine Freunde neue Waffen austesten, und der dezenten Musik, die aus Lautsprechern unter der Decke dringt. Aufmerksam streife ich durch die Gänge zwischen den Regalen.

»Breaker-breaker one nine, bitte kommen.«

Abrupt bleibe ich neben einem Verkaufsständer mit Sturzseilen stehen. Sie sehen aus wie normale Springseile. Doch dem Video nach zu schließen, das daneben auf einem kleinen TV-Schirm zu sehen ist, verheddern sie sich automatisch in den Beinen argloser Benutzer und bringen sie zum Stolpern.

Neben dem TV steht eine silberne Box, aus der eine winzige schwarze Antenne ragt. Das Ding scheint nichts mit den Seilen zu tun zu haben. Und es überträgt eine bekannte Stimme.

»Wir haben ein braunes Mikro in weißem Wasser. Hören Sie mich?«

Ich nehme die Box in die Hand und halte sie an den Mund, »Lemon? Bist du das?«

»Sam! Is' ja spitze! Bleib, wo du bist. Bin gleich da.«

Ich befolge seine Instruktionen. Wenig später vernehme

ich einen lauten Piepton, als sich die Tür des Trouble-Shops öffnet und wieder schließt.

»Hey!« Atemlos kommt Lemon den Gang entlanggerannt. »Danke, dass du gewartet hast.« Grinsend bleibt er vor mir stehen. Falls er nach seiner Rollentausch-Familiensession immer noch durch den Wind ist, lässt er es sich nicht anmerken. »Wie hab ich geklungen?« Ich muss verwirrt aussehen, denn augenblicklich fügt er hinzu: »Mit dem Turbo-Talkie?« Er hält eine kleine silberne Box in die Höhe, die genauso aussieht wie die, die ich immer noch in der Hand halte.

»Oh! Super! Ich hab laut und deutlich gehört, was du gesagt hast. Auch wenn ich keinen Schimmer hab, was es bedeuten soll.«

»Ist ein Code für einen Schokoriegel mit Milch«, erklärt er mir. »War irgendein Rauschen zu hören? Hat meine Stimme abgehackt geklungen?«

»Es war, als hättest du direkt neben mir gestanden.«

»Geil. Auf der Packung garantieren die eine Tausend-Meilen-Reichweite, aber das habe ich nicht ...«

Er wird abrupt unterbrochen. Eine Rolle mit weißem Schleifenband kommt über die Spitze des Sturzseil-Verkaufsständers geflogen, trifft Lemon an der Nase und wickelt sich um seinen Kopf, bis nur noch seine Augen zu sehen sind. Er versucht etwas zu sagen, aber das Schleifenband wird hart wie eine Walnussschale und lässt seine gesamten Gesichtszüge erstarren.

»Nicht übel«, höre ich Abe von hinten sagen. Im nächsten Augenblick baut er sich vor Lemon auf, hält eine Spraydose hoch und drückt auf die Düse. Eine klare Flüssigkeit schießt heraus und trifft Lemon im Gesicht. Das Band wird wieder weich. Löst sich. Rutscht herunter. Nun sieht es aus wie ein Schal, den Lemon sich um den Hals geschlungen hat. »Der *Pappmaché-Attacker* für perfekte Abgüsse. Passt sich garantiert jeder Kontur an und hält sie in einer Fessel-Zelle gefangen. Jede einzelne ein künstlerisches Unikat.«

Der alte Lemon wäre jetzt wahrscheinlich sauer. Der neue jedoch lacht nur.

»Der war gut, Abraham! Hast mich voll erwischt!« Er weist mit einem Nicken auf meine Hand. »Kann ich das Ding haben? Ich will zahlen.«

Ich reiche ihm das Turbo-Talkie. Pfeifend hopst er davon.

»Was ist wohl mit seinem kleinen Bruder passiert?«, fragt Abe leise. »Dass seine Eltern Lemon weggeschickt haben? Weißt du da was?«

»Keine Ahnung«, erwidere ich. Aber ich werde es herauszufinden.

»Ach, übrigens«, ruft Lemon über die Schulter zurück. »In der Aula geht gerade irgendeine abgefahrene Party ab. Vielleicht sollten wir da mal vorbeischauen!«

Abe sieht mich an. »Ich hab nichts von einer Party gehört. Du etwa?«

»Nö. Und wenn's eine gäbe – würde die nicht näher am Camp stattfinden? So wie die Pool-Party neulich?«

Hat Annika nicht erzählt, dass das Kilter-Schulgelände im Sommer geschlossen ist – mit Ausnahme des Trouble-Shops, der nur auf ihre persönliche Anweisung hin aufgemacht hat? Die Aula liegt doch auf dem Schulgelände. Was bedeutet, dass eigentlich niemand da sein kann.

»Denkst du auch, was ich denke?«, fragt Abe mit grimmiger Stimme.

Ich nicke. »Besser, wir kommen in die Gänge und bezahlen sofort unsere Sachen. Wir werden sie brauchen.«

»Ich hole die Mädels. Du kümmerst dich darum, dass unser neuer Sonnenschein Lemon nicht ohne uns abhaut.«

Er saust auf das eine Ende des Ganges zu, während ich mich in entgegengesetzter Richtung aufmache. Als ich Lemon eingeholt habe, unterhält er sich gerade mit GS George an der Kasse.

»Achthundert Credits?«, fragt Lemon. »Sind Sie sicher, dass der Preis stimmt?«

»Absolut sicher«, lautet GS Georges Antwort.

»Aber ich habe nur achthundertzehn«, sagt Lemon.

»Tja, sind die Dinger es denn wert, dass du dafür fast dein ganzes Konto plattmachst?«, fragt GS George.

Nein. Erstens können wir unsere K-PADs als Walkie-Talkies benutzen. Zweitens kann man mit einem Turbo-

Talkie weder ein Feuer entzünden noch eines anfachen oder löschen – es sei denn, es ist mehr an dem Gerät dran, als Lemon verraten hat.

Warum will er es dann also haben? Vor allem wenn er sich dann nichts anderes mehr kaufen kann?

»Ja«, sagte Lemon. »Weg mit dem Zaster!«

Er erledigt seinen Einkauf. Abe, Gabby, Elinor und ich bezahlen ebenfalls. Im Handumdrehen sind wir wieder draußen und flitzen über das Schulgelände. Der Pavillon, in dem sich die Aula befindet, ist ungefähr eine halbe Meile vom Trouble-Shop entfernt. Zu Fuß dauert das normalerweise gut fünf Minuten, aber heute Abend brauchen wir viel länger. Denn anstatt uns an die geteerten Gehwege zu halten, gehen wir auf Nummer Sicher und bewegen uns im Schutz der Bäume.

Als wir den Pavillon erreichen, ist alles still, und das Gebäude liegt im Dunkeln. Sind wir zu spät?

»Lemon«, flüstert Abe. »Bist du sicher, dass die Party wirklich hier ...«

Bevor er seine Frage zu Ende bringen kann, ertönt ein lautes BUUUHM. Der Boden bebt. Aus den Aulafenstern erstrahlt urplötzlich Licht, als hätte drinnen jemand einen Schalter umgelegt. Der jähe, infernalische Krach wird von Musik abgelöst. Gejohle. Jubelrufe.

Abe und Lemon steuern auf den Eingang zu.

»Moment mal!«, ruft Gabby. Sie greift in ihre Troubleshop-Tüte, reißt eine Packung mit Glittertornado-Wimpernverlängerungen auf und befestigt die Dinger an ihren Augen. »Okay, auf geht's!«, sagt sie dann, nachdem sie mit einem Testblinzeln rasch noch einen kleinen Glitterschauer ausgelöst hat.

An Wände gepresst und uns im Schatten haltend, arbeiten wir uns nach drinnen vor. Jedes Mal, wenn die Musik und die Stimmen verebben, glaube ich, die Party sei zu Ende. Aber dann ertönt ein weiteres BUUUHM! Der Boden bebt, und Musik, Gejohle und Jubelrufe setzen wieder ein. Und zwar noch lauter als zuvor.

Als die Hauptbühne in Sicht kommt, ist die Party in vollem Gange. Und unser Verdacht bestätigt sich.

»Sind das nicht ...?«, beginnt Gabby, bevor ihre Stimme im Lärm untergeht.

»Krawallisten?«, vollendet Abe die Frage. »Ich wüsste nicht, wer sonst so versifft herumläuft.«

»Aber es sind so viele«, sagt Gabby.

Da hat sie recht. Wir kauern uns hinter ein niedriges Mäuerchen hinten im Zuschauerraum. Rasch scanne ich die Sitzreihen ab – und komme zu der Einschätzung, dass sich mindestens fünfzig Krawallisten von Krawall-City nach Kilter aufgemacht haben. Einige haben auf den Sitzen Platz genommen, aber viele stehen auch. Sie alle schauen zur riesigen Bühne.

»Wie kann es sein, dass wir keinen von denen hier in der Gegend gesehen haben?«, fragt Abe.

»Im Verstecken sind die wirklich gut«, sagt Elinor.

»Besser, wir sind's auch«, füge ich hinzu.
Denn die Krawallisten sind hinter uns her. Das wird völlig klar, als ein weiteres, wummerndes BUUUHM! erfolgt und das riesige Porträt unserer Mitschülerin Alison Parker auf dem Bildschirm erscheint, der an der Bühne von der Decke herabhängt. Dann ändert sich die Darstellung, und auf dem Schirm wechseln sich Videobilder von Alison ab, die sie beim Ärgermachen mit Trouble-Shop-Equipment auf dem Schulgelände zeigen. Mit jeder neuen Bildeinstellung wird das Gejubel und Gejohle der versammelten Krawallisten lauter. Auf dem letzten Screenshot sind Alisons Vorlieben und Abneigungen aufgelistet, ihre Troublemaker-Stärken und -schwächen sowie die Position der Hütte ihrer Eltern. Die Informationen verbleiben einige Sekunden auf dem Schirm, ehe dieser sich verdunkelt – und ein weiteres BUUUHM! ertönt.
Als Nächster ist Carter Montgomery dran. Gefolgt von Reed Jenkins. Natalie Warner. Liam Jones. Und vielen weiteren Mitschülern.
Schließlich wird der Schirm erneut dunkel und bleibt es auch. Ich denke schon, die Show ist vorbei.
Aber dann vernehme ich weiteres Gewummer. Zwar ist es leiser als der donnernde Sound, der zuvor jeden neuen Troublemaker angekündigt hat. Doch genauso furchterregend. Die Wummerstöße werden immer lauter und scheinen auf der Bühne hin- und herzuwandern.

Bis sie schließlich aufhören und ein Scheinwerfer aufflammt.
In dessen Lichtkegel Mr Bulldog höchstpersönlich auftaucht.
Mitten auf der Bühne stehend, brüllt er über die Rufe und das Geklatsche hinweg. »Das also sind sie! Einige von Kilters besten Troublemakern – und Krawall-Citys schlimmste Plage!« Eine Minute lang lässt er die Menge buhen und fauchen, dann hebt er die Hand. Kaum hat die Meute sich ein wenig beruhigt, brüllt er: »Sie alle verdienen unsere Aufmerksamkeit! Kein Troublemaker wird in diesem Sommer glimpflich davonkommen! Aber VIER von ihnen werden unseren Hass besonders zu spüren bekommen. Denn sie sind nicht nur schlimmer als schlimm, sondern einfach unerträglich!«
Bulldog wirft die Arme hoch. Eine Welle von Buhrufen – alle lauter als die zuvor – scheint die Aula bis in ihre Grundfesten zu erschüttern. Die Krawallisten schreien und stampfen mit den Füßen, als sich drei weitere Schirme von der Decke senken … und vier vertraute Gesichter darauf erscheinen.
Die von Abe, Gabby, Lemon und mir.
Elinor, die neben mir hockt, ergreift meine Hand.
»Was wollen die bloß?«, flüstert sie.
Die Antwort könnte nicht eindeutiger ausfallen.
»Rache.«

KAPITEL 20

STRAFPUNKTE: 1560

GOLDSTARS: 800

AN: sHinkel@Kilter-Akademie.org
VON: parsippany@wahoo.com
BETREFF: Verschlossene Lippen

Lieber Sam,
vielen herzlichen Dank für deine letzte Mail. Immer, wenn ich von dir höre, ist der Tag für mich gerettet.
Entschuldigung Nr. 1: Vermutlich hast du eine Mitteilung erhalten, dass deine letzte Mail mich nicht erreicht hat, weil meine Inbox nicht mehr existiert. Du musst ziemlich überrascht gewesen sein! Genau wie ich! Aber sie existiert zum Glück doch noch, auch wenn sie nun an eine andere Adresse gekoppelt ist. Da ich niemals habe verlautbaren lassen, dass ich nicht mehr für die Cloudview-Schulen arbeiten würde, nahm ich an, meine Mailadresse würde weiter bestehen. Ganz offensichtlich war das nicht

der Fall, und mein Account wurde ohne Vorwarnung deaktiviert. Auf jeden Fall möchte ich mich für die Konfusion entschuldigen. Ab sofort kannst du mich unter obiger Mailadresse erreichen.

Entschuldigung Nr. 2: Du hast gefragt, was ich damit gemeint habe, als ich sagte, dass Ehrlichkeit immer die beste Politik ist. Außerdem wolltest du wissen, ob ich jemals gelogen habe. Ich hätte mich in meiner letzten Mail deutlicher ausdrücken sollen.

Mit »Ehrlichkeit ist immer die beste Politik, außer wenn es mal nicht so ist« meinte ich einfach, dass es manchmal besser ist, die Wahrheit zu bearbeiten. Sie auf ein Minimum zu beschränken. Details auszulassen. Sie in etwas zu formen, das es dem Menschen, dem du sie erzählst, leichter macht, sie zu verarbeiten.

Nur mal ein Beispiel: Vor vielen Jahren hat sich meine Mutter ein neues Kleid gekauft. Es war limonengrün, zu kurz und mit viel zu vielen Rüschen. Bitte halte mich nicht für eine furchtbare Person … aber in dem Kleid sah sie aus wie eine Wurst.

Siehst du? Ich wette, du bist allein schon beim Lesen zusammengezuckt. Ich jedenfalls bin es eben beim Schreiben, und das, obwohl es schon Jahrzehnte her ist! Als meine Mutter mich gefragt hat, wie sie aussieht, habe ich mit »nett« geantwortet. Ich habe nicht »phantastisch« gesagt, denn das wäre definitiv eine Lüge gewesen. Also habe ich mich einer anderen Wahrheits-

version bedient. Was manchmal besser für alle Beteiligten ist.
Dies würde ich im Hinterkopf behalten, wann immer du versucht bist, Annika darüber aufzuklären, was du getan hast oder nicht oder wer du nun wirklich bist.
Ich hoffe, das beantwortet deine Fragen! Solltest du noch irgendwelche haben, nur keine Hemmungen!

Mit besten Grüßen
Ms Parsippany

P. S. Irgendwas Neues von Bartholomew John?

»Erde an Sam.«
Ich lasse mein K-PAD sinken. »Ich höre.«
»Wirklich«, antwortet Abe trocken. »Was hab ich denn gerade gesagt?«
»Erde an Sam.«
Gabby kichert, Elinor ebenfalls. Selbst Lemon, der vorn am Kanu paddelt und strampelt, wirft mir ein kurzes Grinsen zu.
»Okay, schönen Applaus eingeheimst, du Superkomiker«, sagt Abe. »Aber könnten wir jetzt bitte mal wieder ernst werden? Und den Plan besprechen?«
»Wir *haben* den Plan besprochen.« Gabby taucht ihren Plastikbecher in das Seewasser, das sich am Boden des Bootes sammelt. »Stundenlang. Gestern Abend. Und

heute Morgen. Wir stellen den Gegner. Gucken, was die wirklich draufhaben. Und schlagen zurück.«

»Ohne sie völlig fertig zu machen«, füge ich hinzu. »Weil Annika wünscht, dass wir sie weiter in Aktion beobachten.«

»Und du bist sicher, dass sie ihre Meinung nicht ändern würde?«, fragt Abe. »Vor allem, wenn sie das gesehen hätte, was wir gestern auf der Aulabühne mitbekommen haben?«

Mein K-PAD summt. Ich schaue in meinen Posteingang und sehe Annikas Namen aufploppen »Sie hat gerade gemailt. Also schreib ich gleich zurück, um zu berichten, was wir gesehen haben, und uns noch mal bestätigen zu lassen, dass wir am ursprünglichen Plan festhalten. Okay?«

»Großartig! Wunderbar! Prächtig! Toll! Außerordentlich! Herrlich!«

Eine Sekunde lang denke ich schon, dass Mystery was von unserer Unterhaltung mitbekommen hat und mir antwortet – obwohl Lemon erst so nah ans Ufer gekommen ist, dass seine Füße kaum den Grund berühren. Aber dann kapiere ich, dass unser mysteriöser Lehrer mit den Troublemakern im Kanu vor uns redet, denen er gerade ans Ufer hilft.

»Denn genau so ist dieser Tag!«, trällert er. »Großartig, wunderbar, prächtig, toll, außerordentlich und herrlich! Meint ihr nicht auch?«

»Ich müsste mir mal was von seinem Senioren-Vitamin-Superkonzentrat borgen«, sagt Abe. »Der Typ ist ja voll schräg drauf!«

Wir hüpfen aus dem Kanu, noch bevor es über den sandigen Grund schrammt, um Mysterys bizarrer Begrüßung zu entgehen. Kaum haben wir das Ufer erreicht, rennen wir zu unseren Lehrern, um die heutigen Aufgaben und Putzutensilien in Empfang zu nehmen. Für mich ist Wäschewaschen angesagt, wofür man mir ein Eimerchen mit Waschpulver, ein weiteres mit Bleichmittel sowie ein Fläschchen Weichspüler aushändigt.

»Und was soll ich damit machen?«, frage ich Houdini, nachdem er mir das ganze Zeugs aufgeladen hat.

»Siehst du dieses Sweatshirt?«, fragt er mich. »Ich habe es schon sechsunddreißigmal nachgekauft. Immer wenn es krass zu miefen anfängt, schmeiß ich es einfach weg und kaufe mir ein neues.«

Offensichtlich ist das seine ganz persönliche Art, mir zu sagen, dass er keine Ahnung hat, weil er sich mit so was wie Wäschewaschen nicht abgibt.

Ich danke ihm für die Sachen und drehe mich nach Elinor um. Sie steht ein paar Meter entfernt mit Abe zusammen. Sie scheinen in eine ernsthafte Unterhaltung verstrickt. Als Abe merkt, dass ich zu ihnen hinübersehe, winkt er mich heran.

»Elinor arbeitet heute mit mir zusammen«, verkündet er, als ich bei ihnen bin.

Ich blicke Elinor an. »Willst du das wirklich?«

»Sie will der Gruppe helfen«, antwortet Abe an ihrer Stelle. »Stimmt's?«

»Natürlich«, beginnt Elinor. »Aber ...«

»Sie hat Wischdienst. Die Böden bei meinen Eltern haben's wirklich nötig. Es wäre sehr hilfreich, wenn Elinor die heute mal ordentlich schrubben könnte.«

Ich mache Anstalten zu protestieren, aber Abe fängt mit Gewalt meinen Blick auf, und seine Augen sagen alles, was er nicht laut aussprechen möchte. Dasselbe nämlich, was er mir gestern Nacht noch geschrieben hat.

Und zwar, dass einer von uns in Bulldogs Troublemaker-Präsentation vor den Krawallisten in der Aula fehlte: Elinor. Wenn sie wirklich hier sind, um es uns allen heimzuzahlen, dass wir Elinor aus ihrer Schule befreit haben, hätte sie mit dabei sein müssen.

Wasser auf Abes Mühlen. Seiner Überzeugung nach ist sie es nicht, weil sie heimlich für die anderen arbeitet.

Eine Überzeugung, die ich nicht teile. Ich glaube immer noch nicht, dass Elinor falsch spielt. Aber Abe gibt nichts auf mein Urteil in Sachen Elinor. Und wenn ich klug wäre, würde ich einfach zulassen, dass er sie heute im Auge behält. All das sagen auch seine Augen. »Na schön«, sage ich, ehe ich mich an Elinor wende: »Melde dich, sobald du was brauchst.«

Sie ziehen davon. Lemon und Gabby sind auch schon weg wie die meisten anderen Mitschüler. Ich klaube meine Putzutensilien auf und mache mich auf den Weg.

Die Eimerchen mit Waschpulver und Bleichmittel sind ziemlich schwer. Aber im Vergleich zu meinem Kopf kommen sie mir federleicht vor, quillt mir der Schädel doch förmlich über vor lauter Gedanken. Hat Abe etwa recht? Könnte Elinor doch eine Art Spionin sein? Um so vielleicht bei ihrer Mutter zu punkten? Wie kommt es, dass ich meine Mom nicht mehr gesehen habe, seitdem wir hier sind? Verlässt sie das Haus etwa jeden Morgen schon vor Sonnenaufgang, um irgendwelche Topsecret-Aufgaben für Annika zu erledigen? Wie kommt es, dass Dad gar nicht schnell genug vor mir verduften kann? Was werden die Krawallisten mit uns anstellen, wenn sich ihnen die Chance bietet? Und warum hat Ms Parsippany auch diesmal kein Wort über ihren neuen Job verloren?

Ich bin so sehr in meine Gedanken vertieft, dass ich die Handzettel, die überall auf dem Sand herumliegen, erst bemerke, als einer davon unter meinem Sneaker klebt. Ich bleibe stehen, zerre den Zettel von meinem Schuh und lese.

KILTER-FAMILIEN!
LUST AUF PARTY?
DJ HOUDINI UND THE PUNKY FACULTY
ERWARTEN SIE ZUR 1. MEGA-KAMP-KILTER-STRANDFETE!

GENIESSEN SIE EINEN ABEND MIT MUSIK,
ESSEN, FEUERWERK UND
JEDER MENGE SPASS!
WO: KAMP-KILTER-STRAND
WANN: SAMSTAG, 20 UHR

Anmerkung:
Teilnahme obligatorisch – denn in Kamp Kilter ist
SPASS obligatorisch!

Eine Strandfete. Na, super. Während ich tonnenweise Sorgen mit mir herumschleppe, lassen meine Eltern es krachen.

Ich stopfe den Zettel in die Tasche und gehe weiter.

Am Fuß der langen Steiltreppe bleibe ich erneut stehen. Ich setze die Eimer im Sand ab, hole mein K-PAD aus der anderen Hosentasche und lese Annikas letzte Mail.

AN: sHinkel@Kilter-Akademie.org
VON: annika@Kilter-Akademie.org
BETREFF: Und?

Lieber Sam,
ich hoffe, ihr habt eure Shoppingtour genossen. Ist danach noch irgendwas Wichtiges passiert?

Annika

Ich schaue mich um. Ich will sichergehen, dass niemand – wie zum Beispiel Bulldog oder einer seiner kriminellen Kumpels – in der Nähe auf der Lauer liegt und versucht, auf mein Display zu spinxen, bevor er über mich herfällt. Die Luft scheint rein zu sein, und so drücke ich auf Antworten und fange an zu tippen.

AN: annika@Kilter-Akademie.org
CC: aHansen@Kilter-akademie.org; lOliver@Kilter-Akademie.org; gRyan@Kilter-Akademie.org; eNorris@Kilter-Akademie.org
VON: sHinkel@Kilter-Akademie.org
BETREFF: Re: Und?

Hi, Annika!
Es ist tatsächlich noch was passiert. Aber bevor ich dir davon erzähle, wollte ich dir einmal von Mr Tempest be-

richten. Er benimmt sich in letzter Zeit irgendwie merkwürdig. So, als wäre er richtig zufrieden und glücklich. Was vermutlich gut ist, aber ich dachte, du solltest es wissen, für den Fall, dass dem doch nicht so ist.
Zurück zum Thema – hier ein weiteres Update in Sachen Krawallisten. Nach unserem Einkaufstrip gestern Abend hörten wir einen Krach, der aus der Aula kam. Wir sind der Sache nachgegangen und stießen schließlich auf Dutzende von Krawallisten, die zu einer Art Info-Veranstaltung zusammengekommen waren – es ging um Abe, Lemon, Gabby, mich und alle anderen aus unserem Jahrgang.
Wir sind an dem Fall dran, um herauszufinden, was genau sie nun im Schilde führen. Willst du immer noch, dass wir sie stellen, ohne sie fertigzumachen?
Sag uns bitte Bescheid! Danke!

Sam

Ich drücke auf Senden. Kaum habe ich mich nach meinen Putzutensilien gebückt, als auch schon mein K-PAD summt.

AN: sHinkel@Kilter-Akademie.org
CC: aHansen@Kilter-akademie.org; lOliver@Kilter-Akademie.org; gRyan@Kilter-Akademie.org; eNorris@Kilter-Akademie.org
VON: annika@Kilter-Akademie.org
BETREFF: Re: Re: Und?

Danke für das Update. Geht bei den Krawallisten vor wie geplant, WENN DAFÜR ZEIT BLEIBT. Denkt daran: Eure Eltern haben Priorität!

Annika

Hm. Ich hab ja nicht erwartet, dass sie superbesorgt reagiert, weil wir aufs Korn genommen werden. Aber sie hat sich mit keiner Silbe zu dem Krawallisten-Treffen geäußert. Vielleicht wäre ich beleidigt, müsste ich mir nicht über zu viele andere Dinge den Kopf zerbrechen.
Ich verstaue mein K-PAD wieder in der Tasche, bevor ich meine Putzsachen aufnehme und die Steiltreppe hochsteige. Ich durchquere den Vorgarten und gehe die Verandastufen empor. Noch bevor ich die Tür erreiche, höre ich Dad im Haus vor sich hin pfeifen. Ich kauere mich unter ein Fenster und luge durch einen Spalt zwischen den Vorhängen. Dad sitzt mit dem Rücken zu mir auf der Couch. Der Wohnzimmertisch ist mit Büchern

und Blättern übersät, aber ich kann weder irgendwelche Buchtitel noch Wörter entziffern.

Denkt daran: Eure Eltern haben Priorität!

Annikas Ermahnung hilft mir, mich zu konzentrieren. Und auf einmal weiß ich genau, was ich zu tun habe.

Ich flitze die Verandastufen hinunter und laufe um die Hütte herum zur Rückseite, wo ich meine Sachen unter einem Busch verstecke. Schleiche über die Sonnenterrasse, klettere auf eine Brüstung und greife nach einem tiefhängenden Baumast. Hätte ich nur Ikes Kilter-Katcher dabei! Ich ziehe mich hoch und kämpfe mich im Eiltempo durch das Geäst nach oben. Wenig später erreiche ich ein Fenster im ersten Stock. Im Gegensatz zu allen anderen Fenstern ist es beschlagen. Und im Gegensatz zu allen anderen Fenstern steht es einen Spaltbreit offen. Dad macht nämlich immer das Badezimmerfenster auf, wenn er am Morgen duscht. Und zum Glück hat er diese Routine in Kamp Kilter nicht abgelegt.

Während ich mich mit einer Hand an den Ast kralle, lange ich mit der anderen nach vorne, um das Fenster weiter hochzuschieben. Als die Öffnung groß genug ist, schiebe ich mich Zentimeter für Zentimeter auf dem dicken Ast voran, krieche schließlich durchs offene Fenster – und lande mit einem dumpfen Rumsen auf dem Badezimmerboden.

Ich halte den Atem an. Warte.

Dad pfeift unten immer noch vor sich hin. Er hat mich nicht gehört.
Ich rappele mich wieder hoch und spähe vorsichtig in den Korridor und auf die Treppe. Die Luft ist rein. Gerade will ich mich in Bewegung setzten, als mein K-PAD summt. Ein rascher Blick aufs Display zeigt mir, dass es sich bei der neuen Nachricht um unsere tägliche Troublemaker-Aufgabe handelt. Ohne sie zu lesen, stecke ich das K-PAD wieder weg. Wenn unsere Eltern Priorität haben, kann das warten.
Unbemerkt schleiche ich die Treppe hinunter. Doch kaum habe ich zwei Schritte in Richtung Wohnzimmer gemacht, werde ich mit einer weiteren Ablenkung konfrontiert.
Moms Tagebuch. Es liegt auf dem Nachttisch im Schlafzimmer. Nur wenige Meter von mir entfernt.
Vorsichtig werfe ich einen Blick ins Wohnzimmer. Von Dad ist nichts zu sehen. Zu hören allerdings schon. Im Moment summt er vor sich hin. Aber es klingt nicht so, als hätte er sich von der Couch wegbewegt.
Ich beschließe, das Risiko einzugehen, und mache einen großen Satz ins Schlafzimmer meiner Eltern hinein. Ich gönne mir eine Sekunde, um meine lautlose Landung zu würdigen, bevor ich das Tagebuch schnappe und ein paar Jahre vorblättere.
Ich stoße auf einen Eintrag, der vor fünf Jahren geschrieben wurde, als ich acht war.

Heute gab es einen weiteren Vorfall. Sam und ich haben den Nachmittag im Park verbracht. Einige Kinder beschlossen, zusammen Verstecken zu spielen. Sam saß auf der Schaukel und schien damit zufrieden zu sein. Ich habe ihn ermuntert, sich dem Spiel anzuschließen.

Ich halte inne und lausche. Dad ist noch immer im Wohnzimmer und summt vor sich hin. Ich lese weiter.

Er fing an, mit den anderen zu spielen. Und eine Weile war alles in Ordnung.
Bis Sam suchen musste.
Ist es meine Schuld? Habe ich ihn zu sehr verhätschelt?
Denn kaum hat mein Sohn Bartholomew John unter einem Campingtisch aufgespürt und voller Freude seine Entdeckung verkündet, gab es Streit.
Bartholomew John beharrte darauf, dass er nicht gefunden worden sei, und stieß Sam um. Woraufhin er, statt auf seinem Triumph zu beharren, weinend zu mir gerannt kam.
Weh getan hatte sich Sam nicht, aber er schämte sich. Es brach mir das Herz. Und ich fühlte mich mies, weil er sich nicht stark genug fühlte, um sich durchzusetzen.
Es wird nicht leicht für mich sein. Aber was immer auch erforderlich sein mag, ich WERDE den Job erledigen.

Etwas weiter entfernt ertönt auf einmal ein Geräusch. Ich lege das Buch dorthin zurück, wo ich es gefunden habe, und pirsche mich auf Zehenspitzen zur Zimmertür. Als ich vorsichtig um die Ecke schaue, sehe ich Dad auf mich zukommen. Hastig ziehe ich den Kopf ein.

Seine Schritte verstummen. Ich beuge mich vor.

Die Tür des Garderobenschranks, die bisher immer verschlossen war, steht nun offen. Dads Po ragt hinter der Tür hervor, während er sich niederbeugt und im Schrankinneren herumwühlt. Das tut er fast eine Minute lang, bevor er sich wieder aufrichtet.

»So, alter Junge«, ruft Dad aus und klopft sich auf den Bauch. »Der da braucht Nachschub. Zeit, was zu futtern!«

Gut. Er geht also in die Camp-Cafeteria. Gleich kann ich weiter in Moms Tagebuch lesen – und herausfinden, wie man an diesen Wandschrank kommt.

»Was darf's denn heute Morgen sein?«, höre ich Dad fragen, während er sich über den Korridor entfernt. »Speck? Eier? Cheeseburger mit Pommes?«

Mir wird ganz flau, als ich gleich darauf höre, wie er den Kühlschrank auf und zu macht und anschließend mit Töpfen und Pfannen herumscheppert. Er macht sich das Frühstück selbst. Was bedeutet, dass er die Hütte nicht verlassen wird.

Auf jeden Fall beantwortet das schon einmal *eine* Frage. Ebenso wie an den anderen Tagen ist Mom nicht hier.

Wäre sie's, würde sie kochen – und zwar etwas Fettarmes, Gesundes.

Was tun? Dad aus sicherer Distanz weiter hier im Haus beobachten? Oder wieder nach draußen schleichen, an die Tür klopfen, als wäre ich gerade erst gekommen, und schauen, was er macht?

Ich denke darüber nach und entscheide mich dann für eine dritte Variante.

Für das Spiel mit dem Feuer. Allerdings nicht so, wie Lemon es macht (oder früher immer gemacht hat), sondern auf die Art und Weise, wie ich es nach Moms Willen würde machen sollen.

Ich spähe den Korridor hinunter. Die Luft ist rein, und so tipple ich auf Zehenspitzen aus dem Schlafzimmer.

»Echter Ahornsirup!«, ruft Dad plötzlich begeistert aus, was mich veranlasst, einen Satz in die nächste offene Tür zu machen. »Aus in Kamp Kilter gewonnenem Baumsaft! Lecker!«

Pfeifend fährt er fort, mit Töpfen herumzuklappern, während ich weiterschleiche.

An der Schranktür bleibe ich lächelnd stehen. Dad hat sie offen gelassen. Ich muss nicht mal den Knauf drehen und mir einen Kopf machen, dass ein verräterisches Klicken Dads Aufmerksamkeit erregen könnte.

Vorsichtig ziehe ich die Tür ganz auf. Und mir vergeht das Lächeln.

Was ich für einen Garderobenschrank gehalten habe, ist

in Wirklichkeit gar keiner. Es mag einmal einer gewesen sein, aber jetzt enthält er keine Mäntel. Oder Badetücher. Oder irgendwas von dem, was man in Garderobeschränken üblicherweise aufbewahrt.

Auf dem Schrankboden sind Bücher gestapelt. Allerdings keine Literaturklassiker oder Fachbücher zum Thema Buchhaltung, bisher die einzigen Bücher, die ich Dad jemals habe lesen sehen. Ich stoße auf Titel wie *So tanzt Ihr Kind nicht aus der Reihe*, *Wie Sie Ihren Sohn sabotieren* und *101 Regeln elterlicher Macht*.

Außerdem finde ich Merkblätter mit Überschriften wie *Populäre Drogen und Slangausdrücke*, *Die zehn gebräuchlichsten Kinderlügen* oder *Machen Sie Ihr Leben kindersicher*. Einige dieser Schriften kleben an der Innenseite der Tür, und einzelne Sätze daraus sind mit Textmarker hervorgehoben. Beim raschen Überfliegen sehe ich, dass zwei Sätze am häufigsten vorkommen und gemarkert worden sind:

WOLLEN SIE EINEN ENGEL?
DANN SEIEN SIE DER TEUFEL!

Diese provozierende Parole findet ihre symbolische Unterstreichung durch weitere Gegenstände, die ich im Schrank finde. Wie zum Beispiel Flügelschwingen aus weißen Federn, die ebenfalls an die Tür geklebt sind. Es gibt große Flügel. Kleine Flügel. Glitterflügel.

Flügel, die zu flattern beginnen, wenn man einen Hier-drücken-Knopf betätigt, der die Flügelhälften zusammenhält.

Oder Ringe. Kleine Ringe. Glitterringe. Ringe, die leuchten, wenn man auf einen entsprechenden Knopf drückt. Ein paar von ihnen haften ebenfalls an der Innenseite der Schranktür. Einige baumeln am Türknauf, wieder andere halten Bündel von Merkblättern zusammen. Meiner Vermutung nach handelt es sich um Heiligenscheine. Wie sie Engel tragen.

Und ich. Beziehungsweise der Engel, der ich unbedingt sein soll.

Mir ist augenblicklich klar, dass ich das Ziel dieser Selbsthilfe-Anleitungen bin – wegen des größten Gegenstandes, den der Schrank birgt.

Eine lebensgroße Pappfigur. Von mir: Sam Hinkel. Hergestellt vom Foto, das Dad immer in seiner Brieftasche mit sich führt und das er letztes Jahr gemacht hat, als wir zusammen beim Minigolf waren und ich mein allererstes Hole-in-one geschafft habe. Die Pappfigur schwingt sogar den Schläger über den Kopf, genauso wie ich es getan habe, als der Ball mit einem einzigen Schlag ins Loch ging.

Der einzige Unterschied zwischen der Figur und dem Originalfoto besteht … in einem goldenen 3-D-Heiligenschein, der auf dem Kopf der Pappfigur sitzt.

»Hallo?«

Dad. Ich bin so baff, dass ich fast vergessen habe, wo ich bin.

»Okay. Kapiert. Ja, bin gleich da.«

Ich höre Schritte. Ein Wasserhahn wird aufgedreht. Wasser läuft. Dann ein lautes Zischen.

Mit klopfendem Herzen trete ich zurück und lasse die Wandschranktür zuschwingen. Sie schließt sich mit einem Klick. Auf Zehenspitzen flitze ich von der Küche weg den Korridor hinunter. Doch dann fällt mir ein, dass ich die Schranktür leicht angelehnt vorgefunden habe. Ich kehre um und sprinte auf Zehenspitzen zurück.

Kaum bin ich am Wandschrank, höre ich, wie sich eine andere Tür öffnet und rasch wieder schließt. Das Geräusch scheint aus dem Wohnzimmer gekommen zu sein, genauer gesagt von der Vordertür.

Auf einmal ist es totenstill im Haus – sieht man einmal von meinem Puls ab, der mir in den Ohren hämmert.

Die Chance zum ungestörten Herumschnüffeln! Aber Dads Stimme, die ich noch im Ohr habe, hält mich davon ab.

Hallo?

Okay. Kapiert. Ja, bin gleich da.

Er hat ernst geklungen. In Eile.

Ich laufe den Korridor hinunter und schaue in die Küche. Auf dem Tresen liegen Eierschalen, eine angebrochene Speckpackung und ein Ahornsirup-Fläschchen. Dampf steigt aus einer Pfanne in der Spüle empor, in die Dad eben kaltes Wasser gelassen hat.

Ich stürme so schnell aus dem Haus, wie meine kurzen Beine mich tragen. Aber Dad ist schneller. Ich habe gerade erst den Vorgarten erreicht, da macht er sich schon an den Treppenabstieg zum Strand.

Ich renne weiter. Lasse die Beine wirbeln. Schwinge die Arme vor und zurück. Versuche, meinen Atem unter Kontrolle zu halten, damit Dad mich nicht hinter sich herkommen hört, schnaufend wie eine Dampflokomotive. Komme schlitternd vor der obersten Treppenstufe zum Halten, bevor ich über die Kante gesaust und die Steiltreppe hinuntergefallen wäre. Dann steige ich so leise wie möglich die Stufen hinab.

Dad blickt sich nicht einmal um. Soweit ich es beurteilen kann, hat er keine Ahnung, dass er beschattet wird. Dabei verfolge ich ihn keineswegs wie ein lautloser, unsichtbarer Super-Ninja. Ich gerate einige Male ins Stolpern und Straucheln, stoße mir den Zeh, schlage mit dem Knie auf und muss mir den einen oder anderen Schmerzensschrei verkneifen. Dass er trotzdem nichts merkt, hängt vermutlich mehr mit der Tatsache zusammen, dass er nur darauf fixiert ist, sein Ziel zu erreichen.

Unglücklicherweise habe ich keine Ahnung, worum es sich dabei handelt. Oder ob er es überhaupt erreicht. Denn beim Versuch, noch schneller zu werden, überspringe ich die letzten drei Treppenstufen, komme hart auf dem Sand auf und verdrehe mir den Knöchel. Ein stechender Schmerz durchfährt mich, und ich kneife die Augen zusammen. Als ich sie wieder öffne, ist Dad nirgends mehr zu sehen.

Ich folge seiner Fußspur, aber die Guten Samariter harken gerade den Sand, damit er für die Sonnenanbeter schön glatt ist. Also verliert sich Dads Spur auf halber Strecke den Strand hinunter.

»Entschuldigen Sie?«, wende ich mich an den erstbesten Guten Samariter. »Haben Sie gerade einen Mann hier entlangrennen sehen? Mit einem Wackelbauch? In Pennyloafern und mit einem Kugelschreiber in der Brusttasche?«

»Nö«, sagt der GS. »Tut mir leid.«

Als ich mich umschaue, entdecke ich einen Pfad, der vom Strand wegführt. Den Pfad, den Dad zuerst erreicht hätte. Also steuere ich geradewegs darauf zu.

Nach einer viertel Meile werde ich von einer vertrauten Stimme aufgehalten. Die leise vor sich hin singt und aus dem Bastel- und Handarbeitspavillon kommt.

Weder bastelt Dad noch macht er Handarbeit. Genauso wenig wie Mom.

Daher haut es mich fast um, als ich zum Pavillon gehe, durch die offene Tür spähe und Mom erblicke, umgeben von Stoffballen, Schleifen und Garnspulen. Um Gleichgewicht bemüht, kralle ich mich an den Türrahmen und

verfolge das Ganze wie eine Szene in einem völlig abgedrehten Kinofilm.
Ich bin einmal mehr baff. Nicht nur, weil Mom an etwas näht, bei dem es sich um die größte Decke der Welt zu handeln scheint. Oder weil sie das Schlaflied singt, mit dem sie mich früher immer ins Bett gebracht hat und das ich seit Jahren nicht mehr gehört habe.
Vielmehr ist es die Tatsache, dass sie dabei weint.

KAPITEL 21

STRAFPUNKTE: 1760

GOLDSTARS: 800

»Was ist *das*?«

»Ähm, ein Kleid?«

»Warum hat es einen Schwanz?«

»Es hat keinen Schwanz. Das ist eine Schleppe. Die schönste strassbestickte Seidenschärpe aller Zeiten! Darin sehe ich wie eine Schönheitskönigin aus, findest du nicht?«

»Ich finde, darin siehst du eher wie ein Känguru in einer Zuckerwatte-Maschine aus.«

»Ein Känguru? Ich *liebe* Kängurus! Das sind die süßesten, reizendsten Tiere auf der ganzen Welt! Danke, Abe!«

»Würg, bitte nicht ... warum musst du denn ... Okay. Wow. Siehst stark aus.«

»Abe«, sage ich. »Sehe ich da etwa ein Lächeln?«

Schlagartig senken sich seine Mundwinkel. »Nee, Hinkel. Du siehst einen Typen, der verzweifelt nach Luft ringt.«

Gabby beugt sich herab und verpasst ihm einen lauten Schmatzer auf die Wange, die sich augenblicklich rot verfärbt. Dann löst sie den Klammergriff um seine Brust, hüpft hinüber zu einem Wandspiegel und zupft an ihrem Pony herum.

Abes Mundwinkel machen Anstalten, sich wieder zu heben – bis er merkt, dass ich ihn beobachte. Stirnrunzelnd reibt er sich daraufhin mit einer Hand über seine rotgefleckte Wange.

»Weiß gar nicht, warum ihr alle so ein Gewese um das Ganze macht«, brummt er. »Ist doch nur 'ne Party.«

»Ganz genau«, sagt Gabby. »Eine Party. Mit Musik, Tanzen und einem Feuerwerk! Wenn das kein guter Grund ist, sich mal aufzubretzeln, weiß ich's auch nicht.«

Abe will noch etwas sagen, aber dann verkneift er es sich. Vermutlich, weil niemand ihm befohlen hat, eine schicke Khakihose und ein blaukariertes Button-Down-Hemd anzuziehen – alles frisch gebügelt – und er es dennoch gemacht hat. Es ist ganz offensichtlich, dass auch er gut aussehen will. Vielleicht sogar für Gabby, selbst wenn er das niemals zugeben würde.

Ich trage graue Hosen, mein weißes Lieblingspoloshirt und die grauen Converses, die Mom mir letzten Sommer gekauft hat und die ich nach Kamp Kilter mitgenommen habe, für alle Fälle. »Unsere Eltern werden da sein«, sagt

Lemon, als er in den Raum geflitzt kommt. »Und unsere Geschwister. Wenn *das* kein guter Grund ist, sich herauszuputzen, dann weiß ich's auch nicht.«

Abes Kiefer klappt nach unten. Ebenso wie meiner. Und Gabbys.

»Alter!« Abe findet als Erster die Sprache wieder. »Ist das an deinem Hals etwa eine Krawatte?«

»Und das da in deinen Haaren ... Gel?«, fragt Gabby und streckt die Hand aus, um es zu betasten.

»Und echte Schuhe?«, frage ich.

Lemon weicht Gabbys Hand aus und schubst sie ein bisschen zur Seite, um Platz vor dem Spiegel zu bekommen.

»Tut mir leid, dass ihr auf mich warten musstet.«

Wieder klappt uns allen der Kiefer runter. Verblüfft starren wir auf Elinor, die in der offenen Wohnzimmertür steht.

Gabby erholt sich als Erste. Unter begeistertem Kreischen und Händeklatschen stürzt sie schnurstracks auf ihre Freundin zu. »Du siehst phantastisch aus!«

»Findest du?«, sagt Elinor und blickt an sich herunter. »Es ist total nett von dir, dass du mir eins deiner Kleider geliehen hast ... Eigentlich trage ich keine Kleider, und deshalb komme ich mir darin ein bisschen komisch vor.«

»Vertrau mir«, erwidert Gabby. »Es! Sieht! Umwerfend! Aus!«

»Ist 'n sehr schönes Kleid«, sagt Lemon.
»Nicht übel«, versichert Abe, was aus seinem Mund das ultimative Kompliment ist.
Ich würde ihr gerne auch eines machen, wenn ich denn ein Wort herausbekäme. Aber es will mir einfach nicht gelingen, und so kann ich nichts weiter tun, als sie anzustarren.
Denn Elinor sieht in dem ärmellosen türkisfarbenen Kleid und mit ihren langen roten Haaren, die ihr lose über die Schulter fallen, besser aus als jemals zuvor. Wenn Dad auf der Suche nach einem Engel ist: Hier steht er. Flügel und Heiligenschein überflüssig.
»Wir müssen los.« Abe springt von der Couch auf. »Die Party fängt bald an.«
Wir brechen auf und versammeln uns im Fahrstuhl.
»Ich finde es toll, dass Annika uns eingeladen hat«, sagt Gabby auf der Fahrt nach oben. »Ursprünglich war die Party doch nur für unsere Eltern und Geschwister gedacht, oder?«
»Gut, dass Hinkel sie davon überzeugt hat, dass es für uns eine super Chance wäre, die Eltern in Aktion zu beobachten. Schließlich haben wir sie seit Tagen kaum zu sehen gekriegt«, sagt Abe.
Stimmt. Wie sich nämlich herausgestellt hat, war es für meine Freunde in den letzten Tagen alles andere als leicht, Informationen zu sammeln. Denn auch ihre Eltern haben sich gleich verzogen, wenn ihre Kids zum

Putzen kamen. Das habe ich Annika berichtet und vorgeschlagen, unsere Familien in einer lockeren Atmosphäre – zum Beispiel bei einer Strandparty – zu beobachten, wenn sie unachtsamer sind. Vielleicht würde uns das helfen, mehr herauszufinden.

Sie war einverstanden und hat noch am selben Abend eine Einladung an sämtliche Troublemaker verschickt – mit der Bitte allerdings, unseren Eltern nichts von unserer geplanten Teilnahme zu sagen. Sie hofft, dass der Überraschungseffekt zu unseren Gunsten arbeiten wird.

»Also«, beginnt Gabby, als der Fahrstuhl abbremst und zum Halten kommt, »ich hoffe nicht, dass das Ganze nur Arbeit und kein Vergnügen ist. Ich bin ganz versessen darauf zu tanzen!«

Die Fahrstuhlstür öffnet sich. Gabby hüpft heraus. Lemon und Abe folgen ihr.

Elinor und ich rühren uns nicht vom Fleck. Irgendwie scheint sie darauf zu warten, dass ich etwas sage oder tue. Nach ein paar Sekunden sprechen wir plötzlich gleichzeitig.

»Du siehst echt schön aus.«

Wir lachen.

Ich weise auf die Tür. »Nach dir.«

In Windeseile verlassen wir den Fahrstuhl und flitzen aus unserer Zeltattrappe hinaus an den Strand.

Ein Boot wartet auf uns. Es ist zehnmal so groß wie das

Kanu, das wir normalerweise zum Überqueren des Sees nehmen – und in viel besserem Zustand. Dutzende von Troublemakern sind bereits an Bord. Nicht einer ist dabei, Wasser aus dem Boot zu schöpfen, und das Gefährt hält sich problemlos über Wasser.

Während ich Elinor die Rampe zum Boot hinauf folge, muss ich daran denken, wie froh ich doch bin, dass Abe sie neulich zur Hütte seiner Eltern mitgenommen hat. Noch am gleichen Abend hat er mir berichtet, dass nichts Verdächtiges festzustellen war, obwohl er sie wie ein Falke im Auge behalten hat. Was noch nicht heißen muss, dass er ihr vertraut oder sie im Ä-Team willkommen heißen würde. Aber zumindest hat es ihn ein bisschen von seinem Verfolgungswahn abgebracht.

Und außerdem bin ich völlig Gabbys Meinung. Hoffentlich wartet nicht nur Arbeit auf uns. Ich hätte nichts dagegen, zusammen mit meinen Freunden einfach nur Spaß zu haben. Ohne mir einen Kopf zu machen wegen meinen Eltern oder den Krawallisten.

Der Abend beginnt vielversprechend. Sobald der letzte Troublemaker an Bord ist, stechen wir in See. Die Sonne wandert dem Horizont entgegen, und der blaue Himmel nimmt ein gedämpftes goldfarbenes Licht an. Einige Kellner servieren Gläser mit Limonade und Eistee. Andere tragen Tabletts mit Erdnüssen, Salzgebäck, Chips und Dips herum. Musik erklingt. Wir unterhalten uns und lachen mit unseren Mitschülern.

Es ist schön. Normal. Fast vergesse ich, wohin die Fahrt geht und welchem Zweck sie dient.

Aber dann legt das Boot an. Die Musik verstummt, und alles fällt wieder auf mich ein.

»Sind wir zu früh?«, höre ich Gabby sagen.

»Oder schon zu spät?«, überlegt Lemon.

»Sind wir überhaupt am richtigen Strand?«, fragt Abe.

»Da ist ja die Band«, sagt Elinor. »Und unsere Lehrer.«

»Aber wo sind unsere Eltern?«, frage ich.

»Egal, dann bleibt mehr Essen für uns!«, ruft ein Junge, bevor er die Rampe hinunterstürmt.

Der Strand hat sich definitiv in eine Partyzone verwandelt. Ich sehe Luftballons und Luftschlangen, brennende Petroleumfackeln, Campingtische. Bestimmt ein Dutzend Kilter-Köche stehen hinter diversen Grillstationen. Es gibt Snack- und Getränkestände, und aus riesigen Lautsprechern wummert laute Musik. Aber abgesehen von den Kamp-Mitarbeitern, den Lehrern und uns Troublemakern sind keine weiteren Gäste zu entdecken.

»Hey, ho!« DJ Houdini steht hinter einem großen Plattenteller, in der einen Hand ein Mikrophon, in der anderen einen Kopfhörer, den er sich ans Ohr hält. »Willkommen zu Kamp Kilters erster Strandfete! Bedient euch mit Fressalien und tut euch keinen Zwang an beim Chillen und Abzappeln.« Er legt das Mikrophon ab, um es gleich wieder aufzunehmen. »Aber was immer ihr auch macht, bringt euch *nicht* in Schwierigkeiten.«

»Ob er die Warnung wohl nur wegen unserer Eltern ausgesprochen hat?«, fragt mich Abe.

»Vermutlich«, antworte ich. »Bloß, dass sie nicht in der Nähe sind, um sie zu hören.«

Er wirft einen Blick auf seine Armbanduhr. »Die Party hat um acht angefangen. Wir sind fünfzehn Minuten zu spät. Sollen wir uns aufteilen und in ihren Hütten nachsehen?«

»Lass uns erst Annika fragen«, sage ich. »Vielleicht weiß sie etwas, was wir nicht wissen.«

»Hey, guck mal, voll die Party-Queen, was?« Ich blicke an ihm vorbei zur sandigen Tanzfläche, wo Gabby bereits barfuß vor sich hin tänzelt und herumhopst. Entweder merkt sie nicht, dass keiner außer ihr tanzt, oder es ist ihr egal.

»Nicht übel«, sage ich. »Wenn das mit dem Singen nichts wird, macht sie vielleicht mal Karriere als Tänzerin.«

»Wäre ein viel leiserer Job«, erwidert Abe, der Anstalten macht, sich zu ihr zu begeben. »Das werd ich ihr gleich mal vorschlagen, während du Annika auftreibst.«

»Es scheint ihr richtig Spaß zu machen.«

Ich drehe mich um und sehe Elinor dicht hinter mir stehen.

»Willst du nicht auch tanzen?«, fragt sie.

»Mit dir?«

Sie nickt.

»Vielleicht etwas später«, erwidere ich und bereue

die Worte, kaum dass ich sie ausgesprochen habe. »Ich muss vorher nur noch was erledigen.«

»Ich warte hier.«

Ohne große Lust suche ich den Strand nach Annika ab. Neben Houdini entdecke ich auch Samara, Wyatt, Devin und Lizzie. Lachend unterhalten sie sich, während sie sich das Essen und die Getränke schmecken lassen. Sie scheinen nicht besorgt darüber zu sein, dass keiner der eigentlichen Partygäste aufgetaucht ist. Vielleicht ist es besser, sie nicht nach Annikas Verbleib zu fragen. Deshalb gehe ich hinter einem Baum in Deckung und hole mein K-PAD hervor.

AN: annika@Kilter-Akademie.org
VON: sHinkel@Kilter-Akademie.org
BETREFF: Fehlende Partygäste

Hi, Annika,

das Ä-Team und die anderen Troublemaker sind gerade auf die Party gekommen. Unsere Lehrer und die Kamp-Kilter-Angestellten haben sich wieder einmal selbst übertroffen – alles sieht super aus!

Nur eine Frage: Wo sind unsere Eltern? Auf den Einladungszetteln stand doch, dass die Teilnahme obligatorisch ist, deshalb frage ich mich, wo sie nun stecken. Hatten sie vorher noch eine andere Veranstaltung? Die vielleicht länger dauert?

Bitte antworte mir so schnell wie möglich. Abe, Lemon, Gabby, Elinor und ich wollen nur sicher sein, dass wir unseren Job richtig machen!
Danke!

Sam

Ich drücke auf Senden. Annika schreibt augenblicklich zurück.

AN: sHinkel@Kilter-Akademie.org
VON: annika@Kilter-Akademie.org
BETREFF: RE: Fehlende Partygäste

Lieber Sam,
es war richtig von dir, mir zu schreiben. Eure Eltern sollten dort sein – und nirgendwo sonst. Rühr dich nicht von der Stelle. Ich werde eure Lehrer veranlassen, sie ASAP aufzuspüren.

Annika

Ich stecke mein K-PAD weg und trete hinter dem Baum hervor. Als ich mich Richtung Tanzfläche in Bewegung setze, sehe ich, wie Houdini, Lizzie, Samara, Wyatt, Fern und Devin allesamt aufspringen und ihre K-PADs checken. Dann stellen sie wie beiläufig ihre Teller und Glä-

ser ab, schlendern zum hinteren Strandbereich – und verschwinden schleunigst im Wald.
Zum Glück hat Houdini seine DJ-Aufgaben einem Guten Samariter übertragen, so dass wir weiter Musik haben. Was bedeutet, dass ich gleich mit Elinor tanzen werde.
Ich frage mich, ob der neue DJ Musikwünsche annimmt. Ob ich was wünschen soll? Vielleicht etwas Sanfteres? Für Elinor und mich?
»Erwischt!«
Wer auch immer das sagt, hat recht. In der einen Sekunde gehe ich noch über den Strand und schaue zu Elinor. Und in der nächsten hänge ich schon in der Luft und glotze auf ein riesiges silberfarbenes K.
»Das hast du nicht kommen sehen, was?«
Ich stecke in einer Art Netz, zusammengepresst wie Play-Doh-Knete in der Dose. Aber kaum habe ich die vertraute Stimme erkannt, entspannen sich meine Muskeln.
»Überhaupt nicht«, sage ich.
Ich höre etwas piepen. Das Netz senkt sich. Als mein Hintern auf eine harte Oberfläche rumst, lockern sich die Maschen, und das Netz fällt von mir ab. Ich sitze mitten im Wald auf dem Boden.
Ich muss grinsen. »Hi, Ike.«
»Hey.« Mein Tutor grinst zurück. »Hoffe, ich hab dich nicht bei irgendwas gestört.«

»Nö.« Ich ducke den Kopf, während ich aufstehe, denn bestimmt werde ich knallrot. »Aber was hast du da Schönes? Ich glaube, das hab ich noch nicht gesehen.«

Ein weiteres Piepen ertönt. Das Netz bewegt sich in die Höhe und dehnt sich in die Länge. Schnüre schießen aus beiden Enden und schlingen sich jeweils um einen Baumstamm. Als die Aktion abgeschlossen ist, sieht das Ganze wie etwas aus, in dem ich sofort abhängen möchte.

»Der *Kilter-Hängematten-Launcher*«, klärt Ike mich auf. »Konstruiert, um sich arglose Nickerchen-Macher zu schnappen.«

»Ich hab kein Nickerchen gemacht«, sage ich. »Ich bin gegangen.«

»Und hast dabei so wenig auf deine Umgebung geachtet, dass du ebenso gut hättest schlafen können.« Bevor ich etwas einwenden kann, fragt er: »Bereit für eine schnelle Lektion?«

»Aber immer doch.«

Er hält eine Ananas in die Höhe. Ein lila Cocktailschirmchen steckt oben in der Frucht. Ike bewegt das Schirmchen nach rechts, und die Hängematte zieht sich zusammen. Er bewegt es nach links, und das Ding entspannt sich wieder. Als er auf die Schirmchenspitze drückt, lösen sich die Schnüre von den Stämmen, und das elastische Gewebe formt sich zu einem sackartigen Gebilde, das am oberen Ende sogleich von besagten Schnüren zusammengeknotet wird. All das dauert kaum mehr als zwei Sekunden. Gleich darauf drückt Ike erneut auf die Schirmchenspitze, und der Sack plumpst auf den Boden.

»Es ist ziemlich einfach«, erklärt er. »Und wie du gerade selbst erfahren hast, muss sich dein Ziel nicht unbedingt in der Hängematte befinden, damit es funktioniert. Obwohl das natürlich am einfachsten ist und besonders nett, wenn die Beute geradewegs in deine Falle tappt. Aber wenn das nicht passiert, benutzt du einfach das in die Ananas eingebaute Radarsystem zur Zielerfassung und zum Feuern. Der Hängematten-Launcher erledigt den Rest.« Er sieht mich an. »Willst du mal versuchen?«

»Na klar.«

Er reicht mir die Ananas. Ich fummle ein paar Minuten an dem Schirmchen herum, um den Dreh rauszukriegen.

Dann weist Ike auf einen großen Stein in der Nähe. »Dafür würde ich dir zwanzig Strafpunkte geben.«

Ich nehme mein Ziel aufs Korn und drücke einen Knopf auf der Unterseite der Ananas. Ein dünner, silberfarbener Lichtstrahl kommt herausgeschossen. Als er die Mitte des Steins trifft, gibt die Ananas einen Piepton von sich, und ich drücke auf die Schirmchenspitze. Der Hängematten-Launcher schießt auf den Felsen zu, hebt ihn in die Höhe und faltet sich drum herum. Die Schnüre

verknoten sich, und in der nächsten Sekunde schlägt der Stein, der nun im provisorischen Sack steckt, bereits wieder auf dem Boden auf.
»Netter Job«, sagt Ike. »Wie wär's mit dreißig Strafpunkten für den Busch da hinten?«
»Äh, obwohl der in der Erde verwurzelt ist?«
»Yep.«
»Kein Problem«, sage ich zuversichtlicher, als mir wirklich zumute ist.
Aber der Hängematten-Launcher enttäuscht mich nicht. Es sind zwar ein paar Joystick-Justierungen erforderlich. Aber nicht lange, und der Busch wird aus dem Boden gerissen, um schon im nächsten Augenblick auf die Erde zurückzuplumpsen.
»Ich werde ihn gleich wieder einpflanzen«, sage ich.
Ike nennt mir fünf weitere Ziele. Ich erwische sie alle, jedes schneller als das vorherige, und als wir fertig sind, habe ich zweihundert Strafpunkte eingesackt.
»Beeindruckend wie immer«, lobt Ike. »Und jetzt solltest du zurück zur Party.«
Die Party. Elinor. Meine Eltern. Ich glaube nicht, dass ich allzu lange weg war. Aber ich war so auf den Unterricht konzentriert, dass ich gar nicht so sicher bin. Hoffentlich habe ich nichts Wichtiges verpasst.
»Ist vermutlich 'ne gute Idee«, sage ich. »Aber kann ich dich noch was fragen, bevor ich gehe?«
»Was du willst.«

Ich hole tief Luft. »Weißt du noch? Neulich, während unseres Trainings in den Bäumen? Da hast du etwas gesagt, über das ich mir seitdem die ganze Zeit Gedanken mache.«
»Wie es sein kann, dass Donuts ein besseres Frühstück abgeben als Fischstäbchen mit Ahornsirup?«
»Nee, obwohl ich das auch nicht kapiere.« Ich lächle ihn kurz an. »Aber ich rede von dieser anderen Sache. Als du gesagt hast, ich sollte ...«
»Sam!«
Mein Mund klappt zu. Ich schaue Ike an. Der wiederum auf mein K-PAD blickt, das aus meiner Hosentasche hervorlugt.
»Erde an Sam! Hallo? Bist du da? Geh ran! *Sofort!*«
Ich zerre das K-PAD hervor. Auf dem Display blinkt eine V-Chat-Anfrage von Abe vor sich hin. Die laute, entsetzte Stimme, die mich eben angeblafft hat, gehört ihm.
Ich akzeptiere die Anfrage. Die Videoübertragung wird aktiviert. Und augenblicklich habe ich vergessen, was ich Ike hatte fragen wollen. Denn auf einmal bin ich zu nichts anderem mehr fähig, als mit weit aufgerissenen Augen auf den Schirm zu starren.
Von wo aus Mr Bulldog zurückstarrt ...

KAPITEL 22

STRAFPUNKTE: 1760

GOLDSTARS: 800

»Ähm, Leute? Ich weiß nicht, wie lange ich es noch aushalte.«

»Nur noch ein paar Minuten, Gabby«, sage ich. »Bitte. Wenn's irgendwie geht.«

»Aber ich habe seit elf Minuten nicht mehr geblinzelt. Hier drin ist es ganz schön staubig, und meine Augen geben gleich auf.«

»Dann blinzle«, rät Abe. »Gönn deinen Augen eine halbe Sekunde Pause. Und dann mach weiter.«

»Geht nicht. Wenn ich sie schließe, wird die Verbindung unterbrochen.«

Während Gabby ihre Augen weiter tapfer geradeaus gerichtet hält, stellt Elinor sich direkt hinter sie.

»Du bist gar nicht in einem staubigen Schuppen«, sagt sie in Gabbys Ohr. »Sondern in einem wunderschönen, glitzernden, funkelnden Einkaufszentrum.«

Gabbys Augen weiten sich ein wenig.
»Du schlenderst an all den schönen Läden vorbei«, fährt Elinor fort. »Bis du zu deinem Lieblingsgeschäft kommst ...«
»Freche Fummel?«, fragt Gabby.
»Ja«, bestätigt Elinor. »Du bleibst stehen. Da ist ein Kleid im Schaufenster. Es ist so wunderhübsch, dass du die Augen gar nicht davon losreißen kannst.«
Gabby nickt langsam, immer noch starr geradeaus blickend. »Ja. Ja, ich *seh* es. Da ist ein langes blaues Kleid. Und ein Gürtel mit Saphiren. Und ...«
Gabby und Elinor reden weiter. Auch Abe und ich unterhalten uns.
»Das war nicht Teil des Plans«, flüstere ich.
»Einen Krawallisten gefangen zu nehmen?«, fragt Abe. »Weiß ich. Aber er hat uns aufgelauert. Mit diesem riesigen Stock. Ganz nah an der Tanzfläche. Ich dachte, er und seine Schmuddelkumpels haben garantiert was vor, und ich wollte nicht erst warten, um es herauszufinden. Vor allem mit so vielen Troublemakern drumherum. Ich meine, wenn *wir* ihn nicht hops genommen hätten, dann hätten *sie's* vielleicht mit uns *allen* getan.«
Ich werfe einen Blick auf Bulldog. Er sitzt auf einem Stapel aus drei silberfarbenen Reifenschläuchen. Die, mit denen wir schon einige Troublemaker-Eltern auf dem See beim Baden gesehen haben. Bulldogs Knöchel und

Handgelenke sind mit silberfarbenen Strandtüchern zusammengebunden, und in seinem Mund steckt ein Tennisball.
Eigentlich sind es ganz ordentliche Fesseln. Bei jedem anderen wären sie perfekt. Aber an diesem Kinderriesen sehen die Strandtücher wie Schleifchen aus und der Tennisball wie ein Stück Kaugummi.
Trotzdem erfüllen sie ihren Zweck. Denn in den letzten zehn Minuten hat er sich keinen Millimeter gerührt. Gabbys eisiger Todesblick, gegen den niemand immun ist, trägt ebenso dazu bei.
»Wie habt ihr das überhaupt hingekriegt?«, frage ich Abe leise. »Der wiegt bestimmt mehr als du, Gabby und Elinor zusammen.«
Abe drückt das Kreuz durch und strafft die Schultern, offensichtlich stolz auf seine Leistung. »Nachdem ich ihn entdeckt hatte, hab ich erst mal die Mädels auf die Lage aufmerksam gemacht. Lemon war wie üblich nirgends zu sehen. Ich hab auch nach dir gesucht, aber du hast uns ja völlig im Regen stehen lassen.«
»Tut mir leid«, erwidere ich. »Unvorhergesehene Trouble-Trainingssession.«
»Dachte ich mir. Egal, jedenfalls hab ich den Mädels erzählt, was los ist. Wir haben uns verteilt, um ihn besser beobachten zu können. Bulldog ist eine Weile in der Gegend herumgeschlichen. Hat sich gerade so weit von der Party ferngehalten, dass er nicht zu entdecken war –

aber nah genug, dass er jederzeit einen Blitzangriff hätte starten können, wenn er gewollt hätte. Und er hatte die ganze Zeit diesen Stock dabei.«

Ich schaue auf den langen, dünnen Stock, der an der Wand des Schuppens lehnt. In der Hand eines jeden anderen Jungen würde er wie ein gewöhnlicher Baumstock wirken. In Mr Bulldogs Händen aber könnte daraus zweifellos eine Waffe werden.

»Ich hab gesehen, wie er sich hier reingeschlichen hat«, fährt Abe fort. »Also hab ich mir ein paar Badetücher vom Ausgabestand am Ufer geschnappt und einen herrenlosen Tennisball vom Strand. Dann sind Gabby, Elinor und ich reingestürmt, haben die Tür verschlossen und ihn gefesselt.«

»Hat er sich nicht gewehrt?«

»Nicht so richtig, was irgendwie komisch war. Zuerst hat er sich gesträubt, vermutlich, weil wir ihn überrumpelt haben. Aber kaum hat er kapiert, was wir da tun, hat er uns so ziemlich machen lassen. Außer als wir versucht haben, ihm den Stock wegzunehmen. Das hat ihm nicht gefallen.«

Mr Bulldog gibt einen Grunzer von sich, von dem ich nicht weiß, wie ich ihn deuten soll. Vielleicht hat er gehört, was wir über ihn reden, und will bestätigen, dass er seine Waffe nicht hergeben wollte. Oder seine unentrinnbar von Gabbys Blick hypnotisierten Augen werden nun auch langsam müde.

»Meiner Vermutung nach hält er sich uns gegenüber zurück, um uns in Sicherheit zu wiegen«, sagt Abe. »Und wenn er glaubt, dass wir mit seinem Angriff nicht mehr rechnen, wird er zuschlagen. Deshalb hat Gabby ihn auch mit ihrem Todesblick gebannt.«
»Gute Idee«, sage ich. »Aber hast du nicht daran gedacht, dass ihr ihn laut Annika eigentlich nur auf Trab halten solltet und nicht verschnüren?«
»Die Situation schien mir zu riskant, um ihn und seine Freunde ungestört das tun zu lassen, was sie im Schilde führen.«
Ich schaue mich im Schuppen um. Abgesehen von uns und an die tausend aufeinandergestapelten Badereifen ist er leer.
»Wo sind seine Freunde?«, frage ich.
»Keine Ahnung. Von denen ist bisher keiner aufgetaucht, um Bulldog zu befreien. Und da draußen tobt immer noch die Party.«
Ein kleines Fenster bietet einen freien Blick auf den Strand, wo unsere Mitschüler immer noch essen und tanzen, als hätten sie nicht die geringsten Sorgen. Unsere Lehrer hingegen fehlen, genauso wie unsere Eltern.
»Ich hab da eine Theorie.«
Ich drehe mich wieder um. Abe steht so dicht vor mir, dass ich genau die kleinen Pickel direkt unter seiner Nase sehen kann.

»Warum er keinen Widerstand mehr geleistet hat«, flüstert er. »Willst du sie hören?«

»Nicht wirklich«, antworte ich, da ich ziemlich sicher bin, dass diese Theorie etwas mit Elinors Abwegen zu tun hat, auf die sie sich seiner Meinung nach begeben hat. »Dafür würde ich aber zu gerne wissen, was wir nun mit ihm anfangen sollen. Jetzt, wo wir ihn haben.«

Abe beäugt seinen Fang. »Ich denke, wir übergeben ihn Annika. Könnte gut sein, dass sie jedem von uns eine Million Strafpunkte gibt, weil wir einen so großen Fisch geschnappt haben.« Er wirft mir einen kurzen Blick zu. »Du kriegst vermutlich keine. Hast ja nicht geholfen. Sorry.«

Er klingt nicht so, als würde er's wirklich bedauern. Aber das macht nichts. Die Strafpunkte sind mir egal. Wer mir allerdings nicht egal ist, ist Annika. Denn sie zufriedenzustellen ist immer noch der beste Weg, sie vom Verdacht abzuhalten, dass ich eigentlich nicht nach Kilter gehöre. Und in Kamp Kilter zu bleiben ist wiederum der beste Weg, um herauszufinden, was mit meinen Eltern los ist.

»Nee, stimmt«, sage ich und wende mich von ihm ab, um mich unserem Gefangenen zu nähern. »Okay, Gabby, du kannst jetzt aufhören.«

»Aber wir sind doch gerade im Klamottenladen.« Gabbys Augen sind groß wie Frisbees. »Und da ist diese bezaubernde Handtasche mit Glitzerfächern! Und …«

»Ups!«, sagt Elinor plötzlich und tätschelt Gabbys Schulter. »Das Einkaufszentrum schließt. Wir müssen los.«
Gabby macht ein langes Gesicht. »Echt? Jetzt schon? Aber was ist mit ...«
»Wow. Ist das etwa mein Lieblings-Song?« Abe spricht offensichtlich von der gedämpften Musik, die von der Party her in den Schuppen dringt. »Wenn ich doch nur jemanden zum Tanzen hätte!«
Gabby blinzelt. Springt dann von dem Badereifen auf, auf dem sie gesessen hat, und hüpft zu Abe hinüber.
Ich schaue Elinor an. »Danke.«
»Kein Problem.«
»Bist du okay?«
Sie nickt. »Und du?«
Ich nicke.
»Hast du einen Plan?«, fragt sie leise, während ihre Augen kurz zu Bulldog wandern.
Hab ich nicht. Jedenfalls keinen gut durchdachten. Aber ich sage Elinor, dass ich einen habe. Sie berührt kurz meinen Arm und zieht sich dann auf die Frontseite des Schuppens zurück, wo Gabby gerade versucht, Abe herumzuwirbeln.
Er ist nur ein Kind, sage ich mir, als ich mich vor Bulldog langsam auf den Rand eines Badereifens niederlasse. Ein wirklich großes, echt mächtiges Kind ... aber trotzdem ein Kind. Quatsch einfach so mit ihm, wie du mit jedem anderen Gleichaltrigen quatschen würdest.

»HEY!« Das Wort explodiert wie ein Kanonenschlag aus meinem Mund. Ich schalte einen Gang zurück, hole tief Luft und versuch es noch mal. »Ich meine ... hey.«

Mr Bulldogs Augen liegen fast ganz hinter den fettigsträhnigen Haaren verborgen, die ihm in die Stirn hängen. Ich weiß zwar, dass er mich ansieht, aber nicht *wie*. Ist er angepisst? Traurig? Gelangweilt? Ihm scheint definitiv nicht nach Plaudern zu sein, denn er sagt kein Wort.

Was natürlich daran liegen kann, dass er dazu nicht in der Lage ist.

Ich blicke mich kurz um. »Abe? Wärst du mal so nett ...?«

Mein Ä-Team-Genosse windet sich von Gabby frei, kommt auf mich zugetrabt und schlüpft hinter Bulldog. Er hebt die Hand und fixiert ihn, doch dann verzieht er angewidert das Gesicht. Er bückt sich und klaubt ein zusätzliches Strandtuch auf, das er sich um die Hand schlingt. Dann verpasst er Bulldogs Hinterkopf einen kurzen Klaps. Bulldogs Kopf schießt vor. Der Tennisball fluppt aus seinem Mund und hüpft über den Boden davon. Abe lässt das dreckige Handtuch fallen und kehrt nach vorn zurück.

»Wie geht's?«, frage ich Bulldog.

Nichts.

»Wie sind die Handtücher? Zu fest?«

Nichts.

»Hast du Durst? Sollen wir dir ein Glas Wasser holen?«
Nichts.
Also kann ich genauso gut auf den Punkt kommen.
»Was machst du hier?«
Seine Augen verengen sich hinter den verfilzten Haaren.
Ich schlucke und versuche noch mal mein Glück. »Was willst du hier?«
Seine fetten, spröden Lippen senken sich.
»Seid ihr hinter uns her, weil wir nach Krawall-City gekommen sind? Und Elinor mitgenommen haben?«
Seine gekrümmten Finger krallen sich in die Handflächen.
»Rede doch einfach mit mir«, sage ich, bestrebt, die Ruhe zu bewahren. »Vielleicht können wir ja zu irgendeiner Verständigung kommen.«
Seine Fäuste beginnen zu beben.
»Oger verstehen kein Englisch«, ruft Abe von vorne. »Versuch's doch mal mit Grunzen.«
»Er versteht sehr wohl Englisch«, sagt Gabby. »Als wir in ihrer Schule waren, haben wir doch gehört, wie er ...«
Gabby gibt plötzlich einen überraschten Japser von sich. »Guck dir die beiden an, Elinor! Was sind denn das für Sitten?«
Abe stöhnt. »Gabby, kannst du dich bitte konzentrieren? Nur einmal? Wen juckt's schon, was unsere Mitschüler da draußen trei ...«

»Abe«, unterbreche ich ihn. »Wart mal.«
Denn Bulldog juckt es anscheinend, was unsere Mitschüler treiben. Zumindest sieht es so aus. Nachdem er minutenlang bewegungslos dagesessen hat, wirft er auf einmal den Kopf zurück, so dass seine fettigen Haare ihm nicht mehr in die Augen hängen. Mit aller Macht zerrt und ruckt er an seinen Fesseln. Ein schräger Laut entfährt seinem Mund. Es ist kein Wort – jedenfalls keines, das ich schon einmal gehört habe. Auch kein Grunzen. Es ist mehr wie ein Heulen. Oder ein Brummen. Oder wie ein Brumm-Heuler.
»Platzt er gleich?«, fragt Abe.
»Könnte sein«, sage ich, während unser Gefangener anfängt, auf seinem Reifenstapel auf und ab zu hüpfen.
»Mmmmm … lll … Oooooo«, brummheult Bulldog und hüpft immer schneller. »Mmmmm … lll … OOOOOO!«
»M L O?«, fragt Gabby. »Ist das irgendein Code?«
»Oder meint er vielleicht Melone?«, überlegt Elinor. »Hat er vielleicht Lust auf eine Melone und möchte, dass wir ihm eine holen?«
»Oder soll es Milo heißen?«, versucht es Abe. »Ruft er nach einem Freund, der so heißt, damit der ihn rettet?«
»MMM … LLL … OOOOO! MMM … LLL … OOOOOOO!«
Aus Angst, er könnte jeden Moment angreifen, schaue ich mich nach dem Tennisball um und überlege, ihn ihm wieder in den Mund zu stopfen. Da sehe ich, dass auch

Bulldog sich umsieht. Allerdings nicht nach dem Tennisball.

Sondern nach seinem Stock. Als er ihn neben der Tür gegen die Wand gelehnt entdeckt, macht er einen so mächtigen und hohen Hüpfer, dass bei der Landung der Badereifen explodiert, auf dem er sitzt.

»Wow«, sagt Gabby, die mitbekommen hat, wohin sein Blick gefallen ist. »Das Ding wäre prima, um damit am Lagerfeuer ...«

Sie hält inne und starrt auf Bulldog. Ebenso wie Abe, Elinor und ich.

»... Marshmallows zu rösten?«, frage ich in die kurze Stille zwischen zwei Brummheulern hinein.

Bulldogs Hüpfer werden langsamer. Die Augen- und Mundwinkel sinken herab. Als er gleich darauf nickt, sieht er aus, als würde er gleich weinen.

»Bin dabei«, sagt Abe. Er reißt die Tür auf und verschwindet nach draußen. Sekunden später kommt er wieder hereingestürmt und wirft mir einen Beutel zu. »Das ist der größte, den ich finden konnte.«

Ich wende mich Bulldog zu und halte den Plastikbeutel mit Marshmallows vor ihm in die Höhe. Einen langen Augeblick lang mustert er ihn, dann legt er den Kopf auf die Seite.

»Der Stock«, sagt Gabby. »Jeder weiß doch, dass Marshmallows besser schmecken, wenn man sie direkt vom Stock abbeißt!«

Meine drei Freunde machen sich an die Arbeit. Während Elinor den Beutel hochhält, spießen Abe und Gabby von beiden Enden her Marshmallows auf den Stock. Als er vollkommen mit weißen Klümpchen überzogen ist, händigt Abe ihn mir aus, und ich halte ihn Bulldog entgegen.

Seine Augen wandern interessiert nach links, um unser Werk zu fixieren. Als sich eine Braue hebt, denke ich schon, dass er den Köder schlucken wird. Aber dann senkt sie sich wieder, und die Augen wandern nach rechts zurück.

»Feuer«, sagt Elinor.

»Immer nützlich«, sagt Abe. »Aber unglücklicherweise hat Lemon beschlossen, auch dieses kleine Ä-Team-Treffen auszulassen. Und jetzt haben wir keine Zeit, um ...«

»Doch nicht um ihn zu bedrohen, Mensch.« Elinor greift nach dem Stock. »Um die Marshmallows zu rösten!«

Sie verschwindet nach draußen. Gabby hinterher.

Abe heftet den Blick auf mich. Seine stumme Frage lautet, wie Elinor eigentlich wissen kann, dass Bulldog seine Marshmallows nicht anders als geröstet und zähflüssig mag. Aber hätten wir das nicht alle wissen müssen? Ich kenne doch kein einziges Kind, das seine Marshmallows lieber anders isst.

Während die Mädchen draußen sind, werfe ich verstohlene Blicke auf unseren Gefangenen. Von Nahem sieht er nicht mehr ganz so gigantisch aus.

»Hier!« Elinor kommt in den Schuppen zurückgestürmt. Sie hält den Zuckerstock wie eine Fackel in die Höhe, was er gewissermaßen auch ist, denn um das oberste Marshmallow zucken noch helle, orangefarbene Flämmchen.

»Und hier!« Gabby kommt hinterhergeflitzt. Die Arme voll beladen. »Butterkeks-Sandwichs mit geschmolzener Schokolade, auch am Lagerfeuer gegrillt. Nur für den Fall, dass unserem Häftling nach einem Nachschlag ist. Oder seinen Wächtern!«

Elinor gibt mir den Marshmallow-Speer. Gabby legt die anderen Lagerfeuerleckereien vor meinen Füßen ab. Dann entfernen sie sich ein paar Meter und begeben sich zu Abe.

»Ist es *das*, was du willst?«, frage ich.

Bulldogs Augen wandern wieder nach links. Beide Brauen schießen in die Höhe. Schlagartig senkt sich das Kinn. Dann wirft er den Kopf so schnell herum, dass ich schon fürchte, er würde von seinem Hals brechen. Trotz der Fesseln führt er die Hände zu einer Faust zusammen. Gleich darauf lässt er seinen mammutgroßen Körper wie eine Riesenbowlingkugel vor- und zurückschwingen. Als er dabei dem Stock nahekommt, schießen seine Finger plötzlich wie Pfeile vor.

Blitzartig ziehe ich den Stock zurück. Bulldog hat so viel Schwung, dass er beinahe von den beiden noch intakten Badereifen gefallen wäre, auf denen er sitzt.

»Nicht so schnell«, sage ich. »Du musst Marshmallows ja ... ganz schön mögen, was?«

Er nickt. Heftig.

»Gut.« Ich halte ihm den Stock so entgegen, dass die Spitze nur zehn Zentimeter von seinem Mund entfernt ist. »Du kannst ein Stück haben – aber nur eines.«

»Ist ja eklig«, höre ich Gabby hinter mir flüstern. »Sabbert der etwa?«

Tut er. Und ich bin froh darüber. Denn wenn er Marshmallows so über alles liebt, könnten wir vielleicht eine kleine Chance haben.

Als Bulldog sich nach vorne lehnt, sehe ich seine Augen im Licht der zuckenden Flämmchen glühen. Er holt tief Luft und pustet das Feuer in einem Zug aus. Dann pustet er weiter, vorsichtiger diesmal, bevor er die Temperatur mit der Zungenspitze prüft. Offensichtlich zufrieden, macht er den Mund auf und packt das Marshmallow mit den Schneidezähnen. Mit einem Ruck zieht er seine Beute vom Stock und verschlingt sie.

Ich reiße den Stock zurück. »Nächste Frage. Verstehst du Englisch?«

Er hält inne. Nickt. Woraufhin ich den Stock so halte, dass er sich ein weiteres Marshmallow schnappen kann, bevor ich ihn wieder zurückziehe.

»Und kannst du Englisch sprechen?«, fahre ich fort.

Er zögert. Nickt dann. Und starrt auf das nächste Marshmallow.

»Sorry«, sage ich. »Aber diese Frage verdient eine bessere Antwort.«
Er seufzt, als wäre er schwer genervt wegen mir.
»Gabby«, rufe ich über die Schulter zurück. »Möchtest du ein paar leckere M …«
»Okay!«, ertönt eine barsche Stimme.
Ich drehe mich wieder um.
»Okay«, wiederholt unser Gefangener mit sanfterer Stimme. »Ja, ich verstehe Englisch. Und ich kann Englisch sprechen. Ich soll nur nicht mit Leuten reden, die das, was ich sage, gegen mich verwenden könnten.«
»Wie heißt du?«, frage ich.
»Bulldog.«
»Wo kommst du her?«
»Im Moment? Aus Black Hole, Arizona. Aber eigentlich aus Miami, Florida.«
»Wie alt bist du?«
»Dreizehn.«
»Na klar«, schnaubt Gabby.
»Warum sollte ich lügen?«, fragt Bulldog. »Glaubt ihr, ich find's super, doppelt so groß wie die meisten in meinem Alter zu sein?«
»Äh, ja-a«, sagt Gabby.
»Vielleicht auch nicht«, werfe ich ein. Schließlich mag ich es auch nicht, nur halb so groß wie die meisten anderen in meinem Alter zu sein. Gut möglich also, dass un-

ser Gefangener sich wegen seiner abnormalen Größe genauso fühlt. »Wo gehst du zur Schule?«
»Du weißt wo.«
»Hilf mir auf die Sprünge«, erwidere ich.
Er verdreht die Augen. »Krawall-City.«
»Was machst du hier?«
»Was habt ihr in Krawall-City gemacht?«
»Das weißt du. Wir wollten Elinor rausholen. Was uns geglückt ist.«
»Tja, vielleicht sind wir ja hier, um sie zurückzuholen.«
»Ich glaub dir nicht.«
»Mir doch wurst.«
»Gabby?«, rufe ich nach hinten. »Unser Gast scheint keinen Hunger mehr zu haben. Du hast doch bestimmt Lust auf all die leckeren S …«
»Okay!«, platzt es aus Bulldog heraus. »Wir sind wegen Informationen hier.«
»Informationen? Worüber?«, frage ich und reiche ihm ein weiteres Marshmallow.
»Über euch Typen«, erwidert er. »Wohin ihr geht. Was ihr so macht. Und wie ihr's macht.«
»Du meinst, wie wir Ärger machen?«, hake ich nach und gestatte ihm, sich eine weitere Belohnung zu nehmen.
Er nickt und kaut. Die weiße Masse klebt an seinen Zähnen und Lippen.
»Warum?«

»Weiß ich nicht. Und ich frag auch nicht danach. Ich befolge einfach nur Nadias Befehle.«
Mir zieht sich die Brust zusammen. Doch falls der Name ihrer Mutter bei Elinor irgendeine Reaktion auslöst, so lässt sie es sich nicht anmerken. Die Gruppe hinter mir bleibt stumm.
Bulldog fährt fort. »Sie hat uns hergeschickt, um euch auszukundschaften. Also hab ich unsere Truppe zusammengetrommelt, und da sind wir nun. Nette Hütten übrigens. Ein bisschen zu sauber für meinen Geschmack, aber ich kann verstehen, warum bestimmte Typen darauf stehen.«
»Bestimmte Typen?«, frage ich nach.
»Leute, die kleinkariert denken. Sich in eingefahrenen Bahnen bewegen. Regeln befolgen.«
»Wir befolgen kei …«
Mit erhobener Hand bringe ich Abe zum Schweigen.
»Du befolgst Regeln«, hebe ich hervor. »Hast du gerade selbst gesagt. Nadia hat dir befohlen herzukommen, und du hast gehorcht.«
»Sie ist die einzige Erwachsene, auf die ich höre. Weil sie für mich gar keine richtige Erwachsene ist. Sie ist viel zu cool. Und nach dem, was ihr Typen getan habt, konnte ich mir die Chance nicht entgehen lassen, euch unter die Lupe zu nehmen und mich ein wenig mit euch anzulegen.«
»Indem du einen Sterne sehen lässt?«, fragt Gabby.

»Und Hände blau färbst?«, fragt Abe.
»Und uns mit Tischtennisbällen angreifst?«, schiebe ich nach.
Bulldogs Augen werden bei jeder Frage schmaler. Aber als wir fertig sind, sagt er nichts. Ich lasse ihn noch ein Marshmallow nehmen.
»Ich habe keinen Schimmer, wovon ihr da redet«, sagt er, als er es verdrückt hat.
Ich mustere sein Gesicht. Seine Züge sind ausdruckslos. Die Augen lassen keinerlei Zwinkern erkennen. Die Lippen nicht das geringste Zittern, was der Fall wäre, wenn er versuchen würde, ein Lächeln zu unterdrücken. Er sieht definitiv nicht wie jemand aus, der etwas zu verheimlichen versucht. Allerdings könnte er es auch trainiert haben, so auszusehen. Was sich nach einer Fertigkeit anhört, über die auch Kilters Dramatiker verfügen.
Ich brauche noch mehr Zeit, um aus ihm schlau zu werden, und erzähle von den Vorfällen, in deren Folge meine Freunde, ich und andere Troublemaker neulich in der Krankenstation gelandet sind. Immer wieder sieht er wirklich überrascht aus. Ein paarmal sogar beeindruckt. Aber nicht ein einziges Mal wirkt er stolz oder so, als könnte er sich das Lachen kaum verkneifen. Was sicher der Fall wäre, würden er und seine Kumpane hinter den Angriffen stecken.
»Wow«, sagt er, als ich fertig bin. »Da hat's wirklich je-

mand auf euch abgesehen. Aber nicht ich. Und auch kein anderer Krawallist.«

»So hat das in der Aula vor ein paar Tagen allerdings nicht ausgesehen«, wende ich ein.

»Das habt ihr mitbekommen?« Bulldog zuckt die Achseln. »Krawallisten hören nicht gerade aufmerksam zu. Es war das dritte Mal, dass ich ihnen erzählt habe, hinter wem wir her sind. Wir waren dabei, Zeit zu verplempern. Also hab ich aus dem Briefing ein großes Ding gemacht, damit sie richtig bei der Sache sind. Es hat schlimmer ausgesehen als das, was wir dann wirklich geplant haben.«

Ich versuche, das alles nachzuvollziehen. »Du sagst also, dass ihr in Wirklichkeit nur hierhergekommen seid, um uns auszuspionieren – und nicht, um es uns heimzuzahlen, dass wir in Krawall-City eingedrungen sind und Elinor gekidnappt haben?«

Er blickt mich an. Ich bugsiere den Stock an seinen Mund. Diesmal nimmt er sich gleich zwei Marshmallows.

»Yep«, bestätigt er, den Mund voller weißer Masse. »Elinor ist kaum mehr als ein Pünktchen auf unserem Radar. Wir sind hinter viel dickeren Fischen her.«

»Zum Beispiel?«

»Keine Ahnung. Nadia hat uns nicht in die Einzelheiten eingeweiht.«

»Aber wenn wir nicht die Fische sind und ihr uns nichts

tun wolltet ... Was hast du denn damit gemeint, dass es Spaß macht, sich mit uns anzulegen?«

»Nur, dass ihr bestimmt nervös werdet, wenn wir lange genug herumschleichen und uns hin und wieder beim Spionieren sehen lassen. Dass ihr anfangt auszuflippen. Dass ihr nachlässig werdet und Schwächen zeigt.« Er heftet den Blick auf mich. »Als Annikas Star musst du doch wissen, dass es viel wichtiger ist, die Schwächen seines Feindes zu kennen als die Stärken.«

»Ich bin nicht ...«, beginne ich, um mich gleich zu unterbrechen. Bulldog versucht, die Oberhand zu gewinnen, indem er mich in die Defensive drängt. Ich werde nicht darauf reinfallen.

»Glaubst du mir immer noch nicht?«, fragt Bulldog. »Dann frag doch einfach Nadia. Sie hat uns eingehämmert, dass wir euch unter keinen Umständen und in keiner Weise angreifen dürfen. Sie meinte, wir würden die ganze Mission verderben, wenn wir uns nicht dran halten.«

»Und wenn ihr nicht gehorcht hättet?«, frage ich. »Und eine Million Tischtennisbälle auf einen von uns abgefeuert hättet, nur weil euch gerade danach war?«

Sein Gesicht wird ernst. »Dann würden wir aus Krawall-City rausfliegen. Für immer.«

Das sagt Bulldog so, als wäre es die allerschlimmste Strafe, die ein Krawallist bekommen könnte – und als würde er das um jeden Preis vermeiden wollen.

Vielleicht bin ich ja naiv, aber ich glaube ihm. Genug, dass ich ihn alle verbliebenen Marshmallows vom Stock nehmen lasse.
Während er vor sich hin schlingt und schluckt, wende ich mich an meine Freunde.
»Ihr wisst, was das heißt«, sage ich.
Abe nickt grimmig. Die beiden Mädchen ebenfalls. Wir denken alle das Gleiche, aber es ist so schwer zu glauben, dass ich es einfach aussprechen muss.
»Wenn die Krawallisten nicht hinter uns her sind ... dann müssen es unsere Eltern sein.«

KAPITEL 23

STRAFPUNKTE: 1835

GOLDSTARS: 850

AN: parsippany@wahoo.com
VON: sHinkel@Kilter-Akademie.org
Betreff: Bartholomew John

Liebe Ms Parsippany,
danke für Ihre letzte Mail! Das mit Ihrer Mailadresse war ja wirklich komisch. Gut, dass Sie herausgefunden haben, was passiert ist, und eine neue bekommen haben.
Und danke für alles, was Sie über Ehrlichkeit und das Bearbeiten von Wahrheit gesagt haben. Es hat für mich eine Menge Sinn ergeben. Nur dass Sie's wissen: Ich BIN zusammengezuckt, als ich las, dass Ihre Mom in ihrem Partykleid wie eine Wurst aussah … aber ich glaube NICHT, dass Sie eine schreckliche Person sind. Sie haben einfach nur versucht, die Gefühle Ihrer Mom zu schützen. Was könnte daran schlimm sein?

Mit Annika habe ich noch nicht reinen Tisch gemacht. Hier geht im Moment einiges ab. Deshalb hatte ich noch nicht wirklich die Gelegenheit, darüber nachzudenken, ob ich etwas sagen sollte. Und wie Sie ja selbst meinten, ist eine harmlos bearbeitete Version der Wahrheit manchmal für alle besser. Also bleibe ich fürs Erste dabei.
Ach übrigens, wie ist denn eigentlich Ihr neuer Job? Und was war es noch gleich?
Oh, und ich hab tatsächlich was von Bartholomew John gehört. Ich kenne die genauen Einzelheiten nicht, aber meine Quelle meinte, sie hätte gesehen, wie er auf dem Spielplatz ein paar Kinder terrorisiert hat. Angeblich gab es eine Rangelei und sogar Tränen. Mindestens ein kleiner Junge ist zu seiner Mutter gerannt und hat geheult wie ein Baby. Manche Dinge – und Menschen – ändern sich vermutlich nie, glaube ich.
Na, jetzt sollte ich wohl besser los! Ich hoffe, Sie genießen die Zeit in vollen Zügen, wo immer Sie auch sind. Und falls Sie Gelegenheit finden zu antworten, wäre das toll.

Mit freundlichen Grüßen
Sam

Ich will schon auf Senden drücken, aber dann überlege ich es mir anders. Will ich das über Bartholomew John wirklich sagen? Es ist nicht völlig gelogen. Ich HABE etwas von Bartholomew John gehört (oder gelesen), und meine Quelle (Mom) HAT davon gesprochen, dass er einen kleinen Jungen (nämlich mich) gepiesackt hat. Ms Parsippany hat zwar nach neueren Nachrichten von Bartholomew John gefragt, und das hier ist vor langer Zeit passiert. Aber für Ms Parsippany SIND es Neuigkeiten, da sie vorher noch nichts davon gehört hat. Wer weiß, vielleicht rückt sie dann damit heraus, warum sie sich so brennend für ihn interessiert. Schließlich hat sie sich sonst nie nach einem anderen Cloudview-Kind erkundigt, das sie unterrichtet hat. Was also ist so besonders an ihm?

Ich drücke auf Senden und mache mich sogleich an eine neue Nachricht.

AN: lOliver@Kilter-Akademie.org
VON: sHinkel@Kilter-Akademie.org
BETREFF: Ä-Team-Notfalltreffen

Hallo Lemon!
Wie geht's?? Hab dich nicht viel gesehen in letzter Zeit. Ich frage nicht wieder, ob alles okay ist, aber ich hoffe, es ist immer noch so!
Also, ich wollte sichergehen, dass du über unser Team-Treffen heute Abend Bescheid weißt. Falls du die anderen Mails, die ich dir geschickt habe, nicht bekommen hast und auch die Zettel nicht, die ich in deinem Zimmer hinterlassen habe. In den letzten Tagen ist eine Menge passiert.

Es gibt viel zu besprechen und zu planen. Deswegen treffen wir uns auch hier, in unserem Untergrundhaus, um sechs Uhr abends. Also in einer knappen Stunde. Ich hoffe wirklich WIRKLICH sehr, dass du kommen kannst! Fehlt jemand, ist das Ä-Team eher so was wie ein Null-Team. Und da wir schon von Fehlen sprechen: Mir fehlt mein bester Freund!
Hoffe, dich gleich zu sehen!

Sam

Ich drücke auf Senden und schreibe gleich die nächste Nachricht.

AN: annika@Kilter-Akademie.org
CC: aHansen@Kilter-akademle.org; lOliver@Killer-Akademie.org; gRyan@Kilter-Akademie.org; eNorris@Kilter-Akademie.org
VON: sHinkel@Kilter-Akademie.org
BETREFF: Update

Hi, Annika!
Ich wollte mich bei dir dafür bedanken, dass du bei der Strandparty die Lehrer gebeten hast, nach unseren Eltern zu suchen. Leider war ihre Suche erfolglos, und nicht *ein* Elternteil hat es auf die Party geschafft. Aber es war nett von ihnen, dass sie gesucht haben. Erwachsene

haben's manchmal ganz schön faustdick hinter den Ohren, glaube ich. Zwar bin ich ein Einzelkind, aber ich schätze mal, bei Schwestern und Brüdern kann das genauso sein. Wir waren nämlich auf der Party, bis gegen Mitternacht das Lagerfeuer schließlich verloschen ist, und die ganze Zeit über haben sich keinerlei Geschwister blicken lassen.

Ich wollte dir außerdem noch sagen, dass sich an der Krawallisten-Front einige bahnbrechende Entwicklungen ergeben haben. Die wiederum mit bahnbrechenden Entwicklungen an der Elternfront in Verbindung stehen. Ist zu viel, um alles in eine Mail zu schreiben. Vielleicht können wir uns irgendwann in dieser Woche einmal treffen, um alles zu besprechen?

Viele Grüße!

Sam

Ich schicke die Mail ab. Prompt beginnt mein K-PAD zu summen. Überrascht stelle ich fest, dass die neue Mail von Ms Parsippany stammt. Normalerweise braucht sie ein paar Tage, um zu antworten, wenn nicht sogar länger.

Noch überraschter bin ich, als ich lese, was sie geschrieben hat.

AN: sHinkel@Kilter-Akademie.org
VON: parsippany@wahoo.com
BETREFF: RE: Bartholomew John!

S-

THANKS 4 UPDATE. NICHT ZU FASSEN, DAS MIT B. J.
VERMUTE, KATZE + MAUSEN = NIX ZU MACHEN.
WANN WAR DAS? WIE VIELE KIDS HAT ER SICH VORGEKNÜPFT? WIE VIELE HABEN GEHEULT?
ICH WEISS, DU HAST KEINE GENAUEN DETAILS, ABER ETWAS MEHR WÄRE TOLL.
SORRY FÜR KURZMAIL. SPRINGE GLEICH AUS HELI. TIPPEN IST GERADE SCHWIERIG. WOLLTE ABER GLEICH ANTWORTEN.

-MP

Wow. Ms Parsippany ist ja ganz scharf darauf, Neues über Bartholomew John erfahren.
Wieder summt mein K-PAD. Ich öffne die neue Nachricht.

AN: sHinkel@Kilter-Akademie.org
VON: annika@Kilter-Akademie.org
BETREFF: Rollentausch

Sam,
danke für das Update. Wir werden uns in Kürze treffen. Ich habe außerdem versucht, eine Rollentausch-Sitzung für dich und deine Eltern zu organisieren. Aber es ist wirklich schwer, sie zu erwischen, zumal sie auch auf keine Mails antworten. Vielleicht könntest du sie an die geplante Sitzung erinnern, wenn du sie das nächste Mal siehst, und ihnen noch einmal die Wichtigkeit erklären, so wie ich es mit den anderen Eltern getan habe?
Danke!

Annika

»Sam? Kann ich reinkommen?«
Ich werfe das K-PAD beiseite und springe vom Bett auf. Als ich Elinor vor der Tür stehen sehe, ärgere ich mich, dass ich nach dem heutigen Putzdienst kein frisches Hemd angezogen habe.
»Hi«, sage ich.
»Hi«, sagt sie und lächelt mich an.
»Wie war dein Tag?«
»So schön, wie das Schrubben von Fliesen mit der Zahnbürste sein kann. Und dein Staubwischen?«

»Nicht mal so übel. Und informativ. Ich dachte immer, Staub sammelt sich nur auf ebenen Flächen. Doch wie sich herausgestellt hat, haftet er an *jeder* Oberfläche. Einschließlich der Nase. Und *in* der Nase. Ich hab noch nie so viel in meinem Leben niesen müssen.«

»Ist dein Dad wieder abgehauen, nachdem er dir aufgemacht hat?«

»Nee, überhaupt nicht. Er war genauso lange da wie ich. Und er ist mir im Haus überallhin gefolgt. Immer wenn ich in einen anderen Raum gegangen bin, kam er hinterher. Er ließ mir erst ein paar Sekunden Vorsprung und murmelte dann jedes Mal etwas über ungünstige Lichtverhältnisse wegen der weitergewanderten Sonne in den Bart, wenn er sich wieder mit dem Buch hinsetzte, das er zu lesen vorgab. Sprich: Er gab sein Bestes, um so zu tun, als wäre es normal, ständig den Raum zu wechseln ... aber mir war schon klar, was er da abzog.«

»Dich beobachten?«

»Genau.«

»Hat er irgendetwas versucht?«

»Nicht, dass ich wüsste.«

»Ganz schön merkwürdig«, sagt sie. »Und was ist mit deiner Mom? War sie auch zu Hause?«

Ich schüttele den Kopf. »Waren Abes Eltern denn da?«

»Zuerst. Aber dann hat Abe sie mit so vielen Fragen gelöchert – wo sie gewesen sind, was sie getan haben und so weiter –, dass ihnen anscheinend mulmig wurde. Er hat versucht, völlig normal zu klingen. Aber es war so was von offensichtlich, dass er sie aushorchen wollte. Also sind sie abgezogen.«

»Absolut gewieft«, sage ich schmunzelnd. »Hätte einer von uns sich so angestellt …«

»… würde er uns das ewig unter die Nase reiben.«

Wir grinsen einander an. Als Elinor daraufhin nichts mehr sagt, versuche ich, das Thema zu wechseln. Was ganz schön schwer ist, denn immerhin steht das schönste Mädchen aller Zeiten bei mir im Zimmer, und ich kann an nichts anderes mehr denken.

Zum Glück beendet Elinor das Schweigen, bevor es richtig peinlich wird.

»Und, hast du die heutige Troublemaker-Aufgabe schon erledigt?«, fragt sie. »Die, die Houdini uns gegeben hat?«

»Unseren Eltern direkt vor ihren Augen was wegzustibitzen? Klar. Das war knifflig.«

»Das glaube ich. Ich konnte das natürlich nicht, weil meine Eltern ja nicht hier sind. Aber ich wollte trotzdem mitmachen, und deshalb habe ich nach dem Putzen einen Abstecher zum Bastel- und Handarbeitspavillon gemacht.«

Elinor langt in die Tasche ihrer Shorts und zieht zwei lange dünne Bändchen heraus. »Dort gibt es tonnenweise Nähzeug. Spulen über Spulen mit Garnen und Fäden in allen Farben des Regenbogens, plus mindestens noch hundert weitere. Aber ich wollte nur zwei. Grün, weil's meine Lieblingsfarbe ist. Und Blau, was ...«

»... meine Lieblingsfarbe ist.«

Sie hält mir eines der Bändchen entgegen. »Das ist ein Freundschaftsbändchen. Blau und grün.«

»Das hast du selbst gemacht?«, frage ich und nehme das Bändchen entgegen. »Für mich?«

»Und für mich«, sagt sie. »Damit wir beide eines haben.«

»Das wir dann ... immer tragen?«

»Wenn wir wollen ...?«, antwortet sie, als ob die Möglichkeit bestünde, dass ich ablehnen würde.

»Elinor, das ist so ... so lieb von dir. Echt. Danke. Ich kann's gar nicht abwarten, es umzubinden.«

»Zum Warten gibt's keinen Grund«, erwidert sie und hilft mir dann, das Bändchen um mein Handgelenk zu binden.

Dann helfe ich ihr mit ihrem. Anschließend halten wir unsere Arme nebeneinander und vergleichen die Bändchen. Dann lächelt mich Elinor schüchtern an, bevor sie den Arm senkt und einen Schritt zurücktritt.

»Und hattest du Gelegenheit, deinem Dad was zu mopsen?«, fragt sie. »Oder saß er dir dafür zu dicht auf der Pelle?«

»War nicht leicht«, sage ich und nehme mein K-PAD vom Bett auf. »Aber ich hab's geschafft. Ich war mit der Schlafzimmerkommode meiner Eltern beschäftigt, während mein Vater auf der anderen Seite des Zimmers im Schaukelstuhl gesessen hat. Schließlich hab ich den Staubwedel mit aller Kraft ausgeklopft, so als wollte ich ihn saubermachen, und dann so getan, als müsste ich niesen. Natürlich in Dads Richtung, so dass er den ganzen Staub in die Nase bekam. Als er daraufhin tatsächlich niesen musste, hab ich mit meiner K-PAD-Kamera schnell ein Foto geschossen. Hier.«

Ich strecke ihr das K-PAD entgegen. Sie beugt sich vor, um einen genaueren Blick auf das Display zu werfen.

»Sieht wie ein Tagebucheintrag aus«, stellt sie fest.

»Es *ist* ein Tagebucheintrag. Meine Mom hat ihn vor eineinhalb Jahren geschrieben. Sie führt schon ewig Tagebuch. Aber herausgefunden habe ich das erst letzte Woche. Da ich heute nicht das ganze Buch mitgehen lassen wollte und mich sowieso ein wenig das schlechte Gewissen plagt, weil ich schon mehrmals darin gelesen habe, dachte ich, besser schieß ich heimlich ein Foto.«

»Beeindruckend. Und was steht da?«

»Du kannst es lesen, wenn du willst.«

Was Elinor auch macht. Und zwar laut.

»Nun ist es also wieder passiert. Zum zigsten Mal in zwölf Jahren hat mein geliebter Sam seine Schwäche demonstriert.« Elinor blickt zu mir auf. »Autsch.«

»Wird noch besser«, sage ich.

»Der unglückselige Vorfall ereignete sich in der Schul-Cafeteria. Wohin Sam aus dem Matheunterricht sprintete. Denn es war Fischstäbchen-Dienstag, und auf den freut er sich immer schon Tage zuvor. Er wollte unbedingt der Erste in der Schlange vor der Essensausgabe sein.«

»Das stimmt«, sage ich.

»Aber bedauerlicherweise war er nicht der Erste in der Schlange. Bartholomew John – dieser stramme, selbstbewusste Junge, auf den seine Mutter nur stolz sein kann – machte ihm einen Strich durch die Rechnung. Da dies nach den großen Sommerferien der allererste Fischstäbchentag war, konnte das Küchenpersonal noch nicht einschätzen, wie viel sie zubereiten sollten. Und sie haben den Bedarf unterschätzt, denn Bartholomew John riss sich die gesamte Menge unter den Nagel. Ich weiß nicht, warum die Damen an der Essensausgabe seine Portion nicht begrenzt haben, damit andere auch noch etwas bekommen. Doch ich vermute, dass Bartholomew John seinem Anliegen äußerst überzeugend Ausdruck zu verleihen wusste.« Wieder blickt Elinor auf. »Deine Mutter scheint ja wirklich auf diesen Typen zu stehen.«

»Wem sagst du das?«, erwidere ich.

Elinor liest weiter. »Und was hat mein Sohn getan, als ihm klarwurde, dass er keine Fischstäbchen bekommen würde? Ich kann nur sagen, was er *nicht* getan hat. Er hat Bartholomew John nicht gesagt, er solle aufhören, die ganzen Fischstäbchen an sich zu raffen. Und er hat sich auch keine von Bartholomews Teller geschnappt. Er hat das getan, was er immer tut. Er ist weggegangen und hat sich einmal mehr die Butter vom Brot nehmen lassen.«

Elinor fragt: »Wie hat deine Mutter denn rausgefunden, was passiert ist?«

Ich weise mit einem Nicken aufs K-PAD, und Elinor liest weiter.

»Als Sam heute beim Abendessen diese Geschichte erzählte und seine Stimme doch tatsächlich brach, einzig und allein wegen der entgangenen Fischstäbchen, wollte ich ihm erst sagen, dass er sich verdammt nochmal zusammenreißen und härter werden soll. Damit aus ihm endlich ein Junge wird, den andere Kinder respektieren. Aber ich habe geschwiegen. Es hätte keinen Sinn gemacht.«

Elinor bedenkt mich mit einem mitfühlenden Blick, ehe sie fortfährt.

»Was bedeutet, dass die Zeit gekommen ist. Wenn er nicht imstande ist, seine Schwächen in den Griff zu kriegen, dann werde ich das Ganze eben in die Hand nehmen.«

Elinor verzieht das Gesicht und gibt mir das K-PAD zurück. »Sie hört sich an wie meine Mom.«

Stimmt. Natürlich hat meine Mom mich nie in einen leeren Swimmingpool voller Krabbelviecher und Schlangen geworfen und mich drin gelassen, damit ich allein zurechtkomme. Aber vielleicht auch nur, weil es im Cloudview Fachgeschäft für Reptilien aller Art nicht genug Krabbelviecher und Schlangen gab, um damit ein Waschbecken zu füllen, geschweige denn einen Swimmingpool.

Ich würde mit Elinor gerne weiter über meine Mom reden. Aber ich möchte noch etwas anderes ansprechen.

»Ich will ja nicht vom Thema ablenken«, sage ich daher. »Aber du fragst dich doch bestimmt, warum Abe so energisch darauf bestanden hat, dass du ihm in der Hütte seiner Eltern hilfst.«

Sie zuckt die Achseln. »Abe ist eben Abe. Vieles, was er macht, ergibt erst mal wenig Sinn.«

»Stimmt. Nur dass er diesmal tatsächlich einen triftigen Grund hatte. Und ich glaube, es ist nur fair, dass du ihn kennst.«

»Okay?«

Ich lasse mir einen Moment Zeit, um darüber nachzudenken, wie ich das Ganze vorbringe. Doch wenn ich um den heißen Brei herumrede, wird das vermutlich nur noch mehr Fragen aufwerfen – und dazu führen, dass sie sich noch unbehaglicher fühlt, als wenn ich einfach die Wahrheit sage. »Er denkt, dass du für die Krawallisten arbeitest.« Die Worte kommen aus meinem Mund geschossen wie Eiswürfel aus der Eismaschine.

Ihr Gesicht erstarrt. »Wie meinst du das?«

»Ihnen helfen. Sie mit Informationen versorgen. Indem du so tust, als wärst du eine von uns.« Ich warte, dass sie antwortet. Als sie es nicht tut, füge ich hinzu: »Er hat es mir nicht zugetraut, dass ich dich im Auge behalte. Weil ich so … Ich meine, weil er so ziemlich alles in Zweifel zieht, was ich mache. Deshalb wollte er dich bei sich haben. Damit er dich im Blick behält.«

»Das kapier ich nicht«, sagt Elinor. »Nach all dem, was wir in der ganzen Zeit zusammen durchgemacht haben … Warum sollte ich so etwas tun?«

»Ich weiß nicht genau … Vielleicht, um deine Mutter froh zu machen?«

Sie sieht mich an. Mit einem besorgten Ausdruck in ihren kupferfarbenen Augen. »Und? Glaubst *du* das?«

»Sam!« Ich höre, wie sich weiter unten im Korridor die Fahrstuhltür öffnet. Rasche Schritte nähern sich uns. »Wo bist du? Wir haben 'ne Menge zu besprechen! Auf geht's!«

»Wenn man vom Teufel spricht«, sage ich. »Sorry. Wir haben jetzt eine Team-Besprechung.«

Sie senkt den Blick. Nickt.

»Du bist doch auch dabei, oder?«

»Ich bin nicht im Ä-Team.« Das sagt sie so leise, dass ich nicht sicher bin, ob sie es überhaupt sagt.

»Mach vorwärts, Hinkel!«, ruft Abe.

Ich mache einen Schritt auf Elinor zu. Woraufhin sie einen von mir weg macht. Dann legt sie ihre Rechte auf

das linke Handgelenk, bedeckt damit das Bändchen und stürmt aus dem Zimmer.
Ich sollte ihr hinterherlaufen. Mich entschuldigen. Darauf pochen, dass Abe völlig den Verstand verloren hat. Ihr versichern, dass ich niemals denken würde, dass sie auch nur zu irgendetwas in der Art fähig wäre, was Abe ihr vorwirft.
Aber bevor ich eines davon machen kann, stürzt Abe in mein Zimmer, packt mich am Arm und zerrt mich auch schon den Korridor entlang.
»Gute Neuigkeiten!«, verkündet er. »Guck mal, wer sich dazu durchgerungen hat, sich blicken zu lassen.«
Ich bleibe abrupt an der offenen Küchentür stehen. »Lemon?«
Mein schwer zu fassender bester Freund durchstöbert gerade den Kühlschrank. Jetzt blickt er über die Schulter zurück und grinst mich an. »Sam! Hey!«
»Und das ist noch nicht alles«, fährt Abe fort. »Lemon, warum erzählst du Hinkel nicht, was du uns gerade berichtet hast?«
Lemon schnappt sich eine Birne aus dem Gemüsefach, richtet sich zur vollen Größe auf und lässt die Tür zufallen. »So'n Knüller ist das nun auch wieder nicht. Abraham hat gerade erzählt, dass eure Eltern immer gleich auf Tauchstation gehen, wenn sie euch sehen. Und ich hab gerade gesagt, dass ich weiß, wo sie dann hin sind.«

Mir stockt das Herz. »Das weißt du? Wohin denn?«
»Zu irgendwelchen Treffen.«
»Was für Treffen?«, frage ich.
»Geheime, so wie es aussieht.«
»Geht's genauer?«, bohre ich weiter.
Er beißt von der Birne ab. Kaut. Schluckt. Sagt etwas. Nimmt noch einen Bissen. Kaut. Schluckt. Sagt noch etwas. Vollführt das Ritual noch ein drittes Mal. Bis die Antwort schließlich komplett ist.
»Die Geheimgesellschaft … meisterhafter … Engel-Kreatoren.«

KAPITEL 24

STRAFPUNKTE: 1835

GOLDSTARS: 850

»Wir werden sterben hier draußen.«
»Werden wir nicht.«
»Doch, werden wir. Es ist stockdunkel und saukalt. Und wir tapern in einem endlosen Wald im Kreis herum. Es ist genau so wie damals, als wir im Geschichtsunterricht auf diesen Berg da gekraxelt sind. Und Mystery uns auf dem Gipfel gesagt hat, dass wir alleine wieder runterfinden müssen, bevor er selbst mit dem Hubschrauber abgerauscht ist.«
»Gabby«, sagt Abe. »Es ist überhaupt nicht so. Lemon weiß genau, wohin er geht … richtig, Lemon?«
Ich persönlich bin der Meinung, dass Gabby gar nicht so falsch liegt. Wir scheinen tatsächlich im Kreis zu laufen. Nach der Uhr auf meinem K-PAD haben wir unser Untergrundhaus vor einer Stunde verlassen. Angetrieben von purem Adrenalin, haben wir in Rekordzeit den See

in unserem lecken Kanu überquert und sind über den Strand gesprintet, als wäre der Sand durch eine glatte Asphaltdecke ersetzt worden. Doch wir haben kein einziges Licht oder irgendwelche anderen Lebenszeichen wahrgenommen, seit wir ins Walddickicht eingetaucht sind, das sich an den Kamp-Kilter-Strand anschließt.

»Wir sind fast da!«, ruft Lemon über die Schulter zurück.

Wir wandern im Gänsemarsch hintereinander her. Ich blicke mich um. Es ist so dunkel, dass ich Elinor kaum ausmachen kann.

»Alles okay?«, frage ich.

»Alles gut«, erwidert sie.

»Ist dir warm genug?«

»Yep.«

»Aber als du heute Morgen aufgewacht bist, hast du dir bestimmt nicht träumen lassen, dass du heute Nacht durch den stockfinsteren Wald läufst, oder? Ich jedenfalls hätte es nie gedacht. Als ich meine Augen aufmachte, hab ich nicht die Bohne daran gedacht, dass …«

»Sam?«

»Ja?«

»Mir ist jetzt wirklich nicht nach Reden. Wenn das okay für dich ist.«

Ich runzele die Stirn. »Klar, kein Problem.«

Warum *sollte* ihr auch groß nach Reden sein? Während unserer Besprechung sagte Lemon noch einmal, er wüsste, wo unsere Eltern stecken und wo sie sich heute Abend treffen. Wir beschlossen, dass wir nachsehen würden, was sie vorhaben – und ich sagte, dass Elinor mit uns kommen müsse. Weil Abe aussah, als würde er das schlichtweg ablehnen, habe ich ihn dann gefragt: »Ist es dir nicht lieber, genau zu wissen, wo sie steckt? Wenn sie bei uns ist, brauchst du dir wenigstens keinen Kopf darüber zu machen, was sie vielleicht gerade wieder ausheckt!«

Seine Antwort: »Jetzt denkst du wie ein Troublemaker, Hinkel.«

Elinor hat diese Unterhaltung nicht mitbekommen. Zumindest hoffe ich das. Sie ist ziemlich still, seitdem Gabby sie aus ihrem Zimmer geholt und eingeweiht hat. Aber vielleicht ist sie auch nur müde. Ich jedenfalls wäre es hundert pro, wenn ich den ganzen Tag Fußböden mit der Zahnbürste geschrubbt hätte. Oder sie ist immer noch verletzt wegen dem, was ich ihr über Abes Verdacht erzählt habe. Aber darüber möchte ich gar nicht weiter nachdenken, weil mir sonst noch ganz elend wird.

»Da sind wir«, verkündet Lemon.

Abrupt bleibt er stehen. Abe rennt in ihn hinein und gleich darauf Gabby in Abe, ich in Gabby und Elinor … muss super Reflexe haben, denn sie bleibt rechtzeitig stehen.

»Wo?«, fragt Abe.

»Am geheimen Treffpunkt der Engel-Kreatoren«, lautet Lemons Antwort.

»Äh, nichts für ungut, Lemon«, sagt Gabby. »Aber wir stehen vor einem Felsen. Einem wirklich *großen* Felsen ... aber trotzdem einem Felsen.«

»Lemon«, giftet Abe. »Wenn du unsere Zeit verplempert hast, indem du uns irgendwohin mitten in die Pampa gef...«

»Aha!« Lemon hat sich gebückt und auf dem Boden herumgewühlt. Nun kommt er wieder hoch und hält eine Faust in die Höhe. »Gefunden.«

»Was?«, fragt Gabby.

»Den Reserveschlüssel.«

»Na klar«, schnaubt Abe spöttisch. »Weil eine Geheimorganisation unbedingt einen Schlüssel an ihrem geheimen Treffpunkt deponieren würde, damit jeder, der zufällig vorbeispaziert, ihn findet.«

»Natürlich nicht.« Lemon wendet sich der hohen Granitfläche zu. »Das wäre ja dämlich. Sie verbuddeln ihn. Und zwar jede Nacht an einer anderen Stelle in der Nähe der Tür.«

»Schätzchen«, sagt Gabby. »Ich sag's dir ja nicht gerne, aber hier ist keine Tür. Da ist nur ...«

Ein Tunnel. Dessen Wände von Fackeln erleuchtet sind, Genau das sehen wir nämlich, als Lemon den Schlüssel in ein für uns unsichtbares Schlüsselloch steckt und

ihn dreht. Ein riesiger Felsbrocken schiebt sich vor, um gleich darauf nach links zu gleiten.
»Ein Geheimgang!«, platzt es aus Gabby heraus. »So was wollte ich schon immer mal finden! Danke, Lemon!«
Rasch umarmt sie ihn, bevor sie den Gang betritt und sich eine Fackel schnappt. Abe folgt ihr. Wir anderen folgen ihr.
Sobald wir alle im Gang sind, drückt Lemon auf einen Knopf neben dem Tunneleingang, und der Felsbrocken gleitet an die alte Stelle zurück.
»Beeindruckend«, sagt Abe, als die Türkonturen vollkommen verschwinden. »Wüsste man's nicht, würde man hier niemals eine Tür vermuten.«
»Genau das ist der Punkt«, sagt Lemon fröhlich. »Hier lang!«
Wir setzen uns den Gang hinunter in Bewegung. Lemon ist ein selbstbewusster Führer. Ohne sich umzublicken geht er unbeirrt und schnell voran, als wäre er schon viele Male hier gewesen. Ich beschleunige meine Schritte, bis ich zu ihm aufgeschlossen habe.
»Das ist ja unglaublich«, sage ich. »Wie hast du den nur gefunden?«
Er blickt sich kurz um und beugt sich dann zu mir herüber. »Finn.«
»Dein kleiner Bruder? Was hat der mit den Engel-Kreatoren zu tun?«
»Nichts, außer dass er zu klein ist, um alleine gelassen

zu werden. Daher haben meine Eltern ihn hierher mitgenommen. Die meisten Eltern machen das mit ihren anderen Kindern. Deswegen sieht Kamp Kilter die meiste Zeit auch wie eine Geisterstadt aus.«

»Und Finn hat dir davon erzählt?«

Er nickt. »Ich wollte nicht nach Kilter zurückkommen. Nicht so schnell jedenfalls. Ich wollte zu Hause bleiben und Zeit mit meiner Familie verbringen. Vor allem mit Finn.« Er verlangsamt sein Tempo etwas und sieht mich an. »Kann ich dir ein Geheimnis anvertrauen?«

»Klar, jederzeit«, antworte ich.

Als Lemon spricht, ist seine Stimme so leise, dass ich mich anstrengen muss, alles mitzubekommen. »Vor einigen Monaten hab ich mit einem neuen Feuerzeug und einer Haarspraydose von Mom herumgespielt. Damit kriegst du den Effekt eines feuerspeienden Drachen hin. Macht normalerweise einen Sauspaß.«

»Logo.«

»Nun, an diesem Tag aber nicht. Denn als ich keine Lust mehr hatte, habe ich das Feuerzeug aus Versehen auf dem Badezimmerwaschtisch liegen lassen. Das Feuerzeug hatte die Gestalt eines Roboters. Als Finn später ins Badezimmer kam, hat er es sich natürlich gleich geschnappt, ohne zu wissen, was es wirklich war. Und ... hat sich dann verletzt. Er muss auf den Schalter gedrückt haben, und die Flamme hat ihn erwischt. Nur leicht – er hat den Roboter fallen lassen, sobald das

Feuer anging –, aber doch genug, dass er sich ein kleines rotes Brandmal am Daumen zugezogen hat. Meine Eltern sind ausgerastet, verständlicherweise. Und obwohl Finn ansonsten völlig okay war und nicht eine einzige Träne vergoss, hat das das Fass endgültig zum Überlaufen gebracht.«

»Deswegen haben dich deine Eltern nach Kilter geschickt?«, frage ich.

»Ja. Sie wussten, dass das Ganze ein Unfall war. Aber sie konnten nicht noch einen weiteren riskieren. Ich kann's ihnen nicht übelnehmen.« Lemon schüttelt den Kopf, wie um die böse Erinnerung zu vertreiben. »Na, egal, auf jeden Fall habe ich versucht, meinen Eltern das mit Kamp Kilter auszureden, als ich Annikas Einladung bekam, aber sie meinten, das würde sich nach jeder Menge Spaß anhören. Und sie sagten, es wäre eine tolle Gelegenheit für uns vier, unsere Beziehung zueinander zu verbessern. Denn wenn wir zu Hause blieben, würden sie wie immer zur Arbeit gehen müssen. Aber sie waren bereit, sich nach Kamp Kilter aufzumachen, also hab ich zugestimmt. Denn auch ich dachte, so könnten wir noch mehr Zeit miteinander verbringen. Doch als wir herkamen, wurden wir prompt getrennt …« Wieder schüttelt er den Kopf. »So hab ich mir das nicht vorgestellt, als ich mich drauf eingelassen hab.«

»Also hast du angefangen, deinem kleinen Bruder zu folgen?«

»Bei jeder Gelegenheit, die sich mir bot. Während der ersten Tage war er leicht zu finden. Aber dann schienen alle immer mehr Zeit außerhalb des Camps zu verbringen. Deswegen hab ich die Turbo-Talkies gekauft. Eines war für mich, das andere habe ich Finn gegeben, so dass wir immer miteinander reden konnten, egal, wo er war. Als er was über lange Spaziergänge in die Wälder und besondere Spielstunden erzählte, fing ich an, sie zu verfolgen. Sie haben niemals denselben Weg genommen – vermutlich, um Leute wie mich abzuschütteln –, sind am Ende aber immer hier gelandet.«

»Treffen sie sich jeden Tag?«

»Manchmal mehr als einmal.«

Lemon schweigt, und ich versuche, diese Information zu verarbeiten. Ich bin froh, dass er endlich Vertrauen gefasst hat. Aber das Ganze ergibt noch keinen rechten Sinn.

»Lemon ... warum hast du denn nichts gesagt? Ich hab mir ganz schön Sorgen gemacht, weil du immer verschwunden warst. Hätte ich gewusst, dass du einfach nur versuchst, mehr Zeit mit deinem kleinen Bruder zu verbringen, hätte ich ...«

»Was?«, unterbricht er mich. »Mich ermutigt zu gehen? Und mir viel Spaß gewünscht?«

»Na ja ...«

»Nein«, sagt Lemon. »Du hättest gesagt, dass du mich verstehst. Dass ich aber trotzdem springen soll, wenn

Annika es will. Und meine Aufgaben erledigen. Mit meinem Tutor trainieren und unsere Lehrer glücklich machen.«
»Das weißt du doch gar nicht«, sage ich, obwohl ich vermutlich wirklich etwas in dieser Richtung gesagt hätte. Auf viel nettere Weise. Aber nur, weil ich nicht gewollt hätte, dass man meinen besten Freund wegen unzureichender Leistungen rausschmeißt.
»Klar weiß ich das«, widerspricht er mir. »Und wenn nicht du, dann hätte Abe es getan.«
Ich sage nichts weiter, denn er hat recht damit.
Wir biegen um eine Ecke, und der Tunnelabschnitt, durch den wir jetzt weitergehen, ist nicht nur enger, sondern auch dunkler. Lemon bewegt sich noch schneller voran. Ich passe mich seinem Tempo an. Als der Abstand zwischen uns und den anderen etwas größer geworden ist, stelle ich noch eine knifflige Frage.
»Wenn du mir vorher nichts sagen wolltest, warum tust du es dann jetzt?«
»Du bist mein bester Freund. Ich wusste, dass du dir Sorgen machst, und hab mich deswegen mies gefühlt. Du hast nichts Falsches gemacht, und deshalb wollte ich dir alles erklären. Heute schien mir ein guter Zeitpunkt dafür zu sein.«
»Danke«, sage ich. »Ich bin wirklich froh darüber.«
»Keine Ursache. Aber wenn du die ganze Sache für dich behalten könntest, wüsste ich das sehr zu schätzen.«

»Geht klar.«
Er bleibt stehen und wartet, bis alle beisammen sind.
»Wir kommen gleich an den Krippenräumen vorbei«, flüstert er. »Die Kids sind vermutlich zu beschäftigt, um uns zu entdecken. Aber bewegt euch schnell voran und geht rasch an den Türen vorbei, für den Fall der Fälle. Und kein Gequatsche. Kapiert?«
Wir sehen einander an und nicken. Lemon legt einen Finger an die Lippe und schleicht dann um die nächste Ecke. Wir pirschen hinterher.
»Es ist so still hier«, beginnt Gabby augenblicklich zu flüstern. »Seid ihr sicher, dass …«
Sie wird unterbrochen. Von Abes Hand, die sich über ihren Mund legt.
Wie sich gleich darauf herausstellt, hatte Lemon recht. Die Kinder, bei denen es sich um Brüder und Schwestern anderer Troublemaker handeln muss, sind viel zu beschäftigt, um uns zu entdecken. Wir kommen an einer Reihe von Räumen vorbei, oder besser gesagt kleinen Höhlen. In einer davon sind ein paar Kids mit Malen beschäftigt. In der nächsten machen einige gerade ein Nickerchen auf Matten, die auf dem Boden ausgebreitet sind. In einer anderen haben sich ein paar um einen riesigen ausgeschalteten Fernseher gesetzt und sich in ein Buch vertieft. Wieder in einer anderen scheint eine Gruppe damit beschäftigt zu sein, die Verrichtung diverser Haushaltspflichten zu üben, zum Bei-

spiel Geschirrspülen, Bettenmachen oder Müll rausbringen.
Auf einmal bleibt Gabby stehen. Mit weit aufgerissenen Augen starrt sie in eine Höhle. Als wir uns hinter sie stellen, um zu sehen, was sie so schockiert, zeigt sie in die Höhle.
»Meine Schwester«, formen ihre Lippen lautlos.
Hinter einem Stuhl, auf dem eine Schaufensterpuppe sitzt, hat Flora auf einem weiteren Stuhl Platz genommen. Mit ihrer gebügelten, khakifarbenen Hose, der roten Strickjacke und den blendend weißen Sneakern ist die Schaufensterpuppe angezogen wie eine ganz durchschnittliche Mom. Sie hat langes braunes, von grauen Strähnen durchsetztes Haar, das Flora bürstet. Mit ihr im Raum sind drei andere, etwa gleichaltrige Mädchen, die das Gleiche mit ihren Schaufensterpuppen machen.
Gabby geht einen Schritt vorwärts, doch Abe packt ihre Hand und zerrt sie zurück.
»Hier lang«, bedeutet uns Lemon mit den Lippen, und wir gehen weiter.
Der Tunnel, durch den wir uns voranbewegen, scheint sich endlos hinzuziehen und wird stetig enger und dunkler. Zudem senkt sich die Decke immer tiefer herab. Schon bald frage ich mich, ob die Engel-Kreatoren Wind von der Sache bekommen haben und verduftet sind. Als wir schließlich in einer Sackgasse landen und

keinerlei Tunnelabzweiger zu entdecken sind, bin ich überzeugt davon.
Doch Lemon wispert: »Bereit?«
Wir nicken. Er langt mit einem Finger in eine winzige Felsspalte. Darin muss sich ein Knopf befinden, denn plötzlich beginnt die Wand sich zu bewegen.
»Ach, du heilige ...«
»... Kuh«, vollendet Gabby Abes überraschten Ausruf.
Was durchaus angemessen ist. Denn als die Wand zum Stillstand kommt, stehen wir vor der Öffnung einer weiteren Höhle. Nur dass diese riesig ist – und überhaupt keine Decke hat. Über unseren Köpfen schimmern Millionen von Sternen. Wir starren auf einen türkisfarbenen Wasserfall, der in einen türkisfarbenen, natürlichen Pool herabstürzt. Dutzende von Troublemaker-Eltern sitzen auf den großen Felsbrocken, die den Pool säumen. Stumm. Regungslos. Wie versteinert.
Ist die Szene vor uns schon kaum zu fassen, so ist es eine andere Sache erst recht nicht.
Denn bei der Gestalt, die auf einem Felsen mitten im Pool hockt, handelt es sich um niemand anderes als ... Mystery.

KAPITEL 25

STRAFPUNKTE: 1835

GOLDSTARS: 850

»Was macht er da?«, fragt Gabby.

»Warum sehen die alle wie hypnotisiert aus?«, wundert sich Abe.

»Dort sind meine Eltern«, sagt Lemon. »Ich denke, ich geh mal hin und sag hallo.«

»Bist du irre?«, protestiert Abe. »Wenn Mystery dich sieht, wird er den Laden hier in null Komma nix dichtmachen.«

»Aber ...«

Lemon wird von einer Explosion unterbrochen. Ich habe keine Ahnung, was es ist und wo es herkommt, aber die Wucht lässt den Boden unter uns so stark erbeben, dass wir ins Taumeln geraten und gegeneinanderprallen.

»Wundervoll! Atemberaubend! Erstaunlich!«

Als ich mein Gleichgewicht wiedergefunden habe, schaue

ich mir Mystery genauer an. Er trägt dieselben weißen Shorts und dasselbe T-Shirt, in denen ich ihn heute früh schon gesehen habe. Seine Faust stößt ein ums andere Mal in die Luft. Fast wie ein Ausrufezeichen hinter jedem Wort.

»Prächtig! Großartig! Wunderbar! Sie! Sind! Die! Besten!«

»Boa«, höre ich Abe im nächsten Moment sagen. »Bin das etwa ... ich?«

Er starrt geradeaus. Mir ist nicht klar, wovon er gerade spricht, weil die Eltern, die ungefähr fünfzehn Meter von uns entfernt sind, laut jubelnd aufspringen und mir den Blick versperren.

»Da drüben!«, ruft Gabby über den Radau hinweg. Sie zeigt auf einen nahen Felsbrocken.

In geduckter Haltung flitzen wir zu dem Felsen hinüber. Als wir unser Ziel erreicht haben, kraxeln wir, kleine Vorsprünge und Risse im Fels als Halt für Hände und Füße nutzend, auf die Spitze des Brockens.

»Das bin *ich*!«, ruft Abe. »Was zum Teufel macht mein Dad da?«

»An deinem Meisterwerk herumpfuschen«, sagt Gabby.

Sie hat recht. Von hier oben haben wir einen idealen Blick auf die bizarre Szenerie. Mysterys Insel besteht aus einem Felsen, der sich nur einen Steinwurf entfernt von einer langen, ebenen Felsplatte befindet. Es scheint sich um eine Art Bühne zu handeln, denn dort steht Mr Hansen ... und direkt vor ihm: Abe. Oder jemand, der Abes Gestalt und Größe hat und eine Maske trägt, auf der Abes Gesicht zu sehen ist. Der Abe-Darsteller steht an einer Staffelei und ist damit beschäftigt, ein sehr abstraktes Bild von einer Katze zu malen.

Während wir gebannt zusehen, hebt Mystery plötzlich eine Hand. Die Menge verstummt und setzt sich wieder. Mr Hansen langt in eine Box zu seinen Füßen, holt einen Ballon heraus und wirft ihn auf den Abe-Darsteller.

Zumindest sieht es so aus. Erst als der Ballon die Staffelei trifft, platzt und schwarze Farbe freisetzt, die sich komplett über die gemalte Katze ergießt, kapiere ich, dass das Bild das eigentliche Ziel war.

Feuerwerksraketen schießen in die Höhe und explodieren über unseren Köpfen.

»Großartig!« Erneut boxt Mystery in die Luft. »Genau! Was! Dieses Kind! Braucht!«

Der Abe-Darsteller lässt die Schultern sinken. Mr Hansen beugt sich zu ihm vor und scheint etwas zu sagen.

Das Feuerwerk ist vorbei.

»Was tun Sie denn da?«, blafft Mystery in ein Megaphon.

Mr Hansen wendet sich unserem Geschichtslehrer zu. »Mich entschuldigen, weil ich sein Bild ruiniert hab.«

»Warum?«, fragt Mystery.

»Weil er mein Sohn ist. Äh, oder zumindest so tut, als wär er's. Und ich ...«

»Wer interessiert sich schon für seine Gefühle?«, will Mystery wissen.

Mr Hansen tritt einen Schritt zurück. »Ich tue es«, sagt er kleinlaut.

»Danke, Dad«, flüstert Abe.

Mystery richtet das Megaphon auf die Menge. »Sie alle sind gute Eltern! Sie lieben Ihre Kinder und wollen nur das Beste für sie! Sie geben ihnen Nahrung! Ein Dach über dem Kopf! Waschen ihre verrotzten, stinkenden Klamotten! Wischen ihnen die Tränen ab! Machen die Wünsche und Bedürfnisse der Kinder zu *Ihren* Wünschen und Bedürfnissen. Haben Dinge aufgegeben, die *Sie* glücklich gemacht haben, bevor Ihre Kinder da waren.« Mystery hält inne und lässt seinen Blick durch die Höhle schweifen. »Aber ich frage Sie Folgendes: Was haben Sie im Gegenzug dafür erhalten?«

Die Menge schweigt.

Mr Hansen stemmt die Faust in die Hüfte und kratzt sich am Kopf.

»Macht er Witze?«, flüstert Abe. »Kann er sich etwa nicht an eine *einzige* nette Sache erinnern, die er als mein Dad erlebt hat?«

Mr Hansen hört auf, sich am Kopf zu kratzen. »Einen Briefbeschwerer«, platzt es aus ihm heraus.

»Einen Briefbeschwerer«, sagt Mystery.

»Ja«, bestätigt Mr Hansen.
»Haben Sie sich einen Briefbeschwerer *gewünscht*?«
»Nein, aber ...«
»Haben Sie einen Briefbeschwerer *gebraucht*?«
»Nein, aber ...«
»Ist ein Briefbeschwerer in irgendeiner Weise vergleichbar mit etwas, das Sie ihm geschenkt haben?«
»Das ist eine andere Art von ...«
»Falsche Antwort!«, unterbricht Mystery ihn. »*Nein*. Ist er nicht!«
»Aber ... aber ... er hat ihn selbst gemacht!«, ruft Mr Hansen aus. »Als er fünf war!«
Mystery lässt das Megaphon sinken und dreht sich kopfschüttelnd langsam einmal um sich selbst.
»Mr Hansen«, sagt er schließlich, »hat Ihr Sohn Ihnen in letzter Zeit andere Dinge geschenkt?«
Nun lässt Mr Hansen seinen Kopf sinken. »Ja.«
»Bitte erzählen Sie uns davon.«
Mr Hansen seufzt. Dann hebt er den Kopf, wendet sich an die Menge und beginnt mit lauter Stimme zu erzählen. »Vor zwei Jahren hat Abe mir eine Krawatte geschenkt. Die er vermutlich selbst genäht hat. Ich bin Rechtsanwalt und trage vor Gericht die ganze Zeit Krawatten, also hielt ich es für ein wunderbares Geschenk. Unglücklicherweise hat es sich nicht um eine normale Krawatte gehandelt. Sie war irgendwie so programmiert, dass immer, wenn ich *Euer Ehren* sagte, was wäh-

rend meiner Arbeit unzählige Male vorkommen kann, das lange Ende der Krawatte hochgesaust kam und mir direkt ins Gesicht geflogen ist.«

»Nett«, sagt Gabby zu Abe.

»Danke«, erwidert er grinsend.

»Glauben Sie, Ihr Sohn wusste, wozu sein Geschenk in der Lage war?«, fragt Mystery Mr Hansen.

»Das tue ich«, sagt Mr Hansen,

»Und warum tun Sie das?«

»Weil ich es zu Hause demonstriert habe. Abe sah schockiert aus und hat sich für die offensichtliche Fehlfunktion entschuldigt.« Mr Hansens Kopf sinkt herab. »Aber davor hat er ... gelacht.«

Mystery setzt seine Befragung fort. »Was meinen Sie, warum würde Ihr Sohn so etwas machen? Sprich: Sie vorsätzlich und wiederholt blamieren?«

Mr Hansen zuckt die Achseln. »Weil er es konnte?«

»Weil ... er ... es ... *konnte*!«, wiederholt Mystery. »Und warum *konnte* er?«

Mr Hansen murmelt etwas vor sich hin.

»Ich kann Sie nicht hören!«, flötet Mystery.

»Weil ich ihn gewähren ließ!«, verkündet Mr Hansen, als würde er ein großes Bekenntnis offenbaren.

»Genau«, sagt Mystery mit wieder normaler Sprechstimme. »Danke, Mr Hansen. Sie können sich setzen.«

Mit gesenktem Kopf verlässt Abes Vater die Bühne.

Und Mystery fährt fort. »Wie Mr Hansen Sie alle gerade

daran erinnert hat, handelt es sich bei Ihren Kindern keinesfalls um die netten, süßen, fehlerlosen Kreaturen, für die Sie sie halten. Sicher, sie haben auch ihre netten Momente. Zum Beispiel, wenn sie Sie umarmen. Und wenn sie sich einmal bei Ihnen bedanken, aber das kommt selten genug vor. Aber warum umarmen sie Sie und danken Ihnen? Meist, weil Sie etwas für sie getan haben. Kinder lernen schnell dazu. Sie sind viel gerissener, als sie aussehen. Und sie brauchen nicht lange, um herauszufinden, was sie tun und sich erlauben können … und wie weit sie gehen können.«

Nun betritt ein anderer Vater die Bühne.

»Allerdings«, fährt Mystery fort, »ist es nicht so, dass der Klapperstorch Ihre Babys mit einem Herzen aus Stein in die Wiege hat fallen lassen. Die Wandlung passiert ganz allmählich. Stimmt's – Mr Hinkel?«

»*Dad?*«, flüstere ich.

Ich spüre das Gewicht von vier Augenpaaren auf mir lasten, während ich auf die Bühne starre. Dabei brauchen meine Freunde sich keine Sorgen zu machen. Mir geht es gut. Denn bis vor kurzem waren Dad und ich so dicke miteinander wie Pech und Schwefel, wie Weihnachtsmann und Rentier Rudolph, wie Addition und Subtraktion. Im Gegensatz zu Mom liebt er mich so, wie ich bin – und hat es immer getan. Daher ist es völlig ausgeschlossen, dass er jetzt irgendwas Verletzendes vom Stapel lassen wird.

Doch plötzlich habe ich diesen merkwürdigen Wandschrank mit den Elternratgebern und Flauschflügeln vor Augen ... und mir wird klar, dass ich keinen Schimmer habe, was mein Vater gleich von sich geben wird.
»Mein Sohn Sam ist der Beste!«
Ich lächle erleichtert.
»Jedenfalls war er es bis vor kurzem.«
Ich runzele die Stirn.
»Vor ein paar Monaten«, fährt Dad fort, »fand in der Cafeteria seiner früheren Schule eine handfeste Auseinandersetzung statt. Sam hat versucht, die Prügelei zwischen einigen Schülern zu beenden, indem er einen Apfel quer durch den ganzen Saal schleuderte. Mit der Absicht, den für die Keilerei verantwortlichen Anstifter zu erwischen. Stattdessen traf er seine Aushilfslehrerin, die bewusstlos zu Boden ging.«
Gemurmel und erschrockenes Gejapse in der Höhle.
Bitte nicht ... bitte nicht ... bitte nicht ...
Früher einmal hätte ich Angst gehabt, dass Dad vor all diesen Leuten herausposaunen würde, ich hätte Ms Parsippany umgebracht. Jetzt habe ich Angst, dass er gleich sagt, sie würde noch leben. Dass Annika von meiner Unschuld erfährt, ist das Letzte, was ich im Moment gebrauchen kann.
»Dieser Vorfall«, höre ich meinen Vater fortfahren, »hat Sam verändert. In vielerlei Hinsicht ist er seitdem nicht mehr derselbe. Und ich muss sagen, dass ...«

Seine Stimme verliert sich. Ich versuche, den Frosch in meinem Hals hinunterzuschlucken, doch vergeblich.
»... ich ihn vermisse.«
Der Frosch verschwindet auf der Stelle.
Und dann macht die Erleichterung, dass er nicht die Wahrheit gesagt hat, einem anderen Gefühl Platz. Ist es Bedauern? Schuld? Trauer? Denn nachdem er gesagt hat, dass er mich vermisst, sieht Dad so unglücklich aus, wie ich ihn noch nie zuvor gesehen habe.
»Wie dem auch sei!« Er schüttelt den Kopf und klatscht gleichzeitig in die Hände. »Genau deswegen sind wir doch alle hier, nicht wahr? Um unsere Söhne und Töchter zurückzubekommen.«
»Und um es ihnen zurückzuzahlen!«, ruft einer, was etliche Eltern zum Kichern bringt.
»Aber, aber«, erwidert Dad. »Lassen Sie uns jetzt nicht ...«
»Danke für die anrührende Geschichte, Mr Hinkel«, blafft Mystery in sein Megaphon. »Doch nun sind wir alle gespannt darauf, Ihre Demonstration zu erleben.«
»Richtig«, sagt Dad. »Natürlich. Entschuldigung.«
»Harrison!«, ruft Mystery.
Der Abe-Darsteller reißt sich die Abe-Maske vom Gesicht und ersetzt sie durch eine andere. Bevor sein wahres Gesicht wieder verdeckt wird, nehme ich wahr, dass er jung ist. Vielleicht zwölf oder dreizehn, genauso wie meine Freunde und ich.

»Guck dir das an, Hinkel«, flüstert neben mir der echte Abe. »Du bist gewachsen, um fast zwei ganze Köpfe!«
Denn Harrison, bei dem es sich um Mysterys Assistenten handeln muss, ist gute dreißig Zentimeter größer als ich. Und nun prangt mein zweidimensionales Bild auf seinem Hals.
»Es hat wirklich Spaß gemacht.« Dad bückt sich und hebt eine längliche Tasche hoch, die mir bisher gar nicht aufgefallen war. »Sam mit den Tischtennisbällen zu erschrecken, meine ich. Und ihn zu verwirren mit ein paar Gegenständen, die sich wie von selbst bewegt haben, mit Hilfe von ein paar Sportsocken und gebrauchten klebrigen Kaugummis. Nicht zu vergessen das Neuarrangement des interessanten Wandbildes, das er für uns im Wohnzimmer gemacht hat.«
Uns. Mom. Sie muss also auch hier irgendwo sein. Ich kann nämlich nicht glauben, dass Dad sich ganz von allein in die Sache hätte verstricken lassen – als was diese sich am Ende auch entpuppen mag. Aber als ich den Blick über das Publikum schweifen lasse, kann ich sie nirgends entdecken.
»Wer von Ihnen hier weiß eine flotte Partie Minigolf zu schätzen?«, fragt Dad die Menge.
Zwei Drittel der versammelten Eltern heben die Hände. Gabby macht Anstalten, es ihnen nachzutun, doch Abe hindert sie in letzter Sekunde daran.
»Genau wie ich!«, ruft Dad aus. »Und Sam. Tatsächlich

gehört Minigolf zu unseren allerliebsten Vater-Sohn-Unternehmungen. Deswegen bin ich über diesen Trick auch besonders begeistert. Und ich denke, er wird noch wirksamer sein als all die anderen zusammen.«

Gebannt schauen die Eltern zu, wie Dad zwei Minigolfschläger aus der Tasche nimmt. Einen händigt er Harrison aus, den anderen behält er für sich. Dann holt er einen Eimer mit regenbogenfarbenen Golfbällen heraus und stellt ihn neben seine Füße. Außerdem fördert er noch eine Plastik-Kühlbox zu Tage, öffnet sie und entnimmt ihr einen Becher mit Snow-Cone-Eis. Genau so einen, wie ich ihn nach unserem letzten Minigolfspiel verputzt habe.

Dad gibt Harrison den Eisbecher. Harrison bedankt sich artig bei ihm. Was superschräg ist, weil Harrison sozusagen mein Gesicht trägt.

Was dann als Nächstes geschieht, scheint seltsamerweise in Zeitraffer und Zeitlupe gleichermaßen abzulaufen. Harrison schwingt den Schläger hin und her und lässt sich dabei das Eis schmecken, so als würde es sich bei der Felsenbühne um eine Minigolfbahn im Cloudview-Family-Fun-Center handeln und er darauf warten, dass er drankommt. Dad steht ein paar Meter hinter ihm. Auch er schwingt seinen Schläger vor und zurück, so wie er es immer macht, wenn er sich auf den nächsten Schlag vorbereitet. Doch plötzlich lässt er im Sekundentakt einen Golfball nach dem anderen auf den Boden fal-

len und schlägt sie so, dass sie auf Harrisons Füße zu sausen.
Harrison lässt den Schläger samt Eisbecher fallen und hopst wie wild herum, während er versucht, den Bällen auszuweichen. Aber Dad ist zu schnell. Und zielt zu gut. Binnen kurzem tritt Harrison auf einen Ball, verliert das Gleichgewicht und gesellt sich zu Schläger und Eiswaffel auf den Boden.
Dad hebt triumphierend seinen Schläger über den Kopf. Die Menge jubelt. Mystery rammt die Faust in die Luft.
»Großartig! Phantastisch! Ein wahrhaft! Unvergesslicher! Anblick!«
Dad verbeugt sich und steuert dann wieder auf seinen Platz zu. Nicht ohne bei Harrison stehenzubleiben, der immer noch auf dem Boden sitzt. Sein Lächeln verblasst, und ich weiß, dass er in diesem Moment ein schlechtes Gewissen hat. Aber dann wendet er sich ab, setzt seinen Weg fort und nimmt schließlich wieder Platz.
»Eindrucksvolle Demonstration, Mr Hinkel!«, sagt Mystery. »Und ein weiteres schönes Beispiel dafür, wie erfolgreich Eltern mit ihren Lektionen sein können, wenn sie nur ein klein wenig mehr wie ihre Kinder denken. Das geht weit über die Klassiker wie Stubenarrest oder Computer- und Fernsehverbot hinaus!«
»Ich raff es nicht«, flüstert Abe. »Bringt er unseren Eltern etwa bei, wie sie uns zum Durchdrehen bringen?«
»Sieht ganz so aus«, flüstere ich zurück.

»Aber warum?«, fragt er.
Dann, als hätte Abe seine Frage für alle hörbar durch die Höhle gebrüllt, gibt Mystery die Erklärung.
»Als ich Sie vor einigen Wochen erstmals kontaktierte, war ich mir über die Ziele unserer neuen Organisation absolut im Klaren. Ich wollte Ihnen helfen, Ihren Kindern zu helfen. Ich wusste, dass sie Ihnen Probleme bereiten – und dass Sie mit Ihrem Latein langsam am Ende waren. Deswegen haben Sie ja Ihre Sprösslinge an die Kilter-Akademie für Problemkinder geschickt – die allerbeste, exklusivste Reformschule für die schlimmsten Kinder des Landes. Somit lassen Sie jemand anderes das tun, wozu Sie selbst nicht in der Lage waren, ganz gleich, wie sehr Sie es auch versucht haben.«
Stirnrunzelnd wechseln meine Freunde und ich ein paar Blicke. Der Gedanke an das, was unsere Eltern alles getan haben, um uns wieder in die Spur zu bringen, bereitet uns Unbehagen.
»Ich mache Ihnen deswegen keine Vorwürfe«, fährt Mystery fort. »Im Gegenteil, ich muss Ihnen Beifall spenden! Nicht viele Eltern würden erkennen, dass die Verhaltensprobleme ihrer Kinder ernstzunehmende Dimensionen angenommen haben. Die meisten würden es ignorieren. Drauf beharren, dass ihre Kinder süß wie Honig sind. Sie haben das nicht getan. Und dafür gebührt Ihnen Lob.« Er hält inne. »Allerdings … So gut Kilter als Reformschule auch sein mag – so ist die Sache je-

doch nicht narrensicher. Ihre Kinder haben sich bereits wiederholt als widerspenstig erwiesen, und höchstwahrscheinlich werden sie das wieder tun. Deswegen habe ich Ihnen meine Hilfe angeboten. Um Sie so gut wie möglich zu wappnen. Um die Macht dort zu lassen, wo sie hingehört: bei Ihnen, den Eltern. Und ich hoffe, Ihnen beibringen zu können, wie sich künftige Troublemaker-Tragödien vermeiden lassen.«

Bei diesen Worten springt Harrison, der immer noch meine Maske trägt, vom Boden auf und stellt sich vorne an den Bühnenrand.

»WAS MACHEN WIR?«, brüllt er.

»Gleiches! Mit! Gleichem! Vergelten! Gleiches! Mit! Gleichem! Vergelten! Gleiches! Mit! Gleichem! Vergelten!«

Wieder und wieder skandieren es unsere Eltern im Chor und rammen sie die Fäuste in die Luft, genau wie Mystery. Und alles in perfektem Einklang, als würden sie es nicht zum ersten Mal tun.

»WARUM MACHEN WIR DAS?«, ruft Harrison.

»Zu! Ihrem! Eigenen! Besten! Zu! Ihrem! Eigenen! Besten! Zu! Ihrem! Eigenen! Besten!«

»WER SIND WIR?«

»MR TEMPEST! ENGEL-KREATOREN! MR TEMPEST! ENGEL-KREATOREN! MR TEMPEST! ENGEL-KREATOREN!«

Dieser Schlachtruf währt länger als die anderen, und danach stellt Harrison keine weiteren Fragen mehr.

Während unsere Eltern immer noch herumbrüllen, verdunkelt sich die Höhle. Und auf einmal beginnen die Wände zu erglühen.

»Das bin ja ich!«, ruft Gabby.

»Und ich!« Abe.

»Und ich!« Lemon.

Und ich. Sowie sämtliche Troublemaker unseres Jahrgangs, allerdings ohne Elinor. Wohin man auch schaut, ist der zerklüftete Fels mit den vergrößerten Bildern unserer Gesichter gepflastert. Dann verändern sich die Bilder vor unseren Augen. Die zunächst glücklichen, lächelnden Mienen werden von mürrischen, stirnrunzelnden Gesichtern abgelöst. Die Bilder switchen wie bei einem Hologramm von einem Zustand in den anderen. Sind die Gesichter glücklich, erscheinen hellleuchtende, elektrische Heiligenscheine über den Köpfen. Sind sie mürrisch, werden die Heiligenscheine von roten Teufelshörnern abgelöst.

Schließlich verebbt der Singsang. Ein Scheinwerfer richtet sich auf Mystery, der hoch aufgerichtet auf seiner Felseninsel steht und das Megaphon wieder an den Mund führt.

»Bisher bin ich von Ihrer Leistung sehr beeindruckt. Ihren Kindern eins auszuwischen, ist für die meisten von Ihnen ein völlig neues Konzept. Bedienen Sie sich dennoch Tag für Tag der hier erlernten Fertigkeiten, und integrieren Sie sie in Ihren Alltag! So gelingt es Ihnen, Ihren Nachwuchs erfolgreich auf dem falschen Fuß zu erwischen. Und es gibt noch mehr zu tun. Doch bevor wir zu den Unterrichtseinheiten des heutigen Abends kommen, muss ich Sie dringend bitten, zu niemandem außerhalb dieser Höhlenwände auch nur ein einziges Wort über die Sache zu verlieren. Wie ich bereits mehrfach ausgeführt habe, handelt es sich bei den Engel-Kreatoren um ein streng geheimes Projekt. Und das muss es auch bleiben, wenn es erfolgreich sein soll. Was bedeutet: Niemand darf davon wissen ... vor allem nicht *Annika Kilter.*«

Mystery speit Annikas Namen aus, als wäre er pures Gift.

»Und – ich wiederhole mich – Hut ab, dass Sie mich umgehend über Kamp Kilter informiert haben! Ich dachte, wir müssten eine Weile auf elektronischem Weg in Kontakt bleiben, um zusammenarbeiten zu können. Aber diese persönliche Begegnung ist für mich, als wäre ein Traum wahr geworden.«

Die Eltern jubeln, als hätten auch ihre Träume sich erfüllt.

Abe beugt sich zu mir vor und ruft über den Lärm hinweg: »Wie super ist das denn?!«

Ich schaue ihn an. »Ist es das?«

Er nickt. »Sie betteln um Ärger – und den werden sie kriegen! Besseren Ärger, als sie jemals zuvor bekommen haben!«

Ich versuche zu lächeln. Auch ich möchte begeistert sein darüber, dass wir es unseren Eltern zeigen werden. Dass sie uns nicht gewachsen sind. Nicht mit unseren Kilter-Fähigkeiten.
Aber es will mir nicht gelingen. Ich bin nicht begeistert.
Ich bin traurig.

KAPITEL 26

STRAFPUNKTE: 1835

GOLDSTARS: 900

»Als Erstes werde ich *Stille Nacht* singen. Das ist mein Lieblingsweihnachtslied, was bedeutet, dass Flora es schon mal hasst. Danach *Happy Birthday* für Mom. Sie kann es nicht leiden, wenn die Leute das für sie singen. Denn das heißt, dass sie schon wieder ein Jahr älter geworden ist.«

Gabby kommt ins Wohnzimmer gestürmt, dicht gefolgt von Abe. Sie sind mit randvollen Einkaufstüten aus dem Trouble-Shop beladen.

»Bei Dad bin ich mir noch nicht sicher.« Gabby lässt erst ihre Tüten auf den Wohnzimmertisch fallen und sich selbst dann auf die Couch. »Er ist kein Fan von Countrymusic. Daher würde er sich vermutlich nicht gerade über irgendwelches Cowboygeträllere freuen ... Aber ich könnte auch eine von seinen Lieblings-Show-Melodien musikalisch schreddern. Was meint ihr?«

Abe bringt seine Einkäufe zum Sitzsack. »Neon.«

»Hä?«, meint Gabby.

»Ihr solltet mal unsere Wohnung zu Hause sehen«, sagt er und langt in eine Plastiktüte. »Moms Lieblingsfarbe ist Beige. Dads Hellbraun. Daher ist alles – ob Wände, Möbel oder Teppiche – in irgendwelchen Schattierungen dieser beiden Farben gehalten.« In der einen Hand hält er eine Packung neonfarbener Filzstifte hoch, in der anderen ein Set mit noch kreischenderen Farben. »Also werde ich über ihr trautes Heim herfallen und ihnen den Anblick vermiesen. Mit Neon.«

»Indem du die Wände anmalst?«, fragt Gabby.

»Und alles andere.« Abe holt ein kleines Fläschchen hervor. »Siehst du das hier?«

Gabby beugt sich vor und liest die Produktbeschriftung. »Fluor-Essenz?«

»Ist eine Reinigungslösung. Nur, dass das, was du damit wäschst, wie zum Beispiel Geschirr oder Klamotten, ein fluoreszierendes Gelb annimmt. Der Trouble-Shop hat das Zeugs gerade reingekriegt. Kann gar nicht erwarten, es auszuprobieren.«

»Deine Eltern werden ja so was von überrascht sein!«, sagt Gabby anerkennend. »Genau wie meine. Solange ich die Songs nur richtig hinkriege. Und sie in dieses phantastische neue Mikro singe!« Sie holt einen kurzen, dünnen Stab aus einer ihrer Einkaufstüten hervor. »Kannst du mich hören?«, flüstert sie.

Abe lässt seine Sachen fallen und presst sich die Hände an die Ohren.

»Der *Kilter-Stimmenverstärker.*« Grinsend schaltet sie das Gerät ab. »Lässt dich garantiert zehnmal lauter als deine normale Kreischlautstärke werden.«

»Das Zeugs ist umwerfend«, sagt Abe, während er schon in eine andere Tüte greift. »Und erst recht, wenn wir's benutzen. Unsere Eltern können einpacken.«

Die beiden testen ein paar weitere Sachen. Sie sind so begeistert, dass ich nicht einmal sicher bin, ob sie überhaupt merken, dass ich im Sessel in der Zimmerecke sitze. Obwohl ich fairerweise sagen muss, dass ich mich auch nicht bemerkbar gemacht habe.

»Hey!« Lemon kommt hereingeflitzt. »Sorry, dass ich so spät dran bin.«

»Spät dran?«, wundert sich Abe. »Wofür?«

»Für Sams Neuigkeiten.« Mein bester Freund lässt sich auf die Couch plumpsen und legt die Füße auf den Wohnzimmertisch.

»Was für Neuigkeiten?«, fragt Abe.

»Keine Ahnung, aber du bist auf jeden Fall nicht zu spät«, sagt Gabby. »Sam ist nicht hier. Wir haben ihn seit ... Oh! Sam! Wo kommst du denn her? Diese Art von Heimlichtuerei wird sich garantiert als nützlich erweisen, wenn du deine Eltern drankriegen willst. Apropos drankriegen, du hast gerade die *Beste! Shopping! Tour! Aller! Zeiten! Verpasst!*«

»Das gilt für euch beide«, sagt Abe, während er von mir zu Lemon blickt. »Ich hab schon damit gerechnet, dass du dich mal wieder drückst, Lemon. Du hast es ja gestern Abend nicht einmal zu unserem Ä-Team-Notfalltreffen geschafft.«

»Ich war müde, und das hab ich dir auch gesagt«, erwidert Lemon.

»Aber ich dachte, dass *du* wenigstens kommst.« Abe richtet seinen Blick auf mich. »Ich musste ganz schön meine Beziehungen spielen lassen, um GS George dazu zu bringen, den Trouble-Shop noch mal für uns aufzumachen. Und ich bezweifle, dass wir vor dem großen Trouble-Dienstag noch 'ne Chance zum Shoppen kriegen.«

»Der ist nämlich nächste Woche«, fügt Gabby hinzu. »Da werden wir unsere Eltern mit einer Riesendosis Troublemaker-Medizin kurieren! So dass sie endgültig ausflippen und aufgeben ... und ein für alle Mal mit ihren dämlichen Engel-Kreatoren-Attacken aufhören.«

»Ich weiß«, sage ich. »Ich war bei dem Notfalltreffen dabei.«

»Echt?«, fragt Abe. »Ich hab dich zwar auf demselben Sessel sitzen sehen ... aber gesagt hast du nicht viel. Die Hälfte der Zeit konnte man meinen, du wärst auf einem andern Planeten.«

Da hat er recht. Ich habe nicht viel gesagt. Weil ich nicht wusste, was ich sagen sollte. Nicht während er und

Gabby sich lang und breit über all ihre geplanten Methoden ausließen, mit denen sie unseren Eltern und Mystery einen Strich durch die Rechnung machen wollen. Ich glaube nämlich, dass es gut ist, wenn Mom und Dad sich mal alles von der Seele reden und sich austoben, damit wir es dann vielleicht ein für alle Mal hinter uns haben.

Ich hatte schon immer eine Ahnung. Aber nachdem ich Moms Tagebuch gelesen habe, bin ich jetzt sicher, dass ich nicht der Sohn bin, den sie sich gewünscht hat. Aber Dad? Er hat mir irgendwie immer das Gefühl gegeben, genau richtig zu sein, so wie ich bin. Gut. Clever. Tough. Und mal auch nicht so tough. Zu wissen, dass er sich so große Sorgen um mich gemacht hat, dass er sich unbedingt mit Mystery zusammentun musste ... ist schrecklich. Und es ist Zeit, das zu korrigieren, was so schrecklich schiefgelaufen ist.

Was bedeutet, dass es auch Zeit für etwas anderes ist.

Die Wahrheit.

»Ich hoffe, ihr habt nicht gedacht, dass wir für euch was mitbesorgen«, sagt Abe. »Ist ja nicht so, dass ich tonnenweise Extracredits habe, um ...«

»Hab ich nicht«, sage ich.

»Gut.« Abe entspannt sich ein wenig. »Also, was hat es mit deiner Neuigkeit auf sich?« Er beugt sich vor. »Geht es um Mystery? Oder die Engel-Kreatoren? Hat Ike dir was erzählt?«

Gabby stößt vor Aufregung einen Japser aus. »Ist es wegen Elinor? Habt ihr beiden euch endlich eure ...«
»Nee«, unterbreche ich sie rasch. »Haben wir nicht.« Ich habe Elinor nicht mehr gesehen, seit wir gestern Abend von dieser Geheimhöhle zurückgekommen sind und sie sich gleich auf ihr Zimmer zurückgezogen hat. Ich habe ihr heute Morgen gemailt, dass ich etwas mit ihr, Lemon, Gabby und Abe zu besprechen hätte und es toll fände, wenn sie um vier ins Wohnzimmer käme. Aber sie hat nicht geantwortet. Die Kamp-Kilter-Aufgaben hat sie geschwänzt, und jetzt ist sie auch nicht da. Ist sie immer noch sauer wegen dem, was ich ihr über Abe erzählt habe?
»Wir sind ganz Ohr«, sagt Lemon, als könnte er meine Gedanken lesen.
Ich hole tief Atem und versuche mir alles ins Gedächtnis zu rufen, was ich sagen möchte. Ich hatte eine ganze Rede vorbereitet. Aber nun, da es endlich so weit ist, kommen mir nur zwei Worte in den Sinn.
»Alles gelogen.«
Wieder gibt Gabby einen Japser von sich. »Also ist es *doch* wegen Elinor.«
»Ist es nicht.« Und nun finde ich irgendwie die richtigen Worte. »Es ist wegen mir. Wer ich bin. Oder wichtiger noch ... wer ich *nicht* bin.«
Sie blicken mich an. Stumm. Neugierig.
»Erinnert ihr euch noch an den Elterntag?«, frage ich.

»Im ersten Semester, an das Grillfest nach der Campusführung?«
Sie nicken.
»Erinnert ihr euch, was meine Mom euren Eltern an diesem Tag erzählt hat?« Ich schlucke. »Nämlich, weshalb sie mich nach Kilter geschickt haben?«
Gabby und Abe tauschen einen kurzen Blick.
»Es war ein Unfall«, sagt Lemon, sofort bereit, mir beizuspringen. »Wir sind alle zuerst ein wenig durchgedreht. Aber dann hast du alles erklärt, und wir haben es verstanden. Du hast versucht, was Gutes zu tun, und stattdessen ist dabei was Übles rausgekommen.«
»Es war die allerschlimmste Art von Unfall«, sagt Abe.
»Aber trotzdem war es immer noch ein Unfall«, sagt Gabby.
Mir wird ganz warm um Herz. Dass meine Freunde so verständnisvoll sind, macht es jedoch noch schwerer, ihnen zu gestehen, dass es dafür keinen Grund gab.
»Die Sache ist die«, beginne ich die ja eigentlich gute Neuigkeit, »dass Mom gelogen hat. Denn letzten Endes habe ich meine Lehrerin gar nicht umgebracht. Ms Parsippany … lebt.«
Schweigen senkt sich über den Raum. Ich zwinge mich fortzufahren.
»Zuerst wusste ich es nicht. Ich habe nur gesehen, dass Ms Parsippany auf dem Boden der Cafeteria liegengeblieben ist, und dann wurde ich auch schon nach Kilter

geschickt. Aber Mom wusste es. Sie hat mich trotzdem hierhergeschickt und mich monatelang glauben lassen, dass ich die schreckliche Sache getan habe.«

»Aber ... warum?«, fragt Gabby.

»Ich versuche immer noch dahinterzukommen«, erwidere ich. »Aber ich denke, sie wollte, dass ich tougher werde. Denn als sie mich nach Kilter geschickt hat, wusste sie bereits, dass es keine Reformschule ist. Sie wusste, wozu wir hier wirklich ausgebildet werden.«

»Dabei ist Annika so sorgfältig darauf bedacht, das geheim zu halten«, wendet Abe ein.

»Ich weiß. Aber irgendwie hat Mom es herausgefunden.«

»Und seit wann weißt du, dass du unschuldig bist?«, fragt Gabby.

»Seit ein paar Monaten.«

Abe verzieht höhnisch das Gesicht.

»Es tut mir wirklich leid, dass ich es euch nicht erzählt habe«, beeile ich mich zu sagen. »Das war falsch. Ihr seid meine Freunde und habt die Wahrheit verdient. Es ist nur ... ich hatte einfach Angst.«

»Uns zu erzählen, dass du doch kein Mörder bist?«, fragt Abe. »Logo, das macht Sinn.«

»Tut es nicht, ich weiß. Und ich war *so* glücklich, dass Ms Parsippany nichts passiert war. Aber als ich das herausgefunden habe, lief alles gerade richtig super. In Kilter zu sein, machte mir Spaß. Und noch wichtiger:

Zusammen mit euch in Kilter zu sein, machte mir Spaß. Mir war klar, dass Annika mich rausschmeißen würde, sollte sie die Wahrheit erfahren. Das wollte ich nicht. Ich wollte einfach nicht die besten Freunde verlieren, die ich jemals hatte.«

Wieder versinken sie in Schweigen. Ich frage mich, ob sie mein Herz hören können, das heftig in meiner Brust hämmert.

»Warum erzählst du uns das jetzt?«, fragt Lemon schließlich.

Nachdem ich den schwierigsten Teil hinter mir habe, kommen mir die Worte leichter über die Lippen. »Weil ich es einfach nicht mehr kann. Ich kann nicht mehr lügen. Die Dinge sind zu verzwickt geworden. Und ich vermisse meinen Dad. Als ich ihn gestern Abend beim Treffen der Engel-Kreatoren gesehen habe, spürte ich, dass er traurig war. Ich glaube, er vermisst mich auch. Und – Abe, auch wenn ein Teil von mir denkt, es wäre doch ein Mordsspaß, unseren Eltern einen Streich zu spielen und ihnen eine unvergessliche Lektion zu erteilen, so ist ein anderer Teil überzeugt davon, dass es die Dinge nur noch schlimmer machen würde.« Ich halte inne, um tief Luft zu holen. »Egal, ich habe beschlossen, mit Annika reinen Tisch zu machen. Aber ich wollte euch als Erstes die Wahrheit sagen. Ihr seid viel wichtiger für mich als sie … und möglicherweise lässt sie mich noch in derselben Sekunde von einem Kilter-Helikopter wegschaffen.

Und nimmt mir mein K-PAD ab, so dass ich euch nicht mal mehr 'ne Mail schicken kann.«

Abe runzelt die Stirn. Gabby verzieht die Lippen zu einem nachdenklichen Schmollmund. Lemon starrt auf seine Füße. Ich versuche, nicht enttäuscht zu sein, als niemand mehr etwas sagt. Ich möchte mich keinesfalls im Schlechten von ihnen trennen, aber ich kann es ihnen auch nicht verübeln, wenn sie sauer sind.

»Okay«, sage ich und mache Anstalten, mich zu erheben. »Ich sollte jetzt gehen und meine Sachen packen.«

»Warte«, sagt Abe.

Ich bleibe unschlüssig stehen. Abe, Gabby und Lemon stecken die Köpfe zusammen. Nach ausgiebigem Flüstern und Genicke trennen sie sich wieder und blicken mich an. Mit ernster Miene macht Abe den Mund auf, um etwas zu sagen. Doch Gabby kommt ihm zuvor.

»Du darfst nicht gehen!«, platzt es aus ihr heraus.

Abe verdreht die Augen.

»'tschuldigung«, sagt sie. »Ich konnte einfach nicht anders.«

»*Willst* du denn überhaupt gehen?«, fragt Abe.

»Willst du uns nie wieder sehen?«, fragt Gabby.

»Natürlich nicht«, erwidere ich. »Aber ich kann einfach nicht mehr lügen.«

»Vielleicht gibt es ja einen Weg, beides zu tun?«, fährt Abe fort. »Reinen Tisch zu machen … und trotzdem in Kilter zu bleiben?«

»Das wäre so was von super«, sage ich. »Aber das ist unmöglich.«
»Nicht unbedingt«, sagt Abe.
Offensichtlich besorgt, dass die Wände Ohren haben könnten, macht er mir ein Zeichen, näher zu kommen. Wieder bilden die drei einen Kreis, und als ich mich zu ihnen geselle, verraten Abe und Gabby mir ihren Plan. Der da wäre: Wir wollen Annika mit dem, was wir letzte Nacht in der geheimen Höhle der Engel-Kreatoren erfahren haben, beweisen, dass ich es verdiene, in Kilter zu sein. Selbst wenn Ms Parsippany noch am Leben ist.
»Klingt toll«, sage ich anschließend. »Aber ich will meinen Eltern wirklich keine Streiche mehr spielen.«
»Musst du auch nicht«, beruhigt mich Abe. »Wenn du alles andere richtig machst, wird Annika nicht mal merken, dass deine Eltern außen vor gelassen wurden.«
Ich überlege. Dann sehe ich Lemon an. »Bist du dabei?«
»Ich bin dabei, wenn's darum geht, meinen besten Freund zu behalten«, sagt er. »Also werde ich alles tun, was ich kann.«
Wieder wird mir ganz warm ums Herz. Ich möchte sie alle am liebsten umarmen. Aber wer weiß, wie Abe darauf reagiert, und so halte ich mich zurück.
Immer noch im Kreis zusammengedrängt, besprechen wir die nächsten Schritte. Als wir uns nach einigen Mi-

nuten trennen, nehmen Gabby und Abe die vollen Einkaufstüten und begeben sich auf ihre Zimmer, um ihre Erwerbungen zu testen. Lemon zieht sich zurück, um ein Nickerchen zu machen.

Als sie weg sind, lasse ich mich auf die Couch sinken. Ich will mir gerade ein paar Notizen auf meinem K-PAD machen, als mir eine grüne Schleife auf dem Wohnzimmertisch ins Auge sticht. Es ist eine Haarschleife. Und sie gehört Elinor.

Nun habe ich einen Vorwand, ihr einen Besuch abzustatten! Ich bin natürlich erpicht darauf, ihr ebenfalls die Wahrheit zu erzählen, und so schnappe ich mir die Schleife und renne aus dem Zimmer. Vor ihrer Tür bleibe ich stehen und warte ein paar Sekunden, bis sich mein Atem ein wenig beruhigt hat. Dann klopfe ich leise.

»Elinor? Ich bin's, Sam. Darf ich reinkommen?«

Eine gefühlte Ewigkeit lang ist nichts zu hören. Dann: »Okay.«

Vorsichtig öffne ich die Tür. Elinor sitzt im Schneidersitz auf ihrem Bett, mit einem aufgeschlagenen Buch auf den Knien.

Ich lächle. »Hi.«

Sie lächelt, na ja, mehr oder weniger. »Hi.«

»Wie geht's dir?«

»Bin okay. Und du?«

»Ich auch.« Fieberhaft überlege ich, wie ich anfangen

soll. Dann fällt mir wieder Elinors Haarschleife ein, und automatisch schiebt sich meine Hand in ihre Richtung vor. »Hab deine Haarschleife gefunden.«

Ihre Augen wandern zu der Seidenschleife. »Oh, danke.«

»Keine Ursache. Wo soll ich sie hinlegen?«

»Auf den Schreibtisch, das wäre nett.«

Ich lege die Schleife auf ein zugeschlagenes Notizbuch. Dabei fällt mein Blick auf ihr Freundschaftsbändchen, das zu dem geflochtenen Bändchen an meinem Handgelenk passt. Es liegt auf einem anderen Notizbuch.

Ich zwinge meine Füße, sich vom Schreibtisch zu entfernen. »Das war ja ziemlich abgefahren gestern Abend, was? Da in der Höhle? Mit Mystery und den Engel-Kreatoren?«

Sie nickt, den Blick wieder auf ihr Buch gerichtet. »Yep.«

»Elinor, es tut mir wirklich leid, wenn ...«

»Sam, ich bin mitten in einem Kapitel. Können wir ein andermal reden?«

Mir wird tonnenschwer ums Herz. »Klar.«

Mit gesenktem Kopf trete ich den Rückzug an. An der Tür bleibe ich noch einmal stehen, in der Hoffnung, dass sie noch etwas sagt. Irgendetwas, das darauf schließen ließe, dass sie doch nicht ganz so sauer auf mich ist, wie es den Anschein hat ... Doch stattdessen schlägt sie nur eine Seite um. Ich schließe leise die Tür hinter mir.

Nach allem, was während der letzten vierundzwanzig Stunden vorgefallen ist, fühle ich mich nun völlig leer. Wie ein Schildkrötenpanzer ohne Schildkröte. Außerstande, irgendetwas anderes zu machen, lasse ich mich aufs Bett fallen und starre eine Weile an die Decke. Schließlich verkündet mein K-PAD mit einem Summen, dass eine neue Mail eingegangen ist, und ich öffne sie.

AN: sHinkel@Kilter-Akademie.org
VON: annika@Kilter-Akademie.org
BETREFF: Deine Eltern

Dein Vater ignoriert meine Mail-Einladungen zum Rollentausch. Deine Mutter hat zurückgeschrieben und sich bedankt, aber versäumt zu sagen, ob sie nun teilnimmt. Sie sind die einzigen Eltern, mit denen ich mich noch treffen muss, und ich bin ziemlich neugierig, warum sie sich so abwehrend verhalten.
Irgendwelche Ideen?

Annika

Ich lese die Nachricht noch einmal. Sie klingt verärgert, so als würde sie denken, ich hätte etwas mit dem schlechten Benehmen meiner Eltern zu tun.
Da ich mich doch selbst mies fühle, bin ich nicht in der

Stimmung, Annika aufzuheitern. Also schließe ich die Mail und fange eine neue an.

AN: ike@Kilter-Akademie.org
VON: sHinkel@Kilter-Akademie.org
BETREFF: Vorsicht?

Hi, Ike!
Wie geht's dir? Ich hoffe, du hast Spaß bei dem, was du gerade machst in Kamp Kilter.
Danke noch mal für die super Stunde mit dem Hängematten-Launcher. Ich kann's gar nicht erwarten, ihn auch mal an beweglichen Zielen auszuprobieren!
Ich habe eine Frage an dich. Als wir neulich über Annika sprachen, meintest du, ich solle vorsichtig sein …
Was hast du damit gemeint? Ich habe so ein paar Vermutungen, aber ich würde gerne die Wahrheit wissen.
Danke!

Sam

Ich schicke die Mail ab. Schon zwei Minuten später bekomme ich eine Antwort meines Tutors.

AN: sHinkel@Kilter-Akademie.org
VON: ike@Kilter-Akademie.org
BETREFF: RE: Vorsicht?

Hallo, Sam!
Freut mich, dass dir die Stunde gefallen hat.
Was Annika angeht, sage ich nur so viel: Vor ein paar Jahren war ich sozusagen du. Ein begabter Schütze. Der Spitzen-Troublemaker meines Jahrgangs. Annikas Favorit.
Dann konnte ich einen Blick auf ihr wahres Gesicht erhaschen. Und im Gefühl, ich könnte es mir erlauben, habe ich sie deswegen zur Rede gestellt.
Jetzt bin ich ich. Ein ewiger Tutor. Ohne Hoffnung, mehr tun zu können, als begabten Kids wie dir das beizubringen, was sie sich auch mit Hilfe von Online-Demos selbst aneignen könnten.
Versteh mich nicht falsch. Ich liebe meinen Job. Ich dachte nur, dass ich mal mehr machen würde. Was Besseres. Was Gutes. Für so viele Menschen, die es dringend bräuchten.
Aber wie sich herausgestellt hat, sorgt Annika sich nur um das Wohl einer einzigen Person. Um sich selbst nämlich. Und wenn du ihr in die Quere kommst, wird sie dich kaltstellen. Für immer.
Das, mein Freund, ist die Wahrheit.

Ike

Ich lese Ikes Mail insgesamt dreimal, bevor eine neue eintrudelt.

AN: sHinkel@Kilter-Akademie.org
VON: annika@Kilter-Akademie.org
BETREFF: Treffen

Sam,
sorry, dass ich in meiner Mail nicht auf deine Bitte um ein Treffen eingegangen bin. Es wäre toll, wenn wir uns so schnell wie möglich treffen könnten. Ich kann es gar nicht erwarten, von dir über die interessanten Entwicklungen an der Elternfront zu hören!
Wie wär's mit morgen früh, bevor ihr über den See fahrt? Ich werde ein Golfmobil schicken.

Herzlich,
Annika

Ich drücke auf Antworten. Ohne auch nur ein bisschen darüber nachzudenken, was ich da schreibe, fange ich an zu tippen.

AN: annika@Kilter-Akademie.org
VON: sHinkel@Kilter-Akademie.org
BETREFF: RE: Treffen

Ist schon okay, Annika. War nur falscher Alarm. Werde dich informieren, wenn sich was tut.

Sam

KAPITEL 27

STRAFPUNKTE: 2135

GOLDSTARS: 1150

Meine Freunde und ich verbringen die nächsten Tage damit, Informationen für den Trouble-Dienstag zu sammeln. Wenn wir uns zum Putzdienst in den Hütten melden, beobachten wir unsere Eltern genau, ob sie so handeln, wie Mystery es ihnen vorgibt. Wir notieren uns ihre Stärken und Schwächen, was uns bei unseren Racheplänen hilft. Ich möchte meinen Eltern immer noch keins auswischen. Aber sie zu beobachten – beziehungsweise Dad zu beobachten (Mom ist die meiste Zeit immer noch verschwunden) –, erweist sich als nützlich. Oder wird sich einmal als nützlich erweisen, wenn die Zeit gekommen ist.

Mit jedem Tag fühle ich mich gewappneter. Trotzdem werde ich sozusagen auf dem falschen Fuß erwischt, als Dad am Montag vor dem Trouble-Dienstag einen echten Überraschungshammer vom Stapel lässt.

Lieber Sam,
deine Mutter und ich würden dich gerne heute Abend zum Essen in unsere Hütte einladen. Um neunzehn Uhr. Bring reichlich Appetit mit.
In Liebe

Dad

Ich habe die Nachricht heute früh gefunden. Sie war mit Klebeband an unserem Zelt befestigt. Jetzt stehe ich auf der Veranda meiner Eltern und lese sie wohl schon zum hundertsten Mal, auf der Suche nach verborgenen Hinweisen, die auf irgendwelche Hintergedanken schließen lassen. Denn mittlerweile ist es fünf Tage her, seit meine Freunde und ich das Treffen der Engel-Kreatoren ausspioniert haben. Neun Tage seit unserer Ankunft in Kamp Kilter. Es ist das erste Mal, seit wir hier sind, dass meine Eltern Zeit mit mir verbringen wollen.

Also muss ich mich doch fragen: Warum? Es gibt nur einen Weg, das herauszufinden, und so hebe ich die Faust, um anzuklopfen. Doch da schwingt auch schon die Tür auf.

»Hallo, Sam.«

»Mom?«, frage ich verblüfft. Die Frau vor mir ähnelt in gewisser Weise zwar der, die ich nun dreizehn Jahre lang als meine Mutter kenne. Ihre Haare sind immer noch braun. Die Augen grün. Sie trägt ihr rotes Lieblingsstrandkleid und dazu passende rote Sandalen. Aber irgendetwas ist anders.

»Na, so lange ist es ja nun auch nicht her, dass wir uns gesehen haben!« Mom macht die Tür weiter auf. »Möchtest du nicht reinkommen?«

Immer noch überlegend, was hier abgeht, betrete ich das Wohnzimmer. Mom schließt die Tür hinter mir.

»Die sind für dich.« Ich strecke ihr einen Strauß Wildblumen entgegen, die ich im Wald hinter unserem Untergrundhaus gepflückt habe. Mom und Dad bringen immer Blumen mit, wenn sie woanders zum Essen eingeladen sind, also schien es mir das Richtige zu sein.

Mom schnappt vor Freude nach Luft. Presst sich die Hände aufs Herz. Lächelt.

Das ist es! Ihr Lächeln. Es ist völlig anders. Normalerweise sind die Lippen zusammengekniffen, die Mundwinkel heben sich kaum. Und Wangen, Kinn und Stirn sind so angespannt, als wäre die ganze Kraft von Moms Gesichtsmuskeln erforderlich, um den Ausdruck zu halten.

Doch jetzt teilen sich ihre Lippen tatsächlich. Die Mundwinkel heben ihre total entspannten Wangen. Anstatt wie zu Marmor erstarrt zu sein, wirkt ihr Gesicht warm und lebendig. Offen. Glücklich.

»Sind die schön!«, ruft sie aus und nimmt mir die Blumen ab, »Danke! Komm mit mir in die Küche, während ich nach einer Vase suche.« Sie macht kehrt, bleibt dann aber abrupt stehen und dreht sich wieder zu mir um. »Ich meine, würdest du gern mit mir in die Küche kommen, während ich nach einer Vase suche?«

Ich zucke die Achseln. »Klar.«

Sie strahlt. Als ich ihr durch den Raum folge, fällt mir das Feuer im Kamin ins Auge. Kerzen auf dem Wohnzimmertisch und den Beistelltischen tauchen alles in sanftes Licht. Aus diversen runden Wandlautsprechern rieselt Jazz-Musik.

»Toll sieht's bei euch aus«, sage ich, als wir in der Küche sind.

»Dank dir.« Mom öffnet einen Wandschrank und sucht eine passende Glasvase heraus. »Es ist super, wie du die ganzen Hausarbeiten hier machst. Ich hab noch nie ein Haus gesehen, das tagein, tagaus so sauber ist.«

»Und was ist mit unserem Haus? Daheim? Du hast doch immer dafür gesorgt, dass alles tipptopp aussieht.«

Sie hört auf, die Blumen in der Vase zu arrangieren, und schaut mich an. Und ich meine, in ihren Augen Tränen schimmern zu sehen.

»Findest du das wirklich?«, fragt sie.

»Natürlich. Wie könnte ich sonst wissen, wie es hier aussehen soll, wenn ich fertig bin! Du hast mir das schon Millionen Mal gezeigt.«

Sie schnieft. Blinzelt. Fährt fort, die Blumen zu arrangieren.

»Und wie lecker es hier riecht«, sage ich. »Was gibt's denn zum Abendessen?«

Ihr Gesicht hellt sich auf. »Überbackene Makkaroni!«

Das haut mich aus gleich zwei Gründen um. Denn erstens hat sie nicht Fischstäbchen gesagt, und zweitens will es mir einfach nicht gelingen, *Überbackene Makkaroni* in meiner inneren Abendessen-Datenbank abzurufen.

»Sind die mit Soja-Käse?«, frage ich.

»Nee«, antwortet sie und stellt die Blumen auf den Tisch. »Mit richtigem Käse.«

»Brokkoli?«, hake ich nach.

»Nicht *ein* Mikroröschen.« Sie eilt zum Herd und streift sich die Ofenhandschuhe über.

Sie klappt die Ofentür auf, holt eine tiefe Schüssel heraus und stellt sie vor mir auf dem Tresen ab. Mir läuft das Wasser im Mund zusammen, als mit dem aufsteigenden Dampf alle möglichen leckeren Düfte in meine Nase strömen: Knoblauch, Tomatensauce, noch mehr Knoblauch.

Dann langt sie erneut in den Backofen und holt ein längliches dünnes Teil heraus, das in Alufolie eingewickelt ist. Sie legt es neben die Schüssel mit den überbackenen Makkaroni und schlägt die Alufolie zurück, so dass ich sehen kann, was drin ist.

»Knoblauchbrot?«, frage ich fassungslos. »Mit …«
»Richtiger Butter? Yep!«
Praktisch schon am Sabbern, strecke ich eine Hand nach dem Brot aus. Dann halte ich inne.
»Na, mach schon«, sagt Mom. »Nimm dir ein Stück.«
»Aber wir sitzen noch nicht am Tisch«, sage ich und muss an die unzähligen Male denken, die sie mich ausgeschimpft hat, weil ich vorher schon vom Essen genascht habe.
Sie öffnet die Folie noch etwas weiter. Dann reißt sie zwei Brotstücke ab, händigt mir das eine aus und behält das andere für sich.
»Also, wenn du's niemandem verrätst, tu ich's auch nicht«, sagt sie und beißt ein großes Stück ab.
Grinsend nehme ich einen Bissen. Und noch einen und noch einen.
Das Brot ist heiß, feucht und salzig. Ich weiß nicht, ob ich in meinem Leben schon einmal so was Leckeres gegessen habe.
»Na, da schau einer an. Wen haben wir denn da?!«
Ich drehe mich um. »Hi, Dad.«
Er steht in der Küchentür. Seine Augen wandern von mir zum Tresen und dann weiter zum Boden, bevor sie über die Decke und sämtliche Wände gleiten und wieder zu mir zurückkehren.
»Danke für deinen Besuch«, sagt er schließlich.
»Danke für die Einladung«, sage ich.

»Das Abendessen ist fertig«, verkündet Mom. »Sollen wir dann?«

Dad betritt die Küche. Vorsichtig. So, als hätte er Angst, dass der Boden von lauter Sprengfallen übersät sein könnte. Ich bleibe stehen, wo ich bin, damit wir uns umarmen können, ehe wir uns setzen.

Aber er umarmt mich nicht. Er geht an mir vorbei und setzt sich an den Tisch.

»Ist das nicht schön?« Mom bedeutet mir, auf dem Stuhl gegenüber von Dad Platz zu nehmen. »Die ganze Familie wieder mal zusammen.«

»Ist es.« Ich werfe einen Blick auf Dad.

»In der Tat.« Dad wirft einen Blick auf mich.

Mom häuft uns Pasta auf die Teller. Wir fangen an zu essen.

»Es schmeckt super«, sage ich. »Danke fürs Kochen.«

»Keine Ursache. Gern geschehen.« Etwa zum vierzehnten Mal seit meiner Ankunft strahlt Mom über das ganze Gesicht. »Ich hatte gehofft, dass du es magst. Ich dachte, es wäre toll, mal etwas Neues auszuprobieren. Um … na ja, sozusagen … ich weiß auch nicht. Um noch mal ganz von vorn anzufangen, vielleicht?«

Dad und ich hören auf zu kauen. Unsere Gabeln schweben über den Tellern.

»Womit von vorn anfangen?«, frage ich.

»Ja«, fragt Dad. »Womit?«

»Ach, kommt schon. Wir alle wissen, dass es ein paar

schwierige Monate waren. Es ist eine Menge passiert. Es gab Veränderungen. Unser ganzes Leben ist auf den Kopf gestellt worden.«

Ich schiebe mir schnell eine Gabel voll Pasta in den Mund, um die Frage zu ersticken, die aus mir herausplatzen will.

Und wessen Schuld war das?

»Wie dem auch sei«, fährt Mom fort. »Jetzt sind wir hier. Wir haben Sommerferien, die dazu gedacht sind, die Akkus wieder aufzuladen. Sich auf das vorzubereiten, was als Nächstes kommt. Und ich dachte, dass wir versuchen könnten, dies gemeinsam zu tun, auch wenn wir nicht jede Sekunde miteinander verbringen. Zusammen, als Familie.«

»Das war ein sehr netter Gedanke«, sagt Dad und tätschelt Mom die Hand.

Es *war* ein sehr netter Gedanke? Denkt er, dass es unmöglich ist, als Familie noch einmal zusammen von vorn anzufangen? Oder dass es dafür schlicht und einfach zu spät ist?

Ich muss an Annikas letzte Mail denken.

»Ach, übrigens«, werfe ich wie nebenbei ein. »Wie kommt es eigentlich, dass ihr Annika gar nicht auf ihre Einladung zum Rollentausch geantwortet habt?«

»Ich hab geantwortet«, sagt Mom.

»Auch auf ihre eigentliche Frage?«, bohre ich nach.

»Na ja …« Mom meidet meinen Blick. »Ach, wir brauchen ja noch Parmesan!« Sie springt auf und geht an den Kühlschrank.

Ich sehe Dad an. »Sie sagt, dass sie dir auch geschrieben hat. Ohne was von dir zu hören.«

Dad ist auf einmal schwerst beschäftigt damit, sich Nudeln auf die Gabel zu spießen. »Ja. Äh, ich hab diese Mails bekommen. Und ich hatte auch vor, darauf zu antworten. Es war einfach nur so viel zu tun! Wir waren so beschäftigt!«

»Zu beschäftigt, um Ja oder Nein zu tippen und auf Senden zu drücken?«, frage ich.

Dad schiebt sich die Gabel in den Mund. Kaut. Zuckt die Achseln.

»Die Familien meiner Freunde haben alle schon am Rollentausch-Spiel teilgenommen. Annika sagt, es hilft Kindern, ihre Eltern zu verstehen, und umgekehrt. Was wiederum hilft, eine bessere Familie zu werden. Möchtest du nicht, dass es in unserer Familie besser klappt?«

»Wasser!« Dad schluckt. Dann springt er auf und steuert auf die Spüle zu.

Mom kommt mit dem geriebenen Käse an den Tisch zurück. Dad füllt und leert das Wasserglas dreimal hintereinander. Meine Eltern müssen ihre Gründe dafür haben, sich vor dem Rollentausch zu drücken. Aber ganz offensichtlich haben sie nicht vor, sie mir zu verraten.

Ich bin noch keine halbe Stunde hier und schon viel verwirrter als bei meiner Ankunft. Aber um die Situation besser unter Kontrolle zu kriegen, muss ich dahinterkommen, was es mit diesem Abend wirklich auf sich hat. Und so stelle ich eine weitere Frage, die ich bis dahin unterdrückt habe.

»Also, wie habt ihr das hier gedeichselt?«

»Was gedeichselt?«

»Das Abendessen. Hier. Mit mir. Keiner meiner Freunde ist von seinen Eltern heute Abend eingeladen worden. Also kann es sich nicht um ein von Annika genehmigtes Allgemein-Event handeln. Was bedeutet, dass ihr eine Spezialerlaubnis bekommen habt.«

»Wir brauchen Annikas Erlaubnis nicht«, wirft Dad rasch ein.

Mom und ich sehen ihn an. Eine Sekunde später essen beide auch schon weiter. Ich beobachte Dads Hände. In der einen hält er die Gabel, in der anderen das Knoblauchbrot. Die Gabel zittert. Das Knoblauchbrot rutscht ihm immer wieder aus der Hand und fällt auf die klebrigen Nudeln.

Er ist nervös. Total nervös.

Mom dagegen scheint sich absolut wohl in ihrer Haut zu fühlen. Es scheint, als hätte sie keinerlei Sorgen. Entspannt lehnt sie sich in ihrem Stuhl zurück. Isst langsam. Bietet noch mehr Brot an. Bedenkt mich mit einem strahlenden Lächeln nach dem anderen.

Und stellt mir eine unerwartete Frage, als Dad nichts mehr sagt.

»Wie geht es dir?«

Ich höre auf zu kauen. »Äh, gut.«

»Fein«, sagt sie. »Deine Lehrer scheinen dich ja ordentlich auf Trab zu halten.«

Ich schlucke. »Tun sie.«

»Hoffentlich habt ihr neben all der Arbeit auch ein bisschen Spaß.« Jetzt klingt Mom besorgt. »Dies ist auch dein Sommer. Ich verstehe ja, dass du gewisse … Lektionen … lernen musst. Aber ich hoffe doch, dass du für deine Anstrengungen auch angemessen belohnt wirst.«

»Zum Beispiel wie?«, frage ich, neugierig zu erfahren, was ich ihrer Meinung nach verdiene.

»Mit Dingen halt, die Kids an Feriencamps lieben. Tanz- und Poolpartys. Filmnächte. Freizeit.«

»Freizeit ist was für gute Kinder. Und wenn ich wie ein gutes Kind behandelt werden möchte, hätte ich mich vielleicht wie eines benehmen sollen.«

Was exakt das ist, was sie zu mir gesagt hat, bevor sie und Dad mich vor neun Monaten nach Kilter geschickt haben. Ich habe diesen Satz so viele Male in meinem Kopf wiederholt, dass er sich für ewig in meinem Hirn eingebrannt haben muss. Aber Mom scheint sich nicht daran zu erinnern.

»Du *bist* ein gutes Kind!«, ruft sie, und mir wird ganz warm ums Herz. »Das allerbeste! Alle Eltern sollten das Glück haben, solch ein …«

Sie verstummt. Vermutlich, weil gerade ein Buttermesser so knapp an ihrem Gesicht vorbeigesegelt ist, dass es fast ihre Nase mitgenommen hätte.
»Gut gefangen«, sagt Dad.
»Danke.« Ich beuge mich vor, um ihm das Messer wieder auszuhändigen. »Halt das bloß schön fest. Butter ist ganz schön glitschig.«
»Wie gesagt, Sam«, fährt Mom fort, »bist du der ...«
»Ups!« Dad zuckt jäh zusammen. »'tschuldige, Sam. Weiß auch nicht, wie das passiert ist!«
Ich schon. Er hat eine Hand voll Eiswürfel aus seinem Wasserglas gefischt und sie geradewegs auf mich gepfeffert. Woraufhin ich mein Glas reflexartig hochreiße und es blitzschnell nach allen Seiten bewege, um die heranfliegenden Eiswürfel abzufangen.
»Kein Problem.« Ich stelle das Glas wieder auf den Tisch. »Gefrorenes Wasser ist auch ganz schön glitschig.«
Mom versucht weiterhin ihr Glück. »Sam, du solltest nie ...«
... Dad aus den Augen lassen. Denn als Nächstes schnipst er Makkaroni von seinem Teller. Bevor sie mir ins Gesicht klatschen, reiße ich meinen Teller hoch und halte ihn so, dass seine Makkaroni wohlbehalten auf meinen landen.
»Danke«, sage ich, als er damit fertig ist. »Ich bin ziemlich hungrig.«

Dad runzelt die Stirn. Starrt auf seine Finger. Hält den Tellerrand mit beiden Händen umkrallt.

»Eliot, alles okay mit dir?«, fragt Mom ihn.

»Was? Natürlich! Hab mich nie besser gefühlt!«

Und wie um das unter Beweis zu stellen, füllt er sich mehr Pasta auf den Teller und fängt an, sich ganze Gabelladungen davon in den Mund zu schaufeln.

»Würdet ihr mich bitte entschuldigen?«, sage ich und versuche, ein Lachen zu unterdrücken. »Ich müsste mal ins Bad.«

»Natürlich«, sagt Mom.

Während ich alles gebe, um nicht in lautes Gelächter auszubrechen, flitze ich den Korridor entlang ins Badezimmer. Rasch mache ich die Tür zu, presse mir ein Handtuch ins Gesicht und lache erst mal eine Runde. Als ich mich wieder halbwegs eingekriegt habe, ziehe ich mein K-PAD aus der Jackentasche. Und während ich mir vorstelle, wie viel Spaß es doch machen würde, einander zu Hause gegenseitig solche Tricks vorzuführen – vor allem, weil wir beide eigentlich wissen, was Sache ist –, fange ich eine neue Mail an.

AN: lOliver@Kilter-Akademie.org; aHansen@Kilter-Akademie.org; gRyan@Kilter-Akademie.org; eNorris@Kilter-Akademie.org
VON: sHinkel@Kilter-Akademie.org
BETREFF: Morgen

Hi, Leute!
Wollte nur mal kurz von mir hören lassen. Hier ist soweit alles in Ordnung, auch wenn sich meine Eltern total schräg verhalten. Von Dad hab ich das ja erwartet – er versucht pausenlos, mir sozusagen direkt vor der Nase irgendwelche Streiche zu spielen. Aber definitiv nicht von Mom. Warum nicht? Weil sie supernett war, was sie sonst nie ist. Sie scheint sich wirklich Gedanken zu machen, wie sie mich glücklich machen kann. Was ebenfalls eine Premiere ist.
Warum Dad Theater spielt, wissen wir, daher zerbreche ich mir wegen ihm nicht den Kopf. Im Gegenteil: Seine Tischtricks zu durchkreuzen ist saukomisch. In Kombination mit Moms neuer Nettigkeit ist es geradezu ein toller Abend.
Daher frage ich mich, ob wir den Trouble-Dienstag morgen auch wirklich durchziehen wollen. Vielleicht gibt es ja noch einen anderen Weg, um die Engel-Kreatoren ohne Streiche aufzuhalten. Es hört sich womöglich verrückt an. Aber was wäre, wenn wir einfach versuchen würden, mit unseren Eltern zu reden? Beim Rollentausch

wurde ja klar, dass Erwachsene und Kids total verschiedene Erinnerungen an die Vor-Kilter-Zeiten haben.
Probleme anzusprechen und auszudiskutieren hat dann geholfen, klare Verhältnisse zu schaffen.
Vielleicht sollten wir überhaupt mehr reden mit unseren Eltern? Ich könnte das gleich heute Abend mit meinen Eltern ausprobieren, und ihr tut es mit euren morgen früh während des Putzens. Danach müsste keiner mehr irgendjemanden hereinlegen.
Was meint ihr?

Sam

Ich drücke auf Senden und bin nicht überrascht, dass Abe als Erster zurückschreibt.

AN: sHinkel@Kilter-Akademie.org; lOliver@Kilter-Akademie.org; gRyan@Kilter-Akademie.org; eNorris@Kilter-Akademie.org
VON: aHansen@Kilter-Akademie.org
BETREFF: Re: Morgen

Hinkel, was immer dir deine Eltern gerade zu essen geben, HÖR AUF, ES DIR REINZUPFEIFEN. Da muss was drin sein, das etwas mit deinem Kopf anstellt.

Lemon schreibt als Nächster.

AN: sHinkel@Kilter-Akademie.org; aHansen@Kilter-Akademie.org gRyan@Kilter-Akademie.org; eNorris@Kilter-Akademie.org
VON: lOliver@Kilter-Akademie.org
BETREFF: RE: RE: Morgen

Komm runter, Abraham.
Sam, ich finde deine Idee interessant. Aber vielleicht solltest du lieber erst mit deinen Eltern reden, wenn wir das alles gemeinsam besprochen haben?

L

Ich schließe das Mailprogramm und verstaue mein K-PAD wieder in der Jackentasche. Dann öffne ich die Badezimmertür und trete auf den Korridor. Mom und Dad unterhalten sich im Esszimmer. Ich höre, wie Dad Mom für die überbackenen Makkaroni Komplimente macht. Woraufhin Mom sich bedankt und dann beginnt, das Rezept wiederzugeben.
Es klingt wie eine absolut normale, freundliche Konversation – eine, an der man gern teilhaben möchte. Aber statt nach rechts zu meinen Eltern in die Küche bewegen sich meine Füße wie von selbst nach links, auf ihr Schlafzimmer zu.
»Was tust du da eigentlich?«, sage ich zu mir selbst, als ich vor der Kommode stehe.

Nach Antworten suchen. Anscheinend habe ich immer noch einige Vertrauensprobleme. Sprich, ich kaufe Mom ihr neues Verhalten noch nicht ganz ab. Wenn ich nur irgendeinen felsenfesten Beweis dafür hätte, dass ihre Freundlichkeit nicht gespielt ist – vielleicht einen neueren Tagebucheintrag, der ihren Sinneswandel ausführlich beschreibt …

Das ist das allerletzte Mal, nehme ich mir vor. Zum Wohl von uns allen.

Ich nehme das Buch aus der Gutscheinmappe und blättere gleich bis ans Ende zu den neueren Einträgen. In der Vergangenheit dachte Mom, ich wäre zu schwach. Hält sie mich jetzt für stärker? Ist sie deswegen nun netter? Weil sie meint, mit mir nicht mehr so streng sein zu müssen?

Klar habe ich noch Fragen an sie. Zum Beispiel, wie sie von Kilter wusste. Und was sie gemacht hat, während Dad Tischtennisbälle durch die Gegend feuerte und zu den Treffen der Engel-Kreatoren ging.

Als ich mich so durch das Buch blättere, rutscht plötzlich eine kleine Postkarte zwischen den Seiten heraus. Sie landet mit der Schrift nach oben auf dem Fußboden.

Meine Augen bleiben an der Unterschrift hängen.

Mir stockt das Herz. Und ich lese den Rest.

Liebe Ms Hinkel,

danke für das Päckchen. Sich mit Sam anzulegen macht Spaß, aber Sie müssen mir wirklich keine Videospiele und

selbstgebackene Kekse schenken. Aber ich habe mich natürlich trotzdem gefreut. Die Schokokekse waren einfach HAMMER.
Jetzt, da Sam fort ist, sollte zwischen uns alles klar sein. Aber lassen Sie es mich wissen, falls Sie jemals wieder meine Hilfe brauchen. Ich freu mich immer, die kleine Fischfresse zu ärgern. Hält mich auf Zack.
Bartholomew John
P. S. Wie's aussieht, wird Ms Parsippany sich wieder ganz erholen. Uff!

Aus der Küche dringt das Lachen meiner Eltern zu mir. Ich befördere die Karte wieder zwischen die Seiten und stecke das Tagebuch in die Gutscheinmappe zurück. Dann hole ich mein K-PAD aus der Tasche und haue so hart auf den Touchscreen, dass mir die Fingerkuppen brennen.

AN: lOliver@Kilter-Akademie.org; aHansen@Kilter-Akademie.org; gRyan@Kilter-Akademie.org; cNorris@Kilter-Akademie.org
VON: sHinkel@Kilter-Akademie.org
BETREFF: Trouble-Dienstag

Vergesst, was ich geschrieben hab.
Wir sind auf GO.

KAPITEL 28

STRAFPUNKTE: 2135

GOLDSTARS: 1200

»Guten Morgen!«, flüstere ich, »Hallo? Ich bin's. Sam. Aus deinem Jahrgang. Tut mir wirklich leid, dich zu stören, aber …«

Abe reißt mir das K-PAD aus den Händen. »Wir versuchen sie *wachzukriegen,* Hinkel. Sie sollen nicht weiterpennen.«

Er nickt Gabby zu, die die Fernbedienung der Stereoanlage in der Hand hält. Dann nimmt er mein K-PAD mit ins Wohnzimmer und streckt es in die Höhe, einem der silberfarbenen Lautsprecher entgegen. Gabby drückt eine Taste, Rockmusik bringt den Boden zum Beben und die gefakten Fenster zum Scheppern.

Ich halte mir die Ohren zu. Das Wummern, Röhren und Kreischen dauert fünf Sekunden, bevor Abe Gabby erneut zunickt. Sie drückt eine andere Taste, und Stille senkt sich über den Raum.

Abe blickt grinsend auf das K-PAD-Display. »So ist's schon besser.«
Ich nehme die Hände von den Ohren und höre Gejammer und Gestöhne aus dem kleinen Computer-Lautsprecher. Die Geräusche werden lauter, als Abe den Raum durchquert.
»Jetzt hast du ihre ungeteilte Aufmerksamkeit«, sagt er und händigt mir mein K-PAD aus.
Ich überfliege die kleinen Quadrate, die auf dem Display zu sehen sind. Nachdem ich einen V-Chat-Tsunami losgetreten habe, um mit einem Schlag alle unsere Mitschüler zu erreichen, ist mein K-PAD-Display in dreißig kleine Flächen unterteilt, auf denen nun dreißig Mini-Troublemaker zu sehen sind.
Einige rappeln sich gerade vom Boden auf, weil es sie umgehauen hat, als die Musik aus ihren K-PADs explodierte. Diejenigen, die noch im Bett gewesen sind, nehmen sich die Kissen vom Kopf. Die meisten jedoch versuchen mit fahrigen Bewegungen, ihre K-PADs auszuschalten – um die Quelle ihres brutalen Erwachens zu eliminieren.
»Wartet«, rufe ich. »Bitte. Ich bin's. Sam Hinkel aus eurem Jahrgang.« Ich hoffe, dass die Troublemaker meine Stimme erkennen, sich beruhigen und auf ihre Computer-Bildschirme gucken.
»Tut mir leid wegen dem ganzen Krach, aber ich muss wirklich mit euch reden.«

»Und da konntest du nicht warten, bis wir alle oben sind?«, fragt Eric Fisher.

»Leider nein«, sage ich. »Wir konnten es nicht riskieren, dass jemand mithört. Die Situation ist zu heikel. Und wir brauchen so viel Zeit wie möglich, um uns vorzubereiten.«

»Was für eine Situation?«, will Alison Parker wissen.

»Worauf vorbereiten?«, schiebt Carter Montgomery nach.

Ich werfe einen Blick auf Abe. Er nickt. Ich mache einen tiefen Atemzug und beginne dann, unsere Mitschüler zu informieren.

»Mittlerweile wisst ihr vermutlich alle, dass mit unseren Eltern etwas nicht stimmt. Vielleicht haben sie sich um euch herumgeschlichen, während ihr in ihren Hütten saubergemacht habt. Irgendwelche Streiche abgezogen. Oder euch dämliche Fallen gestellt. Viele von euch waren in der Krankenstation, neulich, als wir eigentlich unsere Eltern dorthin schicken sollten. Daher weiß ich, dass ihre Tricks funktioniert haben.«

»Ihre *Tricks*?«, fragt Alison. »Du meinst, ich bin in die Fliegengittertür gerannt, die ich meines Wissens offen gelassen hatte, weil ...«

»... deine Eltern sie zugemacht haben, als du nicht hingeguckt hast«, vollende ich den Satz. »Ganz genau.« Sie runzelt die Stirn. Ich fahre fort. »Hört zu. Unsere Eltern lieben uns. Sie würden uns niemals weh tun. Aber sie haben Angst, dass wir uns selbst weh tun – indem wir als üble Kids all die Dinge und Chancen verpassen, die sich guten Kids bieten können. Ihr Job ist es also, uns wieder in die Spur zu bringen. Deswegen haben sie uns nach Kilter geschickt. Und als sich ihnen die Chance bot, noch mehr zu tun, haben sie sie ergriffen.«

»Du meinst, indem sie alles stehen und liegen ließen und nach Kamp Kilter gekommen sind?«, hakt Eric nach. »Damit wir noch mehr Zeit auf unserer vorbildlichen Reformschule verbringen können?«

»Das«, sage ich, »und um ... der *Geheimgesellschaft Meisterhafter Engel-Kreatoren* beizutreten.«

Es folgt eine lange Pause, während der die Troublemaker verständnislos auf ihre K-PADs starren.

»Hä?«, lässt Carter sich schließlich vernehmen.

»Lass uns zum Punkt kommen.« Abe nimmt mir das K-PAD aus der Hand und schaut in die kleine Kamera. »Mystery hat unseren Eltern eine Gehirnwäsche verpasst. Er hat so 'ne Art schrägen Club gegründet, sie eingeladen, Mitglied zu werden, und sie dann überzeugt, dass wir uns am ehesten bessern, wenn sie uns Streiche spielen. *Das* ist seine Erfolgsmethode. Vor ein paar Tagen haben sie Tinte in einen Seifenspender gefüllt. Ich bin drauf reingefallen, und das Zeug hat meine Hände total blau gefärbt. Und eure Eltern haben mit euch ähnliche Sachen abgezogen. Zu Hause hätten sie so was niemals getan, aber hier? Unter Mysterys Aufsicht ist das was anderes.«

»Das glaub ich nicht«, sagt Alison.

»Es ist die Wahrheit!«, ruft Gabby über Abes Schulter hinweg. »Wir haben gesehen, wie sie an ihrem geheimen Treffpunkt geübt haben. Die führen nichts Gutes im Schilde!«

»Und deswegen brauchen sie eine Lektion«, sagt Abe. »Heute.«

»Was für eine Lektion?«, fragt Eric.

»Die Art von Lektion, die sie daran erinnert, wer hier wirklich das Sagen hat.« Abe zeigt auf sich.

»Sie sind unsere Eltern«, wirft Alison ein. »Unsere Bosse sozusagen. Sie sagen, wo's langgeht – selbst wenn wir ihnen die Aufgabe manchmal schwermachen.«

»Richtig«, stimmt Abe zu, »also müssen sie uns obendrein nicht auch noch piesacken. Und *wir* müssen *sie* daran erinnern, dass dies niemandem weiterhilft.«

»Ich weiß nicht«, meint Eric. »Ich hab meinen Eltern ganz schön Kummer bereitet. Wenn sie sich irgendetwas beweisen wollen, sollte ich sie vielleicht einfach lassen?«

»Wer sagt uns denn, dass sie wieder aufhören damit?«, fragt Abe. »Was, wenn sie Mysterys verquere Tricks mit nach Hause nehmen? Und weiter trainieren und Sachen ausprobieren, bis sie völlig außer Kontrolle geraten?«

Unsere Mitschüler schweigen. Jetzt bin ich wieder dran. Ich schaue in die Kamera.

»Unsere Eltern haben gedacht, diese Geheimgesellschaft wäre eine tolle Chance. Und wir denken, ein Überraschungsangriff wird ihnen heute einfach nur zeigen, wie viel wir wirklich in Kilter gelernt haben.«

Und Annika wahrhaft beeindrucken. Deshalb hatte ich dem Plan meiner Freunde neulich zugestimmt. Sie sagten, solange ich die Trouble-Mission anführe, würde es keine Rolle spielen, dass meine Eltern nicht zu den Zielen gehören. Ich könnte sie einfach in Ruhe lassen, ganz so, wie ich es wollte, und Annika würde trotzdem von meiner Teilnahme beeindruckt sein. So dass mein Verbleib in Kilter nicht gefährdet wäre.

Das war allerdings *vor* gestern Abend. *Bevor* ich entdeckt habe, dass Mom mit meinem übelsten Feind unter einer Decke gesteckt hat.

»Wie habt ihr das mit den Engel-Kreatoren eigentlich herausgekriegt?«, will Alison wissen.

»Wir haben so unsere Mittel«, antwortet Abe ausweichend.

»Wann habt ihr herausgefunden, dass unsere Eltern in diesem Club sind?«, fragt Carter.

»Letzte Woche«, sagt Gabby.

»Und das erzählt ihr uns erst jetzt?«, fragt Eric.

»Wir wollten erst ganz sicher wissen, was genau da vor sich geht«, erkläre ich.

»Okay«, meint Reed. »Aber jetzt, da wir's wissen, brauchen wir mindestens ein paar Tage für die Vorbereitungen.«

»So viel Zeit haben wir nicht«, sagt Abe.

»Warum nicht?«, bohrt Liam nach.

»Weil sie jede Sekunde einen Überraschungsangriff auf uns starten könnten!«, erklärt Gabby.

»Dann hättet ihr uns früher Bescheid geben müssen«, sagt Natalie.

»Das habt ihr nicht nötig«, schalte ich mich nun wieder ein. »Für genau so was seid ihr hier in Kilter ausgebildet worden. Ihr wisst, was zu tun ist, und ihr habt die Fähigkeiten und Mittel dazu. Hättet ihr mehr Zeit, würdet ihr nur zu viel über die Sache nachdenken und nervös werden. Und dann nachlässig. Womöglich würdet ihr euch sogar aus Versehen vor euren Eltern verplappern. Stimmt's?«

Niemand widerspricht.

»Wie sieht also euer Plan aus?«, fragt Eric.

Ich reiche mein K-PAD wieder Abe, damit er unsere Mitschüler informieren kann.

»Unsere Eltern sind heute Morgen zu einem Spezialfrühstück in der Kamp-Kilter-Cafeteria eingeladen. Im Gegensatz zur Party, die sie geschwänzt haben, werden sie sich das Event nicht entgehen lassen. Denn andernfalls lassen sie sich die Chance durch die Lappen gehen, eine Million Dollar zu gewinnen.«

»Annika lässt eine Million Dollar springen?«, fragt Eric.
»Nee«, sagt Abe. »Aber dank der Infoflyer, mit denen wir letzte Nacht das Camp gepflastert haben, werden sie das denken. Vor Freude und Aufregung werden sie völlig aus dem Häuschen sein – und sich null Gedanken darüber machen, wie sie uns eins auswischen könnten. Sie werden keinen Gedanken daran verschwenden, dass wir in der Nähe sein könnten. Denn wir gehen ja jeden Morgen gleich zum Putzen in ihre Hütten. Troublemaker-Bedingungen, wie wir sie uns besser nicht wünschen könnten.«
»Greifen wir alle zusammen an?«, fragt Alison.
»Wir werden zusammen da sein«, erwidert Abe. »Aber wir gehen individuell vor. Jeder Troublemaker wird seinen Eltern eine Lektion erteilen, die sie nie vergessen werden.«
»Was, wenn sie uns entdecken?«, gibt Carter zu bedenken.
»Werden sie nicht!«, ruft Gabby. »Nicht, wenn ihr euren Job ordentlich macht!«
Abe gibt mir das K-PAD zurück, und ich fange ein paar weitere Fragen ab. Was werden unsere Lehrer machen, wenn wir nicht zum Putzen auftauchen? Was die Guten Samariter, wenn uns jemand anschwärzt? Was geschieht mit uns, wenn wir geschnappt werden? Ich warte, bis meine Mitschüler alle ihre Fragen gestellt haben, bevor ich auf alles eine einzige Antwort gebe.

»Ich hab keine Ahnung.«
»Was?«, fragt Erik Carle fassungslos.
»Wie könnte ich?«, frage ich zurück. »So etwas haben wir noch nie zuvor gemacht. Aber eines weiß ich: Annika wird total drauf abfahren. Und vermutlich wird sie uns höher belohnen als je zuvor.«
Das genügt. Ich weiß, dass die Aussicht auf haufenweise Credits und Einkaufsorgien im Trouble-Shop alle Zweifel hinwegfegt!
Nur um sicherzugehen, frage ich trotzdem: »Seid ihr dabei?«
»JA!«, schallt es mir entgegen.
»Super. In einer Stunde treffen wir uns am Strand. Bis dann!«
Ich beende das Chat-Programm. Gabby und Abe flitzen in ihre Zimmer, um sich fertig zu machen. Ich sehe nach Lemon, der gerade dabei ist aufzustehen und mir verspricht, rechtzeitig fertig zu sein. Außerdem erinnert er mich daran, dass er niemanden angreifen wird, schon gar nicht seine Eltern. Aber dass er vor der Cafeteria Posten beziehen und nach möglichen unliebsamen Überraschungen Ausschau halten wird.
Dann gehe ich weiter zu Elinor. Doch ihre Tür ist verschlossen. Als wir ihr von unserem Plan erzählten, meinte sie, dass sie keinen Grund hätte mitzumachen, weil ihre Mutter ja nicht hier wäre. Gabby ist die Einzige, mit der sie sich richtig unterhalten hat, seit ich ihr

von Abes Verdacht erzählt habe. Gabby hat versucht, sie zum Mitmachen zu überreden, doch sie hat sich geweigert.

Ich klopfe behutsam an ihre Tür.

Keine Antwort.

»Elinor?«, frage ich. »Bist du auf?«

Nichts.

Ich will gerade noch einmal klopfen, als mein K-PAD summt. Deshalb lasse ich Elinor widerstrebend in Ruhe und kehre ins Wohnzimmer zurück, um die neue Nachricht zu lesen.

AN: sHinkel@Kilter-Akademie.org
VON: ike@Kilter-Akademie.org
BETREFF: Bock auf Trainingssession?

Hey, Sam!
Lust auf eine schnelle Trainingseinheit vor dem Frühstück?

Ike

Ich drücke auf Antworten und fange an zu tippen.

AN: ike@Kilter-Akademie.org
VON: sHinkel@Kilter-Akademie.org
BETREFF: Re: Bock auf Trainingssession?

Hi, Ike!
Immer gerne, aber heute Morgen habe ich gewissermaßen andere Pläne. Große Pläne. Werde dir ASAP davon berichten!
Außerdem wollte ich dir danken, dass du dich neulich noch mal auf meine Mail gemeldet hast. Es tut mir wirklich leid, dass deine Kilter-Karriere nicht so gelaufen ist, wie du es dir vorgestellt hast. Wem immer du zu helfen gehofft hast, hat wirklich was verpasst. So viel weiß ich jedenfalls: Würde *ich* mal in Schwierigkeiten stecken, wärst du der Erste, den ich um Hilfe bitten würde.
Und danke für die Warnung vor Annika. Es ist schwer gewesen, aus ihr schlau zu werden, daher weiß ich dein Feedback wirklich zu schätzen. Ich werde vorsichtig sein und dies auch meinen Freunden raten.
Können wir uns heute vielleicht später treffen? Sag Bescheid!

Sam

Ich schicke die Nachricht ab, und sofort fällt mir ein, dass ich ja noch eine andere schuldig bin.

AN: parsippany@wahoo.com
VON: sHinkel@Kilter-Akademie.org
BETREFF: Katze + Mausen

Liebe Ms Parsippany!
Danke für Ihre Mail. Ich habe viel über die Katze und das Mausen nachgedacht und dass da wohl nichts zu machen ist. Am meisten habe ich darüber nachgedacht, ob ich das für wahr halte. Oder ob ich will, dass es so ist.
Nehmen Sie mich zum Beispiel. Jahrelang war ich ein gutes Kind. Dann, am Tag des unglückseligen Apfel-Vorfalls wurde aus mir plötzlich ein böses Kind. Es war, als wäre ein Schalter von OFF auf ON gestellt worden. Und seitdem gerate ich immer wieder in Schwierigkeiten.
Meine Eltern sind da ganz andere Exemplare. Für eine ganze Weile war Dad nett und Mom … nun, Mom war eben Mom. Nicht gemein, aber definitiv nicht so warmherzig und fürsorglich wie Dad. Aber neulich sind auch ihre Schalter umgelegt worden. Jetzt ist Mom nett und Dad ist es nicht mehr. Nie hätte ich mir vorstellen können, dass sie sich so verhalten, wie sie es in der letzten Zeit getan haben, hätte ich es nicht mit eigenen Augen gesehen.
Wenn also eine Katze das Mausen lassen KANN, dann kann aus mir auch wieder ein gutes Kind werden. Und meine Eltern können sich wieder normal verhalten. Aber wenn eine Katze es NICHT kann, dann war ich vielleicht

nie ein böses Kind, und Dads und Moms schräges Verhalten ist nur eine komische Phase.
ABER was, wenn eine Katze beides kann? Das Mausen lassen und dann wieder nicht? Was, wenn meine Eltern und ich für immer in diesen neuen Rollen feststecken? Ist das gut? Schlecht?
Ich weiß es nicht … aber vielleicht bin ich kurz davor, es herauszufinden.
Ich werde Sie auf dem Laufenden halten!

Viele Grüße!
Sam

P. S. Bei Bartholomew John gibt's keinen Zweifel. Er ist und bleibt eine fiese Katze!

Ich schicke die Mail ab und suche dann meine Sachen zusammen. Eine halbe Stunde später treffen Lemon, Abe, Gabby und ich uns am Fahrstuhl.
»Bereit?«, frage ich.
»Und wie!«, singt Gabby in ihr Mega-Mikrophon.
Abe zuckt zusammen. »Aber immer.«
»Wenn ich muss«, sagt Lemon.
Wir fahren nach oben. Kaum sind wir draußen, bin ich erst einmal sprachlos, wie normal alles wirkt. Die Sonne scheint. Der türkisfarbene See glitzert und funkelt. Unsere Mitschüler unterhalten sich lachend, während sie

zu ihren Booten gehen. Es ist ein Morgen wie jeder andere in Kamp Kilter.
Meine Freunde und ich klettern wie immer ins Kanu. Lemon nimmt uns wie immer schwimmend ins Schlepptau. Das Kanu ist wie immer leck. Abe, Gabby und ich schöpfen wie jeden Tag Wasser, um uns vorm Sinken zu bewahren.
Aber als wir die andere Seite des Sees erreichen, ändert sich etwas.
Anstatt den Strand hinunter in Richtung Cafeteria zu sprinten, bleiben meine Mitschüler stehen. Was ist los? Haben sie ihre Meinung bezüglich des Plans geändert? Ich steige aus dem Boot. Und kapiere, dass sie stehengeblieben sind … weil sie auf *mich* warten.

KAPITEL 29

STRAFPUNKTE: 2135

GOLDSTARS: 1200

Mein Nachname fängt mit einem »H« an. Das ist der achte Buchstabe im Alphabet. Immer wenn unsere Klasse auf der Cloudview Middle School bei irgendwelchen Gelegenheiten nach Alphabet antreten musste, hatte ich neun Leute vor mir. Ich habe noch nie eine Schlange angeführt. Ich habe überhaupt noch nie irgendetwas angeführt.

»Sam?«, flüstert Gabby.

»Hinkel?«, zischt Abe.

»Wenn wir hier noch länger rumhängen«, droht Lemon, »werde ich ein Nickerchen in dem Strandkorb da dr ...«

»Nein.« Das Wort kommt förmlich aus mir herausgeplatzt. Ich nehme eine aufrechtere Haltung an und spreche etwas lauter, als ich mich nun an meine Mitschüler wende. »Wir sind früh aufgebrochen. Die Guten Samariter und unsere Lehrer sind vermutlich auf dem

Weg hierher. Wir müssen vom Strand runter, bevor sie uns sehen.«

»Unsere Lehrer bringen uns doch bei, wie man Ärger macht«, wirft Alison ein. »Warum sollten sie uns aufhalten, wenn sie wüssten, was wir vorhaben?«

»Sie arbeiten für Annika«, erwidere ich. »Das hier war nicht ihre Idee. Zumindest würden sie uns aufhalten, um Annika zu fragen, was da vor sich geht. Wer weiß, wie lange das dauern kann? Unsere Eltern könnten dann schon wieder weg sein.«

»Also, für eine Million Dollar würden meine Eltern mindestens eine Woche warten«, meint Carter.

»Nicht, wenn Annika oder unsere Lehrer vor uns dort auftauchen und ihnen sagen, dass sie umsonst warten«, sage ich.

»Stimmt«, sagt Carter.

»Noch weitere Fragen?« Keiner meiner Mitschüler sagt etwas. Ein paar von ihnen wirken nervös. Die meisten jedoch sehen aus, als könnten sie es gar nicht erwarten, sich an die Arbeit zu machen. Alle haben Rucksäcke voller Trouble-Utensilien bei sich. Ich lege einen Finger an die Lippen. Dann zeige ich auf den Wald, der sich an den Strand anschließt, und setze mich in Bewegung.

Ich bin auch nervös und ein wenig unsicher ... Vor allem aber bin ich aufgeregt. Allerdings nicht, weil wir gleich einen Überraschungsangriff auf unsere Eltern starten. Nein. Ich lächle vor mich hin und bin ein wenig stolz, weil meine Mitschüler auf mich gehört haben. Als ich am Strand losmarschiert bin, sind sie mir widerspruchslos gefolgt. Sogar Abe, der ehrgeizigste aller Troublemaker. Dabei bin ich keinesfalls auf einer Art Machttrip. Es ist einfach nur schön, von meinesgleichen ernst genommen zu werden. So etwas habe ich auf der Cloudview Middle School nie erlebt.

Mom wäre vielleicht sogar stolz auf mich, könnte sie mich jetzt so sehen.

Aber sie wird mich nicht sehen. Unsichtbarkeit ist der Schlüssel zum erfolgreichen Ärgermachen. Als wir zur riesigen Hütte gelangen, in der die Cafeteria untergebracht ist, ducke ich mich folglich, bevor ich auf die Gebäuderückseite zusprinte und meinen Mitschülern winke, das Gleiche zu tun.

»Okay«, sage ich leise. »Sie sind da drin. Tut, was ihr könnt, aber lasst euch nicht blicken! Haben sie euch erst entdeckt, wird euer Job um vieles schwerer. Je länger wir sie am Wickel haben, desto mehr Spaß haben wir und umso beeindruckter wird Annika sein – und denkt an die Zusatz-Credits!«

Augen leuchten auf. Einige Mädchen applaudieren stumm, während ein paar Jungs sich lautlos abklatschen.

»Bereit?«, frage ich.

Sämtliche Köpfe nicken.

»Auf geht's.«

Die Troublemaker flitzen nach rechts und links um die Gebäudeseiten herum. Ein paar erklimmen sogar die Fassade und klettern aufs Dach.
Ich bleibe, wo ich bin. Ike hat mir seinen Kilter-Katcher geliehen, der sich zwecks leichteren Transports zusammenfalten lässt. Ich hole das Gerät aus meinem Rucksack, setze es fix zusammen und steige auf einen großen Steinbrocken, der sich unterhalb des Cafeteria-Fensters befindet.
»Bist du sicher, dass du das willst?«, fragt Lemon.
Er steht neben mir. Mit leeren Händen. Und ernstem Gesicht.
»Zum Teil war es doch deine Idee«, erinnere ich ihn. »Damit ich vielleicht doch in Kilter bleiben kann, wenn ich Annika die Wahrheit erzählt habe.«
»Ich weiß. Aber jetzt, wo wir hier sind, frage ich mich, was wäre ... wenn *niemand* von uns in Kilter bleiben würde?«
Ich muss mich an der Wand abstützen, um nicht vom Stein zu purzeln. »Du willst nach Hause? Einfach so? Und uns nie wiedersehen?«
»Wir würden uns wiedersehen«, sagt er. »Freunde finden immer eine Lösung. Hast du selbst gesagt.«
»AHHH!«
Jetzt bin ich doch runtergefallen. Ich klettere gleich wieder auf den Stein und spähe in die Cafeteria. Denn von dort ist der Schrei gekommen.

»Das war Abe«, sage ich. »Als sein Dad gerade nicht geguckt hat, hat er dessen Pfannkuchen, Eier und Speck zu einem 3-D-Kopf ummodelliert. Der aussieht wie Abe.« Ich grinse. »Mr Hansen ist völlig am Ausflippen.«
»Siehst du meine Eltern?«, fragt Lemon.
Ich suche den riesigen Raum ab. Wie vorausgesagt, ist er rappelvoll. Mr und Ms Hansen haben an einem Tisch ganz weit hinten Platz genommen. Mr Ryan, Ms Ryan und Flora teilen sich mit einer anderen Familie einen Tisch, die ich von meiner Position aus nicht identifizieren kann. Dutzende anderer Mütter, Väter, Brüder und Schwestern füllen sich am langen Büfett die Teller auf und gießen sich am Getränkestand Kaffee und Orangensaft ein. Doch statt es sich richtig schmecken zu lassen, unterhalten sie sich lebhaft und checken immer wieder ihre Kamp-Kilter-Tablets. Vermutlich warten sie auf Neuigkeiten oder Instruktionen, die mit dem imaginären Preis des heutigen Tages in Verbindung stehen. Die Warterei scheint sie jedoch nicht zu stören. Es wird jede Menge gewitzelt und gelacht. Einschließlich Mr Hansen, der sich anscheinend vom Schock erholt hat.
Jedenfalls bis der essbare Abe explodiert und Butter-, Sirup- und Speckfetzen in alle Richtungen davonfliegen. Kreischend springen die Hansens von ihren Stühlen auf und wischen sich die Sauerei aus dem Gesicht. In seinem Versteck unter dem Tisch grinst Abe vor sich hin.

»Sti-hiiiiiiiiile happi-hieeeeeee Na-haaaaaaacht … hei-eiiiiiiiiliege happi-hieeeeeee Na-haaaaaaaacht …«
»Gabby legt los«, verkünde ich.
»Hör ich«, erwidert Lemon.
Dank ihres Spezialmikrophons hören es auch alle anderen. Als unsere musikalische Ä-Team-Genossin im breitesten Country-Slang einen Mix aus *Stille Nacht* und *Happy Birthday* schmettert, presst sich Mr Ryan verzweifelt die Hände auf die Ohren, während sich Flora die Gehörgänge mit Servietten zustopft und ihre Mutter sich hektisch nach der Quelle der Musik umsieht.
»Sie hat sich hinter einem Kilter-Koch versteckt«, sage ich. »Und macht jede seiner Bewegungen mit, so dass niemand sie sieht.«
»Sie ist gar nicht übel«, meint Lemon. »Ich frage mich, warum ihre Familie sie nicht gerne singen hört.«
»Weil's womöglich zu viel des Guten ist?«
»Vielleicht. Was ist mit meinen Eltern? Und mit Finn?«
Ich suche den Rest des Saals ab. »Sie sind da. Lassen sich Muffins und Tee schmecken.«
»Sind sie okay?«
»Ich denke doch. Deine Mom tanzt im Sitzen auf ihrem Stuhl herum, während sie ihren Muffin isst. Sieht aus, als würden ihr Gabbys Unterhaltungskünste gefallen.«
»Kannst du sie im Auge behalten, während ich hier Wache schiebe? Und dafür sorgen, dass die Troublemaker sie in Ruhe lassen?«

»Geht klar«, sage ich.
»Danke. Lass dein K-PAD an. Ich melde mich bei dir, sobald …«
Lemon wird von einem langgezogenen, schrillen Pfiff unterbrochen. Dahinter steckt Carter Montgomery, der gerade einen *Kilter-Kanari* auf den Tisch seiner Eltern losgelassen hat. Einen ferngesteuerten Robotervogel, der jedes Mal, wenn er an seinem Ziel vorbeisaust, ein ohrenbetäubendes Getriller von sich gibt. Durchs Fenster spähend, sehe ich, wie Mr und Ms Montgomery aufspringen und panisch auf die kleine Metallkreatur eindreschen, die sich immer wieder auf sie herabstürzt und ihre Köpfe umschwirrt. Etwas weiter abseits kann ich auch Carter entdecken. Mit seinen grauen Shorts, dem grauen Hemd und der grauen Schürze ist er angezogen wie die Cafeteria-Angestellten. Und der Trick funktioniert: Für alle deutlich sichtbar, steht er keine vier Meter von seinen Eltern entfernt, fügt sich aber optisch so perfekt in seine Umgebung ein, dass ihm niemand einen zweiten Blick schenkt.
»Nicht schlecht. Willst du auch mal …«
Gucken?, wollte ich eigentlich sagen. Aber als ich mich umsehe, ist er verschwunden.
Eines muss ich meinen Mitschülern lassen: Sie verplempern keine Zeit. Abe, Gabby und Carter sind nicht die Einzigen, die bereits in Aktion getreten sind. Alison huscht in raschen Sätzen von einem Mülleimer zum

nächsten, um aus deren Deckung ihre Eltern mit Sprühsahne zu bespritzen. Reed balanciert auf den Flügeln eines Deckenventilators herum, während er ein Seil herablässt, an dessen Ende ein Haken befestigt ist. Sobald sich seine Eltern einmal umdrehen oder zum Büfett zurückkehren, bringt er damit ihre Teller und andere Tischutensilien durcheinander. Natalies Aktion ist besonders spektakulär. Als ihre Familie einmal kurz den Tisch verlässt, setzt sie vier lebende Hühner darauf ab; und als ihre Eltern und kleinen Brüder zurückkommen, sind die neuen Frühstücksgenossen eifrig gackernd dabei, die Krümel aufzupicken, die die Menschen hinterlassen haben.

Dennoch bleibt die Szenerie zunächst ziemlich ruhig. Die Erwachsenen sind zweifellos verwirrt, aber anscheinend denken sie, dass diese Überraschungen etwas mit dem bevorstehenden ultimativen Höhepunkt der Veranstaltung zu tun haben, sprich: mit der einen Million Dollar, die sie aus den Betten gelockt hat. Daher folgen auf verwirrte Mienen und ratloses Kopfkratzen vorerst Schmunzeln und Gelächter.

Schließlich muss ich an Annika denken – und an Ikes Warnung. Und eine Sekunde lang bin ich im Zwiespalt. In Anbetracht dessen, was ich weiß und was mein Tutor mir erzählt hat, führt unsere Direktorin ganz offensichtlich etwas im Schilde. Was meinen Eifer, sie zufriedenzustellen, nicht gerade befeuert. Aber nach dem gestrigen Abend möchte ich dringender denn je in Kilter bleiben. So sehr ich Dad auch vermissen würde – ich kann mir nicht vorstellen, wieder mit meiner Mutter zusammenzuleben oder Bartholomew John jeden Tag in der Schule zu sehen.

Aber bezüglich Ms Parsippany kann ich nicht länger lügen. Ich muss die Wahrheit erzählen.

Was bedeutet, dass ich Annika bei Laune halten muss.

Ich hole mein K-PAD heraus und feuere eine schnelle Mail ab.

AN: AlleJahrgang2Troublemaker@Kilter-Akademie.org
VON: sHinkel@Kilter-Akademie.org
BETREFF: GEBT GAS!

Hi, Leute!
Toller Job bis jetzt! Eure Eltern sind VÖLLIG baff.
Aber wie wär's, wenn wir noch einen Zahn zulegen? Und ihnen zeigen, wie RICHTIGER Ärger aussieht?
Ihr wisst, dass ihr es wollt! (Und dass auch Annika es von euch erwarten würde.)

Sam

Ich drücke auf Senden und luge dann wieder durchs Fenster. Ich entdecke nicht alle Troublemaker, denn viele haben sich offenbar perfekt versteckt. Aber die,

die ich sehe, holen rasch ihre K-PADs heraus und lesen meine Nachricht.
Gleich danach bricht die Hölle los. In immer schnellerem Tempo produziert Abe immer größere Frühstücks-Skulpturen, immer mächtigere Explosionen lassen die Nahrungsfetzen höher und höher fliegen. Ich hätte nicht gedacht, dass Gabby noch lauter singen könnte. Doch sie kann's, ihrem Mega-Mikrophon sei Dank! Während sich die Lautstärke in ungeahnte Dimensionen schraubt, vervielfacht sich auch die Zahl der Sänger. An ihrem Mikro muss es eine spezielle Einstellung geben, die ihre Stimme vervielfacht, so dass es sich anhört, als hätte ein ganzer Gabby-Chor den Saal betreten. Gleichzeitig spritzt Schlagsahne durch die Gegend. Teller und Bestecke sausen durch die Luft. Ein Dutzend Hühner materialisieren sich wie aus dem Nichts und kriegen schon bald Gesellschaft von einem Schwein und einer Ziege. In kürzester Zeit passiert so viel, dass die Szene vor meinen Augen zu verschwimmen beginnt.
Es ist, als säße ich in einem dahinrasenden Auto, während die anderen Troublemaker und ihre Angehörigen am Straßenrand ihr völlig verrücktes Spektakel aufführen.
Aber zwei Dinge nehme ich kristallklar wahr.
Zum einen: dass es langsam zu viel wird. Die Eltern fangen an durchzudrehen. Keiner der Erwachsenen lacht noch. Und einige der jüngeren Geschwister fühlen sich

in dem ganzen Lärm und Durcheinander so unwohl, dass sie zu weinen begonnen haben.
Zum anderen: Mom.
Sie steht auf der anderen Seite des Saals, den Rücken und die weit gespreizten Arme und Beine so gegen die Wand gepresst, als wären sie mit Superkleber fixiert. Sie betrachtet das Chaos, als könnte sie nicht fassen, was sie gerade vor sich sieht. Aber, *hallo*!? Sie hat mich doch ganz bewusst auf eine Schule für professionelle Troublemaker geschickt. Wie kann sie nur überrascht sein?
Dad steht neben ihr. Mit erhobenen Fäusten, als hätte er vor, jedwedem Robotervogel oder Flugsahnegeschoss, die ihm zu nahe kommen, eine schnelle Rechts-Links-Kombination zu verpassen.
Der Lärm wird immer lauter. Es ist nur eine Frage der Zeit, bis die Guten Samariter den Krawall mitbekommen – und unsere Lehrer außerdem merken, dass wir nicht zum Putzdienst auftauchen. Dann werden sie der Sache nachgehen. Und uns stoppen.
Jetzt ist meine Chance gekommen. Ich hebe den Kilter-Katcher ans offene Fenster und nehme Mom mit Hilfe der Katcher-Rolle ins Fadenkreuz. Ziele auf die Gürtelschnalle an ihrer Hüfte.
Feuer!
Der Haken schießt davon. Während ich den Schirm des Katchers im Auge behalte, dirigiere ich den Haken mit

Hilfe der Rollenkurbel durch das Gewimmel aus Troublemakern, Eltern und anderen sich bewegenden Hindernissen. Zum Glück ist Mom so verdutzt, dass sie still wie eine Statue dasteht. Im nächsten Moment saust der Haken auch schon auf sie zu. Laut Plan soll sich mein Geschoss an ihrer Gürtelschnalle verhaken, so dass ich sie wie eine Marionette tanzen und zappeln lassen kann. Ist ihr dann so schwindlig, dass sie kaum noch weiß, wo oben und unten ist, werde ich sie loslassen und zuschauen, wie sie durch die Gegend eiert.

»Sam?«, tönt Lemons Stimme aus meinem K-PAD, das in meiner Hosentasche steckt. »Wir kriegen Gesellschaft.«

»Okay!«, rufe ich, immer noch den Kilter-Katcher dirigierend. »Wart kurz. Bin kurz davor zu ...«

»VERLIEREN!«

Ich wende meinen Kopf der lauten, tiefen Stimme zu, die mich unterbrochen hat – gerade noch rechtzeitig, um einen ganz in Weiß gekleideten Mann im Seiteneingang der Cafeteria verschwinden zu sehen.

Mystery.

Dicht gefolgt von einer kleineren, ebenfalls weiß herausgeputzten Version unseres verschrobenen Geschichtslehrers.

Harrison. Sein Assistent.

Bevor ich dahinterkomme, was da vor sich geht, ist es auch schon passiert.

Mystery und sein Kumpan stürmen in die Cafeteria. Mit je zwei riesigen Säcken bepackt, springen sie mitten im Saal auf einen Tisch, dass die Hühner vor Schreck in alle Richtungen davonflattern und die Federn nur so durch die Gegend fliegen. Mystery steckt zwei Finger in den Mund und lässt einen schrillen Pfiff ertönen, um die Aufmerksamkeit der Erwachsenen auf sich zu lenken. Dann greifen er und Harrison in ihre Säcke und fangen an, Gegenstände in die Menge zu werfen. Wie zum Beispiel Besen. Wischlappen. Gartenschläuche. Fliegenklatschen. Gießkannen. Töpfe und Pfannen. Lauter Haushaltsgegenstände, wie sie außerhalb von Kamp Kilter eigentlich nur Erwachsene benutzen.

Und dank jahrelanger praktischer Erfahrung wissen sie, was damit zu tun ist. Kaum haben sie Mystery gesehen, muss ihnen klargeworden sein, dass das Chaos nichts mit der imaginären Dollarmillion zu tun hat, auf die sie warten – und prompt haben sie in den Kampfmodus umgeschaltet.

Locker angeln sie die Sachen aus der Luft und machen sich sogleich daran, sich zu verteidigen. Ehe ich mich versehe, lenken die ersten Besen Schlagsahnegeschosse auf den Boden. Gartenschläuche werden angeschlossen, und Wasserstrahlen schießen in Richtung Decke, wo sich etliche Troublemaker auf Vorsprüngen verbergen. Holzlöffel trommeln so infernalisch auf Töpfe und Pfannen ein, dass Gabbys Gesang glatt übertönt wird.

Ich zerre mein K-PAD aus der Tasche, stelle eine Verbindung zu allen Mitschülern her und brülle ins K-PAD-Mikro.
»Troublemaker! Konzentriert euch! Ruhig Blut! Haltet stand! Denkt dran: Das sind eure Eltern! Diesen Kampf habt ihr schon mal geführt. Der einzige Unterschied ist, dass ihr diesmal besser vorbereitet seid!«
Bestrebt, mich ins Getümmel zu stürzen, um meinen Mitschülern zu helfen, springe ich vom Stein – und falle zu Boden. Und als ich aufzustehen versuche, kann ich es nicht.
Der Kilter-Katcher. Bei all der Aufregung habe ich den total vergessen. Und mein beabsichtigtes Ziel verfehlt. Statt sich mit dem Haken an Moms Gürtelschnalle zu verfangen, ist die ungesteuerte Schnur geradewegs zur Rolle zurückgesaust. Und weil ich sie nicht wieder ordentlich zurückgespult habe, hat sie sich um meine Arme und Beine geschlungen.
Ich winde mich und krümme mich und versuche, meine Plastikfesseln zu sprengen. Vergeblich. Das K-PAD habe ich wieder in die Tasche zurückgesteckt, aber ich kann meine Arme nicht genug bewegen, um ranzukommen. Die Kilter-Katcher-Rute liegt ein paar Meter entfernt auf dem Boden, doch auch sie erreiche ich nicht.
Ich stecke fest. Während, dem Lärm nach zu schließen, die größte Troublemaker-Schlacht aller Zeiten noch heftiger wird.

»Lemon!«, rufe ich. »Abe! Gabby! Alison! Carter! Irgendjemand! HILFE!«
Unter anderen Umständen hätte ich natürlich niemals so einen Rabatz gemacht, um nicht die Falschen auf mich aufmerksam zu machen. Aber so wie die Dinge jetzt liegen, habe ich keine andere Wahl. Denn wer weiß, was Mystery mit mir anstellt, wenn er mich erwischt, bevor meine Mitschüler mich befreien können.
»Sieh mal einer an, was haben wir denn da?«
Mir bleibt das Herz stehen. Meine Glieder werden starr vor Schreck.
»Schätze, dass sich früher oder später alles mal rächt, was?«, höre ich eine bekannte Stimme.
Aus den Augenwinkeln sehe ich Bulldog neben mir hocken. Und acht dreckstarrende Krawallisten, die sich hinter ihm zusammengeschart haben.
Ich zwinge mich zu einem Lächeln. »Hey, Bull! Gut, dich zu sehen! Du glaubst nicht, was mir Komisches passiert ist. Ich hab gerade mit der Angelrute da drüben herumgespielt und ...«
Er presst mir eine dreckige Hand auf den Mund. Grinst.
»Hab ich dich gefragt, was du gemacht hast? Sehe ich aus, als würde es mich jucken, was ...«
»Meine Mom wäre nicht sehr glücklich darüber.«
Jetzt ist es Bulldog, der erstarrt.
»Elinor?«, nuschele ich in seine Handfläche.
Sie tritt hinter der Bande von schrägen Typen hervor.

Bulldog nimmt die Hand von meinem Mund, springt auf und tritt zurück. Als Elinor sich an ihm vorbeischiebt, sieht er tatsächlich nervös aus. Genauso fühle ich mich auch, als sie um mich herumgeht, den Kilter-Katcher aufhebt und noch mal auf den Abzugshebel drückt.

Die Plastikschnur wird eingerollt, und binnen einer Sekunde sind meine Arme und Beine wieder frei.

»Danke!« Ich rappele mich auf. »Was für ein tolles Timing. Ich war gerade dabei ...«

»Rein!«, blafft Elinor. »Sofort.«

Ich wirbele herum und will schon loslaufen.

»Nicht du«, sagt sie mit sanfterer Stimme.

Als ich mich wieder umdrehe, sprinten die Krawallisten bereits zum Cafeteria-Eingang.

»Ich dachte, du könntest etwas Hilfe gebrauchen«, sagt sie. »Und dass ich womöglich bei meiner Mom punkten könnte, wenn ich das Kommando über die Krawallisten übernehme. Ich kann durchaus die Tochter sein, die sie sich wünscht – aber es ist nicht so, dass ich für sie arbeite«, fügt sie rasch hinzu. »Bevor du sie aufgespürt hast, wusste ich wirklich nicht, dass sie hier sind. Aber da sie es nun mal sind, könnten wir genauso gut auch zusammenarbeiten. Schließlich stehen jedem Troublemaker zwei Eltern gegenüber. Wir könnten die Hilfe brauchen.«

Fast muss ich lachen, weil ich so froh bin, sie hier zu sehen.

Aber schon in der nächsten Sekunde sitze ich erneut in der Falle. Wegen Annika, die urplötzlich in einem Golfmobil angerast kommt, eine Vollbremsung hinlegt, mich ins Fahrzeug zerrt und gleich wieder voll aufs Gas tritt. Bevor ich fragen kann, was los ist, kommen wir vor dem Vordereingang der Cafeteria mit einem Ruck zum Halten. Annika nimmt einen Beutel vom Rücksitz, wirft ihn mir zu und springt aus dem Golfmobil.

»Äh …«

»Nicht quatschen, handeln!«, ruft Annika noch, bevor sie in der Cafeteria verschwindet.

Wo ist sie hergekommen? Woher hat sie gehört, dass wir hier sind? Weiß sie etwa, was da drinnen vor sich geht?

Das sind nur einige der unzähligen Fragen, die mir durch den Kopf schwirren. Aber alle sind sofort vergessen, als ich den Beutel aufmache und sehe, was drin ist:

Das Kilter-Akademie-Lehrerhandbuch
Alles, was du wissen musst,
um heute die Troublemaker von morgen zu trainieren.

Houdini besitzt auch eines. Ebenso wie Samara, Wyatt, Fern, Devin und Lizzie. Ohne ihre Exemplare gehen unsere Lehrer nirgendwo hin. Neben Kapiteln über die Gestaltung von Unterrichtsstunden gibt es auch eine Campuskarte, auf der geheime Gänge und Tunnel ver-

zeichnet sind, sowie eine lange Liste von geheimen Troublemaker-Tools, die Lehrern jederzeit zur Verfügung stehen, wenn sie sie brauchen.
Das Buch enthält also auch topgeheime Informationen.
Ganz hinten im Buch stoße ich auf eine handschriftliche Notiz.

Sam (oder sollte ich besser sagen: Professor Hinkel?)
Du hilfst mir. Ich helfe dir. Es gibt nichts, was wir zusammen nicht schaffen könnten.
Abgemacht?
Annika

Die Tatsache, dass sie mir das Buch gegeben hat, kann nur eines bedeuten: Sie will, dass ich Lehrer werde. Und nicht Tutor, was eigentlich der nächste Schritt in der Troublemaker-Profi-Karriere wäre. Was bedeutet, dass ich in Kilter bleiben kann. Kids in meinem Alter Dinge beibringen, die ich für wichtig halte. Mir nie mehr einen Kopf machen muss, dass irgendein Spacko mir die Fischstäbchen wegnimmt.
Denn ich werde das Sagen haben.
Ich habe keine Ahnung, was Annika zu meiner Beförderung veranlasst hat – ganz im Allgemeinen und im Besonderen gerade jetzt –, aber darüber können wir später reden. Schnell verstaue ich das Buch wieder im Beutel

und sprinte auf die Cafeteria zu. Bevor ich vor Begeisterung zu sehr aus dem Häuschen gerate, habe ich noch zwei Dinge zu tun.
Zu Ende bringen, was wir heute begonnen haben.
Und Annika die Wahrheit erzählen.
»Sam! Schnell!«
Ich bin gerade durch den Eingang gestürmt. In unmittelbarer Nähe steht Annika auf dem Tisch mit dem Frühstücksbüfett, bis zu den Knöcheln in Bratkartoffeln. Als sie mich sieht, zeigt sie auf meine Füße. Ich lasse den Blick sinken ... und nehme eine Tonne mit leuchtend roten Äpfeln wahr. Noch heute früh waren sie zum Essen gedacht. Doch jetzt vermutlich zum Werfen.
»Du weißt, wozu die sind!«, ruft sie. »Also mach schon!«
»Hinkel!«
»Sam!«
»Die Sache läuft aus dem Ruder!«
Mein Kopf fährt hektisch hin und her, während ich in all die Richtungen spähe, aus denen die vertrauten Stimmen auf mich einprasseln. Der Saal ist proppenvoll mit Leuten, die herumlaufen, einfach nur dastehen oder durch die Gegend kriechen, aber immerhin kann ich Abe, Gabby und Elinor sehen. Zusammen mit den anderen Troublemakern und den Krawallisten sind sie vom Angriff zur Verteidigung übergegangen, während die Mütter und Väter wie ein wütender Wespenschwarm im

Saal umhersausen und Mysterys Befehlen folgen. So wie sie sich nun hinter Stühlen und schmutzigen Servierplatten ducken, wirken sie völlig durcheinander. Müde. Und verängstigt.

So habe ich sie noch nie erlebt.

»Sam!«, brüllt Annika. *»Jetzt!«*

Ich gebe mir einen Ruck, beuge mich hinab und schnappe mir einen Apfel. Als ich die Menge absuche, ruft Annika noch etwas.

»ER! DARF! NICHT! GEWINNEN!«

Er? Nicht sie?

Ich schaue zu Annika. Mit glühenden Augen starrt sie auf die andere Saalseite. Automatisch folge ich ihrem Blick, und da weiß ich, wer mit *er* gemeint ist.

Mystery. Er steht auf einem Tisch und brüllt Kommandos in ein Megaphon, während Harrison, der neben ihm steht, die Eltern fortlaufend mit neuen Waffen versorgt.

»Sam! Da bist du ja!«

Ich sehe, wie Dad sich unter einem fliegenden Sack Kartoffeln wegduckt. Er muss zu dem Schluss gekommen sein, dass es sicherer ist, unten zu bleiben, denn nun kommt er auf mich zugekrochen. Ich flitze zu ihm hinüber und strecke eine Hand aus, um ihm hochzuhelfen.

»Sam! Mein lieber, lieber Junge! Gott sei Dank!«

Ein paar Meter von mir entfernt entfaltet Mom gerade ein riesiges rotes Netz ... und geht im nächsten Augenblick auch schon mit gesenktem Kopf zum Angriff über.

Fast als Erstes habe ich in Kilter gelernt, dass zu vieles Nachdenken einen in Schwierigkeiten bringen kann – und es erschwert auch das Ärgermachen. Daher denke ich nicht lange nach. Als ich Mom auf mich zustürmen sehe, wohl in der Absicht, mich mit dem großen roten Netz zu fangen, richte ich mich zur vollen Größe auf. Hole mit dem Arm aus.

Und gehe zu Boden.

KAPITEL 30

STRAFPUNKTE: 0

GOLDSTARS: 0

»Genug jetzt!«

Ich liege flach auf dem Rücken und blinzele.

»Wenn ihr euch nur sehen könntet!«

Ich sehe gar nichts.

»Ihr benehmt euch alle wie die Kinder! Dabei ist die Hälfte von euch erwachsen!«

Ich wische mir über die Augen, und meine Finger werden nass.

»Wieso regnet es denn hier drinnen?«, schreit eine Frau.

»Wo draußen doch die Sonne scheint«, ruft ein Mann.

Ich rieche Rauch. Wo Rauch ist, ist auch Feuer. Und früher einmal war da, wo Feuer war … normalerweise auch Lemon.

Ich rappele mich vorsichtig hoch, um nicht gleich wieder auszurutschen und auf dem schlüpfrigen Boden zu lan-

den. Vom Tisch hinter mir nehme ich ein Plastiktablett und halte es über meinen Kopf. So bin ich vor dem Wasser geschützt, das von der Decke kommt. Dann wische ich mir die Augen trocken und schaue nach oben.
Lemon ist wirklich da. Er steht auf einem Tisch und hält eine Faust voll langer, frisch abgebrannter Riesenstreichhölzer Richtung Decke. Die von ihnen ausgegangene Hitze und der Rauch müssen die Sprinkler aktiviert haben, aus denen immer noch das Wasser sprüht, sehr zur Verwirrung von Eltern, Troublemakern und Krawallisten.
»Was ist hier los?«, fragt Lemon.
»Ja.« Annika steigt auf einen Stuhl, springt neben Lemon auf den Tisch und schiebt ihn zur Seite. »Genau das möchte ich auch wissen! Wer klärt mich auf?«
Schweigen senkt sich über den Saal. Alles, was ich höre, ist Wasser, das von nassen Möbeln, Haaren und Klamotten tropft.
»Niemand?«, fragt Annika. »Wirklich niemand?«
Abe steht drei Meter entfernt von mir. Ich fange seinen Blick ein. Er schüttelt den Kopf.
Es drängt mich wirklich nicht, vor dem versammelten Camp zu beichten, dass ich diesen Angriff geplant habe. Außer unseren Familien, Annika, Mystery und dem Cafeteria-Personal sind inzwischen auch die Guten Samariter, Krankenschwester Marla und unsere Lehrer da. Sie müssen den Krach gehört haben und herbeigeeilt

sein. Ich werde Annika schon alles erzählen, aber nicht hier. Meine Mit-Troublemaker bleiben ebenfalls stumm, vermutlich, weil sie darauf trainiert sind, nicht zu petzen. Was unsere Eltern anbelangt, so scheinen sie verlegen zu sein. Mir ist nicht klar, ob wegen ihres Verhaltens oder weil sie erwischt wurden. Möglicherweise hat Mystery auch sie darauf gedrillt, nicht zu petzen.

Annika versucht, unser Schweigen zu brechen.

»Abe«, beginnt sie. »Pack aus, und ich werde dir tausend Credits für den Trouble-Shop geben. Du wirst sie brauchen. Denn nach dieser Geschichte hier, bei der unmöglich nachzuvollziehen ist, wer was getan hat, habe ich keine andere Wahl, als eure Strafpunkte- und Goldstar-Konten auf Null zu setzen.«

»Zweitausend«, erwidert Abe.

»Abgemacht«, sagt Annika.

Ich blicke ihn an. Gabby schnappt erschrocken nach Luft.

»Wir waren gerade dabei, unseren Eltern eine wichtige Lektion zu erteilen«, verkündet er.

»Und was für eine Lektion sollte das sein?«, fragt Annika.

»Dass Engel-Kreatoren keine Gegner für Troublemaker sind.«

Annika hält inne. »Engel-Kreatoren?«

»Das ist ein geheimer Club«, erklärt Abe. »Für unsere Eltern. Da werden ihnen Tricks und Streiche beigebracht, um es uns bei Bedarf mit gleicher Münze heimzahlen zu können. Was sie auch versucht haben, seit wir hier sind.«

Annikas Augen werden schmaler. »Jeder Club braucht einen Anführer.«

»Das wäre dann Mr Tempest«, sagt Abe. »Oder Mystery, wie wir ihn nennen.«

»Bleib stehen, wo du bist!« Annikas Arm kommt vorgeschossen. Ihr Zeigefinger deutet nach hinten in den Saal.

Wir drehen uns alle um und sehen, wie GS George vor den Ausgang tritt, um Mystery an der Flucht zu hindern. Als Mystery sich an ihm vorbeizuschieben versucht, packt ihn der großgewachsene Gute Samariter an der Schulter und drückt ihn auf einen Stuhl. Dann hievt er das Schwein hoch, das immer noch durch den Saal streift, um sich an fallengelassenen Essensresten gütlich zu tun, und setzt es auf Mysterys Schoß, so dass er sich nicht mehr von der Stelle rühren kann.

Mit nachdenklichem Blick mustert Annika erst Mystery, dann Abe. »Woher wusstet ihr von diesem Club?«

»Wir haben eines ihrer Treffen ausspioniert«, erwidert Abe.

»In so 'ner coolen Höhle«, schaltet Gabby sich quer durch den Saal ein. »Mit einem richtigen Geheimgang!«

»Wann?«, fragt Annika.

Abe zuckt die Achseln. »Vor ein paar Tagen?«
»Und ihr macht mich erst jetzt darauf aufmerksam?«
Abe macht den Mund auf. Aber kein Ton kommt heraus.
»Wir wollten erst mehr herauskriegen«, füge ich mit klopfendem Herzen hinzu. »Um dir so viel wie möglich erzählen zu können.«
Annikas Kopf fliegt zu mir herum. »Du wusstest auch davon?«
Ich schlucke. Nicke.
»Stimmt das?«, höre ich eine vertraute Stimme flüstern.
Dad. Er steht irgendwo hinter mir. Ich traue mich nicht, den Blick von Annika abzuwenden, also nicke ich erneut.
»Ist es das, was eure Eltern im Schild geführt haben?«, fragt Annika mit kühler Stimme. »Als sie sich zu Hause so merkwürdig benommen haben?«
»Yep«, bestätigt Abe. »Mystery hat ihnen Broschüren und Trainingsunterlagen gemailt. Als du dann alle nach Kamp Kilter eingeladen hast, ließ er sich die Chance nicht entgehen, direkt mit ihnen zu arbeiten. Alles, was sie bei ihren Geheimtreffen gelernt haben, wurde gleich an uns ausprobiert, wenn wir ihre Hütten geputzt haben.«
»Und warum sollten sie so was tun?«, fragt Annika.
»Um uns einzuschüchtern und zu verunsichern«, sagt

Abe. »Damit wir aufhören, Ärger zu machen. Und vielleicht sogar denken, dass wir sie wieder brauchen. Das war jedenfalls unsere Vermutung.«

»Ihr braucht uns tatsächlich!«, ruft Ms Hansen.

»Alle Kinder brauchen ihre Eltern!«, fügt Mr Ryan hinzu.

»Blödsinn!«, ruft Annika. Dann, als wäre ihr bewusst geworden, wie laut sie gerade gewesen ist, senkt sie den Kopf und verharrt eine Sekunde lang in Schweigen. Als sie wieder aufblickt, hat sie ihre normale Lautstärke wiedergefunden. »Na gut. Ich habe mit 'ner Menge Leute viel zu besprechen. Die Betreffenden wissen schon, wen ich meine; ich werde auf sie zurückkommen. Aber fürs Erste muss ich sagen, dass ich extrem enttäuscht bin. Ist das der Dank dafür, dass ich Ihre Familien in den Genuss eines kostenlosen Luxusurlaubs mit jeder Menge Spaß und Unterhaltung kommen lasse, während wir mit Ihren schrecklichen Kinder weitergearbeitet haben und ...«

»Sie sind nicht schrecklich!«

Mir klappt das Kinn runter.

Mom, die irgendwo hinter mir gelandet ist, als die Sprinkler in Aktion traten, tritt nun vor. Sie hält das große rote Netz fest umklammert, mit dem sie mich einfangen wollte, bevor der Sturzregen von der Decke kam.

»Ach, wirklich, Ms Hinkel?«, fragt Annika und klingt jetzt

fast amüsiert. »Haben Sie Sam deswegen auf die *Kilter-Akademie für Problemkinder* geschickt? Auf die exklusivste Reformschule der Welt? Die nur die schlimmsten Kinder der Welt aufnimmt?«

»Unsere Kinder sind nicht die schlimmsten!«, beharrt Mom. »Sie sind die Besten. Sie haben eben einfach nur gute und schlechte Tage, wie wir alle. Sam, mein Junge ...« Als sie sich umdreht und mich ansieht, stehen Tränen in ihren Augen. »Er ist perfekt! Und es steckt nicht ein Fünkchen Schlechtes in ihm!«

»Ms Hinkel«, sagt Annika. »Die meisten von uns wissen, warum Sam hier ist. Und Sie selbst haben das vor Monaten lauthals verkündet, beim Essen am Elternbesuchstag.«

»Ich weiß. Aber ich hatte unrecht. Ich habe gelogen! Sam hat es nicht getan. Seine Aushilfslehrerin lebt! Der Apfel, den er geworfen hat, hat nur eine Beule hinterlassen, und das war's! Genau wie ich Ihnen schon in einer Mail letzten ...«

»Sie hat recht!«, schalte ich mich ein. Mom war gerade dabei, Annika von der Mail zu erzählen, die sie ihr letztes Semester geschickt hat – die Mail, die ich von Annikas K-PAD gelöscht habe, bevor sie sie lesen konnte, weil ich damals noch nicht wollte, dass sie alles erfährt. Es ist schon hart genug, ihr jetzt die Wahrheit zu erzählen, ganz zu schweigen von all den Anstrengungen, die ich unternommen habe, um sie von ihr fernzuhalten.

»Ich habe nicht das getan, was du von mir denkst. Ich weiß, ich hätte es dir viel früher sagen sollen, aber …«
Annika hebt ihre Hand. Es wird ganz still. Ich spüre, wie sich Dutzende neugieriger Augen auf mich richten, und bin versucht, unter Moms großes rotes Netz zu kriechen.
Aber im nächsten Moment fühle ich mich schon ein bisschen besser, denn Elinor schlängelt sich durch die Menge und stellt sich neben mich. Unsere Arme berühren sich, und ich spüre das geflochtene Band an ihrem Handgelenk.
Sie trägt es wieder, unser Freundschaftsbändchen.
»Es ist unsere Schuld!«, ruft Mom in die Stille hinein.
»Ms Hinkel«, sagt Annika. »Sie müssen sich jetzt …«
»Nein! Ich werde nicht schweigen. Ich kann nicht! Weil … es ist meine Schuld, dass Sam hier ist. Er ist nicht von selbst auf die schiefe Bahn geraten. Ich habe ihn daraufgeschubst!«
»Judith«, zischt Dad. »Es ist jetzt nicht die Zeit, um …«
»Doch! Ist es!« Mom wendet sich mir zu und dreht mich so zu sich, dass wir uns direkt in die Augen sehen. Dann nimmt sie mein Gesicht zwischen ihre Hände. »Es ist meine Schuld, Sam. Alles meine Schuld.«
Immer noch unter dem Schwein sitzend, gibt Mystery aus dem Hintergrund ein höhnisches Schnauben von sich.
Mom ignoriert ihn einfach und fährt fort:

»Als kleines Mädchen war ich schrecklich schüchtern. Die anderen Kinder haben mich gepiesackt. Ich hab mich nie durchgesetzt. Meine Eltern hatten Angst, dass ich daran zerbrechen könnte, und waren überfürsorglich. Sie haben mir nie beigebracht, wie man stark wird und sich zur Wehr setzt. Als du noch richtig klein warst und Bartholomew John dich dauernd herumschikaniert hat und du zu mir gekommen bist, anstatt dich zu verteidigen ... nun, da hab ich einfach Panik gekriegt. Ich wollte nicht, dass du ständig in Angst leben musst, so wie ich früher. Also habe ich dich dazu gedrängt, härter zu werden. Tougher. Damit du selbst auf dich aufpassen kannst. Und ich muss gestehen, dass ich überglücklich war, als du in der Schulcafeteria diesen Apfel geschmissen hast ... *Endlich,* dachte ich. Endlich hat mein Sohn bewiesen, dass er Selbstvertrauen hat. Und das *Feuer*, um Farbe zu bekennen und sich gegen alles zu behaupten, was ihm widerfährt! Ich habe wirklich geglaubt, dass ich meinen Job richtig mache.« Ihre Augen werden noch feuchter, und ein paar Tränen rollen ihr über die Wange. »Aber dann wurde alles so ... verfahren. Und du bist nach Kilter gegangen, und ich habe dich vermisst. Zuerst war ich stolz, dass ich dich an einen Ort geschickt habe, wo deine natürlichen Troublemaker-Talente gefför ...«

»Wem außer mir ist auch kalt?«, ruft Annika plötzlich dazwischen.

Die Eltern schauen einander an. Zitternd heben die meisten die Hand.

»Trocknen wir uns erst einmal ab und wärmen uns in der Sonne auf. Die Angehörigen des Lehrerkollegiums möchten bitte die Familien und anderen Gäste« – sie wirft einen Blick auf Bulldog, der mit einem Dutzend weiterer Krawallisten zusammensteht – »zum Strand begleiten. Wir werden unsere Diskussion in Kürze fortsetzen.«

Unsere über den ganzen Saal verstreuten Lehrer machen sich daran, die Leute zu den jeweils nächsten Ausgängen zu geleiten. Mom sieht dem Treiben zu, Dad starrt weiter geradeaus. Meine Freunde winken mir kurz zu, als sie den Saal verlassen.

»Mr und Ms Hinkel«, sagt Annika. »Sie können sich jetzt zu den anderen gesellen.«

»Aber …«, sagen Dad und Mom gleichzeitig.

»Ich würde gerne mit Ihrem Sohn reden. Allein.«

Mom sieht mich an. Dad sieht erst Mom an, dann mich. Dann werfen beide ihre Arme um mich und drücken mich fester, als sie es jemals zuvor getan haben.

»Es tut mir leid, Sam«, flüstert Dad in mein Ohr. »Ich hab einfach nur versucht zu helfen. Ich wollte, dass alles wieder so wird wie früher. Als Mr Tempest die Infos über die Engel-Kreatoren geschickt hat, dachte ich, es wäre einen Versuch wert. Ich weiß, ich bin übers Ziel hinausgeschossen, aber …«

»Mr Hinkel!«, blafft Annika. »Für offene Aussprachen werden wir noch jede Menge Zeit haben. Bitte begeben Sie sich zu den anderen. Sofort.«

Während Annika ihr K-PAD aufnimmt und zu tippen beginnt, schlingen sich die Arme meiner Eltern noch fester um mich. Dann küsst Mom mich auf die linke Wange und Dad auf die rechte, bevor sie aufstehen und Anstalten machen zu gehen.

Annika und ich befinden uns gerade mitten in einem Anstarr-Duell, in dem ich kurz davor bin, sie gewinnen zu lassen, als Mom zu mir zurückgerannt kommt. Sie nimmt mich wieder in die Arme und beginnt schnell wie ein Maschinengewehr zu reden.

»Wir werden nicht einfach so zur Normalität zurückkehren, okay? Wenn wir nach Hause kommen, werde ich dich nie mehr zu etwas drängen, was du nicht willst. Ich werde das Trouble-Shop-Abo kündigen, damit sie nie wieder eine Waffe schicken. Ich bin nett zu Bartholomew John gewesen, weil ich dachte, er hilft dir, härter zu werden. Aber ich werde nicht mehr mit ihm reden. Und du musst nie mehr tough sein. Wenn dir nach Weinen ist, weine. Wenn du Angst hast, musst du nicht versuchen, mutig zu sein. Wenn du möchtest, dass ich jeden Abend an deinem Bett sitze, bis du eingeschlafen bist, dann werde ich das tun. So wie du es dir als kleiner Junge immer gewünscht hast. Und ich werde dich jeden Abend damit zudecken.« Sie entfaltet das rote Netz, das sie die ganze Zeit getragen hat, schüttelt es aus und hält es vor mir in die Höhe, damit ich es betrachten kann. In der Mitte ist der Stoff mit verschiedenen Bildern bestickt. Es ist nämlich gar kein Netz. Sondern eine Decke.

»Ist das unser Haus?«, frage ich.

»Ja. Und wir drei. Eine glückliche Familie.« Sie schnieft. »Ich habe angefangen, diese Bettdecke für dich zu machen, als du noch ein Baby warst ... aber ich habe sie nie fertig gekriegt. Meine eigene Dummheit ist mir in die Quere gekommen. Aber seit wir hier sind, hab ich mich Tag und Nacht im Bastel- und Handarbeitspavillon verkrochen. Ich wollte sie zu Ende bringen, bevor wir wieder nach Hause fahren.« Sie blickt zu Annika. »Deswegen wollte ich auch nicht am Rollentausch teilnehmen. Ich hätte es nicht ertragen. Jedenfalls nicht, bis ich dies hier zu Ende gebracht und ihm geschenkt habe. Und ihm erzählt habe, wie sehr ich ihn liebe. Wie sehr ich ihn *immer* geliebt habe.« Wieder sieht sie mich an. »Ich kann die Vergangenheit nicht ändern, aber ...«

»Ms Hinkel!«

Mom zuckt erschrocken zusammen. Ebenso wie ich.

»Sie lassen uns jetzt allein und gehen zu den anderen!«, brüllt Annika in ihr Megaphon. »Auf der Stelle!«

Jetzt drücke *ich* Mom. »Ist okay. Wir haben uns beide nicht von der besten Seite gezeigt. Aber es ist nicht zu spät. Wir können es wieder hinkriegen. Sobald wir zu Hause sind.«

Sie küsst meine Stirn. Dann eilt sie davon. Als sie draußen ist, klettert Annika vom Tisch herunter, auf dem sie die ganze Zeit gestanden hat, und lehnt sich dagegen.
»Deine Eltern lieben dich«, sagt sie.
»Ja. Ich schätze, das tun sie.«
»Abes Eltern lieben ihren Sohn. Gabbys Eltern lieben ihre Tochter. Lemons Eltern sind so vernarrt in ihn, dass sie es nicht übers Herz gebracht haben, ihm im Camp Streiche zu spielen.«
»Woher weißt du das?«, frage ich, da sie ja gerade eben erst von Mysterys Geheimtruppe erfahren hat.
»Dummerchen«, antwortet sie. »Du musst doch mittlerweile wissen, dass ich alles sehe. Wie sonst hätte der Trouble-Shop stets über deine Ärgermach-Aktivitäten auf dem Laufenden sein können, als du zu Hause warst?«
So also ist die Sache gelaufen. Sie muss irgendein Ausspähprogramm auf unseren K-PADs installiert haben, bevor wir in die Sommerferien gefahren sind.
»Wieso hast du dann nichts von den geheimen Treffen mitgekriegt, die sie vor deiner Nase abgehalten haben?«, frage ich.
Eine ihrer Augenbrauen hebt sich zu einem hohen Bogen. »Höre ich da etwa … irgendetwas raus, Sam? Das sieht dir so gar nicht ähnlich.«
Ich mache Anstalten, mich zu rechtfertigen, tue es dann

aber doch nicht. Was gäbe es schon zu rechtfertigen? Dann sage ich: »Du hast recht. Das sieht mir alles gar nicht ähnlich. Und weißt du auch, warum? Weil ich ein gutes Kind bin. Bis vor ein paar Monaten habe ich nur das getan, was man mir gesagt hat. Ich hab meine Schulaufgaben gemacht und tolle Noten gekriegt. Ich hab mein Bett gemacht, den Müll rausgebracht. Ich hab versucht, meine Lehrer und Eltern glücklich zu machen.« Ich halte inne und hole tief Luft. »Was ich *nicht* getan habe ... war, Ms Parsippany umzubringen. Sie lebt. Ich hab mit ihr geredet. Was bedeutet, dass ich kein Mörder bin. Monatelang habe ich alle belogen.«

Und da ist sie nun. Die Wahrheit. Endlich. In Anbetracht dessen wird Annika mich hochkant hier rauswerfen, statt mich zum Lehrer zu machen. Aber das ist okay. Meine Eltern und ich werden nach Hause gehen.

Annika verschränkt die Arme vor der Brust. »Du hast gelogen.«

»Ja. Immer wieder.«

»Du bist sehr gut darin.«

Für einen Troublemaker ist dies ein Kompliment. Für ein gutes Kind ist es das Gegenteil. Daher danke ich ihr nicht, so wie ich es vor wenigen Tagen noch getan hätte.

»Okay, wenn wir schon dabei sind, Geheimnisse aufzudecken, dann bin ich jetzt wohl dran, schätze ich.« Annika macht eine kleine Pause, bevor sie weiterredet. »Ich wusste es.«

»Was?«
»Das mit Ms Parsippany und dir. Nicht gleich, natürlich. Du wärst nicht in Kilter aufgenommen worden, wenn ich die Wahrheit von vornherein gewusst hätte. Als ich sie erfuhr, habe ich mit dem Gedanken gespielt, dich ziehen zu lassen. Deine Troublemaker-Karriere wäre beendet gewesen, bevor sie begonnen hätte. Aber da war es bereits zu spät. Deine Karriere hatte schon richtig Fahrt aufgenommen. Es war ganz offensichtlich, dass du ein Naturtalent bist, wie ich es noch nie zuvor gesehen hatte.«
Ich starre sie an und versuche, mir einen Reim aus dem zu machen, was sie gerade sagt. »Aber ... wann? Wie? Hast du Moms Mail doch bekommen? Die, die ich von deinem K-PAD gelöscht habe?«
»Du hast eine Mail von meinem K-PAD gelöscht?«
»An dem Tag, als wir aus Krawall-City zurückgekommen sind. Du bist kurz aus dem Zimmer gegangen und hast deinen Computer unbeaufsichtigt gelassen. Ich habe die Nachricht gesehen und sie gelöscht, ehe du sie lesen und mich rausschmeißen konntest.«
Ich rechne damit, dass sie mich jetzt anbrüllt. Aber stattdessen lächelt sie nur.
»Ich habe die Mail deiner Mom nie gesehen. Gute Arbeit!«
Für einen Troublemaker ist dies ebenfalls ein Kompliment. Für mich jedoch nicht. Also schweige ich lieber.

»Wie ich an die Wahrheit gekommen bin«, fährt Annika fort, »nun, so lass uns einfach sagen, dass ich meine Mittel und Wege habe. Wie bei vielen anderen Dingen auch.« Mit diesen Worten richtet sie sich auf und fängt an, mit hinter dem Rücken verschränkten Händen im Saal auf und ab zu gehen. »Du hast sehr viel Glück, weißt du. Du hast Eltern, die dich lieben. Nicht alle Kinder haben so viel Glück.

Erinnerst du dich an das Video, das ich euch gezeigt habe, bevor ich die Ultimativ-Aufgaben verkündet habe?«

»Ja.« In dem Video saß eine junge Annika an einem Fenster und wartete darauf, dass jemand nach Hause kam. Während sie beobachtete, wie draußen die Schneeflocken fielen, bekam sie einen Telefonanruf. Was immer der Anrufer auch sagte, hat sie zum Weinen gebracht. An dieser Stelle brach das Video ab.

»Damals habe ich auf meinen Vater gewartet. Er war auf Geschäftsreise, hatte aber versprochen, Weihnachten nach Hause zu kommen. Als er eigentlich schon wieder zu Hause sein wollte, rief er an und sagte, dass er überhaupt nicht heimkommen würde.

Das war die Geschichte meiner Kindheit. Mein Vater hat sich so wenig um meine Schwester und mich gekümmert, dass er uns nur gesehen hat, wenn es bequem für ihn war. Bei den wenigen Gelegenheiten, an denen wir zusammen waren, hat er uns mit Geschenken und anderen bedeutungslosen Liebesbeweisen überhäuft.«

»Wie zum Beispiel Annikas Vergnügungspark?«, frage ich.

»Exakt. Viele würden einen Vergnügungspark, der exklusiv für sie gebaut worden ist, nicht für ein bedeutungsloses Geschenk halten. Ich aber habe das. Ich wusste, dass mein Vater ihn mir nur geschenkt hat, um seine ständige Abwesenheit und Gleichgültigkeit gutzumachen. Ich hätte mich mehr darüber gefreut, wenn er dort Zeit mit mir verbracht hätte. Wenn wir zusammen Karussell gefahren wären und er an einer der Spielbuden ein Stofftier für mich gewonnen hätte … Aber das hatten wir alles nicht. Es war nur eine weitere großartige, aber leere Geste.«

»Warst du deswegen so froh, als das Ä-Team das Karussell in Brand gesteckt hat? Weil es dich an die schlimmen Zeiten erinnerte, die du als Kind hattest?«

»In der Tat. Vor allem, weil die schlimmen Zeiten nur noch schlimmer wurden, als meine Mutter nicht mehr bei uns war.«

Ich erinnere mich an die Todesanzeige, die ich vor einigen Monaten zufällig in Annikas früherem Kinderzimmer entdeckt habe. Darin stand, dass Ms Kilter an einer mysteriösen Krankheit starb, als Annika zwölf Jahre alt war.

»Das tut mir sehr leid«, sage ich.

»Danke.« Sie holt tief Luft und lässt sie in einem langen Atemzug wieder entweichen. »Mir auch. Ich war am Boden zerstört, als das passierte. Das Einzige, was mich durchhalten ließ, war der Glaube, dass mein Vater von nun an zu Hause bleiben würde. Er hätte es tun müssen. Hat er aber nicht. Er blieb zwar lange genug da, um ein paar Tränen abzuwischen. Aber dann kehrten wir zur Tagesordnung zurück. In Wirklichkeit aber war er noch weniger bei uns. Er stellte zwei Kindermädchen ein, die sich um Nadia und mich kümmern sollten.«

»Hat er deine Mutter denn nicht geliebt?«, frage ich, schockiert, wie man Kinder unter solch furchtbaren Umständen einfach allein lassen kann.

»Doch. Das glaube ich schon. Möglicherweise hat er uns so schnell verlassen, weil er versuchte, dem Schmerz zu entfliehen. Auch möglich, dass Nadia und ich ihn ständig an den schmerzhaften Verlust erinnerten. Aber das entschuldigt nicht, was er getan hat.«

»Nein«, stimme ich zu. »Das tut es nicht.«

»Ich habe versucht, seine Liebe zu gewinnen. Ich habe ihm Briefe geschrieben und Bilder gemalt. Wenn er mal zu Hause war, habe ich saubergemacht, gekocht und ihm seine Hausschuhe gebracht, obwohl wir Personal für all so was hatten. Ich habe mir alles Mögliche einfallen lassen, um die beste Tochter zu sein, die man sich vorstellen kann.«

»Was ist dann passiert?«

»Es hat nicht funktioniert. Also war ich gezwungen, es mit einem anderen Ansatz zu versuchen.«
»Mit Ärgermachen?«
»Erraten. Mit Tricks. Streichen. Lügen. Mit allem, was man dir in Kilter beigebracht und ich vor Jahrzehnten an meinem Vater getestet habe.«
»Und dann?«
»Ich gewann definitiv seine Aufmerksamkeit.«
»Aber nicht seine Liebe?«
Sie bleibt stehen und sieht mich an. »Nein. Die ist mir bis zum heutigen Tag versagt geblieben.«
Bis zum heutigen Tag? Bis zum heutigen Tag wie bis jetzt? »Siehst du ihn immer noch?«
»Die ganze Zeit ... er ist mein Gefangener.«
Mir stockt das Herz. Annika lacht.
»Mach nicht so ein erschrockenes Gesicht. Er ist nicht in einer fensterlosen Zelle eingesperrt. Er kann so viel Sonnenschein und frische Luft genießen, wie er will. Aber er muss sich an meine Regeln halten.«
»Was für Regeln?«
Sie zuckt die Achseln. »Ich bat ihn, sich – in angemessenem Rahmen – dort aufzuhalten, wo ich ihn im Auge behalten kann. Und dass er nicht zu fliehen versucht. Und ... dass er den Troublemakern von morgen etwas über die Troublemaker von gestern beibringt.«
Sie versinkt in Schweigen. In meinem Kopf fügen sich die Informationen wie Puzzleteile zusammen.

»Dein Dad ist … Mr Tempest?«
Sie zwinkert. »Und das, Sam, ist auch der Grund, warum ich dich hierbehalten habe.«
Sie nimmt ihre Wanderung wieder auf. Millionen Fragen schwirren mir durch den Kopf. Ich stelle die, die mir am dringlichsten erscheint.
»Weiß Elinor Bescheid? Dass Mr Tempest ihr Großvater ist?«
»Vermutlich nicht. Meine Schwester hat schon lange vor Elinors Geburt nicht mehr mit ihm geredet. Und ich habe ihr nie erzählt, dass er für mich arbeitet. Also kann sie Elinor eigentlich nichts davon gesagt haben.«
»Und du hast Elinor nicht erzählt, dass ihr Großvater in Kilter ist? Dass sie ihn jeden Tag gesehen hat?«
»Ich glaube nicht, dass das meine Aufgabe war.«
»Du bist ihre *Tante.*«
Annika bleibt stehen. Den Rücken mir zugewandt, redet sie dann weiter. Langsam. Leise. »Stimmt. Aber wenn zwei Leute miteinander verwandt sind, bedeutet dies nicht automatisch, dass sie eine Familie sind. Elinor von ihrem Großvater zu erzählen wäre nicht genug gewesen. Es hätte nicht all das wieder gutgemacht, was ich getan habe – und nicht für sie getan habe.« Sie hält inne und schüttelt den Kopf. Als sie fortfährt, klingt ihre Stimme wieder normal. Scharf. »Und außerdem: Wie du dich selbst überzeugen konntest, ist mein Vater nicht gerade aus dem Holz geschnitzt, aus dem gute Großväter

gemacht sind. Es ist durchaus möglich, dass ich Elinor einen Gefallen getan habe, indem ich die beiden auf Distanz hielt.«

Es fällt mir schwer, es zuzugeben, aber das ist *sehr wohl* möglich. Aber hätte Elinor nicht trotzdem wenigstens erfahren sollen, dass sie und Mr Tempest miteinander verwandt sind? Damit sie selbst hätte entscheiden können, ob sie ihn als Teil der Familie betrachtet?

»Hat er deshalb einen anderen Nachnamen als du und Nadia?«, frage ich. »Damit seine wahre Identität Elinor verborgen bleibt?«

»Elinor und auch allen anderen. Außerdem ist *Tempest* ein exzellenter Name für meinen Vater. Tempest, sprich Sturm oder Unwetter, ist ja nichts anderes als so was wie eine ernsthafte Störung. Und genau das ist er immer gewesen.« Annika sieht mich an. »Um auf unsere Geschichte zurückzukommen: Als ich älter und erfahrener wurde, habe ich tatsächlich seine Aufmerksamkeit gewonnen. Ich habe mich als seine Sekretärin ausgegeben und wichtige Besprechungen überall auf der Welt abgesagt, während er schon auf dem Weg dorthin war. Ich habe mich in seine Geldkonten eingeloggt und jeden Penny abgezogen. Ich habe seine Mailaccounts gehackt, absurde Nachrichten in seinem Namen verfasst und an seinen gesamten Adressverteiler rausgejagt. Schon bald war seine Firma, die ihm alles bedeutet hat, futsch. Ihm war nichts mehr geblieben.«

»Außer dir.«
»Und Nadia. Die, apropos, Krawall-City gegründet hat, als sie sah, wie erfolgreich Kilter geworden war. Und wie erfolgreich ich darin war, unseren Vater hierzubehalten. Sie war eifersüchtig. Sie ist es immer noch. Und sie hat jahrelang gekämpft, um aufzuholen.«
»Sind die Krawallisten deshalb so böse?«, frage ich. »Weil sie glaubt, je übler sie sind, desto mehr Aufmerksamkeit kriegt sie?«
»Genau. Sie versucht, das zu übertrumpfen, was mir so gut gelungen ist.«
Ich stelle ihr eine weitere Frage. »Und du hast Kilter gegründet, um anderen Kindern mit unfähigen Eltern zu helfen?«
Sie zögert ein wenig mit der Antwort. »Korrekt.«
»Wirst du Mr Tempest jemals gehen lassen?«
»Er kann jederzeit gehen. Alles, was er dafür tun muss, ist … mich zu lieben. Wirklich lieben. Bedingungslos. So wie Eltern ihr Kind lieben sollten.« Annikas Stimme ist leiser geworden. Als sie weiterspricht, klingt sie härter, als ich sie jemals zuvor gehört habe. »Aber stattdessen hat er eine Geheimgesellschaft für Eltern gegründet, um sich an mir zu rächen.« Annika starrt ins Leere. Ich versuche, meinen Kopf vorm Explodieren zu bewahren.
»Na schön«, sage ich schließlich. »Dann viel Glück bei alledem. Ich werde an euch denken. Wenn ich zu Hause bin.«

Annika sieht mich an. »Du gehst nicht nach Hause.«
Ich schlucke. »Aber Ms Parsippany lebt. Ich habe gelogen.«
»Besser als jemals ein Troublemaker zuvor.«
»Aber ...«
»Sam, du hast große Fähigkeiten. Du kannst so viel Gutes für unzählige Kinder auf der Welt tun.«
Ich schüttele den Kopf. »Ich glaube nicht. Ich weiß, ich hab 'ne Menge Ärger gemacht. Aber ich bin einfach kein ... Troublemaker. Ich hab nicht diese Power.«
»Doch. Hast du. Gerade heute hast du das wieder unter Beweis gestellt.« Sie lächelt. »Siehst du das denn nicht? Keiner sonst kann das, wozu du in der Lage bist. Ich habe dir all meine Geheimnisse anvertraut, weil ich so sehr möchte, dass du bleibst, und weil ich deine Fähigkeiten für herausragend halte. Zusammen könnten wir so viel bewegen!«
Ich muss zugeben, dass ich mich ein kleines bisschen wie ein Superheld fühle. Aber dann fällt mein Blick auf Moms Decke, die über der Stuhllehne hängt. Ich denke an Ikes Warnung. Rufe mir in Erinnerung, dass Annika sich seiner Meinung nach nur für sich selbst interessiert.
»Tut mir leid«, sage ich und weiche vor ihr zurück. »Aber ich kann dir nicht helfen. Nicht mehr. Meine Eltern und ich haben eine Menge Fehler gemacht. Wir haben vielleicht nicht das beste Verhältnis zueinander,

aber das lässt sich ändern. Und daran werden wir arbeiten. Zu Hause.«

Während ich rede, kommt Annika auf mich zu, im gleichen Tempo, wie ich mich von ihr entferne. Ich werde schneller, sie wird es auch. Als ich schließlich mit dem Rücken in jemanden hineinlaufe und stehen bleibe, tut sie es mir nach.

»Ups!«, ruft Dad. »Sorry, Sam. Deine Mutter und ich sind wieder trocken. Und bereit zu gehen, wenn du auch so weit bist.«

Ich drehe mich um und sehe meine Eltern vor mir. Sie sind soeben durch den Haupteingang der Cafeteria gekommen.

»Juhuuuu!«, höre ich plötzlich eine vertraute Frauenstimme irgendwo in der Nähe trällern. »Annika! Ich bin da-ha! Ich hab's geschafft! Und du wirst nie erraten, wen ich mitgebracht ha ...«

»Ms Parsippany?«, frage ich, als durch die Hintertür der Cafeteria eine Frau hereingeplatzt kommt, die verblüffend meiner ehemaligen Aushilfslehrerin und aktuellen Brieffreundin ähnelt.

Ms Parsippany erstarrt. Ihr Blick gleitet von mir zu meinen Eltern, Annika und wieder zurück zu mir.

»Sam! Was für eine Überraschung!«

»Sam?«, höre ich eine weitere Stimme rufen. Auch diese ist mir vertraut, allerdings ist sie männlich. »Ich mein, Hinkel? Was macht *der* denn ...?«

»Bartholomew John?« Ich starre auf meinen Erzfeind. Er kann doch unmöglich hier neben Ms Parsippany stehen ... oder vielleicht doch?

»Bartholomew John?«, fragt da eine dritte vertraute Stimme, die Lemon gehört. Er, Elinor, Abe und Gabby sind in die Cafeteria zurückgekommen. »Ist das etwa der Typ, der dir deine Fischstäbchen geklaut hat? Und dir das Leben vermiest?«

»Hehehehe!« Dad hebt beschwichtigend die Hände, als wollte er verhindern, dass die verrückte Szene noch verrückter wird. »Weiß jemand, was hier eigentlich los ist?«

»Natürlich«, sagt Annika ungezwungen. »Wir warten.«

»Auf was?«, fragt Mom.

Annika sieht mich an. Ihre Augen funkeln. »Darauf, dass Sam sich entscheidet.«

»Was entscheidet?«, fragt Elinor nervös.

Annika zuckt die Achseln. »Wem er vertrauen kann. Der Lehrerin, der er während der vergangenen neun Monate seine geheimsten Gedanken anvertraut hat, ohne auch nur den geringsten Verdacht zu hegen, dass sie in Wirklichkeit als Anwerberin für die Kilter-Akademie gearbeitet hat.«

Mein Kopf fliegt zu Ms Parsippany herum. Sie beißt sich auf die Lippe und wendet den Blick ab.

»Mir, die ich nur das Beste für ihn will – und für zahllose Kinder auf der ganzen Welt.«

Unsere Blicke treffen sich. Wieder zwinkert sie mir zu.

»Oder seinen Eltern, die ihn gar nicht schnell genug abservieren konnten, kaum hatte er auch nur einen einzigen Fehler gemacht. Vor allem, nachdem seine Mutter von Kilters wahrem Zweck erfahren hatte. Und zwar von meiner besten Anwerberin, die in ihrem getrübten Bewusstsein topgeheime Informationen ausgeplaudert hat, während sie sich im Krankenhaus von einem Schädelhirntrauma erholte. Und dessen Mutter, die nicht nur wollte, dass ihr Sohn so richtig in Ärger geriet, sondern sich sogar mit seinem Erzfeind Bartholomew John anfreundete, kaum dass ihr Sohn weg war.«

»Weil ich dachte, er würde dir helfen, härter zu werden!«, höre ich Mom eindringlich in mein Ohr flüstern.

Ich trete ein paar Schritte von ihr weg. Auf einmal sagt niemand mehr etwas. Ich drehe mich langsam um. Ich sehe Annika an. Meine Freunde. Ms Parsippany. Bartholomew John. Ich denke an die letzten neun Monate. Daran, was vor dieser Zeit geschehen ist. Und was danach geschehen könnte.

Und dann gehe ich mit klopfendem Herzen zu meinen Eltern. Ich nehme Mom an die Hand und dann Dad. So, wie ich es als kleiner Junge immer gemacht habe. Bevor ich die einzige Frage stelle, an die ich denken kann.

»Können wir jetzt nach Hause?«

KAPITEL 31

»Und dann sind wir schwimmen gegangen. Und schnorcheln. Und anschließend gab's einen Strandspaziergang. Und danach ging's in ein Autokino, wo dann was passiert ist, das ihr nie erratet! Wir haben uns einen Eimer Popcorn geteilt. Nur wir beide! Es war das allererste Mal, dass wir uns was geteilt haben, weil wir es wollten! Es! War! Super!«

»Und was war mit dem Film?«, fragt Abe.

»Was soll damit sein?«, fragt Gabby.

»War er gut?«

»Keine Ahnung! Ich war so glücklich, dass ich einfach nicht drauf achten konnte.« Gabby wendet den Blick ab und winkt jemandem zu. Eine Sekunde später taucht ihre ältere Schwester Flora auf. Gabby legt ihr einen Arm um den Hals und gibt ihr einen Kuss auf die Wange. »Wir sind nicht einfach nur Schwestern! Sondern auch beste Freundinnen! Stimmt's?«

»Na, auf jeden Fall keine Feindinnen!«, sagt Flora. »Aber wenn du nichts dagegen hast, lese ich jetzt mal weiter.«

Sie hält ein Buch in die Höhe und verschwindet wieder.

»Das hab ich ihr empfohlen!«, verkündet Gabby. »Sie schlägt vor, was wir zusammen unternehmen könnten, und ich, welche Bücher sie mal lesen sollte.«

»Das ist toll, Gabby«, sage ich. »Ich bin so froh, dass ihr besser miteinander klarkommt.«

»Die ganze Familie ist happy«, sagt Gabby. »Seit wir vor drei Wochen nach Hause gekommen sind, haben wir viel Zeit miteinander verbracht. So verrückt Kamp Kilter auch war, es hat doch tatsächlich funktioniert. Wer hätte das gedacht?«

»Also, ich nicht«, sage ich.

»Nicht die Bohne«, sagt Abe.

»Frag mich mal«, meint Lemon.

»Und mich«, sagt Elinor.

Ich sehe Elinor an, die mir vom Bildschirm meines Laptops entgegenblickt, und lächle. Wir unterhalten uns über Video-Chat. Auf ganz normalen Computern. Unsere K-PADs hat Annika konfisziert, bevor sie uns allesamt aus Kamp Kilter geschmissen hat. Was unmittelbar danach geschah, als ich gesagt habe, dass ich weg will.

Zuerst war es ganz schön hart zu Hause, denn ich konnte meine Freunde nicht mehr immer erreichen, wenn mir danach war. Aber dann hat Dad mir seinen alten Laptop geschenkt, und nun sind wir genauso unkompliziert in

Kontakt miteinander wie zuvor – ohne irgendwelche Kilter-Ablenkungen.

»Was ist mit dir, Abe?«, frage ich. »Irgendwelche Veränderungen zu Hause?«

»Veränderungen? Das ist die Untertreibung des Jahres«, erwidert er. »Kaum sind wir zur Tür rein, fing Dad an, sein Sportequipment wegzuschmeißen. Baseballs. Basketbälle. Footballs. Alles, was man werfen oder treten kann, hat er in große schwarze Müllsäcke gestopft. Und versprochen, mich nie wieder zu etwas zu zwingen, was ich nicht will.«

»Super!«, meint Gabby. »Ist doch toll!«

»Ist es«, stimmt Abe zu. »Nur dass ich mich mies zu fühlen begann, als er alles weggeschmissen hat. Ich dachte: Wenn es meinen Dad wirklich so glücklich macht, hin und wieder mal einen Baseball zu werfen, dann konnte ich doch genau das ab und zu mal machen. Also werfen wir uns jeden Abend nach dem Essen ein paar Bälle zu und quatschen dabei. Danach gehen wir rein und hängen zusammen mit Mom ab. Manchmal erzähle ich ihnen etwas über Kunst, und wir zeichnen oder malen alle. Und manchmal sehen sie einfach nur fern, während ich an meinem neuesten Projekt arbeite. Aber meist sind wir im selben Raum. Zusammen.« Er zuckt die Achseln. »Und das macht irgendwie Spaß.«

»Hört sich so an«, sage ich. »Lemon? Wie läuft's denn bei dir so?«

Er grinst. »Viel besser. Meine Eltern und ich haben nach unserer Rückkehr lange miteinander geredet und uns darauf geeinigt, dass Finn und ich beide weiter mit Feuer herumspielen können – aber *nur* auf gemeinsamen Ausflügen. Wenn wir Lagerfeuer machen, so wie mein Dad und ich es früher immer getan haben.« Er hebt seinen Laptop in die Höhe und dreht ihn so herum, dass wir Finn und seine Eltern sehen können, wie sie Stockbrot über ein kleines Lagerfeuer halten. Hinter ihnen befindet sich ein großes Zelt. Eine lange Kette von Origami-Sternen hängt über dem Eingang. Lemon dreht den Laptop wieder zu sich herum. »Und alle haben Gefallen an meinem neuen Hobby gefunden. Es macht allen Spaß, Papier zu falten.«

»Was ist mit dir, Hinkel?«, fragt Abe. »Wie geht es bei euch zu Hause?«

»Die ersten Tage sind wir alle wie auf Zehenspitzen umeinander herumgeschlichen und haben total aufgepasst, was wir machen und zueinander sagen. Wir waren besonders höflich, fast so, als würden wir uns gar nicht kennen. Aber mittlerweile ist alles etwas lockerer geworden. Heute Abend gehen wir sogar in die Stadt auf den Rummel. Mit Achterbahnen, Spielbuden und lecker Junkfood.«

»Und einem Fischstäbchen-Stand?«, fragt Gabby.

Ich schaudere. »Hoffentlich nicht. Nach allem, was passiert ist, bin ich mit Tiefkühlfisch irgendwie durch.«

»Wie wär's mit Zuckerwatte?«, höre ich Mom vom Flur aus rufen, während sie an meinem Zimmer vorbeigeht.

»Und Popcorn?«, fügt Dad hinzu, der ihr mit einem Wäschekorb folgt.

»Nee!«, rufe ich zurück. »Davon hab ich erst mal genug!«

»Deine Mom zieht sich puren Industriezucker rein? Als alter Veggie-Fan?« Abe schüttelt fassungslos den Kopf. »Na, wenn das mal keine Veränderung ist.«

Ich muss lachen. Dann blicke ich Elinor an, und ich werde ernst. Wir haben keinen Kontakt mehr gehabt, seit wir aus Kilter weg sind. Und ich habe keine Ahnung, wo sie war und wie es ihr ergangen ist.

Als könnte sie meine Gedanken lesen, dreht sie ihren Laptop so herum, dass der Raum hinter ihr sichtbar wird. Es scheint sich um eine Art Restaurant zu handeln. Es ist leer, bis auf einen Tisch, an dem zwei Frauen und ein älterer Mann sitzen, die schweigend in ihrem Essen herumstochern.

Ich hebe den Laptop ganz nah vor mein Gesicht und starre mit zusammengekniffenen Augen auf das Bild. Abe, Lemon und Gabby tun das Gleiche. »Ist das etwa …?«

»Meine Mutter?«, bringt Elinor für mich den Satz zu Ende. »Und Annika? Und Mr Tempest, alias Mystery, alias Großvater? Yep!«

Sie klingt froh. Was mich glücklich macht.

»Wo bist du?«, frage ich. Den Speiseraum, in dem sie sitzen, habe ich weder in Kilter noch in Krawall-City gesehen.

»Kansas.« Elinor dreht ihren Laptop wieder herum. »Das Ganze war so was von schräg. Nachdem alle Kamp Kilter verlassen hatten, bat Annika mich, noch ein wenig zu bleiben. Dann hat sie sich doch tatsächlich dafür entschuldigt, dass sie keine bessere Tante gewesen ist, und gesagt, sie würde es gerne wiedergutmachen.«

»Wow«, sagt Gabby.

»Kannst du laut sagen«, antwortet Elinor. »Es war fast, als wäre sie ein anderer Mensch. Sie hat sogar gefragt, *wie* sie es wiedergutmachen könnte. Worauf ich gesagt habe, ich will, dass sie und Mom aufhören, sich zu bekriegen. Und ich habe gefragt, ob wir alle zusammen essen gehen könnten. In neutraler Umgebung, irgendwo zwischen Kilter und Krawall-City. So sind wir dann hier gelandet. Und irgendwie hat sie meine Mom überzeugt, auch zu kommen.«

»Und Mystery?«, fragt Abe.

Elinor wirft rasch einen Blick nach hinten, bevor sie sich wieder dem Laptop zuwendet und eine Porzellanpuppe hochhält. »Die hier hat er mir geschenkt«, flüstert sie. »Gleich nachdem Annika mir erzählt hat, dass wir verwandt miteinander sind. Sein ganzer Körper schien zu schrumpfen, als er erfuhr, dass er mein Großvater ist. Es war beinahe, als hätte zuvor ein böser alter Riese in ihm gesteckt. Dann hat er die Camp-Cafeteria, in der wir uns unterhalten haben, verlassen und ist zwanzig Minuten später mit dieser Puppe zurückgekommen. Ich glaube, er hat sie aus diesem überdimensionalen Gruselpuppenhaus im Wald.«

Ich rufe mir das Bild der kleinen Hütte vor Augen. Den Ort, an dem Mystery einst mit einer Axt hinter mir her gewesen ist. Wie die Zeiten sich doch geändert haben.

»Wie dem auch sei«, fährt Elinor fort. »Bisher sind sie nicht gerade so was wie allerbeste Freunde. Sie reden nicht richtig miteinander. Aber zumindest sind sie hier. *Wir* sind hier. Zusammen. Das ist schon mal ein Anfang.«

Sie drückt die Puppe fest an sich. Dabei sehe ich, dass sie ihr Freundschaftsbändchen trägt. Das Gegenstück zu meinem, das ich nicht mehr abgenommen habe, seit sie es mir ums Handgelenk gebunden hat.

»Wie sieht's mit Ärgermachen aus?«, fragt Abe, das Thema wechselnd. »War da jemand aktiv von euch?«

»Nö«, sagt Gabby.

»Überhaupt nicht«, sagt Elinor.

»Keinen Bock mehr«, sagt Lemon.

»Geht mir auch so«, sage ich.

»Mir auch«, macht Abe den Abschluss. »Was also hat das Ganze dann zu bedeuten? Gehen wir im Herbst alle wieder auf unsere normalen Schulen?«

»Schätze schon«, antworte ich.
»Aber dann können wir uns nicht mehr jeden Tag sehen!«, sagt Gabby und macht einen Schmollmund.
»Klar können wir«, sage ich. »Über Computer. Genauso wie jetzt.«
»Das ist nicht dasselbe.« Gabbys Schmollmund macht einem Stirnrunzeln Platz.
»Wir können uns immer noch treffen«, sagt Lemon. »An Feiertagen zum Beispiel und in den Ferien.«
»Richtig«, sagt Abe. »Wir werden Ä-Team-Treffen abhalten. Reihum bei jedem von uns zu Hause. Und statt übers Ärgermachen zu quatschen, werden wir eben einfach nur so quatschen. Zusammen abhängen. Spaß haben.«
»Klingt super!«, sage ich.
»Perfekt!« Gabby lächelt jetzt wieder.
»Oh, und Elinor?«, meldet sich Abe noch mal.
Ihre Blicke treffen sich. »Ja?«
»Damit bist auch du gemeint. Willkommen im Ä-Team.«
Ihr Gesicht strahlt. »Danke.«
»Hey, Schwesterchen.« Flora taucht neben Gabby auf. »Ich will mit ein paar Freunden auf die Kart-Bahn. Gehst du mit?«
Gabby macht große Augen. »Und ob!« Dann wirft sie uns eine Kusshand zu. »Ich vermisse und liebe euch, Leute. Bis später!«

»Ich muss jetzt auch aufhören«, sagt Lemon. »Das Abendessen ist gleich fertig.«

»Dad und ich wollen noch 'ne Runde Football spielen«, sagt Abe.

»Und ich muss zusehen, wie ich Mom, Annika und Großvater irgendwie dazu bringe, sich zu unterhalten«, sagt Elinor.

»Und ich hab jetzt doch richtig Lust auf Zuckerwatte«, sage ich. »Morgen? Gleiche Zeit?«

»Gleiche Zeit«, bestätigen alle und melden sich ab.

Ich will schon meinen Laptop zuklappen, als mir eine Idee kommt. Ich öffne das Mailprogramm und fange mit einer neuen Nachricht an.

AN: parsippany@wahoo.com
VON: gutesKind@wahoo.com
BETREFF: Danke?

Liebe Ms Parsippany!

Da wir vor ein paar Wochen in Kamp Kilter nicht mehr dazu gekommen sind, miteinander zu sprechen, wollte ich Ihnen nur schnell eine (letzte) Nachricht schicken.

Vermutlich muss ich Ihnen nicht erst erzählen, dass ich wirklich überrascht war, Sie an diesem Tag zu sehen. Und wie überrascht ich war, dass Sie von Anfang an über Kilters wahren Zweck im Bilde waren und bei meiner Anwerbung mitgemischt haben. Deshalb war ich zuerst total angep… Das vergangene Jahr ist nicht leicht gewesen, und das Ganze wäre nicht passiert, hätte ich es nicht mit einer topgeheimen Troublemaker-Schule zu tun bekommen. Aber wissen Sie was? Trotz all der schrägen Vorkommnisse und Verwirrungen sind die Dinge heute sehr viel besser als an jenem Tag, da ich Sie aus Versehen umgenietet habe (was mir übrigens immer noch leid tut!). Mom, Dad und ich kommen zum allerersten Mal richtig gut miteinander aus. Ich habe viele Freunde. Und ich habe gelernt, dass man zur Verteidigung manchmal nicht mehr braucht als ein Stück Obst und eine Sekunde Zeit zum Zielen. Also frage ich mich jetzt, ob ich Ihnen danken sollte.

Wie dem auch sei. Ich wollte Sie heute nur wissen lassen, dass ich Sie nicht für einen schlechten Menschen halte, weil Sie Troublemaker anwerben. Ich weiß, wie schwer es ist, Annika gegenüber nein zu sagen. Außerdem hat Kilter letzten Endes doch das geschafft, was die beste Reformschule des Landes auch schaffen sollte. Dass Kinder sich benehmen und Familien wieder näher zusammenkommen.

Das ist die Wahrheit.

Mit freundlichen Grüßen
Sam

Ich schicke die Mail ab und klappe meinen Laptop zu. Dann hüpfe ich vom Bett und gehe zur Tür. Gerade als

ich das Zimmer verlassen will, erhasche ich etwas aus dem Augenwinkel.
Einen leuchtend roten Apfel. Ich habe ihn mir vorhin aus dem Kühlschrank geholt und als kleinen Zwischendurchsnack mit nach oben genommen. Vor lauter Chatten habe ich ihn auf dem Schreibtisch liegen gelassen und einfach vergessen.
Ich gehe zum Schreibtisch und nehme ihn in die Hand. Während ich ihn drehe und von allen Seiten betrachte, muss ich an all das denken, was passiert ist, seitdem ich auf Bartholomew John gezielt und stattdessen Ms Parsippany getroffen habe. Wie ich meine erste Fahrt nach Kilter gemacht habe und dann vor dem mit Stacheldraht gekrönten Maschendrahtzaun stand. Wie Annika mir eine Wasserpistole an den Kopf hielt. Wie ich Elinor, Lemon, Abc und Gabby kennenlernte. Nicht zu vergessen Ike, Houdini und meine anderen Lehrer. Wie ich den Guten Samaritern entrann. Ms Marla anrief. Einen Hubschrauber entführte und mich klammheimlich in die Wüste verdrückte. Ärger machte. Spaß hatte.
Und als ich mir gleich darauf das Chaos in der Kamp-Kilter-Cafeteria wieder vor Augen rufe, denke ich auf einmal: Wer hätte gedacht, dass ein einzelner Apfel so viel Ärger machen kann?
Und dann beiße ich herzhaft rein und flitze aus dem Zimmer, um meine Eltern aufzustöbern.

DANKSAGUNGEN

Mein besonderer Dank gilt Rebecca Sherman, Liesa Abrams, Alyson Heller, den wundervollen Teams von Writers House und Aladdin, und meinen Freunden und meiner Familie.